J.L. Drake

Escape the REAPER

J.L. Drake

Escape the REAPER

LAGO

Devil's Reach | Teil 3

Bibliografische Information der Deutschen Nationalbibliothek
Die Deutsche Nationalbibliothek verzeichnet diese Publikation in der Deutschen Nationalbibliografie. Detaillierte bibliografische Daten sind im Internet über http://d-nb.de abrufbar.

Für Fragen und Anregungen
info@lago-verlag.de

1. Auflage 2021

Türkenstraße 89
D-80799 München
Tel.: 089 651285-0
Fax: 089 652096

Übersetzung: Alfons Winkelmann
Redaktion: Silke Panten
Umschlaggestaltung: Catharina Aydemir
Umschlagabbildung: Shutterstock/Gleb Guralnyk, FXQuadro
Satz: Christiane Schuster | www.kapazunder.de
Druck: CPI books GmbH, Leck
Printed in Germany

ISBN Print 978-3-95761-194-9
ISBN E-Book (PDF) 978-3-95762-268-6
ISBN E-Book (EPUB, Mobi) 978-3-95762-269-3

Weitere Informationen zum Verlag finden Sie unter

www.lago-verlag.de

Beachten Sie auch unsere weiteren Verlage unter www.m-vg.de

Ketura Worthen, Vanessa Webb, Alison De-Wille und Ceej Chargualaf:
Ihr seid vor über einem Jahr in mein Leben getreten und habt mich beim Aufbau der Armee unterstützt, die wir heute haben.
Ohne euch vier wäre ich nicht dort, wo ich heute bin. Vielen Dank für eure grenzenlose Unterstützung, Kreativität und Zeit.
All das bleibt nie unbemerkt.
Ein Hoch auf eine weitere Veröffentlichung!

Prolog

Meine Fäuste hämmerten gegen meine Schläfen, mein Kopf schrie mir zu, ich solle töten, und der Raum drehte sich, als hätte jemand die Büchse der Pandora aufgerissen. Ich krallte mich an den Wänden fest und ignorierte den Schmerz meiner abgerissenen Fingernägel. Ich zerschmetterte den Stuhl am Tisch und riss die Kamera von der Wand. Ich schnappte mir das Kabel und wickelte es mir um die Hände, bereit, es mit Doyle aufzunehmen.

Ich schüttelte den Kopf, um die Schreie darin zum Verstummen zu bringen, während sich die Dämonen in meinem Körper von Knochen zu Knochen schwangen, wie eine Armee von Affen, die über ihr Opfer herfallen wollte.

Keine Fenster, keine Luft, nichts.

Reines, ungezähmtes Adrenalin pumpte durch mein Inneres und vernichtete endgültig jede Spur des Guten, das noch in mir verblieben war.

Ich ließ meinen Hals knacken und spürte, wie das Blut aus meinen Handflächen strömte. Ich trat von einem Fuß auf den anderen, bereit zum Kampf. Bereit, verdammt noch mal, hier rauszukommen.

»Ahhhh!« Ich konnte den Wahnsinn nicht länger zurückhalten. Ich spürte den Nervenkitzel.

Der Geruch von Blut hing in der Luft; es war ein Versprechen, das ich mir selbst gegeben hatte und einhalten wollte, sobald er sein Gesicht zeigte.

Ich rieb energisch meinen Kopf, damit er mir nicht auseinanderflog.

Ich verlor die Beherrschung nicht; so war ich nicht.

Was passierte da?

Warum die Verzögerung?

Wo zum Teufel blieb Sam?

Plötzlich, als ob jemand ein Licht angeschaltet hätte, ging die Tür auf, und Officer Doyle trat ein. Er blickte vom Aktenordner in seiner Hand auf und warf mir einen Blick zu.

Das kleine Fenster in der Tür hinter ihm zitterte, und ich ließ mich einen Augenblick lang davon ablenken.

Ich saß da auf meinem Stuhl, cool, ruhig, entspannt.

Wenn er nur von dem Sturm wüsste, der in meinem Innern tobte.

Kapitel 1

Trigger

»Ich habe dir gesagt, du sollst nicht dagegen ankämpfen, Trigger.« Sam zupfte an seiner Krawatte. Die Haut darum war gerötet. In all den Jahren, die er unser Anwalt gewesen war, hatte ich ihn niemals so gestresst erlebt. »Du bist des mehrfachen Mordes angeklagt, und du hast einen Rottweiler namens Rothweiler als Richter. Größtes Arschloch an der Westküste.«

»Der Beweis wird sich schon noch zeigen«, brummelte ich, noch immer verloren in meinen dunklen Gedanken, die zusammen mit dem Verlangen in mir brodelten, meinen Männer zu sagen, wer der Maulwurf war. Doch das wäre zu riskant. Höchstwahrscheinlich würden sie ihn umbringen, bevor ich es könnte. Allein das Wissen, dass er frei und ungeschoren in meinem Club herumrannte, machte mich wild und verstärkte den Drang, hier auszubrechen und ihm die Kehle herauszureißen.

Dann war da *sie.*

»Tatsächlich?« Brick rieb sich das Gesicht, die Stimme ohne jede Hoffnung. Er hatte sich die Haut an der Kuppe seines Daumens völlig abgeschürft, weil er ständig über die Schraube an dem Stuhlbein gerieben hatte. Er zeigte auf die Kamera an der Wand. »Die haben eindeutig ein paar Leute in der Hinterhand, damit das passieren konnte. Das kommt von ziemlich weit oben.«

Ich kenne auch Leute. Ich muss nur auf den richtigen Moment warten, um meine Karten auszuspielen.

Der ätzende Schmerz in meiner Brust machte mich darauf aufmerksam, dass mich gleich ein Bild von ihr treffen würde.

Ich fuhr bei diesem Riss in meiner Panzerung zusammen und schob das Bild beiseite, zurück an seinen Platz, weg von *ihnen.* Ich spürte, wie ihre Klauen an meinem Innern kratzten, als ob sie meine Schwäche riechen würden.

»Trigger.« Sam durchbrach meinen Gedankengang. »Es sieht schlecht aus. Mir sind die Hände gebunden. Niemand hört zu. Sie wollen dich lediglich hinter Gittern sehen. Ich hatte keine Ahnung, dass Doyle mit dem Justizministerium schläft.«

»Ich *kann nicht* die Bitch von jemandem sein«, ertönte Rails schrille Stimme aus der Ecke. »Für mich gibt's Grenzen.«

»Komm schon, Rail, du hast letzten Monat diese Alte aus dem Fitnessstudio auf dem Parkplatz gevögelt.« Brick schüttelte den Kopf. »Du hast keine Grenzen.«

»Ah, ja, stimmt.« Rail kicherte. »Sie war ein Freak.«

So durcheinander sie auch innerlich zu sein schienen, keiner von ihnen konnte den Mund halten.

»Fuck.« Sam presste sich die Hände gegen die Stirn. »Ihr wandert alle ins Gefängnis. Ich werde der Einzige sein, der auf der anderen Seite der Mauer steht.«

»Warum machst du dir dann Sorgen?« Rail nahm die Füße vom Tisch, und seine Schuhe knallten auf den Boden. »Du wirst nicht derjenige sein, der unter die Gemeinschaftsdusche geht.«

»Das wäre mir lieber als das, was mich erwartet, wenn ich euch nicht rauskriege.« Er warf mir einen Blick zu, wandte sich jedoch rasch ab. *Das stimmt, du kleiner Scheißer. Du hast besser eine Scheißangst.* Ich würde seine ganze Familie umbringen, wenn er uns nicht rauskriegt, und er wusste das und flippte deswegen völlig aus.

Die verstaubte, vergitterte Uhr über Sam tickte laut. Jede Sekunde, die verstrich, schien einen weiteren Eimer mit Erde auf mein Grab zu werfen … oder ihres. Ich wusste, dass Morgan Gus' Aufenthaltsort nachverfolgt hatte, aber das war ein paar Tage her, und ich hatte seit einer Weile nichts gehört. Sam zog es vor, lieber nichts zu wissen, damit man es später nicht aus ihm herausprügeln konnte. Er war völlig zu Recht paranoid. Mit mir hinter Gittern wäre er ganz bestimmt eine Zielscheibe, und das nicht bloß für Allen, sondern auch für mich.

Ich ließ den Kopf in die Hände fallen, um den Schmerz in meinen Augen zu lindern. Ich konnte nicht schlafen, und das machte mich wahnsinnig. Ich war durch den Klang ihrer Stimme aufgewacht, nur um festzustellen, dass es Rail in der Koje über mir gewesen war.

Ich folgte den Ketten des Skeletts auf meinem Unterarm und hielt am Schloss inne. Eine Schwere legte sich über die Grube meiner gequälten Seele. Ich musste da raus, aber ich wusste auch, dass ich meine Karten richtig ausspielen musste.

Die Tür schwang auf, und herein trat mein Bewährungshelfer Chamness, der auf seine übliche missbilligende Weise den Kopf schüttelte. Ich verdrehte die Augen. Der Mann war es leid, mit mir zu arbeiten, und das Gefühl beruhte auf Gegenseitigkeit.

»Glückwunsch, Trigger, du bist jetzt echt am Arsch.«

»Nur nicht so optimistisch, Chamness«, zischte Rail.

»Oh, glaub mir, dazu besteht kein Grund.« Er ließ eine Akte auf den Tisch fallen und kniff sich in den Nasenrücken. »Du hörst nicht auf mich, du hörst nicht auf deinen Anwalt, du hörst nicht auf das Gesetz. Du hast dir selbst dein Bett gemacht, also wirst du dich jetzt in den Scheißdreck legen müssen, der dich erwartet, weil ich keine weiteren Asse mehr im Ärmel habe.«

»Soll heißen?« Ich begegnete seinem erschöpften Blick.

»Soll heißen, sie«, er zeigte zum Fenster, »sind mit dir fertig und haben keine Lust, dich noch einmal durch das Gefängnistor gehen zu lassen, durch das du gehst, seitdem du sechzehn warst. Sie haben angesichts der Zahl der Toten die Verhandlung vorverlegt und sind so weit, den Ball *jetzt* ins Rollen zu bringen.«

»Aber es ist erst eine Woche her.« Brick stand auf und hieb mit der Faust auf den Tisch. »Dieser Scheiß dauert sonst Monate.«

»Ja.« Chamness nickte. »Aber ihr habt sie so häufig verärgert, dass sie ihren Standpunkt klarmachen wollen, und sie sind gewillt, dazu jeden juristischen Trick aus dem Lehrbuch anzuwenden.«

»Und welcher Standpunkt ist das?« Ich wollte weiterreden, aber da ging die Tür auf. Drei Polizisten traten ein und holten uns eilig in den Gerichtssaal.

»Gott verdammt noch mal, Trigger, halt bloß die Klappe«, warnte Chamness, bevor wir den Gerichtssaal betraten.

Ich erinnerte mich nicht an viel von dem, was gesprochen wurde, weil mich sogleich Morgans Blick traf, der den Kopf schüttelte und damit andeutete, dass er sie oder Gus nicht gefunden hatte.

Die wilden Kreaturen in mir wurden wahnsinnig, als sie spürten, wie meine Stimmung ins Bodenlose fiel.

Shit!

»Matthew Montgomery und Silas Hunter, ihr könnt euch auf fünfundvierzig Jahre freuen, und, bei Gott, ich werde dafür sorgen, dass ihr jede Sekunde davon absitzt.«

Brick stieß schwer die Luft aus, und Rail murmelte etwas dahingehend, dass er lieber sterben würde.

Richter Rottweiler – *Rothweiler* – kniff seine blauen Augen zusammen, die zum Teil hinter seinen buschigen Augenbrauen verborgen waren, und sah mich an. »Nolan Vineyard.« Er hatte Mühe, die Mundwinkel weiterhin unten zu halten. Ich richtete mich etwas gerader auf und wartete auf mein Schicksal.

»Ich garantiere dir, Vineyard, dass du dich auf dreimal lebenslänglich freuen kannst.« Ich blinzelte bei seinen Worten. »Und wenn es nach mir ginge, so würde ich dich zum Tode verurteilen.«

Rail stützte sich auf dem Tisch ab, während ich mich vorbeugte, um mit Sam zu flüstern.

Rasch zog er sein Handy heraus. »Tie ruft an.« Tie war der Typ, der alles hinbekam. Sobald wir verhaftet worden waren, hatte Morgan an ein paar Strippen gezogen, und er hatte sich an die Arbeit gemacht. Jetzt wusste ich, dass wir einfach abwarten mussten.

Ich ließ den Blick über die Gesichter in den Sitzreihen gleiten und hielt bei meiner Mutter inne. Sie nickte mir leicht zu. Ich wusste nicht genau, ob sie mir sagte, alles sei in Ordnung, oder ob sie mir ihre Unterstützung zuteilwerden ließ. So oder so, ich wollte keines von beidem. Warum war sie überhaupt hier, zum Teufel?

Ein Polizist trat hinter mich und zog mich an den Handgelenken, damit ich ihm folgte.

»Sam.« Ich riss mich los und trat näher heran. »Sie ist wichtiger als wir.«

»Ich weiß.« Seine Antwort klang distanziert. Die Bösartigkeit des Richters hatte ihn umgehauen.

»Spiel schmutzig. Ich zahle dir genügend, sodass du das tun kannst.«

»Du hast mein Wort.«

»Ich verlass mich drauf.« Ich unterließ es, ihn daran zu erinnern, dass mir seine Familie wohlbekannt war.

»Gehen wir.« Der Polizist packte mich am Arm und zog mich weg. Ich folgte ihm ruhig, um Sam gegenüber klarzustellen, was Sache war. Ich würde meinen Teil erledigen, wenn er seinen erledigte.

*

Tess

Ich warf den Pappteller in den Müll, sah durchs Fenster auf die Zufahrtsstraße hinaus und überlegte, wie lang sie tatsächlich war. Fünf, vielleicht sechs Kilometer? Ich wusste, es dauerte vier Minuten von dem Moment an, da ich den Motor hörte, bis zu dem, wo ich den Lieferwagen tatsächlich sehen konnte. Gus sagte, es wären sechs, aber ich glaubte, dass seine innere Uhr falsch ging.

Ich roch ihn, bevor ich reagieren konnte. Meine Muskeln spannten sich an, als er hinter mich trat und mir über die Schulter zuflüsterte: »Alles in Ordnung mit dir?« Zay legte seine Arme rechts und links neben mich auf die Theke. »Kann ich dir etwas holen? Deine Haut sieht so hübsch in der Sonne aus. Wie Diamanten.« Fox ging durch die Küche und stopfte sich den Mund mit Kartoffelchips voll.

»Igitt«, murmelte ich. »Du weißt absolut nichts von mir, Zay.«

»Ich weiß mehr, als du denkst.«

Ich wollte ihm meinen Ellbogen in die Rippen stoßen, aber als ich das das letzte Mal gemacht hatte, hatte es Allen an Gus ausgelassen.

»Wirklich?« Ich konnte nicht anders. Zay machte mich stinkwütend. »Dann solltest du wissen, dass eine Anspielung auf *Twilight* alles andere als sexy ist. Ich hasse Romantik.«

»Wo zum Teufel sind meine Schuhe?«, fauchte Allen hinter uns.

»Schön.« Zays Tonfall änderte sich. Er riss einen Arm von der Theke los und machte seinen Gürtel auf. Ich geriet in Panik. Unmöglich konnte er das tun.

»Ich habe es auf die nette Weise versucht, habe versucht, mich in deiner Gegenwart zu beherrschen, aber du hast mich beständig zurückgestoßen. Also, dann eben auf deine Weise.«

Allen kicherte, und ich wollte herumwirbeln, aber Zay hielt mich an den Hüften fest, während er mir mit der anderen Hand gewaltsam die Hose herunterziehen wollte. Er kriegte es nicht auf die Reihe. Seine Hände rutschten immer wieder vom Hosenknopf ab, also nutzte ich das zu meinem Vorteil aus.

»Du krankes Arschloch!« Ich trieb ihm meinen Absatz in den Fuß und holte aus, um ihm einen Boxhieb zu versetzen, aber er packte meine Arme und drückte meinen Oberkörper auf die Theke.

»Mir gefällt, dass du dich wehrst, Tess, aber du musst auch wissen, wem du von jetzt an gehörst.«

»Eine Schlampe muss lernen.« Allen grinste aufgeregt und rannte nach oben.

»Du bist ein krankes Arschloch, dem offenbar einer abgeht, wenn er Frauen vergewaltigt«, kreischte ich ihn an, weil das alles war, was ich tun konnte. Er war zu stark und überwältigte mich völlig.

»Es ist keine Vergewaltigung, wenn die Frau es will, und ich weiß genau, dass du es willst. Du weißt es nur noch nicht selbst.«

Heilige Scheiße, war der verrückt! Er schob mein T-Shirt nach oben, wobei es ein wenig am Hals zerriss. Doch ich war dankbar, dass er es aufgab, meine Hose aufzubekommen.

Plötzlich hörte ich einen lauten Knall, und Zay fiel mit vollem Gewicht auf mich und rutschte dann zu Boden.

»Fuck, Tess, alles in Ordnung?« Gus zog mich auf die Füße, während ich mich damit abmühte, mein T-Shirt herabzuziehen.

»Ja«, schnaufte ich und wischte mir die Tränen der Wut aus dem Gesicht.

Ich holte aus und trat den Hurensohn so fest in die Rippen, wie ich konnte. Ich wollte noch mal zutreten, aber Gus legte den Arm um mich und hielt sich einen Finger an die Lippen.

Wir hörten Schritte die Treppe herabkommen. Wir sahen einander an und wussten, was gleich geschehen würde.

»Es wird ein Morgen geben, Tess.«

Ich wär am liebsten davon gelaufen, aber er hatte recht.

»In Ordnung.«

Wir wappneten uns gegen das, was in den nächsten paar Minuten geschehen würde.

Die Schläge verursachten mir Übelkeit, das taten sie immer. Ich konnte lediglich entsetzt zuschauen; Zay hielt mich zurück. Er flüsterte mir zu, ich solle ruhig bleiben und mich still verhalten, aber ich blendete ihn aus. Er war ein Monster, ebenso wie alle übrigen.

Gus' Lippe war geschwollen, und Blut sickerte aus einem Schnitt an seinem Kopf. Alles in allem sah er unversehrt aus, aber ich wusste, dass er durch all die Tritte und Schläge, die er abbekommen hatte, innerlich wesentlich stärker verletzt worden war, als es äußerlich den Anschein machte.

Ich schob mich näher zu ihm.

Ich tupfte ihm die Wunde am Kopf mit einem Lappen ab. »Alles in Ordnung?«

Er lachte, ein Lachen, aus dem ein hässlicher Husten wurde. »Ich bin seit 1997 nicht mehr in Ordnung, Liebes.«

Ich kämpfte mit meinen Gefühlen. Gus und ich waren uns seit unserer Ankunft hier nähergekommen. Es war komisch, wie eine schreckliche Lage die Leute einander näherbringen konnte.

Ich blickte hinüber zu den kilometerlangen Maisfeldern. »Ich glaube, ich schaff das nicht.«

Gus schloss die Augen und bemühte sich, sich etwas aufrechter an den Baumstamm zu lehnen. »Du kannst es, und du wirst es schaffen.«

»Was, wenn nicht?«

»Weißt du was, Liebes? Das ist einfach keine Option.« Er legte seine Hand auf meine. »Sie brauchen dich.«

»Wir brauchen *dich«,* gab ich zurück. »Du wirst hier sterben.«

Sein Lächeln zeigte mir, dass er bereits Frieden mit seiner Entscheidung getroffen hatte, und das brachte mich den Tränen nahe.

»Tess, ich habe so lange, wie ich zurückdenken kann, um mein Leben gekämpft. Ich hatte drei verschiedene Arten von Krebs, aber der jetzt«, er legte sich eine Hand an die Brust, »der will einfach nicht aufgeben.«

»Brustkrebs?« Ich wollte sichergehen.

Er nickte. »Seit einiger Zeit jetzt drittes Stadium. Mir bleiben bloß noch ein paar Monate.«

Eine Träne lief mir die Wange hinab. »Das habe ich nicht gewusst.«

»Das muss niemand wissen.«

»Weiß es Trigger?«

»Er weiß genug. Er kann zwei und zwei zusammenzählen.«

»Die Jungs?«

»Nein.« Er zog sein Bein hoch und zuckte dabei zusammen. »Da draußen wäre ich dir nur eine Last.« Sein Blick ging zu den Feldern hinüber. »Wir sollten etwas schlafen.«

Ich half ihm auf die Beine und brachte ihn ins Bett. Als ich sein Zimmer verlassen wollte, räusperte er sich.

»Du bist das Beste, was je ins Leben meiner Söhne getreten ist.« Er schaltete das Licht aus und ließ mich im Dunkeln über seine Worte nachsinnen.

Meine Brust wurde mir schwer, als ich ihm einen letzten Blick zuwarf. »Das Zweitbeste.«

Ich schloss die Tür hinter mir und mied Zay, der mich von der Schwelle seines Zimmers aus anstarrte. Ich hoffte inbrünstig, dass er nicht wusste, was wir vorhatten.

Gute Nacht, du unheimliches Arschloch.

Ich hatte mich seit unserer Ankunft hier darauf vorbereitet, aber ich fühlte mich immer noch nicht dazu bereit. Ich warf einen Blick zum Fenster hinaus und sah die schweren, dunklen Wolken, die auf uns zukamen.

Großartig.

*

Langsam öffnete ich die Tür und fluchte, weil die alten Scharniere so laut quietschten. Ich versetzte mir geistig einen Tritt, ging die Treppe hinab und zur Küchentür hinaus.

Meine Füße trafen auf die kalte Erde, und sie wurde hinter mir hochgeschleudert und kitzelte meine Waden. Die dicken Maisstengel machten mich wahnsinnig, da sie mir nur einen wenige Zentimeter weiten Blick erlaubten. Ich war eine gute Läuferin und konnte normalerweise kilometerweit rennen, ohne nachzudenken, aber das hier war etwas völlig anderes. Das war wie etwas, das für das Bootcamp der Armee entworfen worden war.

Meine Lungen bettelten um eine Pause, aber ich wusste es besser und blieb nicht stehen. Der Regen rann an meinem Körper herab, und der nasse Mais peitschte unerbittlich auf mich ein, während ich rannte, und schleuderte mir seine kalten, nassen Quasten über Gesicht und Brust.

»Nein!« Ich blieb stehen und horchte angestrengt. »Shit!« Das leise Surren sandte mir einen Schauer über die Haut. Mit letzter Energie schoss ich ein paar weitere Meter voran. Ich wusste nicht genau, wie viel Reichweite die Kamera der Drohne hatte, aber ich wusste, dass ich es versuchen musste.

»Ah!« Ich stürzte ohne Vorwarnung. Mit den Händen fing ich mich ab und verhinderte, dass mein Gesicht gegen einen weiteren Schädel prallte. Ich rutschte zurück und schluckte meine Schreie hinunter. Zwei Leichen waren in eine Grube geschoben worden. Ich sah sie mir an und bemerkte, dass ihnen beiden der Bauch aufgerissen worden war; sie waren Opfer von Allens Wieseln. Das Summen wurde stärker, und ich hatte noch kein Anzeichen eines Sees entdeckt.

Verzweifelt suchte ich nach einem möglichen Ort zum Verstecken. Dann kam mir die Idee. Allein schon bei der Vorstellung hätte ich mich fast übergeben, aber wenn ich Gus helfen wollte, blieb mir nichts anderes übrig.

»Igiit!« Ich weinte innerlich und schob würgend die Leichen zur Seite, rollte mich darunter zu einem Ball zusammen und zog sie wieder über mich zurück. Es waren schwer gebaute Männer, also musste ich mich ziemlich anstrengen; der Regen war keine große Hilfe. Ihre Kleidung fühlte sich an wie Kleister. Ich drückte die Augen fest zusammen, schaltete meinen Geruchssinn ab und betete zu irgendwem, der mich hören konnte, um Hilfe.

Die Drohne benötigte nicht lange, mich zu finden, oder zumindest glaubte ich das. Sie schwebte scheinbar zehn Minuten lang in der Luft, bevor sie sich wegbewegte und systematisch weiter nach mir suchte. Das Geräusch der Propeller, das durch den Sturm schnitt, war unheimlich und jagte eine dreifache Dosis Furcht durch mich.

»Du schaffst das«, flüsterte ich mir immer und immer wieder zu. Ich brauchte etwas, an dem ich mich festhalten konnte.

Vielleicht war es der Stress der letzten beiden Wochen oder die emotionale Achterbahnfahrt, die ich absolviert hatte, aber irgendwie brachte ich es fertig, einzuschlafen.

Ich hörte, wie sich eine Tür schloss, und öffnete mühsam die Augen. Die letzten vierundzwanzig Stunden stürzten wieder auf mich ein, und ich schoss senkrecht in die Höhe, in einem … Bett?

Was war das, zum Teufel? Ich bemühte mich zu erkennen, wo ich war.

Der Raum war klein, und eine dünne Staubschicht bedeckte alles. Das Bett und ein Ankleidetisch mit zwei Schubladen waren die einzigen Möbel im Raum. In der Ecke gab es noch eine Toilette und einen hölzernen Wandschrank.

Ich war verwirrt. Ich hätte erwartet, in einem Kellerraum zu sein, angekettet an eine Wand. Stattdessen befand ich mich in einem Schlafzimmer, in dem es nach … ich sog tief die Luft ein und konnte schließlich den Duft zuordnen … Pfannkuchen roch.

Ich schleuderte die Decke beiseite und sah auf meine Kleidung hinab. Nichts war mir abgenommen worden, außer den Schuhen. Ich ging leise im Raum umher und überprüfte alles. Ich beugte mich herab, zog die obere Schublade des Ankleidetischs auf und fand einen Stapel sauberer Kleidung.

Unheimlich. Sie hatten meine Größe.

Ich musste daran denken, dass dieser Augenblick sehr dem von Savannah ähnelte, als sie im Safe House erwachte – nur dass sie sich tatsächlich in Sicherheit befand. Ich nicht.

Oder doch? Die Situation hier war gewaltig und warf mich völlig um.

Ich beeilte mich, die frische Kleidung anzuziehen, hüpfte währenddessen auf einem Fuß zum Fenster und versuchte, es aufzustoßen. Doch keine Chance. Zwei Nägel, die auf den Seiten herausragten, hielten es fest geschlossen.

Ich versuchte das Gleiche mit dem Fenster im Bad, doch auch das war verriegelt.

Ich sah Schatten im Spalt unter der Tür. Ich würde wohl Gesellschaft bekommen.

Ich sah mich um und suchte nach etwas, das ich als Waffe benutzen könnte, aber alles, was dem auch nur im Entferntesten nahe kam, war eine Flasche Wasser auf dem Ankleidetisch.

Langsam drehte sich der Türknauf, und dort stand Allen mit seinem Priesterkragen.

»Heiliger Luzifer«, schoss es mir über die bebenden Lippen, während mich sein starrer Blick gefangen nahm. Ein Teil von mir wollte schreien. Allen war wie eine ältere Version von Trigger, aber immer dann, wenn man sich annähernd mit ihm wohl fühlte, flackerte der Teufel über

seine Pupillen und erinnerte einen an die Dunkelheit, die seine Seele erfüllte.

»Nein, nicht Luzifer, aber wenn du deine Seele entblößen willst, dann höre ich zu, Tessa.«

»Tess«, korrigierte ich ihn.

Er zerrte an seinem Kragen, bevor er das Zimmer betrat. Er sah sich um, als würde er bewundern, wie hübsch es war.

»Sieh mal.« Er beugte sich herab und setzte sich auf die Stuhllehne. »Ich bin nicht im Entführungsgeschäft tätig. Es war mir immer ziemlich gleichgültig, also waren die meisten spätestens nach vier Stunden tot.« Er zuckte die Achseln. »Was mir wichtig ist, ist, das zurückzuholen, was mir gehört.«

»Und das wäre?« Ich verschränkte die Arme, um mein Zittern zu verbergen.

»Devil's Reach. Und ich möchte den Gefallen erwidern, den mir mein Sohn so liebevoll erwiesen hat.« Er hob den Kopf, und ein selbstgefälliges Grinsen umspielte seine trockenen Lippen.

»Und wie passen Gus und ich da hinein?«

»Gus nicht. Er war einfach bloß Gussy. Hatte immer eine Moralsonde in seinem Arsch für diejenigen stecken, die ihm etwas bedeuteten. Er ist wie eine Zecke, die sich dir in die Haut gräbt und sich an deine Adern heftet und erst dann verschwindet, wenn du ihr entweder den Kopf abschneidest oder sie gewaltsam aus deinem Körper entfernst.«

»Und ich?«

Seine Augen wurden groß.

»Du, Tessa«, er sprach meinen Namen absichtlich langsam aus, »du bist die Schwäche meines Sohnes, mein Ass in diesem Spiel. Du«, er zeigte auf mich, »wirst mir gehören.«

»Ha!«, brach es aus mir heraus, bevor ich mich daran hindern konnte. »Keine Chance. Ich besorge es alten Männern nicht.«

Er leckte sich die Lippen, verärgert über meine Bemerkung. »So sehr es mir ja schmeichelt, dass du glaubst, ich würde dich dafür in Betracht ziehen, so wenig bin ich an Gebrauchtwaren interessiert.« Er wischte sich Staub vom Jackenärmel. »Als ich sagte, ›mir‹, meinte ich eigentlich …« Er hielt inne und warf einen Blick zur Tür. Ich folgte seinem Blick und sah Zay dort stehen, in Jeans und einem Fischerpullover. Er zeigte dasselbe ausdruckslose Gesicht, das er in meiner Gegenwart immer zeigte.

Was?

»Da wir das jetzt geklärt haben …« Er stand auf, und ich sah das Blut auf seinem Ärmelaufschlag. Er bemerkte es und hob den Arm an, um ihn besser in den Blick zu bekommen. »Rick war ein Kämpfer …«

Nett.

»Tessa.« Er schnurrte meinen Namen förmlich. »Gib dir keine Mühe, wegzulaufen. Du hast keine Schuhe, und das Maisfeld wird dir die Füße in Stücke schneiden.« Er schlug Zay im Gehen auf die Schulter. »Sie gehört dir.«

Nie und nimmer.

»Hast du Hunger?«, fragte Zay ruhig.

»Nein.«

»Kann ich dir irgendwas anbieten?«

»Eine Mitfahrgelegenheit in die Stadt.« Ich triefte vor Sarkasmus.

Er lächelte mich amüsiert an. »Wir werden dir noch ans Herz wachsen.«

»Ja, wie ein Bandwurm. Oder eine Zecke.«

Er löste die Arme und ließ sie schwer an seinen Seiten herabfallen. Er trat ins Zimmer und blieb kurz vor mir stehen. »Er wird nur ein bisschen bei dir durchgehen lassen, Tess, und ich auch.«

»Gut zu wissen.« Ich verschränkte die Arme.

»Trigger gefällt das vielleicht ...« Ich schlug ihm mit der offenen Handfläche ins Gesicht. Triggers Namen zu hören war im Augenblick einfach zu viel für mich. In Erwartung seiner Reaktion zog ich scharf die Luft ein. Er schloss einen Moment lang die Augen und wartete ab, bis der Schmerz vorüber war. Ich wusste, dass eine Ohrfeige von mir höllisch wehtat.

»Ich werde nicht mit dir schlafen, Zay«, murmelte ich, um das Schweigen zu füllen.

Er trat zurück und stellte sich in die Tür. »Wie gesagt, wir werden dir noch ans Herz wachsen. Also, komm, gehen wir.«

»Wohin?«

»Zu Gus.«

Das Gefühl von kalter Erde, die mir am Gesicht klebte, und der Gestank rissen mich aus dem Schlaf. Ich bemühte mich, mich unter den Leichen über mir wegzudrücken.

Panik durchkroch mein Innerstes, und meine Gedanken wirbelten unkontrolliert umher. Ich zwang mich, bis zehn zu zählen, um mich nicht zu schnell zu bewegen. Dann wand ich mich unter den menschlichen Überresten heraus. Ich sah mich um und stellte mich auf meine zittrigen Beine.

»Das ist so beschissen«, zischte ich, um meine Anspannung etwas rauszulassen. Ich ging durch die kleine Lücke im Mais und konzentrierte mich mit aller Macht. »Das ist so ein verdammter dunkler Scheiß.« Ich holte ein paar Mal tief Luft und dachte an Gus.

»Du schaffst das«, flüsterte Gus von der anderen Seite des Picknicktischs herüber. Er neigte den Kopf, sodass ich das Spiegelbild des Lieferwagens auf

seiner Sonnenbrille sehen konnte, der die Zufahrt hinabfuhr. »Der fährt weg und biegt jedes Mal nach links ab.«

»Was bedeutet, dass die Hauptstraße einfach da drüben liegen muss.« Ich zeigte nicht hin. Er wusste, dass ich verstanden hatte.

»Geh immer geradeaus, dann solltest du auf die Straße treffen. Heute Nacht.«

»Was?« Panik durchfuhr mich. »Deinem Knie geht es noch nicht besser. Wie willst du mithalten?«

Seine Lippen bildeten eine harte Linie, und ich wusste, was er gleich sagen würde.

»Nein, Gus. Was ist mit den …«

»Die einzige Möglichkeit, wie ich zu meinen Jungs zurückkomme, führt über dich.« Er senkte seine Stimme und begann, mit einem Stein in das weiche Holz zu schaben. »Folgendes musst du tun.«

Eine Träne rann mir das Gesicht herab. Ich musste in Bewegung bleiben. Ich würde nie den Ausdruck auf Gus' Gesicht vergessen, als ich beim ersten Fluchtversuch von Fox aus dem Maisfeld gezerrt und mit gefesselten Händen zurückgebracht worden war. Sie zwangen mich, dabei zuzusehen, wie sie Gus' Knie mit einem Kantholz malträtierten.

Monster.

Kapitel 2

Trigger

»Vineyard«, brüllte mich ein Wächter an. »Du hier.«

Ich warf Brick einen Blick zu. Er wurde zusammen mit Rail in die Zelle neben mir gebracht.

»Du hast eine Stunde, um dich frisch zu machen, dann geht das Licht aus.« Er lachte.

Die Tür schlug hinter mir zu, während ich die Laken auf der hässlichen Pritsche ausbreitete. Ich setzte mich auf die Matratze, rieb mir übers Gesicht und sah zu meinem Zellengenossen hinüber. Dessen Augen klebten an einem Buch. Ich wusste, dass er meinen Blick spürte, weil sein Bein unbehaglich herumrutschte.

»Werden wir beide Ärger miteinander haben?«, knurrte ich.

Der Junge sah mich an und setzte sich langsam auf. »Nein, Sir, werden wir nicht.« Die Worte rollten ihm mit schwerem Südstaaten-Akzent über die Zunge.

Ich beäugte ihn neugierig. »Wie heißt du?«

Er streckte die Hand aus, aber ich machte keine Bewegung, sie zu schütteln. »Wes.«

»Trigger.«

»Ich weiß.« Er nickte knapp, bevor er sich wieder seinem Buch zuwandte.

Es war kein Schock für mich, dass er meinen Namen kannte. Im Gefängnis kannten ihn die meisten. Ich war mein ganzes Leben lang drinnen und wieder draußen gewesen. Abgesehen davon war mein Club international, wir besaßen viele Ortsverbände. Ich war stolz darauf, den Club von Santa Monica und LA bis nach Neuseeland erweitert zu haben.

Ich knüllte die Bettdecke zu einem dicken Kissen zusammen und konzentrierte mich auf die Frage, wohin ich meine Männer noch schicken konnte, um nach Tess zu suchen.

»Nolan Vineyard, ich verurteile Sie zu dreimal lebenslänglich im Terre Haute State Prison.« Diese Worte durchbrachen meine Gedanken und ließen die Kreaturen in mir an den Gitterstäben ihrer eigenen Käfige rütteln.

Tie kriegt das lieber hin.

»Ich kann sie hören.« Rails müde Stimme erfüllte die dunkle, feuchte Zelle nebenan. Wir waren alle ein wenig aufgedreht von der Küchenarbeit, die wir heute erledigen mussten. »Sie können mich riechen.«

Verdammt, er war immer so dramatisch. Rail war kleiner, sein Körper ein wenig dünner als wir anderen. Das Gefängnis war hart für ihn, aber er stand es jedes Mal durch.

»Ich vermisse die Garage, den Geruch nach Stahl und Öl.« Die Matratze quietschte, als er sich auf die Seite warf. »Diese beschissenen Laken sind wie Schmirgelpapier.« Er hielt inne. »Bist du wach?«, hörte ich ihn sagen.

»Nein«, knurrte Brick.

»Wie du in der ersten Nacht schlafen kannst, ist mir ein Rätsel.«

»Halt's Maul.«

Die erste Nacht war immer die längste. Sie trennt die Schwachen von den Starken. Mir war das Leben als Häftling nicht fremd, aber ich bin nie lange genug geblieben, um mich diesem Leben zu fügen, und das wollte ich auch jetzt ganz bestimmt nicht. Ich schloss die Augen, um die anderen auszublenden, und dachte an den Maulwurf in meinem Clubhaus, der mein Essen aß, meinen Whiskey trank. Die Härchen auf meinen Armen brannten wie Feuer, und ich spürte das Bedürfnis, etwas zu zerbrechen. Irgendwie brachte ich meinen Kopf dazu, sich abzulenken, und fiel in einen unruhigen Schlaf.

Der Morgen kam allzu rasch. Ich blinzelte, um wach zu werden, schwang die Füße vom Bett und setzte mich auf. Sobald sich die Türen auf den Schienen kratzend öffneten, ging ich nach unten, gab meinen Männern ein Zeichen, dass ich das Frühstück ausließ, und machte mich in die entgegengesetzte Richtung auf.

Die Schlange am Telefon war lang, zog sich um die Ecke und den Flur hinab. Doch die meisten zerstreuten sich, als sie mich erblickten. Mein Ruf im Knast eilte mir weit voraus.

Ich fing den Blick eines Stripe Back auf, den ich im vergangenen Jahr hier rein gebracht hatte. Kale hatte für seine Initiation einen Tankwart umgebracht und versucht, den Mord Morgan anzuhängen, der zufällig zur gleichen Zeit dort war. Mit etwas Druck bekam ich den Beweis, den ich brauchte, um Morgans Namen reinzuwaschen und Kale auf lebenslänglich hierher zu schicken.

Zusätzlich hatte ich ein paar Gerüchte gestreut, damit er binnen weniger Tage jemandes Bitch würde.

»Das Humpeln steht dir«, Rail nickte ihm zu. »Harte Nacht unter der Bettdecke gehabt?«

Kale schoss ihm einen Blick zu, der hätte töten können, war jedoch mehr auf mich konzentriert.

»Sag mir eines.« Er rieb sich seine kurzen Haare und lehnte sich an die Mauer. »Wie kommt's, dass du hier drin bist, während deine Ol' Lady mit deinem alten Herrn da draußen herummacht?«

Rail kam herüber und versperrte den Wächtern den Blick, während Brick aus der Kantine auftauchte und sich auf die andere Seite stellte. Ich trat näher heran, so dass wir Nase an Nase standen, und knallte meine Hand auf seinen bleistiftdürren Schwanz.

»Ich bin hier raus, noch ehe du dein nächstes Date mit deinem Zellengenossen hast.« Ich verdrehte seinen Schwanz heftiger, und er mühte sich ab, die Fassung zu wahren. »Dann pelle ich deine Schwester aus ihren Kleidern, genauso, wie ich es in der Nacht getan habe, als sie dich verurteilt haben.«

Er versuchte, mich anzuspringen, aber ich drückte mit aller Kraft zu. Er unterdrückte ein Kreischen, während ihm die Adern hervortraten. Er konnte es sich nicht leisten, erneut ins Loch gesteckt zu werden, und er wusste, dass ich das wusste.

»Vineyard!«, schrie ein Wärter. »Gibt's da ein Problem?«

Ich hob die Hände und trat zurück. »Hab nur mit einem alten Freund ein Wiedersehen gefeiert.«

Der Wärter warf dem rotgesichtigen Kale einen fragenden Blick zu. »Stimmt das?«

»Ja«, murmelte er.

»Gut. Dann macht weiter.« Er machte eine wegwerfende Handbewegung, und ich reihte mich wieder in die Schlange fürs Telefon ein.

Es läutete ganze dreimal, bis schließlich jemand abhob.

»Helmond's Bar, Peggy am Apparat. Trigger, bist du das?«

Warum fragt sie?

»Peggy, gib mir Morgan.«

»Oh, mein Gott, Trigger! Ich dachte, es wäre vielleicht Brick oder Rail. Es ist so beschissen hier ohne dich …«

»Peggy«, fauchte ich, »wo ist Morgan?«

»Keine Ahnung. Ich dachte, du hättest ihn mit irgendwas beauftragt.«

»Such Cooper.«

»Weißt du, wie schwer es ist, diese Bar allein zu führen? Die Abrechnung stimmt nicht. Ich weiß nicht, was ich falsch mache. Morgan reibt mir ständig Tess unter die Nase. Er kann wirklich ein Arschloch sein …«

»Peggy!«, rief ich, und ein Wärter funkelte mich an. »Cooper.«

»Schön«, schnaubte sie und schrie nach Cooper, der offenbar in der Bar war, da er etwas zurückschrie. »Trigger ist am Telefon.«

Es folgte ein Gekicher, bevor er ihr den Hörer entriss.

»He, Mann, alles in Ordnung mit dir da drin?«

»Wo ist Morgan?« Ich hatte nicht mehr viel Zeit.

»Weiß ich nicht. Er ist vorgestern weg, sagte, er käme morgen zurück. Vielleicht ist sein Dad wieder da?«

Morgan würde nicht weggehen, wenn es nicht etwas Wichtiges wäre. Nur warum hatte er Cooper oder Cray nichts gesagt?

»Hast du schon was von Tie gehört?«, fragte er. In der Bar schien es lebhafter geworden zu sein, da er über den Lärm hinweg schreien musste.

»Nein. Du?«

»Er hat gestern hier herumgeschnüffelt, wollte jedoch nichts sagen.«

Wirklich?

»Such Morgan.«

»Ja, Boss.«

Ich legte auf und ging Brick suchen. Da stimmte etwas nicht.

*

»Aufhören!«, rief der Wärter, der eindeutig neu und nervös war. Schweiß rann über seine Lippe und die Schläfen. Sein Tag lief anscheinend nicht sehr gut. Das Hemd unter den Achselhöhlen war feucht, und er roch wie ein Tiefschutz.

Mit zittrigen Händen nahm er meine Handschellen ab. Ich ging extra dicht an ihm vorbei und hörte, wie ihm die Luft aus den Lungen entwich. Er war die Art Wärter, die ich mir vorknöpfen würde, wenn ich etwas benötigte.

Ich entdeckte Sam, ging hin und setzte mich ihm gegenüber. Er war leichenblass.

Tess.

Ich hielt mir den Hörer ans Ohr und sah durch die Scheibe, wie er es mir nachtat.

»Was ist?«

Seine Lippen teilten sich, und er stieß einen kleinen Seufzer aus. »Tie möchte nicht mit mir sprechen, nur mit Morgan.«

»Und?«

»Und Morgan ist weg, geht nicht an sein Handy.«

Morgan beantwortete Sams Anrufe nicht? *Was zum Teufel war da los?*

»Und?

»Und ich kann ihn nicht finden. Cooper ist hoffnungslos damit überfordert, alles zu organisieren. Cray kommt zu Hilfe. Dieses dumme

Blondchen hinter der Theke kann nicht bis zehn zählen, und Tie wollte mir nicht mal einen Augenblick seiner Zeit gönnen, als er gestern im Club war.« Sam zupfte an seiner roten Krawatte. »Er geht nicht ans Handy. Schreibt mir nicht mal eine SMS.«

Mit dem Daumen rieb ich mir über den Ringfinger, während ich überlegte, was da in meinem Club abging, verdammt. Ein leuchtend roter Kopf erregte meine Aufmerksamkeit. Ich schaute hinüber und sah, wie Brick sich zwei Stühle neben mir niederließ. Er warf mir einen fragenden Blick zu, da er meinen grimmigen Ausdruck sah.

Der Wärter verpasste ihm einen Schlag auf die Schulter, damit er sich auf Minnie konzentrierte.

Er nahm den Hörer ab und presste die Zähne fest zusammen, während Minnie langsam den Kopf schüttelte.

Immer noch keine Spur von Tess.

»Sam«, knurrte ich mit düsterer Mine. »Finde Tie, oder ich suche mir einen anderen Anwalt.«

Ich knallte den Hörer auf die Gabel und hörte Sam meinen Namen rufen, während ich nach einem Wärter schrie.

Wir waren hier fertig.

Ich sah die Anspannung, die schwer in Minnies Augen hing, als ihr Blick dem meinen begegnete. Sie wirkte ausgelaugt. Sie zwang sich zu einem schwachen Lächeln, und ich wartete einen kurzen Moment. Dann gingen Brick und ich durch die Tür.

Nichts von dem hätte geschehen dürfen. Ich hatte immer einen Plan, und der sah nicht so aus.

»Häftling Nummer 909576, Vineyard.« Der junge Wärter gab sich Mühe, furchteinflößend zu klingend, aber seine Stimme brach, als er meinem Blick begegnete. »Sie haben, ähm, Hofdienst.«

Ich starrte ihn ausdruckslos an und wartete, dass er vorausging. Fuck, ich musste irgendjemanden umlegen.

Der Hof bestand im Wesentlichen aus harter Erde. Die paar kleinen Grashalme, die verzweifelt versuchten zu überleben, wurden langsam durch die Schuhe Hunderter von Häftlingen erstickt. Auf den ersten Blick sah es so aus, als wären die Gruppen zufällig über den Hof verteilt, aber jede Gruppe stand, getrennt voneinander, an einem bestimmten Platz.

Ich warf Rail einen Blick zu; er drehte eine Zigarette wie in den Fünfzigerjahren. Brick beäugte die Koreaner, die spürten, dass wir nicht hierher gehörten.

Ein Wärter mit glänzenden schwarzen Stiefeln trat in den Hof und ging zur Mitte. Er trug weder Waffe noch Gummiknüppel, und seine makellosen Hände waren ein todsicheres Anzeichen dafür, dass er kein Kämpfer war. Sobald er seine Runden gedreht hatte, setzte er sich auf einen Eimer und trommelte einen Song. Es war Otis Reddings »Sittin' on the Dock of the Bay«. Ich bemerkte, dass die Anführer jeder Gang einfielen und mit dem aufhörten, was sie gerade taten.

Eine dunkle Kühle erfüllte den Hof. Die rauen Haare auf dem Rücken der Bestien in mir richteten sich auf, und sie fingen an zu zischen.

Ein großer Hispano warf einen Schatten auf mein Gesicht und ließ die Knöchel knacken, wie zum Kampf bereit. »Habe gehört, du hast ein paar meiner Männer umgelegt.« Sein Englisch war gebrochen, aber ich verstand genug.

Ich nickte und blies ihm eine Rauchwolke entgegen.

Er schnippte mit den Fingern, und der Rest seiner Gang trat zu ihm.

»Du stirbst jetzt.«

Knack.

*

Tess

Ich erwachte, meine Lungen waren wie zugeschnürt. Mein Körper war nahezu erstarrt, aber was meine Aufmerksamkeit erregte, waren die kleinen Regentropfen, die mir aufs Gesicht prasselten. Ein Gewitter zog auf: Die Wolken hingen tief und schwer. Als ich mich bewegte, spürte ich sie, eine dicke, schwere Kette, die an meinem Hals anlag. Ich war an einen Baumstamm angekettet.

Ernsthaft? Ich kämpfte gegen die Panik an. Was zum Teufel war das, Black Snake Moan? *Oh, mein Gott, es war beängstigend!*

»Genießt du die Show?«

Ich schrie innerlich. Das Haus war schwarz, und ich fragte mich, wie spät es war.

Ich hielt die Luft an, als etwas Dunkles vorüberrannte. Ich war in meinen Kopfbewegungen eingeschränkt, also bemühte ich mich, dem dunklen Schatten mit den Augen zu folgen.

Shit, shit, shit. Die kleinen Härchen auf meinem Nacken hatten sich aufgerichtet wie bei einem Wolf, der sich einer akuten Gefahr bewusst war.

»Tess«, zischte Jace hinter mir.

Oh, fuck, nein!

Ich versuchte, mich wegzubewegen, aber ich hatte nicht viel Spielraum.

»Hör auf!« Seine Lippen berührten mein Ohr, und ich wollte ihm die Augen auskratzen. »Ich weiß, du hasst mich. Schon gut. Aber du musst mir zuhören, falls du hier irgendwie raus willst.« Ich spürte, wie er an der Kette rüttelte.

»Ich will deine Hilfe nicht«, zischte ich.

Er stieß ein düsteres Lachen aus. »Ja, du bist anscheinend gut in Form.«

Ich biss mir auf die Zunge, während er weiter an den Ketten herumfummelte. Ich hasste es, dass mich seinetwegen innerlich eine heftige Traurigkeit überkam.

»Es tut mir leid«, flüsterte er. »Ich habe eine schlechte Entscheidung getroffen, aber er hatte mir versprochen, mir bei der Suche nach meiner Schwester zu helfen.«

Jace hatte seine Schwester früher schon einmal mir gegenüber erwähnt. Er hatte gesagt, dass sie getrennt worden waren, als sie sechzehn war, und dass er immer hatte wissen wollen, wo sie war. Ich wusste, dass er einfach nur eine Familie haben wollte, aber das war der Club, und er hatte voll und ganz darauf geschissen.

Obwohl ein Teil von mir ihn in die Arme nehmen wollte, wollte ihm ein anderer Teil ein Messer in die Eingeweide rammen – nur ein einziges Mal, um meinen Standpunkt zu verdeutlichen.

»Was war die Gegenleistung für die Information?«

Ich spürte, wie die Kette nachgab. Ihre Spannung ließ nach, und ich holte erleichtert tief Luft.

»Du.«

»Also, du hast sie direkt zu mir geführt. In der Nacht, als Trigger mich nach Hause geholt hat, gerieten wir in den Bergen in einen Hinterhalt. Das warst du?«

Mein Magen zog sich zusammen. Es hätte so viel schiefgehen können, und alles wäre auf seine Kappe gegangen.

Wir setzten uns in Bewegung, und er hielt uns sorgfältig in den Schatten verborgen.

»Tut mir leid, Tess. Ich weiß, dass das hier nicht viel für dich zählt, aber für mich schon. Nun …« Sein Tonfall wurde schärfer, und ich wusste, dass

das Gespräch vorüber war. Uns wurde die Zeit knapp. »Etwa fünf Kilometer von hier ist ein Fluss, der zu einem See führt. Du musst ihn erreichen, sonst wird die Drohne dich finden.«

»Wie? Ich kann ihr anscheinend nicht mal davonlaufen.«

»Nein, es sei denn, du erreichst den Fluss. Sie reagiert auf Körperwärme. Geh ins Wasser und halt die verdammte Luft an. Gib mir deine Hand.«

Er griff nach mir. Verärgert entzog ich mich ihm.

»Gib sie mir«, schrie er fast. Ich tat es, und er schnitt in eine Handfläche und drückte das Blut über dem Gras aus. »Du gibst niemals leicht auf, also müssen wir so tun als ob.«

In meinem Kopf schwirrten eine Million Fragen, aber vor allem brach es mir das Herz. Jace war jung, wie ein Kind im Körper eines Erwachsenen. Er wollte einfach nur zu seiner Familie.

Ich geriet in Panik und wusste nicht genau, ob ich mich mehr davor fürchtete, allein dort draußen zu sein, oder dass Gus wieder verprügelt würde, sobald sie begriffen, dass ich weg war.

»Jace.« Ich packte ihn bei den Schultern. »Komm mit mir! Wir können Trigger die Wahrheit sagen. Dass es ein Fehler war.«

»Sie werden Gus umbringen.« Ich erstarrte, während der Regen auf uns hinabprasselte. »Ich bin der Einzige, der dafür sorgen kann, dass es nicht dazu kommt.«

Dagegen konnte ich nichts sagen. Gus war mir zu wichtig.

»Hier.« Er reichte mir ein Einweg-Handy. »Ich weiß nicht, ob es funktionieren wird, aber es stammt aus Fox' Zimmer.«

»Fox?« Ich versuchte, so viele Informationen zu bekommen, wie ich konnte. Der Ausdruck auf Jaces Gesicht machte mich noch neugieriger.

»Sagen dir die Worte Green Bend *irgendetwas?«*

»Ähh …« Ich durchforstete meinen wirren Kopf. »Nein. Ich weiß nicht.«

Ich merkte, dass er mehr wusste, als er laut sagte.

»Spuck's aus, Jace.« Ich warf einen Blick zum Haus und überlegte, wie lange es dauern würde, bis sie meine Abwesenheit bemerkten.

»Wenn du nach Hause kommst, allein, suche auf dem USB-Stick nach einem Ordner mit der Bezeichnung Skeleton Key.*«*

»Was bedeutet das alles?«

»Tess, du musst jetzt los. Drei Kilometer zum Fluss, anderthalb weitere zur Straße. Halte dich von der Straße fern, folge den Bäumen. Bist du erstmal in der Stadt, rufst du dir ein Taxi.«

Er reichte mir eine Münzrolle, und ich steckte sie mir rasch in die triefend nassen Jeansshorts.

»Jace!« Wieder geriet ich bei dem Gedanken in Panik, Gus hier allein auf sich gestellt zurückzulassen. Blitze zuckten über den Himmel, und Jace schien ein Spiegelbild meiner eigenen Furcht zu sein.

»Lauf, Tess!«

Ich drehte mich um und verschwand im Maislabyrinth.

»Fuck.« Ich blieb stehen, stützte mich auf meine Oberschenkel und schob die Erinnerung aus meinem Kopf. Ich war stundenlang gegangen, die Sonne sank allmählich, und ich konnte den verdammten Fluss einfach nicht finden. Was mich noch mehr verwirrte, war, dass die Drohne nicht hier gewesen war. Warum?

Mein Magen knurrte und erinnerte mich daran, dass ich nichts gegessen hatte. Ich hatte das Wasser getrunken, das im Feld von den Blättern herabgelaufen war. Das würde nicht lange reichen, und ich wusste nicht, wie lange ich es noch ertrug, von nichts außer Mais umgeben zu sein. Ich wurde klaustrophobisch.

Bumm.

Erneut stolperte ich über einen toten Körper mit fehlendem Magen. Mein eigener Magen drehte sich um, als ich zwei und zwei zusammenzählte. Mir fiel ein, dass ich eine Woche lang im Haus Mais zu essen bekommen hatte. Menschliche Leichen düngten das Maisfeld. Mein Gott, ich war Hannibal Lecter.

Als ich mich mühsam wieder erhob, entdeckte ich eine kleine Taschenlampe, die im Gürtel des Leichnams steckte. Ich zog sie heraus und knipste sie an. Sie musste wasserfest sein. Ich würde gern sagen, ich hätte nie zuvor einen Toten bestohlen, aber das wäre eine Lüge. Ich hatte es schon einmal getan, und wahrscheinlich war auch dieses nicht das letzte Mal. Nun ja, es war nicht so, dass sie die Sachen noch benötigten.

Ich hielt meine wunden Füße an seine Schuhe und sah, dass sie etwa eine Nummer zu groß waren, aber das machte mir nichts. Mit einem Ruck löste ich die Schuhe, die wie Kähne aussahen, und schlüpfte hinein. Die Rückseiten falteten sich nach innen, wie bei Schlupfschuhen, aber alles war besser als weiter barfuß zu laufen.

Ich hätte gern auch sein Hemd gehabt, da es wieder kälter geworden war. Die Sonne versank rasch zwischen den Blättern, aber ich wollte mir nicht die Zeit nehmen, es ihm abzustreifen. Ich sollte in Bewegung bleiben.

Das Trommeln meines Herzens wurde schneller, als ich wenige Meter entfernt ein Licht sah. In meinen Armen pochte es, und ich richtete mich auf die Knie auf.

Es war so nahe.

Am Ende des Felds blieb ich wie erstarrt stehen. Da war Zay mit einer Taschenlampe. Er lief am Rand des Maisfelds entlang, und hinter ihm war der Fluss. Rasch kroch ich in den Mais zurück und wartete, bis das Licht vorüber war.

Verdammt!

Das kann nicht sein.

Nicht jetzt, nicht, wenn ich so weit gekommen war.

Sie würden mich oder Gus umbringen.

Ich hockte mich hin, suchte mir ein paar Steinchen und warf sie ins Wasser hinter ihm. Das Licht wirbelte herum, und er trat näher ans Ufer.

Ich warf ein weiteres kleines Steinchen nur wenig davon entfernt.

»Siehst du was?«, knurrte Fox, der Schwachkopf von den Stripe Backs, aus seinem Quad. Es war wirklich das passende Fahrzeug für ihn.

»Wahrscheinlich springen nur die Fische«, murmelte Zay verärgert.

»Sie kann nicht entkommen.«

Zay schüttelte den Kopf. »Allen wird uns fertigmachen.«

»Wir könnten einfach sagen, wir hätten sie tot aufgefunden.«

»Wir müssen sie zuerst finden.« Zay holte sein Handy heraus und meldete sich. »Hast du mehr Glück gehabt?«

Sobald er sich umgedreht und Fox sich hinten auf Zays Wagen gesetzt hatte, glitt ich ins Wasser. Ich achtete darauf, nicht zu viele Wellen zu verursachen. Ich holte tief Luft und tauchte dann vollständig in das dunkle Wasser.

Es war schlammig und ich konnte kaum etwas erkennen, aber ich tastete mich am Ufer des Flusses entlang und zog mich weiter. Ich kam nur langsam voran, und mir wurde allmählich die Luft knapp, aber ich hielt sie länger an, als ich für möglich gehalten hätte.

Schließlich erlaubte ich mir, aufzusteigen und durch die Nase zu atmen. Ich duckte mich wieder, als das Licht über mich hinweghuschte. Sobald es sich weiterbewegte, tauchte ich erneut langsam auf und nahm einen weiteren tiefen Atemzug.

»Was ist das?« Fox sprang auf und bemühte sich, irgendetwas zu erkennen.

»Ich seh schon nach! Verdammt und verflucht, halt den Mund!« Zay drehte sich um, warf die Taschenlampe in den Pick-up und zündete sich eine Zigarette an. »Sie wird sich zeigen. Niemand kommt weiter als bis zum Fluss.«

Ich musste einfach Stolz empfinden, dass ich sie bei ihrem eigenen Spiel geschlagen hatte.

»He!«, rief Allen von irgendwoher. »Was ist los, zum Teufel?«

Ich wartete nicht länger, sondern holte tief Luft, glitt wieder unter Wasser und schwamm schnell zum anderen Ufer hinüber.

Ich spürte, wie sich etwas Scharfes um mein Bein legte. Der Schmerz war fürchterlich, und ein lautloser Schrei durchfuhr mich. Ich schmeckte Kupfer im Mund und begriff, dass ich mir auf die Zunge gebissen hatte. Ich fragte mich, wie schlimm es war. Ich hatte Angst, denn ich wusste nicht, ob ich noch würde gehen können.

Mit einem heftigen Ruck befreite ich mich, holte noch einmal vorsichtig Luft und schwamm unter Wasser, bis ich das andere Ufer erreicht hatte.

Oh, mein Gott. Ich konnte kaum geradeaus denken. Der pochende Schmerz zog sich von der Mitte des Oberschenkels bis hinab zum Fußknöchel.

Ein rascher Blick mit Hilfe der Taschenlampe, und ich sah einen tiefen, heftigen Kratzer, der jedoch wesentlich schlimmer schmerzte, als er in Wirklichkeit war.

Durch das Licht der Taschenlampe kam mir plötzlich eine Idee. So sehr ich sie behalten wollte, so sehr glaubte ich, dass sie mir auf die Art mehr nutzen würde.

Ich ließ die Taschenlampe ins Wasser fallen, riss mir einen Teil meines T-Shirts herunter, knüllte es zusammen und warf es obendrauf. Meine Hoffnung war, dass sie glauben würden, ich sei ertrunken, oder dass sie zumindest mehr Zeit hier mit der Suche nach mir verbringen würden.

Ins Wasser zurückzukehren, war keine Option. Ich dachte voller Entsetzen daran, was ich mir in diesem tödlich infizierten Wasser holen könnte. Ich traute Allen zu, einige seiner Leichen ebenfalls im Fluss versenkt zu haben.

Ich war fix und fertig, und in meinem Bein pochte es, aber ich musste mich ducken und vom Uferrand wegkommen, um so viel Distanz wie möglich zwischen sie und mich zu bringen.

»Aua.« Ich klammerte mich an einem Baumstamm fest, um wieder zu Atem zu kommen. Meine Haut fühlte sich klebrig vom Dunst an. Dieser Dunst erschwerte mir die Sicht, und in jeder Richtung sah es gleich aus. Das frühe Morgenlicht sorgte für gerade genügend Helligkeit, dass ich ein kleines Stück weit sehen konnte.

Ich sah einen Farbblitz, und mir rutschte das Herz in die Hose. Ich duckte mich und wartete. *Knack!* Ich zog die Beine an die Brust und machte mich kleiner und gab mir Mühe, mich nicht zu bewegen. Ich suchte nach einer möglichen Waffe. Es gab ein paar große Steine und ein paar zerbrechlich wirkende Stöcke, aber das war alles. Es sei denn …

Ich setzte den Fuß auf den Stamm und zog mich mit aller Kraft hoch, wobei mein Bein fürchterlich brannte. Ich konnte gerade so den nächsten Ast erreichen und mich hinaufziehen. Die Rinde kratzte mir die Beine auf, aber ich ignorierte den Schmerz und schob mich hoch.

Ich erstarrte beim Anblick des orangefarbenen T-Shirts, legte mich so flach wie möglich auf den Ast und hielt den Atem an, während er näherkam. *Shit.* Ich erkannte einen von Allens Männern. Er hatte meine Spur aufgenommen und folgte mir vom Flussufer aus. Ein langsames Prickeln von Furcht kroch mir über die Haut, und ich wusste: Wenn er mich entdeckte, hieß es Kämpfen oder Sterben. Er war gut und gern zwanzig Kilo schwerer als ich, also musste ich bei meinem nächsten Zug sehr clever vorgehen.

»Hast du sie verloren?« Sein Funkgerät knisterte.

»Nein, die Schlampe ist in der Nähe. Ich spüre sie. Sie wird sich bald zeigen.«

Meine Finger waren schweißnass; er stand direkt unter mir. Ich lag etwa zwei Meter über ihm; alles, was er tun musste, war hochzuschauen.

Ich spürte den Tropfen Blut, bevor er herabfiel. Ich versuchte, mein Bein an den Ast zu pressen, damit er das Blut absorbieren konnte, aber ich war nicht schnell genug.

Tropf.

Tropf.

Shit.

Er wischte sich den Nacken, hielt sich daraufhin die Hand vors Gesicht und sah das Blut. Genau in diesem Moment ließ ich den Ast los, drehte mich in der Luft und fiel ihm direkt auf den Kopf. Wir landeten beide hart, aber er war schneller auf den Beinen als ich. Er packte mich am Fuß und riss mich zu sich, während ich mich herumwarf und meine Finger in den Boden krallte.

»Du blöde Schlampe!«, schrie er. Ich schaffte es, hart zuzutreten, und erwischte ihn direkt an der Luftröhre. Das brachte ihn kurzzeitig zum Verstummen.

Ich rannte los, kam jedoch nur zwei Meter weit, bevor er mir von hinten einen Stoß versetzte, so dass ich einen Abhang hinabflog. Ich prallte gegen einen Baumstamm, was mir die Luft aus den Lungen trieb. Er tauchte über mir auf, einen Felsbrocken hoch über den Kopf gehoben, und der Wahnsinn in seinen Augen und die Brust, die sich hob und senkte, sagten mir, dass er es tun würde.

Ich wälzte mich mit einem Aufschrei zur Seite, gerade als der Felsbrocken aufschlug. Ich sprang auf die Beine und nutzte pures Adrenalin, um meinen nächsten Zug zu planen. Ich trat ihm gegen den Fußknöchel, drückte ihn mit all meiner Kraft zurück, und er fiel gegen einen Baum. Seine Füße zuckten komisch, und sein Körper vollführte ruckartige Bewegungen. Ich sah ihm ungläubig ins Gesicht. Blut tröpfelte ihm aus dem Mund. Er wirkte ebenso überrascht, wie ich mich fühlte. Wir blickten beide auf den tödlichen Ast hinab, der ihm aus dem Bauch ragte.

»Schlampe!«, spuckte er.

»Sagt der Typ, den ein Stück Holz durchbohrt hat.« Ich musste einfach lächeln, während ihm das Leben langsam entwich. Die Haut um seine Augen erschlaffte, und seine Kinnlade fiel herab. Er war erledigt.

Es war krass, aber, *shit.* »Hur-ra, Baby!«

Als ich die Straße erreichte, war es Tag. Ich wollte vor Aufregung darüber schreien, dass ich sie überhaupt gefunden hatte. Ich blieb stehen und sah mir mein Bein an. Blut tropfte von meinem Knie herab, ebenso von mehreren Stellen weiter unten, meine Wade war rot und angeschwollen, und mein Knöchel schmerzte. Aber nichts spielte im Augenblick eine Rolle, außer, dass ich irgendwie meinen Weg aus diesem Höllenloch herausfinden musste.

Später setzte ich mich für eine Atempause auf einen Stein. Mir war kalt, ich war müde und hungrig, doch nichts davon zählte, wenn ich daran dachte, dass Trigger hinter Gittern war und sich fragte, wo ich war, zum Teufel.

Ein Motorgeräusch aus der Ferne holte mich auf die Beine, machte mich jedoch auch nervös, weil es auch sie sein konnten. Ich wartete, bis es ein wenig nähergekommen war und ich die Aufschrift an der Seite des Fahrzeugs lesen konnte.

Clifton's Farm Eggs.

Ich trat auf die Straße und winkte wie verrückt mit den Armen.

»Hilfe!«, formte ich mit dem Mund, da ich Angst hatte, zu laut zu schreien. Ich wusste nicht, wie weit weg sie sein mochten.

Der Fahrer trat auf die Bremse, und der Wagen kam zum Stehen. Ich humpelte zum Fenster an der Fahrerseite hinüber und brach fast in Tränen aus, als ich sah, dass es eine Frau war.

»Meine Güte, wo zum Teufel kommst du denn her?«, fragte sie mit dem Akzent einer Südstaatlerin.

*

Allen

»Abwarten.« Ich hielt inne, während Zay sich die Lippen leckte. »Abwarten.« Die Männer starteten die Motoren, die förmlich aufbrüllten. Eine Woge der Erregung überrollte mich.

Ich hob die Hand, der Mann überquerte den Kanal und rannte weiter ins Feld.

»Jetzt!« Wir sechs jagten auf ihn zu. Eine Staubwolke bildete sich hinter uns, und der Geruch nach Tod lag in der Luft.

Der Mann blickte über die Schulter zurück, während er hart mit den Armen pumpte, um mit seinen Beinen mitzuhalten. Ich wusste, er würde sich vor Angst in die Hosen machen. Das sollte er auch. Er hatte einen Eid geschworen, zu bleiben und Teil meiner Armee zu werden. Ich verlangte Loyalität, und dieser armselige kleine Scheißer wollte nach Hause gehen.

Wir kamen rasch näher. Ich schrie wie das wilde Tier, das ich war, während ich meine Beute fast erreicht hatte. Ich stellte mir vor, ich wäre ein Drache. Als Zay vor mir die Position wechselte, spritzte mir Schlamm ins Gesicht. Ich verrieb ihn mit den Fingern und zog dunkle Linien unter meine Augen und um meinen Mund. Mein Atem war wie Feuer.

»Kommt von links«, schrie Zay unseren Männern zu. Wir bildeten ein Hufeisen, damit er nicht in den Maisfeldern verschwinden konnte.

»Er gehört mir!«, schrie ich, und Zay winkte den anderen. Ich griff mir von hinten mein Seil, erhob mich vom Sitz und hielt mich mit den Knien fest, während das Biest von Maschine unter mir brummte.

Ich schwang das Seil im Kreis über meinem Kopf, bevor ich es nach vorn schleuderte, sodass es sich um seinen Hals legte.

Sein Körper zuckte, und mit den Händen versuchte er verzweifelt, den Griff zu lockern, mit dem ich ihn festhielt. Einen Augenblick später drehte ich die Lenkstange und schwang zur Seite, riss ihn zu Boden, und sein Körper flog bei dieser Geschwindigkeit auf und nieder.

Es gab keine Schreie. Er hatte keine Luft mehr und höchstwahrscheinlich einen gebrochenen Hals. Aber um ganz sicherzugehen, kehrte ich zum Haus zurück und zog ihn die zwei Kilometer über Felsbrocken und durch Dornen.

Ich liebte eine gute Jagd.

Jetzt ging ich zum Haus hoch, bereit, mich um Gus zu kümmern.

Kapitel 3

Trigger

»*Shit*«, murmelte ich, während Sam ein Foto vor die Scheibe hielt. Sein Gesicht war wie üblich blass, und er sah krank aus.

Wir waren am Arsch, zumindest für den Augenblick.

»Ein Schuss in den Hinterkopf aus etwa drei Metern Entfernung.«

Feigling.

Sam zupfte an seiner altmodischen braunen Krawatte. »Jemand wollte nicht, dass Tie dir half. Irgendeine Vorstellung, wer der Jemand sein könnte?«

Ich schüttelte den Kopf, aber ich sah nur das Gesicht des Maulwurfs vor meinen Augen. Dafür würde er sterben, allerdings würde es ein langsamer Tod werden.

»Nein«, log ich und schluckte den Drang hinunter, meinen Schalter umzulegen.

»Was jetzt?«

Ich lehnte mich zurück und ließ meinen Hals knacken, um meine Anspannung ein wenig zu lösen. Er musste mich rausholen, aber, verflucht, ich musste wissen, dass Tess in Sicherheit war. »Hör auf, dir Sorgen wegen mir zu machen, sondern finde sie.«

»Trigger«, setzte er an, als wollte er debattieren, aber ich wollte es nicht hören.

»Ich kümmere mich um mich, du kümmerst dich um sie.«

Mit diesen Worten erhob ich mich und legte den Hörer auf. Es gab nichts mehr zu diskutieren. Ich wurde durch drei Türen zurückgebracht, bevor wir einen schmalen Flur erreichten. Es war die eine Stelle, über die sich sämtliche Wärter beschwerten. Man musste fast Schulter an Schulter mit den Häftlingen gehen, und die Wärter fühlten sich unwohl dabei. Als sich daher die Gelegenheit ergab, ergriff ich sie. Ich stellte den Fuß aus, sodass ein Häftling, der auf uns zukam, stolperte. Er fiel nach vorne und mit ausgestreckten Händen direkt auf den Wärter zu. Es sah wie ein Angriff aus. Ich packte den Wärter und drehte ihn weg, sodass der Häftling stürzte und der Wärter stehen blieb.

»Mein Gott«, jaulte der junge Wärter und bemühte sich, wieder zu Atem zu kommen. Er beäugte mich einen Moment lang, aber ich hob langsam die Arme, drehte mich um und drückte die Handflächen an die Wand. Der Alarm ertönte, und sämtliche Türen dieses Abschnitts knallten zu.

»Los, an die Wand!«, schrien sie uns an. Ich blieb, wo ich war, spürte jedoch, wie meine Mundwinkel nach oben gingen. Falsches Vertrauen war hier leicht zu gewinnen.

*

Die Sonne schien hell, und ich kniff die Augen zusammen, während ich mich durch das Meer von Häftlingen bewegte, die mich alle aus dem Augenwinkel beobachteten. Ich war jederzeit in höchster Alarmbereitschaft.

»Warte mal.« Brick rieb sich den Nacken, als ich ihn und Rail am Zaun traf. »Tie, unser einziger Weg nach draußen, ist gestern Nacht ermordet worden?«

Ich nickte, während ich eine Gruppe von Häftlingen dabei beobachtete, wie sie auf der anderen Seite des Hofs trainierte. Natürlich trainierten sie nicht nur. Ich wusste, dass sie ihren nächsten Schlag planten, der zufällig Bricks Zellengenossen galt.

Ich hatte diese Information nicht weitergegeben, da Rail bereits die Hosen gestrichen voll hatte.

»Also, was jetzt?« Rail warf ein Steinchen in eine Suppendose. »Wenn sich nur der Maulwurf zeigen würde.«

Beide Männer schwiegen, und es dauerte einen Moment, bis ich merkte, dass sie mich anstarrten.

»Du weißt, wer es ist, nicht wahr?« Brick beugte sich vor und stützte die Arme auf die Knie.

Rail nahm einen langen Zug an seiner Zigarette, bevor er zu Boden sah. »Sag mir nur, ob es Morgan ist.«

Der Club war unsere beschissene Familie, aber er war unsere einzige Familie, also lastete die Vorstellung, dass uns jemand betrog, schwer auf unseren Schultern.

»Vineyard!«, rief ein Wärter. »Geh zum Zaun.«

Shit, was ist denn jetzt?

*

Irgendwie entging ich dem Loch und durfte nach drei Tagen Isolation wieder zur Allgemeinbevölkerung zurückkehren. Ich war außer mir, als mich Sam davon in Kenntnis setzte, dass Felicia gerade eine

Vermisstenanzeige wegen Tess aufgegeben hatte. Ihre Bitch von Mutter wollte etwas in die Finger bekommen, was mir gehörte. Sam versicherte mir, dass Cray sich darum kümmerte, aber es half trotzdem nichts gegen die Wut in meinem Innern. Wer wüsste schon, was Tess zustoßen würde, wenn Felicia zuerst an sie herankäme? Sie hatte schon früher jemanden umgebracht, und ich war mir sicher, dieser Gedanke war der Bitch in Bezug auf Tess schon unzählige Male gekommen. Wahrscheinlich glaubte sie, Clark sei mit Tess zusammen, und das machte sie verrückt vor Wut.

*

Tess

Mit zittrigen Händen riss ich das Zuckertütchen auf und schüttete den Inhalt in den heißen Kaffee.

»Noch etwas?« Die junge Kellnerin wirkte besorgt.

Ich schüttelte den Kopf und starrte zum Fenster hinaus. Die letzten drei Tage waren die Hölle gewesen, und ich wusste nicht genau, wohin ich von hier aus gehen sollte.

»Wohin willst du?«, fragte die zahnlose Fahrerin.

»Irgendwohin, ich will nur nicht hier bleiben.«

Sie strich sich das fettige Haar aus dem Gesicht. »Ich fahre nach Nordosten. Wenn du in diese Richtung willst – ich kann ein wenig Gesellschaft gut gebrauchen.«

Ihr nervtötendes Lächeln gefiel mir nicht, aber was hatte ich für eine Wahl? Wer weiß, wann der Nächste vorbeikäme, und woher würde ich wissen, dass er nichts mit Allen zu tun hatte?

Ich spürte, wie sie näherkamen, also sprang ich auf und öffnete die Beifahrertür. Im Fußraum lagen jede Menge Fastfood-Papiertüten und Pappkaffeebecher.

»Pass auf die da auf.« Sie zeigte auf die Tüte gleich neben meinen Füßen. »Könnten noch ein paar Hähnchennuggets drin sein. Ich mag sie kalt und zäh.«

Ich gab mir Mühe, meinen Ekel zu verbergen – nicht, dass ich besser als sie war. Shit, ich hatte früher schon Schlimmeres gegessen, aber dieses Fastfood-Fleisch wurde keinesfalls besser, je länger es lag.

»Möchtest du was?« Sie nickte zu dem offenen Glas Marshmallowcreme hinunter. Eine Fliege summte um den Deckel und landete auf dem Rand.

»Nein, danke.«

Sie streckte die Hand aus, und ich sah, dass ihr zwei Finger fehlten. »Ich heiße Dela, wie in Delaware. Da hat mich meine Mama zur Welt gebracht.«

Ich schüttelte ihr die Hand. »Tess.«

Dela nahm die Kurven der Straße äußerst rasant, und ein paar Mal musste ich mich wirklich festhalten.

»Möchtest du mir sagen, warum du aussiehst wie Julie James?«

Meine Augenbrauen gingen verwirrt in die Höhe, während ich über den Sitz rutschte wie ein Passagier auf einem Fischerboot.

»Ich weiß, was du letzten Sommer getan hast, *der Thriller von 1997.«*

»Hab ich nie gesehen.« Ich warf einen Blick auf meine zerrissenen Jeansshorts und das Tanktop hinab, das mir an der Haut klebte.

»Ich liebe diese Thriller. Bringen meinen Kreislauf in Schwung. Also?«

»Also was?«

»Du in den Wäldern, Schuhe, die nicht dir gehören, keine Handtasche, kein Garnichts. Steckst du in Schwierigkeiten?«

Ich lehnte mich im Sitz zurück und holte tief Luft. Wo zum Teufel sollte ich anfangen? »Haben Sie ein Handy, das ich mal benutzen könnte?«

Sie spuckte das, woran sie kaute, in einen Pappbecher, bevor sie ein Handy hinter der Sonnenblende herausholte.

Aufgeregt nahm ich es ihr aus den Fingern und wählte. Doch die Leitung war tot.

Shit.

»Wen willst du anrufen?«

»Helmond's Bar.«

»Wo ist die?«

»Santa Monica.«

Sie gackerte. »Mein Vertrag deckt keine Ferngespräche ab.«

Ich hörte auf, meine Umgebung in mich aufzunehmen – üppige grüne Wälder, kalte, frische Luft, herankommende Wolken.

»Wo sind wir?«

»St. Louis.«

Was?

»Was kann ich Ihnen bringen?« Die Kellnerin holte mich aus meinen Gedanken heraus. Sie gab sich Mühe, mich nicht anzustarren, aber wer täte das nicht? »Tony da hinten macht richtig guten Kuchen.«

Ich beäugte die paar Dollars, die ich noch hatte, und überlegte.

»Wissen Sie«, sie senkte die Stimme, »ich muss zufällig eine Portion Eier und Toast in den Abfall werfen. Tony hat Käse dazugetan, und ich vertrage keinen Käse. Ich wollte es wegwerfen, aber wenn Sie es haben möchten …«

Ich lächelte und schob meinen Stolz beiseite.

»Das wäre sehr nett, danke schön.«

»Dann gehe ich es mal holen.«

Ich döste wieder vor mich hin.

Alles verschwamm mir vor den Augen, als ich die Bedeutung ihrer Worte begriff. Woher hätte ich wissen sollen, zum Teufel, dass ich quer durchs Land gebracht worden war? War ich unter Drogen gesetzt worden?

Ich spürte, wie mein Körper allmählich dichtmachte, während das ganze Ausmaß dessen, was geschehen war, in mich einsank.

»Hier.« Dela reichte mir eine alte Decke. »Nächster Halt Nashville.«

Was Dela zu erwähnen vergessen hatte, war, dass sie gern und oft unterwegs anhielt, um sich mit alten Freunden zu treffen. Da sie eine unabhängige Truckerin war, richtete sie ihren Fahrplan entsprechend ein. Am Ende des zweiten Tages jedoch hatte ich genug davon, in ihrem Truck zu sitzen und darauf zu warten, dass wir irgendwo ankamen. Ich hatte seit wer weiß wie vielen Tagen nicht mehr geduscht, und mein Bein war gewiss infiziert, da es entzündet aussah und höllisch wehtat. Ich musste so bald wie möglich an ein Telefon kommen. Hinzu kam: Wenn ich noch mehr Fastfood riechen müsste, würde ich noch zur Veganerin werden.

Mein Kopf brachte mich um, und ich war innerlich mehr als gestresst wegen des Clubs, wegen Trigger und Gus.

Ich kletterte über den Sitz und öffnete die kleine Tür zu Delas Kabine. Ich hatte die Nacht zuvor auf dem Sitz vorn geschlafen.

Der Geruch nach Pot traf mich wie eine Mauer. Ich musste husten, so stark roch es. Ich rutschte aufs Bett und öffnete die kleinen Schränkchen, in der Hoffnung, irgendwelche Schmerztabletten zu finden.

»Was zum Teufel …« Ich blinzelte. Überall hingen Nacktfotos von ihr und irgendwelchen Männern. Sie hatte eine Kalaschnikow auf einen von ihnen gerichtet, während ihr ein Halsband um den Hals hing. Auf einem

weiteren Foto hatte sie jemandem eine Kunststofffolie übers Gesicht gezogen. Sie lächelte und hatte einen verrückten Ausdruck in den Augen.

Verfluchter Mist.

Ich steckte mir ein Beutelchen Pot in die Tasche, nahm die Münzen von der Mittelkonsole und schnappte mir das Handy. Als ich gerade gehen wollte, drehte ich noch mal um und nahm mir ihre Flip Flops und den Pullover.

Ich wünschte, ich hätte mich schlecht gefühlt wegen dem, was ich da tat, aber ich fühlte nichts. Die Straßen hatten mich gelehrt, dass es bloß ums Überleben ging, und Überleben bestand darin, Gelegenheiten zu ergreifen, wenn man sie sah.

In dieser Nacht ging ich zu einer nahegelegenen Tankstelle und schloss mich in deren Außentoilette ein. Abgesehen von dem Glory Hole war sie in keinem allzu schlechten Zustand.

Am nächsten Tag fuhr ich per Anhalter zum nächsten Imbiss, wo ich schließlich etwas heißen Kaffee auftreiben konnte.

»Hier.« Die Kellnerin stellte einen Teller mit himmlisch duftenden Eiern vor mich. »Ich hab sie aufwärmen lassen.«

»Danke.« Ich war am Verhungern. »Oh, hey.« Schinken wickelte sich um meine Zunge, und ich stöhnte beinah auf. »Sie haben nicht zufällig einen Computer, in dem ich eine Telefonnummer suchen kann?«

Sie blickte über die Schulter zur Küche, bevor sie nach einem iPhone auf der Theke griff.

Wo zum Teufel sollte ich anfangen? Verzweifelt durchsuchte ich mein Gehirn, fand jedoch nichts. Also googelte ich »US Army« und fing dort an. Vierzig Minuten und vier frustrierende Telefonate später wurde ich mit einem Typen namens Frank weiterverbunden.

»Frank.« Seine Stimme war knapp und leicht verärgert. Wenigstens waren wir auf derselben Wellenlänge.

Ich geriet ins Stolpern. »Hi, ich … äh, ich weiß nicht genau, wo ich anfangen soll.«

»Fangen Sie einfach an.«

Ich richtete mich auf. »Okay, Sarkasmus. Wir sprechen also die gleiche Sprache.« Ich holte Luft. »Ich muss mit Savannah Logan in Kontakt treten.«

Schweigen.

»Warum?«

»Ich brauche ihre Hilfe.«

Ich hörte, wie sich etwas schloss. »Ich habe Ihren Namen nicht mitbekommen.«

»Ich habe ihn noch nicht genannt.«

»Tun Sie's jetzt?«

Ich sah mich in dem leeren Imbiss um. »Werden Sie mir dann helfen?«

»Sie haben meine Aufmerksamkeit geweckt, also schätze ich, ja.«

Lass es bitte den richtigen Schritt sein.

»Tess.« Mehr sagte ich nicht.

Erneutes Schweigen.

»Wie in Tessa Marin?«

Shit.

»Woher kennen Sie meinen Nachnamen?«

»Sie wären überrascht, was ich weiß. Warten Sie kurz. Legen Sie nicht auf.«

*

Allen

Gus saß in der Ecke der Küche auf einer Bank. Er konnte kaum die Hand heben, um zu essen. Hätte er nicht versucht, letzte Nacht dazwischenzugehen, könnte er noch gehen. Aber nein, er hatte versucht, uns von Tess' Spur abzubringen, indem er seine eigene kleine Nummer abgezogen hatte. Ich konnte kaum glauben, dass die kleine Schlampe entkommen war. Das Gewitter hatte meine Kameras lahmgelegt, und ich habe das erst gemerkt, als sie bereits weg war. Ich hatte eine Ahnung, wer ihr geholfen haben könnte, und ich dachte dabei an den jungen Prospect, aber ich konnte mir nicht sicher sein, da ich gleichfalls wusste, dass ihm seine Schwester wichtiger war als Triggers kleine Ficktussi.

Beim Schrei eines Babys fuhr ich zum Fernseher herum. Mich verfolgte noch immer das letzte Mal, als ich ein ähnliches Geschrei gehört hatte.

Ich saß zusammengesunken in dem orange-blauen Sessel und strich mit dem Finger über die Flecken, die das Muster sprenkelten, Beweis meiner unzähligen Ficks. Der Everlast-Boxsack baumelte von der Wohnzimmerdecke herab. Er war das Einzige, was mir ganz entfernt etwas bedeutete.

Ich zerdrückte die Bierdose in meiner Hand und warf sie zu den anderen auf den Stapel. Ich steckte mir die Hand in die Hose, ich brauchte Entspannung. Ich schloss meine Augen und spürte, wie ich abdriftete, als mich ein lautes Klopfen weckte.

»Verschwinde!«, knurrte ich.

Das Klopfen wurde lauter und länger.

Ich schwang die Füße hoch, um mich aus dem Stuhl zu schwingen, stolperte bei diesem Vorgang jedoch über die Whiskeyflasche. Bernsteinfarbene Flüssigkeit ergoss sich über den Teppich.

»Shit!« Ich schnappte mir die Flasche und nahm einen Schluck. Sollte der Hund doch das Verschüttete auflecken. Erneut ertönte das Klopfen, und ich riss die Tür auf. Da stand eine Frau vor mir, die ein Baby im Arm hielt.

»Was ist?« Ich kniff die Augen vor der grellen Sonne zusammen. »Weißt du, wie spät es ist?«

Sie sah über die Schulter und dann wieder zu mir. Ihre Haut war von Pockennarben übersät, ihre Arme waren gesäumt von Einstichen.

»Erinnerst du dich an mich?« Sie legte das Kind in ihren anderen Arm.

»Kommt drauf an. Hast du mir einen geblasen oder haben wir gebumst?«

Ich nahm einen weiteren Schluck aus der Flasche.

»Leider haben wir gebumst, und ich habe dir von ihm erzählt.« Sie warf mir eine Tasche vor die Füße. »Ich kann das nicht mehr. Alle Infos über ihn sind in der Tasche. Ich habe nicht das Geld, um ihn zu ernähren, oder einen Ort, wo wir bleiben könnten.«

»Was?« Ich konnte ihr nicht recht folgen, weil sie so schnell sprach, und sie brach in Tränen aus, was mich verärgerte. Der Whiskey machte alles verschwommen und umwölkte meinen Kopf.

»Tut mir leid, Nolan.« Sie küsste ihn auf den Kopf und drückte seine Wange an ihre. »Ich wollte das nicht tun, aber mir bleibt keine andere Wahl.« Sie hüllte ihn fest in die Decke und schob ihn mir in die Arme, wobei sie meine Whiskeyflasche zu Boden stieß. Sie zerbrach, was meine Aufmerksamkeit auf sie lenkte, und als ich wieder hochschaute, war die Frau auf halbem Weg zurück zur Straße, und ich hatte ein verdammtes Baby am Hals.

»Also, findet es!«, hörte ich Zay vom anderen Raum aus rufen. Er war sauer über die IT-Nerds, die wir angeheuert hatten und die versuchen sollten, an der Firewall vorbeizukommen, die Devil's Reach eingerichtet hatte. Trigger hatte mich vor Jahren geblockt, aber es gab immer einen Weg hinein. Ich brauchte eine Kopie des Vertrags mit den Serpents. Diese Arschlöcher waren aus der Stadt raus und hatten sich zerstreut, sodass sie nur schwer ausfindig zu machen waren. Wenn ich nicht herausfinden konnte, auf welchen Wegen Trigger sein Koks vertickte, war ich geliefert.

Ich brauchte dringend Koks. Die Waffen erwiesen sich als zu schwer zu transportieren. Meine Schulden beim Kartell wuchsen von Tag zu Tag, und meine Deadline rückte unangenehm näher. Ich ging davon aus, dass nun, da Trigger wusste, dass ich zurück und verantwortlich für das Dilemma mit seiner Koksbestellung war, er sich von dem trennen würde, worauf er noch saß. *Shit*, das setzte jeder Gelegenheit ein Ende, die ich vielleicht hätte, in dieser Richtung zu punkten.

Verdammt. Ich hatte Kunden mit einer beschissenen Wagenladung Geld, aber kein gottverdammtes Kokain!

»Kannst du nicht schneller tippen?«, zischte Zay.

Genug.

Ich schnappte mir meine Brille, stürmte in den Raum und rammte die Kunststoffbügel der Brille dem leitenden IT-Jungen in beide Augen. Er schrie und fiel zu Boden, während seine Hände zu seinen ruinierten Augäpfeln hochfuhren. Ich wandte mich an die anderen drei IT-Nerds und zeigte nacheinander langsam auf jeden einzelnen.

»Wenn ihr bis zum Ende der Woche nicht durch diese Firewall durch seid, werde ich dafür sorgen, dass auch ihr nie mehr etwas sehen werdet.«

Ich warf Zay, der sich den Kopf kratzte, einen Blick zu. Er war nicht damit einverstanden, wie ich mit so einem Scheiß umging, aber er käme drüber hinweg. Das tat er immer.

»Sie ist im Clubhaus entdeckt worden«, schnaufte Fox und versuchte, wieder zu Atem zu kommen. Er war verschwitzt, und er musste dringend abnehmen, aber Fox würde sowieso nicht mehr allzu lange überdauern.

»Wenn du nicht schlucken würdest, was du in die Finger bekommst«, brummelte ich, »hättest du vielleicht deinen verdammten Job bei ihr in der Wüste zum Ende bringen können.«

Er zuckte zusammen. »Ich habe improvisiert und ihr gesagt, sie solle dafür sorgen, dass Trigger die Drogen in Bewegung hält. Wie dem auch sei, es war dunkel, und ich habe Tiago erst kommen hören, als es zu spät war.«

»Du warst zu beschäftigt, etwas zu befummeln, das nicht dir gehörte«, kicherte Zay.

»Ich habe auch nicht gesehen, dass du es ihr besorgt hättest.« Fox spuckte ihm vor die Füße, und Zay versetzte ihm einen rechten Haken. Fox rauschte in die Computer, und alles Mögliche flog durch die Gegend.

»Zay.« Ich gab dem jetzt blinden IT-Jungen, der in einen Schockzustand verfallen war, einen Tritt. »Schaff ihn mir vom Hals. Fox.« Ich versperrte ihm den Weg, als er gehen wollte. »Bring deinen fetten Arsch nach Kalifornien und entledige dich dieses Arschlochs Tie.«

Kapitel 4

Trigger

»Ich wollte schon immer wissen, wie es wäre, gegen den unbezwingbaren Kokainkönig zu kämpfen«, sagte Häftling Nummer 5768048 ruhig, bevor er sich umdrehte und mir ins Gesicht spuckte. Ich hatte mir nie die Mühe gemacht, mir seinen Namen zu merken. Ich wusste bloß, dass er hinter Rail her war. Daher musste etwas deutlich klargestellt werden.

Ich hatte meinen Overall bis zur Hüfte herabgerollt, sodass mein Oberkörper frei war. Der Regen perlte an meinen Schultern ab und rann mir über die Brust. Das sorgte dafür, dass meine Hautoberfläche glitschig wäre, wenn das Arschloch meine Taille packte. Er war vorhersagbar, das waren sie alle.

Er wollte mir ein Messer in den Bauch jagen, aber ich schlug ihm die zehn Zentimeter lange Klinge aus der Hand. Er drehte sich, packte mich um die Mitte und schleuderte mich zurück gegen die Betonmauer. Der Aufprall fühlte sich großartig an; es war genau das, was ich benötigte, um die hungrigen Dämonen aufzuwecken.

Bevor ich auf seinen Oberschenkel losging, um den Muskel zu zerquetschen, neigte ich den Kopf und suchte den Blick des Wärters, dessen Vertrauen ich neulich gewonnen hatte. Er überwachte in dieser Woche den Hof. Er nickte leicht und zeigte mir mit den Fingern an, dass ich sechs Minuten hätte.

Vorteil der Schwachen.

Das Arschloch jaulte auf und wand sich unter dem Druck. Sobald er unten lag, beugte ich das Knie und senkte langsam, unter Ausnutzung meines Körpergewichts, mein Schienbein in seine Luftröhre. Die Augen traten ihm aus den Höhlen, und seine Hände krallten an mir herum, aber er bekam mich nicht zu packen, und er konnte mich nicht wegschieben.

Ich sah mich prüfend um. Die Häftlinge in Block C sahen zu und winkten durch die Gitter in den Fenstern. Ich erblickte die Regenrinne, die es nicht schaffte, mit dem herabströmenden Regen fertigzuwerden. Mein Blick folgte ihr in die Ecke und blieb sechs Meter über dem Boden hängen.

Ich zog ihn auf die Knie und zerrte seinen nahezu bewusstlosen Körper über den Hof zu dem heftigen Schwall Regenwasser, das sich aus der Rinne ergoss. Er fuchtelte mit den Armen, als ich seinen Kopf mit dem Gesicht nach oben zwischen meinen Knien festklemmte. Er wand sich und verschluckte sich an dem Wasser, das ihn bis zum Rand füllte. Sein rascher Herzschlag verlangsamte sich unter meinen Fingerkuppen, und seine Abwehr wurde schwächer.

Das Licht seiner Seele erlosch nach und nach, also beugte ich mich über ihn und fing das Regenwasser ab, sodass es nun wie ein Vorhang um uns herumfiel und uns von der Welt abschirmte.

Ich schlug ihm ins Gesicht und sah, dass sein Licht wieder etwas heller leuchtete. Er war immer noch da. Ich musste nur dafür sorgen, dass er mich hörte.

»Ich bin unberührbar, ob hinter Gittern oder nicht.« Ich packte ihn an der Kehle und schüttelte ihn wieder zu mir zurück. Ich sah ihm in die Augen. »Stürze dich nie wieder auf einen meiner Männer.« Dann ließ ich ihn fallen und rannte um die Ecke und durch die Küche, wo mich ein trockener Overall erwartete.

»Alles gut?«, fragte Brick unterdrückt, während er Kartoffelbrei auf einen Teller knallte. Er stieß ihn Rail zu, der würgend über den grünen Bohnen stand, für die er verantwortlich war.

»Ja.«

Über die Lautsprecher ertönte das Heulen der Sirene, und die Wärter fingen an zu schreien.

Los geht's.

*

»Wenn du mit dem Feuer spielst, wirst du dir Verbrennungen zuziehen.« Aus dem Augenwinkel sah Sam zu dem Wärter, der uns zuhörte, und nickte ihm zu.

»Also habe ich mir Verbrennungen zugezogen.«

»Trigger, der Richter neigt zu Strafen von dreimal lebenslänglich. Hör auf, hier mit deinem Leben zu spielen.«

»Für mich klingt das so, als ob ich kein Leben hätte, um das man sich sorgen müsste.«

Aber Sam schüttelte nur mit dem Kopf. Er wirkte angeschlagen, aber er war es nicht, der hier drin saß, also hätte es mir nicht gleichgültiger sein können.

Er hatte nur einen Job zu erledigen, und er kriegte es verdammt noch mal nicht hin.

»Tess?« Ich wechselte das Thema. Ich war nicht erwischt worden, und ich würde nicht erwischt werden. Ebenso, wie ich nicht ins Loch gehen würde. Ich hatte Macht hier drin.

Sam schob seinen Stuhl zurück und winkte jemandem zu. Ein seltsames Gefühl kroch über mich hinweg, während mein Vertrauen in ihn plötzlich erschüttert wurde. Sam hatte nie zuvor jemanden ins Gefängnis gebracht, denn das war meine Regel.

Mein Blick schoss zu dem Mann, der vor mir stand. Er wartete darauf, dass ich ihm erlaubte, sich zu setzen. Ich nickte leicht.

Sam reichte ihm den Hörer, und ich wartete darauf, zu hören, was er zu sagen hatte.

»Alles gut?«, krächzte er.

Ich reagierte nicht.

»In Ordnung.« Er holte einen Aktenordner hervor, hielt ihn hoch, sodass der Wärter ihn sehen konnte, und drückte ein kleines Stück Papier gegen die Scheibe. Mit schwarzem Edding stand ein einziges Wort darauf: *Tennessee.*

Meine Finger zuckten, und ich hatte gemischte Gefühle.

Morgans Miene wurde düster, und die Stressfalten um seine Augen vertieften sich. »Ich musste es versuchen.«

Ich rieb mir den Bart und zupfte ein paar Mal daran, während ich dem Schatten des Verrats erlaubte, von meinen Schultern herabzufallen. Er hatte getan, worum ich ihn gebeten hatte, und eine gottverdammte Antwort erhalten.

»Und?«

Er schüttelte den Kopf. »Jemand hat gesagt, sie hätten gehört, dass eine Lkw-Fahrerin ein Mädchen am Straßenrand aufgesammelt habe. Sie sagten, sie wollte nicht reden, sondern bloß eine Mitfahrgelegenheit und das Telefon benutzen. Als die Fahrerin zur Toilette ist, hat sie sie ausgeraubt und ist auf und davon.«

Morgan grinste, ebenso wie ich. Das war dann wohl Tess gewesen. »Anscheinend kann selbst der Teufel diese kleine Tigerin nicht unten halten.«

Ich öffnete den Mund, um etwas zu sagen, aber da wurden die Falten zwischen seinen Augen plötzlich tiefer.

»Ich schwöre bei Gott, Trigger, ich habe deine Mutter auf dem Parkplatz gesehen, als ich Tess im Hotel abgeholt habe.«

Was? Ich schob diesen Gedanken aus dem Kopf. Mit so vielen *Eventualitäten* kam ich im Augenblick einfach nicht klar.

»Verschwinde heute Nacht, benutze den Safe in meinem Büro und halte Sam auf dem Laufenden.« Ich hielt inne. »Wenn du sie wiedersiehst, sprich sie an.«

Ich stand auf und wollte gehen, aber Morgan blieb sitzen. Ich drückte mir den Hörer wieder ans Ohr.

»Was ist?«

Das Knistern über den beschissenen Lautsprecher des Hörers war alles, was ich eine Sekunde lang vernahm, und ich wusste, dass mir nicht gefallen würde, was ich jetzt zu hören bekäme.

»Ich weiß, wer der zweite Maulwurf ist.«

Mir zog sich der Magen zusammen. Ich wollte nicht, dass jemand an ihn rankam, bevor ich es tat.

»Ich habe gesehen, wie er Tie erschossen hat.«

»In Ordnung«, knurrte ich.

»Ich musste alles aufwenden, was ich hatte, um nicht das Gleiche mit ihm zu tun.«

»Er ist immer noch am Leben?«

»Ja, aber nur, weil ich gehört hatte, dass er unbedingt nach Tennessee müsste, und das machte mich neugierig. Ich bin in dieser Nacht los und habe angefangen ein wenig nachzuforschen. Hat mich etwas Zeit gekostet, aber die Trucker wissen alles.« Er hatte recht. Wenn es knüppeldick kam, gingen wir zuerst zu den Truckern. »Ich möchte ihm folgen.«

Mehr als alles wollte ich Morgan im Club haben, aber wenn der Maulwurf uns zu Tess oder Gus führen konnte, musste ich es wissen.

»Schön, aber melde dich.«

»Werde ich.« Er legte die Faust an die Scheibe, ein Zeichen für unsere Brüderschaft, und ging dann.

Sam ließ sich auf seinen Stuhl fallen und setzte zum Reden an. »Trig…«

»Ich muss hier raus, verflucht, und es ist mir egal, wie.« Ich knallte den Hörer auf die Gabel.

Ich stolzierte durch den Gemeinschaftsraum und hinauf zur Bibliothek, um einen Augenblick allein mit meinen Dämonen zu haben.

Ich wand mich durch die Regalreihen. Es war anscheinend der einzige Raum, in dem die Wärter nicht herumlungerten. Der Geruch nach alten Buchseiten und muffigem Leder hing schwer in der Luft. Ich tippte auf den unteren Rand eines Buchrückens, sodass das Buch mir in die Hände fiel. Ich schlug es in der Mitte auf und tat so, als würde ich lesen, während ich den Raum aus dem Augenwinkel überblickte. Rail und Brick waren drüben beim Büro. Als sie aufsahen, erkannte ich an ihren Augen, dass jemand sich mir von hinten näherte.

Etwas knallte auf meinen Kopf und betäubte mich. Ich hätte fast den Halt verloren. Ein Messer blitzte vor meinen Augen auf, es zielte auf meinen Hals. Als ich danach griff und die Hand packte, die es festhielt, sah ich, wie Wes, mein Zellengenosse, über dem Oberschenkel ein Tablett in zwei Hälften zerbrach und es dem Arschloch in die Seite rammte.

»Verflucht.« Rail beugte sich über den Typen und inspizierte seine Seite. »Das wird wehtun.«

Der Mann versuchte, nach ihm zu schlagen, aber Wes trat ihm das Tablett weiter in die Seite und setzte dem Versuch damit ein Ende.

Ich lächelte halb, beeindruckt davon, dass der Junge rasche Reflexe und einen starken Magen hatte.

»Alles in Ordnung?« Wes blickte mir über die Schulter.

»Ja.«

Beim Geräusch von Stiefelschritten suchten wir alle nach einem Ausgang. Wes winkte uns, ihm nach hinten und in ein zweites Büro zu folgen. »Hier rein.« Er zeigte auf einen kleinen Bücherschrank mit kaum genügend Platz für uns. Wir quetschten uns gerade rechtzeitig hinein.

»Häftling Wesley!«, schrie der Wärter. »Wo bist du?«

Wes schloss rasch die Tür, aber durch einen kleinen Spalt konnten wir alles erkennen. Ich sah den Wärter hereinkommen.

»Hey.« Wes reagierte mit einer freundlichen Stimme. »Womit kann ich Ihnen helfen, Sir?«

»Was ist da draußen passiert, zum Teufel?«

Meine Haut spannte sich bei dem Gedanken an, dass er uns verraten könnte. Es wäre Selbstmord, aber so etwas kam vor …

»*Shit,* ich habe keine Ahnung.« Er rieb sich den Kopf, als ob er besorgt wäre. »Ist er tot?« Er ging mit dem Wächter hinaus und führte ihn so von uns weg.

»Ich habe gehört, dass dieser Kale von einem Schlag gegen die Latinos gesprochen hat.« Wes sah sich um und seufzte. »*Shit, er* war das Ziel.«

»Sonst ist niemand hier drin?«, fragte der Wärter und sah sich ebenfalls im Raum um.

»Nein, Sir. Ich bin den ganzen Tag über da hinten gewesen, aber ich habe niemanden gehört, der reingekommen wäre.«

Er zog seinen Taser heraus und hielt ihn Wes an den Kopf. »Du weißt, warum du hier arbeitest, nicht wahr?« Wes nickte. »Weil du keine Probleme bereitest. Lass mich nicht an meiner Entscheidung zweifeln.«

»Warum sollte ich das Risiko eingehen?«

»Schlaues Kerlchen.« Er tippte sich an die Schläfe, bevor er sich umdrehte und zu dem Toten zurückging. Dann hob er sein Funkgerät und meldete es.

Wow. Ich war beeindruckt.

Wes nickte, und wir schlüpften leise aus dem Büro und zogen uns in den Flur auf der anderen Seite zurück, während der Wärter mit seinem Funkgerät beschäftigt war.

*

Die kalte Luft strömte durch das offene Fenster in unsere Zelle hinein. Der nachtblühende Jasmin war eine willkommene Abwechslung, denn mein Bett stand nur einen halben Meter von der Toilette entfernt.

»Warum hast du uns heute Abend geholfen?«, fragte ich, weil ich wusste, dass Wes wach war.

»Ich habe einen Eid geschworen.«

»Ich weiß nicht, was du meinst.«

Er wartete einen kurzen Moment, bevor er antwortete. »If you don't ride with me, you'll never be free.«

Ich grinste, überaus beeindruckt davon, dass er es mir nicht schon eher gesagt hatte.

»Ortsverband Kansas. Ich hab was für den VP auf mich genommen.«

Es überraschte mich, dass ich nie zuvor von Wes gehört hatte.

»Was ist schiefgegangen?«

Wes legte sich einen Arm unter den Kopf. »Immer derselbe alte Prospect-Shit. Sie haben jemanden umgebracht, den sie nicht hätten umbringen sollen, und brauchten jemanden, der es auf seine Kappe nahm.«

»Wie lange?«

»Noch drei Monate.« Einen Moment lang schwieg er. »Ich bin nicht mehr frei gewesen, seitdem ich sechzehn war.« Er räusperte sich. »An dem Tag, an dem ich entlassen werden soll, habe ich Geburtstag. Fünfundzwanzig.« Ich hörte ihn kichern. »Ich habe keine Ahnung, was ich tun soll.«

»Du gehst nicht nach Kansas zurück?«

»Nein«, murmelte er. »Dort gibt es nichts für mich zu holen. Zum Teufel, für mich gibt es nirgendwo etwas zu holen.«

Diese Sichtweise verstand ich nur allzu gut. Als ich noch jünger war, hatte ich mich auch oft wie ein Nomade gefühlt.

»Ich habe von deiner Ol' Lady gehört.« Ein Brennen schoss mir in die Kehle. »Hast du irgendwas erfahren, wo sie ist?«

Nicht ausflippen.

Nicht ausflippen.

Nicht ausflippen.

Sobald mein Blutdruck sich wieder etwas reguliert hatte und das Schweigen zu lange dauerte, um behaglich zu sein, ergriff ich das Wort.

»Wir haben eine Spur.«

»Gut. Ich habe …«

»Nein, werde ich nicht!«, schrie Rail plötzlich aus der Nachbarzelle.

»Was gäbe ich nicht für eine solide Mauer zwischen uns«, zischte Brick.

»Als wärst du ein Prachtweib, mit dem es sich angenehm leben ließe.«

»Ich weiß, dass ich eins bin«, bellte Brick zurück.

»Fick mich.« Ich legte die Hand über meine brennenden Augen und wollte mit bloßer Willenskraft dafür sorgen, dass dieser verfluchten Zelle etwas Schlimmes zustoßen würde.

»Sind *Brail* immer so?« Wes lachte halb über die streitsüchtigen Idioten nebenan.

»Die Geschworenen sind immer noch draußen«, scherzte ich düster.

*

Tess

»Weißt du, Savannah hat gesagt, du bist hart im Nehmen, und das beweist es.« Keith glitt mir gegenüber an den Tisch. Mike winkte mir von der Tür her. Ich merkte, dass wir nicht lange hierbleiben würden.

Die Kellnerin kam herüber, aber er winkte sie freundlich weg, bevor er sich wieder mir zuwandte.

»Geht es dir gut?«

»Ich hab mir das Bein angehauen, aber alles in allem …« Ich wollte mein Bein bewegen, aber er hinderte mich daran.

»Bleib sitzen.« Sein Blick glitt rasch hinter mich. »Ich weiß, dass du schnell bist, Tess, also werde ich nicht das Opferspiel mit dir spielen.«

»Schön.« Ich setzte mich etwas gerader hin, glücklich darüber, als stark und nicht als schwach eingestuft zu werden.

»Nachdem ich mit Reden fertig bin, sollst du mich anlächeln und dann verschwinden. Geh nach draußen zu dem schwarzen SUV mit den hellblauen Nummernschildern. Steig hinten ein. Sieh dich nicht um, sprich mit niemandem und das Wichtigste: Sei völlig natürlich. Du wirst gute Nerven brauchen.«

Sogleich fuhr meine Hand an mein Handgelenk herab, um mit den Armbändern herumzufummeln, aber sie waren nicht dort.

Shit.

»Sind sie hier?« Ich bekam schwitzige Handflächen.

»Ich weiß es nicht, also gehen wir mal davon aus.« Er ließ ein paar Münzen auf den Tisch fallen. »Zeit zu gehen, Tess.«

Meine Knie zitterten, als ich mir ein falsches Lächeln aufklebte und an den Tischreihen entlangging, vorbei an Mike und hinaus ins Tageslicht. Ich fühlte mich viel zu exponiert, aber ich verbiss mir die Angst und tat, was Keith mir gesagt hatte. Ich streckte die Hand nach dem Griff aus, hörte, wie die Türen geöffnet wurden, und zog sie auf. Der Mann im Sitz neben mir blickte weiterhin stur geradeaus. Erst nachdem ich die Tür geschlossen hatte, sahen er und der Fahrer mich an.

»Hi, Tess. Ich bin Corporal Davie.« Ein junger Mann gab mir die Hand.

»Hi.« Ich fummelte mit meinem Sicherheitsgurt herum.

»Das ist Corporal Quinn.« Er zeigte auf den Fahrer, und da sprang Mike hinten herein und Keith vorn.

»Los«, befahl Keith.

Genau wie im Film fuhren wir los und überließen es dem winzigen Imbiss, sich zu fragen, was zum Teufel gerade passiert war.

Keith legte sich ein iPad auf den Schoß und zog einen Stift aus der Tasche. Er kippte die Sonnenblende herab, um mich über den Spiegel anzusehen, und ergriff das Wort.

»Das mag zu schnell erscheinen, aber ich möchte nicht warten, bis wir unseren nächsten Halt erreicht haben.«

Ich wusste, was er damit meinte. Ich hatte zu viel von diesem Mist mitgemacht, um es nicht zu begreifen.

»Wir waren in Vegas, wegen Triggers Kampf.« Er tippte auf die Tastatur, und ich versuchte, mich auf die Einzelheiten zu konzentrieren. Ich wusste, dass ich mich so knapp und auf den Punkt gebracht wie möglich ausdrücken musste. »Jace lockte mich aus meinem Sitz weg, weg von den Jungs. Er gab vor, ihm sei übel.« Ich leckte mir über die Unterlippe und bemühte mich, den Wutausbruch zurückzuhalten, der mich bei seinem Namen überkam. »Zay, also Allens rechte Hand, brachte mich in eine Limousine, wo er mich festhielt, bis Jace sich zu uns setzte.«

»Wie wirkte Jace?«

»Bis zu diesem Punkt war er frustriert und verärgert.« Keith nickte. »Er stellte klar, dass ihm keine andere Wahl geblieben war bei dem, was er getan hatte.«

»Okay, was ist dann passiert?«

Die nächsten dreißig Minuten verbrachte ich damit, sämtliche Details durchzugehen. Keith stellte viele Fragen über das Haus, in dem ich festgehalten wurde, aber ich hatte keine Ahnung, wo ich festgehalten worden war. Es war unglaublich ärgerlich, keine Ahnung zu haben, wie man von Punkt A nach Punkt B gelangt war. Ich wusste lediglich, dass ich zu Fuß war und dass ich gut und gern vier Stunden gerannt war, nachdem ich den See verlassen hatte, bis ich die Straße erreicht hatte.

Tränen traten mir in die Augen, aber ich hielt sie zurück, obwohl meine Stimme bei Keith' letzter Frage brach.

»In welchem Zustand war Gus, bevor du weg bist?«

Ich drückte die Zunge gegen den Gaumen und kämpfte wie der Teufel darum, nicht in Tränen auszubrechen. »Er wollte, dass *ich* nach Hause zu seinen Jungs zurückkehrte.«

»Er hat zwei, nicht wahr?«

»Damit habe ich nicht nur sie gemeint, aber ja, Fin und Denton.«

Er drehte sich um und setzte seine Sonnenbrille ab. Ich erkannte das Mitgefühl in seinen Augen – keines von der Sorte, das einem Unbehagen bereitet, sondern die Art, die zeigte, dass er einen verstand.

»Wir werden für ihn tun, was wir können.«

»Danke.«

»Tess?« Mike stieß mich mit der Schulter an. Er reichte mir sein Handy, das gerade jemanden anwählte. »Ich dachte, dass du gern mit ihm reden würdest, wenn es schon nicht mit Brick geht.«

»Hallo.« Morgans heisere Stimme durchbrach das Signal.

Bei seinem Tonfall zog sich mir der Magen zusammen. »Morgan.« Meine Stimme bebte, und ich fühlte mich Trigger so viel näher. Ich schlug meine Hand fest auf Mikes und drückte sie. »Hier ist Tess.«

»Heilige Scheiße! Wo bist du?«

»Ich bin mit Keith und Mike zusammen. Ist 'ne lange Geschichte, aber mir geht's gut.«

»Meine Güte, Tess, tut das gut, das zu hören.«

»Ja, ist, ähm …?« Ich schüttelte den Kopf und bemühte mich, seinen Namen auszusprechen.

»Er steckt ziemlich in Schwierigkeiten, Tess. Je eher ich dich sehe, desto besser.«

»Wirst du ihm sagen, dass es mir gut geht?«

»Nein«, erwiderte er emotionslos. »Wenn zwischen jetzt und der Zeit, da wir uns sehen, etwas passiert, bin ich derjenige, der Schuld daran hat. Nur weil er im Knast sitzt, heißt das nicht, dass er nicht ausflippen würde.«

Einen Moment lang erstarrte ich. Trigger im Gefängnis zu sehen würde heftig werden. Er war so groß und verbreitete so viel Autorität, dass es eine komplett andere Erfahrung wäre, ihn hinter Gittern zu sehen, wo er Befehlen anderer folgen müsste – und es wäre keine gute Erfahrung.

»In Ordnung, verstehe.« Ich warf Mike einen Blick zu. »Ich gebe dich an Mike weiter, damit er dir das Nötige erzählen kann.«

»Ja.«

Ich kauerte mich in meinen Sitz, legte den Kopf zurück und ließ meine Gedanken treiben, während ich Mikes heisere Stimme hörte.

Du bist in Sicherheit, Tess. Schlafe.

*

»Nicht allzu schlecht für die Armee«, scherzte ich, als Mike eine Tasche mit sauberer Kleidung auf das Hotelbett stellte.

»Das Beste hast du noch gar nicht gesehen.« Er grinste und öffnete die Minibar. »Winzige Erdnüsse und winzige Whiskeyflaschen.«

»Für dich sind sie dann wohl eher mikro als mini.« Ich gab mir Mühe mitzuspielen, aber ein riesiger Ball aus Angst zerfraß mein Inneres.

»Mmm.« Er sah die Flasche einen Moment lang an, bevor er sie wieder zurücklegte. »Das ist nicht mal ein einziger Drink.«

»Also.« Ich setzte mich in einen der Ledersessel. »Sag mir, was wir jetzt tun.«

»Zuerst sehen wir uns mal genau dieses Bein an. Ich merke, dass es nicht gut aussieht. Und dann«, er verschränkte mit einem Seufzer die Arme, »warten wir auf Morgan, und du entscheidest, ob du mit ihm zurück willst oder in unser Safe House kommst.«

»Ich muss zurück in den Club.«

Ich stotterte. »Nicht, dass ich nicht dankbar wäre, aber das ist kein Fall wie der von Savannah.«

»Allerdings nicht.« Er holte eine Flasche Wasser aus der Tasche und reichte sie mir, dazu ein paar Tabletten. »Nimm die hier alle vier Stunden und achte genau auf das Bein. Es sieht nicht nach einer Infektion aus, zumindest noch nicht. Die Wunde ist auch nicht so tief, als dass sie genäht werden müsste, aber es wird dennoch eine Narbe zurückbleiben.«

Er schnalzte mit der Zunge, während er mein Bein verband, und überlegte sich dann genau seine nächsten Worte. »Manchmal ist der schwere Teil der Anfang. Du weißt, wer dich entführt hat und warum. Da hast du Glück.«

»Ich weiß nicht so recht, ob ich das Wort ›Glück‹ benutzen würde.«

»Glaub mir«, er hielt seinen Blick gesenkt, »du hast Glück.«

Es klopfte zweimal laut an der Tür, und Mikes Hand flog an sein Ohr.

»Keith?« Er sprang auf, sah durch den Türspion, holte seine Waffe hervor und öffnete langsam die Tür. Die Haare auf meinen Armen stellten sich auf. Es war nicht Morgan.

»Zimmerservice.«

»Ich habe keinen …«

»Ich habe dir eine SMS geschrieben.« Dell kam um die Ecke und gab dem Mann, der den Blick fest auf Mikes Waffe gerichtet hatte, ein Trinkgeld.

»Eine SMS? Ernsthaft?« Mike schüttelte den Kopf und zeigte auf sein Ohr. »Benutze das.«

»Du hättest Nein gesagt, und das Mädchen braucht was zu essen.«

»Brauche ich wirklich«, sagte ich durch einen Bissen Schoko-Eclair und formte dann mit dem Mund ein »Danke sehr« zu Dell hin. Er war ein Süßer.

Es dauerte bis zum Abend, bevor Mike sich allmählich etwas entspannte. Er und Keith waren ziemlich ernste Menschen, was ich tröstlich fand. *Ich kann mir nicht vorstellen, warum.* Dennoch war Mike, wenn er lächelte, überraschend charmant.

So nett es ja war, dass sie es versuchten, aber ich konnte mich auf nichts anderes konzentrieren als auf meine Rückkehr nach Kalifornien. In meinem Kopf lief eine Endlosschleife; ich fragte mich wieder und wieder die gleichen Dinge: Hatten diese Bastarde meine Flucht an Gus ausgelassen? Wie würde es Fin und Denton gehen, wenn ich ohne ihren Vater zurückkehrte? Wie könnten wir Trigger herausbekommen?

»Aufhören«, flüsterte ich mir zu, bevor ich völlig verrückt wurde.

»Du hast wieder einen Anruf.« Mike reichte mir das Handy, und sie alle verließen das Zimmer und gingen in den Küchenbereich.

Bitte, lass es Trigger sein!

»Hallo?«

»Tess, hi, Savi hier.«

Oh!

»Hey.« Ich stieß die Luft aus, die ich angehalten hatte.

»Diese Endlosschleife, in der du steckst, ist völlig normal.«

Ich lächelte leicht. Mike musste es gespürt haben.

»Na ja, normal hat mir nie gefallen.«

»Es wird überschätzt«, murmelte sie. »Tu mir einen Gefallen und nimm dir einen Stift und Papier. Das Hotel sollte so etwas auf dem Schreibtisch liegen haben.«

Ich fuhr herum und machte mich auf die Suche. Das Papier war benutzt worden, und im Stift war keine Tinte mehr. Ich musste zu lange gebraucht haben, denn Savi schlug bereits etwas anderes vor.

»Siehst du Keith' schwarze Aktentasche? Sie liegt auf dem Kofferständer.«

Ich eilte hinüber. »Woher hast du das gewusst?«

»Er ist ein Gewohnheitstier.« Sie schnaubte. »In dem großen Fach findest du sein iPad. Nimm es.«

»Das kann ich nicht.«

»Vertrau mir. Nimm's.«

Ich sah zu den Jungs hinüber, die tief in ein Gespräch verwickelt waren, und holte das schwarze Tablet aus seiner Umhüllung.

»Der PIN ist 4-5-4-5.« Ich kicherte wegen der Zahl, und sie schloss sich mir an. »Ich weiß. Also gut, jetzt geh zu Maps und versuche, die Route zu skizzieren, die du gefahren bist.«

»Das ist das Problem. Ich erinnere mich nicht.«

»Doch, das tust du, du kannst die Erinnerung nur nicht erreichen. Deswegen bin ich hier. Ich arbeite jetzt mit Doc Roberts, und er hat mir viel beigebracht. Die meisten Erinnerungen sind hinter einer Mauer oder hinter Türen gespeichert, und sie öffnen sich auf einen Auslöser hin.« Ich schloss die Augen bei ihren Worten. Mein Gott, ich vermisste ihn. »Also, öffnen wir dich mal.«

Wir redeten, bis die Batterie erschöpft und das Handy heiß gelaufen war. Sobald ich aufgelegt hatte, tauchte ich noch weiter in meine Erinnerungen ein und zeichnete ein Diagramm des Hauses, so etwas wie eine Karte, listete die Namen der Männer auf, die dort im Haus waren, sowie mein Gespräch mit Jace. Kein Detail ließ ich aus, für den Fall, dass es hilfreich sein konnte.

»Was ist das?«, fragte Keith über meine Schulter hinweg. Ich spürte, wie ich rot im Gesicht wurde. Ich hatte etwas benutzt, das nicht mir gehörte. »Was ist das?« Er zeigte auf die halbmondförmigen Bereiche in den Maisfeldern.

»Allen hat im ganzen Feld Löcher graben lassen, um sich seiner Leichen zu entledigen. Die meisten davon sind nicht mal zugedeckt.«

Keith nickte, während er mit zusammengekniffenen Augen den Rest betrachtete. »Das ist ziemlich beeindruckend.«

»Du kannst Savi dafür danken. Sie hat mir dabei geholfen.«

Er grinste stolz. »Sie ist unsere kleine Heldin …« Er stand mitten im Satz auf, warf Mike einen Blick zu und ging dann los, um die Tür zu öffnen.

»Ich wollte eigentlich schon eher da sein, musste aber einen Schatten abschütteln.« Morgan fing meinen Blick auf und schüttelte ungläubig den Kopf. »Wir sollten los.«

*

Allen

Ich knallte die Tür hinter Fox zu. Mein Kopf schmerzte, und nichts schien ihn zu berühren. Die Matratze war alles andere als bequem, aber ich musste diesen Scheiß wegschlafen, sonst hätte ich jemanden umgebracht. Das bisschen Licht, das hereinfiel, brannte ein Loch durch meine Lider. Ich schob den Vorhang mit dem Fuß zu, wodurch ein Haufen Kleidung zu Boden fiel. Mein Computerbildschirm ging an, und ich sah den USB-Stick an der Seite herausragen. Mein Blut kochte hoch und mein Gehirn fühlte sich an, als würde ein Hammer darin sein Unwesen treiben.

Dieses Arschloch wollte seine Kopie nicht teilen, nachdem meine zerstört worden war. Ich hätte ihn umbringen sollen, als ich die Gelegenheit dazu gehabt hatte.

Wir erreichten den Stripschuppen kurz nach Mitternacht. Ich warf dem Fahrer einen Zehner zu, und er brummelte etwas von wegen zu wenig Trinkgeld. Er hätte dankbar sein sollen, dass ich ihm nicht den Kopf in zwei Hälften aufschlitzte, als er sich seine Zigarre anzündete.

Das Striplokal war alles andere als gediegen, aber ich dachte mir, dass ich kaum jemandem begegnen würde, den ich kannte.

»Kann ich Ihnen etwas bringen?« Sie beäugte den weißen Kragen, der sich an meinem Hals zeigte. »Ähh … Vater.«

»Cola mit Rum, kein Eis.«

»Natürlich.« Sie zögerte und starrte mich weiterhin an, bis ich mich räusperte. Ihre Wangen röteten sich verlegen. »Kommt sofort.«

Ich setzte mich in den Stuhl hinten im Raum, sodass ich sehen konnte, was um mich herum geschah. Ich holte das Wenige an Bargeld heraus, was ich dabeihatte, und zählte genügend ab, um den Drink zu bezahlen. Ein Drink, das war alles, was ich mir leisten konnte. Ich hasste es, pleite zu sein, aber das Geld würde bald hereinkommen, wenn alles so verlief, wie ich hoffte.

»He, du.« Eine Frau mit riesigen Titten schob sich vor mich. »Man hat mir gesagt, du würdest gern ein bisschen spielen.« Sie zupfte an meinem Kragen, ließ sich auf meinen Schoß fallen und machte sich daran, meinen Schritt zu massieren.

Ich sah die Kellnerin an, als sie meinen Drink absetzte, warf das Geld auf ihr Tablett und winkte sie weg.

»Hör mal, Schätzchen, wenn du eine gute Nacht haben möchtest, kommst du mit zu mir nach Hause, aber ich bezahle dich nicht dafür, dass du mir in aller Öffentlichkeit einen runterholst.«

Ihr Mund verzog sich, und sie hievte sich wieder hoch. »Ich mache nichts für umsonst.«

»Na, du hast aber Klasse.« Ich kicherte. »Dann renn doch zu deinem Zuhälter.«

»Arschloch.«

»Ja.« Ich leerte ein Viertel des billigen Drinks. Ich hasste Rum, aber ich hatte nicht genügend Geld für Whiskey.

Ein junger Mann in einem protzigen Anzug setzte sich an den Tisch neben mich, was mich stinksauer machte, weil im Laden tote Hose herrschte. Er hätte sich woanders hinsetzen können.

»Whiskey, Hübsche.« Er reichte der Kellnerin einen Fünfziger, und sie eilte davon. Er strich sich das Haar zurück, bevor er sein Jackett auszog und es sich bequem machte.

Die Seitentür schwang auf, und ich bemerkte die Gasse dahinter. Ich könnte diesen Armleuchter hinauslocken, ihm den Hals brechen und ihm die Brieftasche abnehmen. So könnte ich auf einem richtig bequemen Bett schlafen statt auf dem Müll da in der Kirche, in die ich mich verkrochen hatte.

Ja, das würde ich tun.

»Langer Tag?« Wenn ich ihn nach draußen locken wollte, müsste er mir vertrauen.

»Langer Monat.«

»Probleme mit der Frau?« Ich gab einen Schuss ins Blaue ab.

»Ha, ja!« Er dankte der Kellnerin für den Drink und wartete, bis sie gegangen war. »Was ist mit Ihnen?« Er zeigte auf seinen Hals. »Sie sind anscheinend im falschen Haus.«

»Nein.« Ich grinste innerlich. »Ich bin genau dort, wo ich sein sollte.«

Der Mann lächelte, nickte leicht und hob mir seinen Drink entgegen. »Darauf Prost!«

Ich stieß mein Glas gegen das seine und trank es in einem Schluck aus.

Der Mann winkte der Kellnerin, zeigte auf sein Glas und hielt zwei Finger in die Höhe, um anzudeuten, dass er zwei weitere wollte. »Also, was tun Sie so, abgesehen vom Offensichtlichen?«

»Das ist alles eine Illusion.« Ich entschied mich, ein wenig zu spielen. Ich konnte nicht anders. »Im Grunde jage ich dem perfekten Zeitpunkt nach, um meinen Sohn umzubringen.«

Zu meiner riesigen Überraschung nickte der Mann. »Wenn ich es recht verstehe, hat er Ihnen etwas angetan?«

»Ja.« Meine Sinne waren aufs Äußerste geschärft. Ich war darauf vorbereitet, die Angelegenheit mit einem Lachen abzutun und vorzugeben, dass ich nur scherzte, aber die Sache wurde einfach nur interessanter. »Er hat meinen Club übernommen.«

»Was haben Sie in dieser Richtung vor?«

Ich überlegte, dass es nicht schaden könnte, es dem Mann mitzuteilen. Er hatte sowieso nur noch ein paar Minuten zu leben.

»Ich muss an etwas Geld herankommen und eine Armee anheuern, um ihn zu erledigen.«

»Natürlich könnten Sie das so machen.« Er beugte sich über den Tisch, um ein wenig näher zu kommen. »Oder Sie könnten etwas Dreck sammeln und Ihr Geld sparen.«

Also, das erregte jetzt meine Aufmerksamkeit.

»Wie würde ich dazu vorgehen?«

»Sie müssen bloß die richtigen Leute kennen und die richtige Aufmachung haben.« Er zog mein Jackett zurück und beäugte meinen Anzug, um zu verdeutlichen, was er meinte. »Jeder hat irgendwo eine Leiche im Keller. Und egal, ob sie groß oder klein ist, niemand will sie in der Öffentlichkeit zeigen.«

»So einfach, hm?«

Sein Handy klingelte, also erhob er sich und leerte seinen Drink. Er warf ein paar Zwanziger auf den Tisch und reichte mir seine Karte. »Ich glaube, Sie und ich könnten viel Spaß zusammen haben. Wir beide haben Sachen, die der andere gut gebrauchen könnte. Wenn Sie jemals ein schmutziges Spiel spielen wollen, hier haben Sie meine Nummer.«

Er verließ die Bar, und ich schnappte mir das Geld und schlüpfte hinaus in die Gasse.

Ich schlug den Kragen meines Jacketts etwas höher um den Hals und eilte den Parkplatz hinab. Ich sah eine Bewegung auf der anderen Seite des Zauns und rannte hinüber. Das Licht der Neonreklame, die die Showgirls ankündigte, erhellte alles gut. Ein paar Männer hatten ein junges Mädchen zu Boden geworfen und sahen so aus, als wollten sie über sie herfallen.

Ich war mir sicher, die Schlampe verdiente, was gleich geschehen würde.

Ich rief ein Taxi und ratterte die Adresse herunter. Unterwegs holte ich die Karte aus meiner Tasche und drehte sie so, dass die Rillen darauf das Licht der Straßenlaterne einfingen.

Dirty Promises Strip Club – *Besitzer Clark Anderson. Der Stripclub der schmutzigen Versprechen.*

Kapitel 5

Trigger

»Rail.« Ich deutete mit dem Kopf zur Tür. »Ist er hier?«

Er ließ die Füße vom Container baumeln und kippte den Stuhl zurück, um nachzusehen. »Nein. Ist Bricks heiße Freundin.«

Die Kamera draußen ließ ein Warnsignal auf meinem Handy auftauchen.

»Er ist hier«, warnte ich Rail.

Er schlug die Hände zusammen. »Dann kümmern wir uns mal um das Wiesel.«

Der Scheißkerl vor mir lag in einer Pfütze seines eigenen Drecks, so entsetzt war er.

»Sag die Worte«, zischte ich, nur Zentimeter von seinem Gesicht entfernt.

»Ich habe ab-abgeschöpft.«

Ich fuhr mir mit der Zunge über die Innenseite meiner Unterlippe, während ich tief Luft durch die Nase holte. Ich wollte mich schon zurücklehnen, entschied mich jedoch rasch um und knallte stattdessen die Seite seines Gesichts in mein Knie. Der Schmerz schoss meine Hüfte hoch, als ich mich aufrichtete und spürte, wie der Rausch in meinen Adern prickelte.

»Warum?« Ich packte ihn an der Schulter und zwang ihn, mich anzusehen.

Er unterdrückte einen Schrei und bemühte sich, hart zu erscheinen.

»Weil ich es konnte.«

Rail öffnete die Tür, ich hieb ihm die Faust in den Magen, und er kippte rücklings in den Club.

»Warte.« Rail hinderte mich daran, hinauszugehen. »Wir könnten sehen, wohin er geht.«

»Finde raus, wie viel er genommen hat, und hol es zurück.«

»Werde i…«, war alles, was ich hörte, bevor ich mich auf diesen beschissenen kleinen Bastard einstimmte, der jemandem etwas zurief.

»Kleines Arschgesicht. Du möchtest wissen, wie es sich anfühlt, eine Faust in …«

Meine Hand knallte auf sein Gesicht herab, und ich zischte: »Verschwinde von hier, verdammt!«

Ich musste jemanden töten.

Ich umklammerte mit den Fingern das Leder seiner Kutte, hob ihn dann in die Höhe und schleuderte ihn heftig zu Boden.

Die Dämonen jaulten auf vor Hunger, und ich kämpfte wie der Teufel, um sie zurückzudrängen. Rail hatte recht, wir sollten herausfinden, wohin er ging. Meine Adern waren gezwungen, sich zu weiten, damit das Adrenalin mich noch mehr aufpumpen konnte.

Irgendwie war irgendetwas gleich neben mir imstande, meine mörderischen Gedanken zu unterbrechen. Ich sah hinüber und entdeckte eine kleine blonde Frau, die verteufelt kampflustig aussah und die großen Augen auf meine tätowierten Hände gerichtet hatte. Ihr Blick wanderte meinen Körper hinauf, und alles wurde still, bis ich sie aufkeuchen hörte, als sie meinem Blick begegnete. Mein Schwanz zuckte angesichts ihrer Reaktion.

Sie hatte keine Angst. Sie war verflucht angetörnt. Ich sah, wie sich ihre Brüste hoben. Sie rieb sich den Arm, und ich bemerkte die leuchtend rote Stelle. Ich sah, was das Arschloch getan hatte. Es entging mir nicht, dass meine Dämonen still wurden.

»Er ist weggetreten«, brüllte ich, ohne sie aus den Augen zu lassen. »Kümmere dich darum.«

»Werd ich.« Brick nahm meinen Befehl zur Kenntnis. Er strich ihr mit den Fingern sanft über die Schulter. »Ist alles in Ordnung mit dir, Tess?«

»Ja.« Sie nickte.

»Trigger, das ist Tessa.« Brick räusperte sich. »Sie ist die, von der ich dir erzählt habe.«

Ich sah, dass sie zwei und zwei zusammenzählte und wusste, wer ich war, und ihre Augen wurden noch größer.

»Tess«, verbesserte sie ihn.

Ich sagte kein Wort, sondern hielt ihrem Blick stand, bis sie an mir herabsah und wieder hoch zu mir. Ich zupfte an meinem Bart, weil mein Drang, sie zu vernaschen, so heftig war. Die Haut oberhalb ihrer Brust verfärbte sich rosig, eine Brust, die ich gern in meinem Gesicht gehabt hätte, während ich mich tief in sie versenkte.

Plötzlich sah sie weg, fast verärgert darüber, dass ich Eindruck auf sie machte. Die Wirklichkeit war wieder da, ebenso die Dämonen. Sie mochte etwas Kampfgeist in sich haben, aber mein Club war gnadenlos. Sie gehörte nicht hierher.

Ich beugte mich vor, griff hinter die Theke, und wieder trafen sich unsere Blicke. Ich holte die Whiskeyflasche hervor und warf den Verschluss neben sie. Sie zuckte zusammen, und ich erkannte ihre Schwäche – starke Männer. Sie war eine von denen, die immer obenauf waren, und ich hasste solche Frauen. Ich leerte etwa ein Viertel vom Whiskey, brach schließlich den Blickkontakt ab und konzentrierte mich auf Brick.

»Sie werden sie bei lebendigem Leib fressen.«

Tess richtete sich etwas gerader auf, und ich konnte fast hören, wie sie mich innerlich verfluchte.

»Ich finde diese Unterstützung von euch Jungs ja echt klasse.« Zu meiner Überraschung kicherte sie. Brick zog scharf die Luft ein und wartete darauf, dass ich explodierte. Stattdessen wandte ich mich ab und grinste. Sie war unterhaltsam und heiß, und das würde reichen, bis sie kündigte.

»Ich bin dein Meister«, murmelte Rail laut im Schlaf, was meine Gedanken zurück zu meiner Pritsche und meiner zugigen Betonzelle holte. »Und du gehörst mir.«

Ich wälzte mich herum, wobei meine Matratze quietschte. Der verdammte Rail wiederholte ständig Zeilen aus jeder beschissenen Fernsehserie, die er sich angesehen hatte.

»Mmm, ja, genau da ...«

Ich ballte die Hand zur Faust und knallte sie gegen die Stäbe, um Rail aufzuwecken.

»Was ist?«, brüllte er Brick an und nicht mich.

»Halt's Maul, verdammt.«

Sein Schnauben wurde durch seine Hände gedämpft. »Du musst dir mal *Outlander* ansehen, Trig.«

Ich drückte die Augen fest zusammen und hieß das Chaos willkommen, das die Stille mir brachte.

*

Die Sonne brannte auf meinen Schultern. Ich stand an meinem Platz weit draußen an der Mauer – die einzige Stelle, an der sich mir niemand von hinten nähern konnte. Ich zählte die Tage im Knast nicht. Meine Zeit hier war noch nicht festgesetzt. Ungeachtet der Strafe bedeutete es einen Scheißdreck für meinen Club. Es gab immer einen Weg nach draußen. Man musste ihn nur finden.

Brick saß neben mir und warf seufzend den Kopf zurück. Ich wusste, dass er sich Sorgen um alle machte. Zu viel Zeit konnte tödlich für die Gedanken sein.

»Sam?«, fragte er.

»Sagte, wir sollten in einem Monat das endgültige Urteil hören. Bis dahin sitzen wir fest.«

»Haben wir ein Glück.« Er unterdrückte ein Fluchen, aber ich wusste, dass es nicht das war, was ihn beunruhigte.

»Wie lange hat mein alter Herr für dich gearbeitet?«

»Lange genug.«

»Wie lange habe ich für dich gearbeitet?«

»Lange genug.«

»Also, wo ist das Vertrauen?«

Ich rückte hin und her, da mir das Gespräch Unbehagen bereitete. Solche Gespräche führten wir eigentlich nicht. »Du hast es nie verloren.«

»Ich werd's Rail nicht sagen. Die Chancen, dass er jemandes Bitch wird hier im Knast, sind hoch, aber warum sagst du mir nicht, wer der verdammte Maulwurf ist?«

Ich wollte, dass er den Mund hielt, aber Brick und ich hatten in letzter Zeit zu viel Scheiße um die Ohren gehabt, und ich musste ihn um mich haben, damit ich mich darauf konzentrieren konnte, uns aus diesem beschissenen Loch rauszuholen.

»Weil das Arschloch es wissen wird, und er muss die Angst spüren und die Größe dessen erkennen, was er getan hat.«

Brick ließ die Knöchel knacken, bevor er nickte. »Na gut, schön. Kapiere ich. Vergiss nur nicht, dass ich mir meinen Sitz hier verdient habe, weil ich dir und dem Club gegenüber loyal bin. Verheimliche keinen verdammten Scheiß vor mir, den ich wissen muss.«

Ich beäugte ihn warnend, aber ich hatte ihn gehört, und er wusste das.

Es war echt beschissen, für mich zu behalten, wer der Maulwurf war, und es war schlimm genug, dass Morgan es wusste, aber er hatte sich zumindest auf die Suche nach Tess und Gus begeben und würde sich nicht verplappern.

Brick zeichnete mit den Fingern ein Quadrat auf seine Hand. Tess hatte mir gesagt, was das bedeutete, also gab ich mir Mühe, mich in ihn hineinzuversetzen. Es war nicht einfach.

Ich teilte einen Grashalm mit meinem Daumennagel und trennte die Stücke, während ich tief in meinen Gedanken grub.

»An meinem fünfzehnten Geburtstag ist mein Vater mit einem Callgirl nach Hause gekommen.« Ich räusperte mich, um den Hass loszuwerden. Das hatte ich noch nie jemandem erzählt. »Geburtstage hatten in mir immer den Wunsch geweckt, mich in meinem Kopf zu verstecken. Es war ein Tag, an dem mein Vater mir eine Lektion in Sachen Männlichkeit erteilen wollte.«

Brick hörte ruhig zu, wie ich mich über meine Vergangenheit ausließ.

»Er riss meine Tür auf und warf mir eine Tussi hin.« Ich sah konsequent geradeaus. Ich musste seine Reaktion nicht sehen. »Sie blieb auf den Knien und lächelte mich mit einem Mund voller Silberzähne an.

Ihr Haar war noch völlig zerzaust von ihrem vorherigen Kunden. Ich war stinkwütend und funkelte meinen Vater an, weil ich unmöglich irgendetwas in dieses Loch voller vermischter Säfte stecken konnte.«

»Das ist absolut krank«, flüsterte Brick.

»Er zog mich vom Bett, warf mich zu ihr und wies mich an, sie zu ficken, ansonsten …«

Ich lachte halb in mich hinein. Vielleicht war die Tatsache, dass ich meinen Vater erneut umbringen müsste, doch von Vorteil.

»Was ist passiert?«

Ich wartete einen Moment, um die Erinnerung an ihren Platz zurückzuschieben. »Ich habe das *Ansonsten* genommen, habe so heftige Prügel bezogen, dass mein linkes Auge sich wochenlang nicht öffnen wollte. Ich musste ihm zusehen, wie er alles für sein Geld bekam, musste ihm zusehen, wie ein richtiger Mann sie gefickt hätte. Ich konnte nicht kämpfen, also machte dies die Sache für uns beide noch schlimmer.«

Ein weiteres Stück Gras rollte sich um meine Finger.

»Das ist Wahnsinn.«

»Ja, nun gut, ich bin auch wahnsinnig.«

»Schwer, es nicht zu sein.« Er wurde offenbar wieder Brick.

Es war nicht der einzige Versuch, den mein Vater unternahm, um dafür zu sorgen, dass ich ein Mann war. Viele Male erwachte ich und entdeckte irgendeine Tussi in meinem Schlafzimmer oder meinem Wohnzimmer. Nach einer Weile gab ich nach. Es war einfacher.

Eine Weile saßen wir da, um die Details meiner verpfuschten Kindheit in uns einsinken zu lassen. Ich wusste, dass die Kindheit von Brick ebenfalls alles andere als vollkommen war, aber sie war weit entfernt von meinem Albtraum.

»Meinst du, Tess geht es gut?«

Ihr Name stellte merkwürdige Dinge in meinem Kopf an. Mein Sinn für Beherrschung ging verloren, wenn sie nicht in der Nähe war. Ich hatte ernsthaft mit meinen Dämonen zu kämpfen.

Brick fuhr sich mit einer Hand durch die Haare und ließ den Kopf hängen, als die Wirklichkeit auf uns herabkrachte. Er verhielt sich still, und wir beide hingen unseren Gedanken nach und fragten uns, ob sie und Gus am Leben waren.

»Hat Tess dir erzählt, warum sie diese sechs Jahre verschwunden ist?«

Ich gab ihm keine Antwort, und das war alles, was er wissen musste.

»Hatte Clark damit zu tun?«

Wieder blieb ich still. Es war nicht an mir, dieses Geheimnis zu lüften.

»Ich habe schon vor Jahren gewusst, dass ich ihn hätte umbringen sollen.«

In der Hinsicht war ich mit ihm einer Meinung. »Sie wollte nicht, dass du es weißt.« Ich drehte den Kopf und sah ihn an, und seine Kinnlade zuckte, während er das Wenige verarbeitete, was er wusste. »Ich sage nichts, weil ich es selbst in die Hand nehmen möchte, aber du bist derjenige, dem ich vertraue.«

Brick nickte kurz, sorgfältig darauf bedacht, seine Gefühle zurückzuhalten, wofür ich ihm dankbar war.

Nach etwa fünf Minuten ließ er erneut den Kopf hängen. »Ich muss hier raus.«

»Wir kommen raus. Ich muss bloß eine andere Herangehensweise finden.«

*

Tess

»Was ist passiert?« Morgan deutete auf mein verbundenes Bein, hielt jedoch den Blick auf die Straße gerichtet. Wir waren in einem riesigen Pick-up, den er geliehen hatte. Er erklärte, es wäre nicht schlau gewesen, ein Bike zu nehmen, da wir uns unter den übrigen Verkehr mischen müssten. Ehrlich gesagt, ich wusste, dass Trigger ausflippen würde, wenn ich auf dem Bike eines anderen Mannes mitfahren würde, egal, warum auch immer.

»Als ich geschwommen bin, hat sich etwas in mein Bein gekrallt.« Ich zuckte die Achseln. »Es ist nichts, was nicht im Lauf der Zeit heilen würde.«

»Noch etwas?«

»Eigentlich nicht, zumindest nichts Körperliches.« Ich wollte wirklich kein Mitleid. Das konnte man sich für Gus aufsparen. »Geht es Trigger gut im Gefängnis?«

Morgan grinste. »Inzwischen leitet Trigger mehr oder minder dieses Gefängnis. Biker-Clubs haben viel Einfluss da. Sobald er sich einmal um Rails Problem gekümmert hatte, haben sie ihn in Ruhe gelassen.«

»Was ist mit Rail passiert?«

»Ha!« Morgan legte sich den Arm über den Mund. »Rail ist Frischfleisch im Knast, weswegen er mit Brick zusammengelegt wurde.« Er lachte erneut. »Ich habe Mitgefühl mit Trig. Rail kann in solchen Situationen eine ganz schöne Herausforderung sein.«

»Du bist mit Rail im Gefängnis gewesen?« Jetzt war ich neugierig.

»Ein paar Mal. Ist schon schlimm, mit ihm eine Zelle zu teilen. Er redet im Schlaf. Wir haben immer so wenig Zeit wie möglich da verbracht, und offensichtlich sind wir immer rausgekommen.«

»Wie denn?« Ich bekam ein hoffnungsvolles Gefühl im Bauch.

»Es gibt immer wen, der die Sache für dich auf sich nimmt. Du musst bloß herausbekommen, wer. Uns bleibt jedoch nicht viel Zeit. Sobald der Richter das Strafmaß verkündet, kann es Monate dauern, alles umzudrehen.«

Meine Nase bebte bei dem Gedanken, und das Wort *Monate* jagte mir einen Schauer über den Rücken. Ich schob das Gefühl beiseite und konzentrierte mich auf den anderen Teil, der mich störte. »Also habt ihr unschuldige Leute weggesteckt?«

»Keiner von uns ist unschuldig, Tess. Je eher du das erkennst, desto besser wirst du dran sein.«

Ich rutschte zur Seite, sodass mein Kopf an der Scheibe ruhen konnte. »Ich glaube, wir können eine andere Möglichkeit finden.«

Morgan warf mir einen Blick von der Seite zu. »Falls ja, besorge ich dir persönlich ein Bike.«

Ich lächelte ein wenig. »Ist das eine Herausforderung, Captain?« Ich konnte nicht anders, als ihm zu zeigen, dass ich die Wahrheit über seinen Namen kannte.

»Ich glaube schon, Tigerin.« Er tat meine Bemerkung ab.

Die restliche Fahrt über schwiegen wir. Wir gingen jeder für sich im Kopf jede Menge Möglichkeiten durch, wie wir die Jungs herausbekommen konnten.

Erst als wir die Zufahrt zum Club erreichten, fühlte ich mich wieder sicher. Ich war zu Hause. Ich sprang aus dem Truck und rannte nach drinnen.

»Heilige Scheiße!«, quietschte Minnie hinter der Theke. Sie kam herübergerannt und hob mich fast vom Boden. »Wie? Oh, mein Gott! Wie bist du hergekommen?«

»Gus«, flüsterte ich. Als ich Fin in den Raum rennen hörte, blieb mir keine Zeit zum Nachdenken, bevor …

»Tess!« Seine kleine Stimme wurde schrill, als er so schnell, wie er konnte, hereingerast kam und in meine Arme sprang. »Ja!« Er begrub seinen Kopf an meinem Hals. »Du bist hier!«

»Oh, Fin!« Ich verzehrte förmlich jeden Augenblick, den mir der kleine Junge schenkte. Ich umarmte ihn meinerseits, und ich umarmte ihn dreifach für Gus. »Ich habe dich so sehr vermisst.«

Er schniefte, und sein Griff um meinen Hals wurde fester. »Verlass mich nie mehr!«

»Es tut mir so leid, kleiner Bursche. Das werde ich nicht.« Ein weiteres Paar kleiner Arme schlang sich von hinten um meinen Bauch.

»Du bist zurück.«

»Hey, Denton«, flüsterte ich und hielt seine Hände fest. »Alles in Ordnung?«

»Ja«, sagte er und drückte mich noch fester. »Bringst du Dad nach Hause?«

Ich wollte weinen, schluchzen wie ein Kind, und der Welt zuschreien, dass es nicht fair war, dass ich hier war und nicht er.

»Er, äh …« Ich räusperte mich und schluckte das Gefühl hinunter, das mir die Kehle zuschnürte. Das Letzte, was diese Jungs brauchten, war, mich zusammenbrechen zu sehen. »Er musste noch bleiben und ein paar Dinge für Onkel Trigger erledigen. Aber er schickt mich her, damit ich euch umarme.«

Sie sagten nichts. Ich glaubte, sie kannten die Wahrheit, aber sie blieben ruhig und zeigten ihre Angst nicht. Stattdessen erzählten sie mir, dass sie Hunger hatten. Gut, das war etwas, das ich tatsächlich für sie tun konnte.

»Schön, dich wieder hier zu haben, Tess.« Big Joe schlug mir freundschaftlich auf die Schulter, während ich durch die Bar huschte. »Alles in Ordnung mit dir?«

»Ich habe das Gefühl, als ob ich ein Schild mit *Mir geht's gut* umhängen sollte«, scherzte ich auf meinem Weg nach hinten.

»Wäre hilfreich.« Er zwinkerte. »Aber ich bin glücklich.«

»Danke.«

Nachdem ich den Jungs etwas zu essen verschafft und eine lange überfällige Dusche genommen hatte, holte ich meinen Laptop hervor und pustete den Staub von der Oberfläche herunter. Der Cursor blinkte mich an, während in meinem Kopf eine Million *Möglichkeiten* herumwirbelten. Die größte aller Fragen war: »Was, wenn Trigger nicht entlassen wird?« Konnte ich wirklich ohne ihn sein? Ich schob diesen dunklen Gedanken aus meinem Kopf und klickte das USB-Laufwerk an, das ich in meiner Dropbox gespeichert hatte.

»Funktioniere bitte.« Ich klickte den Ordner »Skeleton Key« an, und eine Million verschiedener Zahlen tauchten auf.

0111

0112

0113

»*Shit.*« Ich wusste nicht, was sie bedeuteten. In den anderen Ordnern, die ich mir zuvor angesehen hatte, waren Videos gewesen, aber der hier war der Einzige, in dem nur Zahlen waren.

»Was bedeutest du?«, murmelte ich in mich hinein, während ich mich daranmachte, sie in ein Worddokument zu kopieren, um sie später Morgan zu zeigen. Dann poppte ein Kasten für ein Passwort auf.

Ich hielt inne und überlegte. Klick um Klick versuchte ich, mich daran zu erinnern, was Jace gesagt hatte.

Green Bay.

Green Day.

Green Way.

Jedes Mal wurde der Kasten rot, ein Hinweis, dass es nicht stimmte. *Shit.*

Ich schloss die Augen und bemühte mich, unter Anwendung von Savis Technik, mich zu erinnern, was er gesagt hatte.

Ich bin im Regen dort. Jace ist nur knapp vor meinem Gesicht. Seine Lippen bewegen sich, aber ich kann ihn nicht hören.

Stopp. Zurück. Was könnte ich aus dieser Erinnerung hervorholen? Der Geruch nach Regen, der Wind, der meine Haare zerzauste, und Jace, der sprach.

Komm schon.

Jaces Lippen bewegen sich, aber wo ist der Sound? Komm schon, verdammt!

Bend.

Das ist es!

Green Bend!

Ich benötigte zwei Versuche, um die Worte in den winzigen Kasten zu tippen, aber in dem Augenblick, als ich auf die Entertaste schlug, kam alles zum Stillstand.

»Heilige Scheiße.« Ich knallte den Laptop zu und raste aus meinem Zimmer.

»Brauchst du etwas, Tess?«, rief Cooper vom Billardtisch herüber.

»Nein, danke.« Ich winkte abwehrend, während ich den Flur hinabging und an der Tür am Ende stehen blieb.

Vorsichtig klopfte ich zweimal, bevor ich Morgan sagen hörte: »Was ist?«

Ich stieß die Tür auf und hielt meinen Laptop hoch. »Ich habe etwas gefunden.«

Angesichts der Aufregung in meiner Stimme knallten seine Füße lautstark auf den Boden. »Was?«

»In der Nacht, als Jace mir bei der Flucht geholfen hat, hat er mit mir über einen Ordner mit der Bezeichnung *Skeleton Key* gesprochen. Ich hatte ihn zuvor schon gesehen, aber es handelte sich bloß um eine Reihe von Zahlen, die scheinbar nichts zu bedeuten hatten. Aber sieh mal.« Ich öffnete meinen Laptop und drehte ihn zu ihm herum. »Wenn du versuchst, dir irgendetwas anzusehen, poppt der Passwortkasten auf. Ich dachte, das wäre nur so, damit niemand die Zahlen verändern könnte, aber wenn du das Passwort eingibst, das mir Jace gegeben hat …« Ich tippte langsam die Worte *Green Bend* ein. »… erscheinen auf dem gesamten Bildschirm Videolinks.«

»Videos wovon?«

Ich klickte auf den dritten Link von oben, und Morgan rückte näher zu mir auf dem Bett heran.

»Na, da soll mich doch der Teufel holen … Officer Doyle?«

»Er und die siebzehnjährige Tochter des Stadtrats.«

»Wow.« Er rieb sich den Kopf und sah mir zu, wie ich das hässliche Video wegklickte. Er zeigte auf einen Link, der rot hervorgehoben war. »Was ist da drin?«

»Das Ass in unserem Ärmel, selbst ohne den Rest.« Ich klickte auf den Link und wartete auf seine Reaktion. Richter Rothweiler im Bett mit einem anderen Mann.

»Fuck me, da soll mich …« Er stand auf und ging im Zimmer hin und her. »Na ja, das erklärt, warum sie alle hinter dir her waren. Du hältst den Generalschlüssel für die ganzen verdammten Geheimnisse der Stadt in deinen Händen.« Er schüttelte den Kopf und flüsterte, mehr zu sich selbst: »Wie kommt's, dass du nicht umgebracht worden bist?«

»Weil ich keine Ahnung hatte! Wenn Jace mir nichts davon gesagt hätte, hätte ich es nicht gewusst. Ich glaube, dass sie das nach einer Weile erkannt haben. Außerdem, sieh mal.«

Ich tippte auf einen weiteren Ordner. »Ich verstehe nicht viel vom Gesetz, aber ich glaube mal, das Video, wie ein Staatsanwalt sein Kindermädchen für ein paar Stunden pro Woche zwischen zehn Uhr abends und ein Uhr nachts besucht, könnte uns etwas helfen. Oder was meinst du?«

»Heilige Scheiße, Tess!« Er stieß die Luft aus, die er angehalten hatte. »Das ist gewaltig.«

Plötzlich umfasste er meine Schultern mit beiden Händen. »Tess, wir müssen das sehr vorsichtig angehen.« Er stand auf und schloss leise die Tür. »Du möchtest Trigger raushaben, stimmt's?«

»Natürlich.«

»Dann darfst du niemandem gegenüber ein Sterbenswörtchen davon verlauten lassen.«

»Versprochen.«

»Du kannst nicht einfach damit reingehen und seine Freilassung verlangen. Wir würden zerquetscht oder umgebracht werden, bevor wir es auch nur verwenden könnten.«

»Gut, also wie?«

»Wir nutzen unsere Hilfsmittel.«

»Die da wären?«

»Deine Freunde.«

Na gut …

In Morgans Augen blitzte etwas Dunkles, aber bevor ich fragen konnte, was es war, nahm er sein Handy und scrollte durch seine Kontakte. »*Shit,* in Ordnung, gehen wir's an.«

Er wählte.

*

Wir saßen in der Ecke von Bubba Gump's Restaurant. Morgan wollte, dass wir uns an einem Ort trafen, wo wir nicht auffallen würden. Ich erwähnte lieber nicht, dass Morgan allein fast überall *lautstark* auffiel, aber was sollte es. Wir mussten uns konzentrieren.

»Er verspätet sich.« Morgan umklammerte den Hals seiner Bierflasche. »Kommt er oft zu spät?«

»Ich vertraue ihm, und, was das Wichtigste ist, Trigger vertraut ihm, daher solltest du es auch tun.«

Meine Stimmlage passte nicht so recht zu meinen Worten. Ehrlich gesagt hatte ich eine Scheißangst, dass das Ganze nach hinten losgehen könnte. Was wäre, wenn wir dem Teufel etwas zu heftig auf die Füße treten würden? Und ich meinte nicht bloß Allen. Ich dachte an den ganzen Scheiß, den wir auf Ebene der Hohen und Mächtigen von West L.A. lostreten könnten.

»Laternenpfahl an der Tür«, sagte ich leise zu Morgan und nickte mit dem Kinn zu Mike hinüber, der ein Handy am Ohr hatte. Er trug Jeans und ein Under-Armour-T-Shirt und hatte einen Hut tief über die Augen gezogen. Auf den ersten Blick erschien er wie ein beliebiger Mann, der vielleicht mit seiner Familie hier zu Abend essen wollte, aber in Wirklichkeit war er hier, um uns dabei zu helfen, den ersten Schlag auszuführen.

»Mein Gott.« Mike rieb sich die Unterlippe. »Das Ausmaß an Informationen, die auf diesem USB-Stick stecken, ist unglaublich.« Er lehnte sich zurück und legte die Hand über das Gesicht.

»Ich weiß, das ist viel verlangt, Mike, aber ich habe niemanden, an den ich mich sonst wenden könnte.« Ich warf Morgan einen Blick zu, bevor ich mich ihm gegenüber an den Tisch setzte. Ich musste meine Argumente hier wirklich alle vorbringen.

»Du schützt die Guten vor den Bösen, und das ist es, was wir hier tun. Nun ja, in gewisser Hinsicht jedenfalls. Die Dinge sind nicht bloß schwarz-weiß, sondern schwarz, weiß und grau. Wir haben es hier mit den höchstrangigen Politikern zu tun. Es sind Leute, die überall anerkannt und respektiert werden. Aber sie sind diejenigen, die auf der falschen Seite stehen. Ich weiß, dass es Konsequenzen geben wird.«

Ich legte ihm meine Hand auf den Arm.

»Wir beide wissen, wenn Trigger jene Morde begangen hätte, dann hätte er auch dazu gestanden. Aber wir wissen, dass er es nicht getan hat. Ich weiß, er hat nicht gerade das beste Führungszeugnis, aber er verdient es nicht, lebenslang im Gefängnis für Morde zu stecken, die er nicht begangen hat. Ebenso wenig Brick oder Rail. Bitte, Mike, bitte hilf mir, sie zurückzuholen.«

»Es ist nicht sicher, Tess. Das ist wirklich richtig, richtig gefährlicher Scheiß.«

Ich grinste ihn düster an. »Sehe ich so aus, als würde ich auf Nummer sicher gehen wollen?«

Er lachte leise. »Ich glaube, du solltest mal Lexi kennenlernen.«

»Ich habe tolle Sachen von ihr gehört.« Ich grinste und wusste, dass er mit dabei war.

»In Ordnung, sag mir, was zu tun ist, und ich tu's.«

Die Tür zum Bubba Gump's öffnete sich, und herein kam ein übergewichtiger, schlecht gekleideter Richter Rothweiler.

»Verflucht, ich hasse diesen Mann. Er hat mich zweimal in den Knast gebracht.« Ein Aufleuchten in Morgans Augen sagte mir, dass er zu dieser Sache mehr als bereit war. »Das wird jetzt so richtig Spaß machen.«

»Richter Rothweiler.« Ich winkte ihn herüber und trat einen Stuhl hervor, um ihm dadurch zu zeigen, dass er sich verdammt noch mal hinsetzen solle.

»Man hat mir gesagt, meine Frau sei hier.« Er sah sich verwirrt um und beäugte dann Morgan. »Warum kenne ich dich?«

»Das ist gerade im Moment nicht wichtig.« Ich öffnete den Laptop und richtete ihn zur Wand aus. »Sondern das hier.«

Der Richter beugte sich herum, um einen besseren Blick zu erhalten. Ich wünschte, wir hätten seine Miene aufgezeichnet. Sein Hals wurde knallrot, die Mundwinkel fielen ins Bodenlose, und die Adern an seinem Hals traten hervor.

»Woher haben Sie das?«

»Mir gefällt dieser Film ziemlich gut«, murmelte ich.

»Mir auch. Obwohl das ziemlich schmerzhaft aussieht«, knurrte Morgan.

Der Richter hieb mit der Faust auf den Tisch, so dass das Besteck laut klapperte. »Woher haben Sie das, zum Teufel?«

»Pssst, Richter, Sie möchten doch jetzt nicht gerade die Aufmerksamkeit auf sich ziehen. Sollen Ihre Frau und Ihre Kinder das sehen?« Morgan trank sein Bier. »Wie geht's Becky eigentlich?«

Richter Rothweiler fuchtelte mit seinem Finger dicht vor Morgans Gesicht. »Wenn du auch nur ein Wort zu ihr sagst, werde ich dafür sorgen, dass du für den Rest deines Lebens hinter Gittern steckst.«

»Leere Versprechungen«, seufzte er.

»Was wollen Sie?« Der Richter funkelte mich an. »Sie sind ein dummes kleines Mädchen, das glaubt, mich erledigen zu können. Sie sollten sich mal der Wirklichkeit stellen …«

»Tatsächlich?« Ich klickte auf einen weiteren Link von ihm und seinem Sekretär, Greg. Er knallte den Laptop zu und holte tief Luft. Seine Haut hatte eine blasse Färbung angenommen. »Wir haben noch viel mehr hier, Richter, darunter die Staatsanwältin und ihre Besessenheit vom Polizeichef.« Ich warf Morgan einen Blick zu. »Ich bin mir sicher, dass die Frau des Chefs *liebend* gern erfahren würde, wer zum Abendessen bei ihnen war, als sie mit ihren Freundinnen Karten gespielt hat.«

»*Shit.*« Der Richter rieb sich den Schweiß von der Oberlippe. »Wenn das die Medien erfahren, würde in dieser Stadt ein totales Chaos entstehen. Eigentlich sollte ich mich für ein frühes Abendessen mit meiner Frau treffen.« Er schien eine Million Kilometer entfernt zu sein.

»Und ich möchte bloß meine Familie zurück.«

Er schüttelte den Kopf, wie um ihn klarzubekommen. »Familie?« Er stieß ein Gelächter tief aus dem Bauch hervor. »Sie meinen diese tätowierten Monster?«

Ich stand auf und beugte mich über den Tisch, sodass ich nur Zentimeter von seinem verschwitzten, fetten Gesicht entfernt war. »Wir sind *alle* im Innern Monster, nicht wahr, Richter?«

»Sie können mich nicht erpressen. So funktioniere ich nicht.«

Morgan kicherte, was sich in ein Husten verwandelte. Wir wussten, dass der Richter vielen Leuten viele Gefallen erwiesen hatte, also lebte er noch eine weitere Lüge. Ich wurde allmählich ungeduldig.

»Lassen Sie die folgenden drei Männer frei, und ich lege das hier zu den Akten. Andernfalls wird der Bote draußen vor dem Büro Ihrer

Ehefrau es ihr persönlich von uns überbringen. Ich klappte den Laptop wieder auf. Aus diesem Winkel sieht Ihr Greg in gewisser Hinsicht gut aus, nicht wahr?« Ich vergrößerte das Foto ein wenig. »Obwohl ich glaube, dass Ihre Frau da anderer Ansicht ist.« Ich zeigte ihm ein Foto von Dell, der draußen vor ihrem Büro ein Päckchen in Händen hielt. »Ihre Wahl, Richter.«

»Nein«, flüsterte er.

»Sobald das erledigt ist, gehen wir zu Gregs Ehefrau und seinen Kindern.«

»Sie ruinieren ganze Familien«, fauchte er.

»Das müssen Sie gerade sagen.«

»Sie *sind* ein Monster.«

Ich grinste stolz. »Sie haben keine Ahnung.« Ich reichte ihm ein Blatt mit der Liste der Namen von den Jungs und dem Namen des Gefängnisses. »Sie haben Zeit bis 18 Uhr, um sie freizulassen.«

»Ich kann das nicht.« Er öffnete das Blatt. »Oh, unmöglich! Niemand würde das je zulassen.«

»Nein?«, fragte ich und wandte mich dann an Morgan. »Jessica kommt bald aus der Schule, nicht wahr? Diese Privatschule in Vegas?«

»Ja, und sie verlässt sie gewöhnlich durch das Tor an der Ostseite.«

»In Ordnung!« Er streckte die Arme aus, damit wir aufhörten. »In Ordnung! Tut ihr nichts an. Ich kümmere mich darum.«

»Weise Entscheidung.« Ich schob meinen Laptop vom Tisch. »Oh, Richter?« Ich wartete, bis er mir sein bleiches Gesicht zuwandte. »Das geht besser in aller Stille vor sich.«

Morgan und ich gingen hinaus und überließen es ihm, mit dem gewaltigen Ausmaß dessen zurechtzukommen, was wir gegen ihn in der Hand hatten. Mike nickte mir fragend zu, um sicherzugehen, dass alles in Ordnung war, also lächelte ich und winkte bestätigend. Er würde hierbleiben und dafür sorgen, dass der Richter keine unnötigen Anrufe tätigte.

Morgan sprang auf den Fahrersitz und trommelte beim Fahren aufs Lenkrad.

»Juhuu!«, rief er. »Verflucht, ich wünschte, Trigger wäre hier und könnte dich sehen! Verdammt, Mädchen, du bist mit allen Wassern gewaschen.«

»Danke.« Ich schluckte heftig, da mir gerade erst das Ausmaß der Macht klar wurde, die wir in Händen hielten. Mit allen Wassern gewaschen oder nicht, es war höllisch beängstigend.

»Mädchen oder nicht, du solltest aufgenommen werden.«

*

Allen

Ring!

Ring!

Ring!

»Wer ruft mich an, zum Teufel?« Ich tastete in meinem Bett und unter den Laken herum, bis ich es nicht mehr aushielt, das Ladegerät von der Wand riss und schließlich das Gewicht des klingelnden Handy spürte.

»Ja?«

»Mr. Vineyard«, tönte seine Stimme durch den Hörer, schnurrend wie ein Löwe, der sein Opfer umkreiste, »meldet man sich so am Telefon?«

Shit.

»War ’ne raue Nacht, Mac. Was kann ich für Sie tun?« Ich schaltete das Licht über meinem Bett ein.

»Wir sind Ihnen gegenüber mehr als fair gewesen. Jetzt ist es an der Zeit, dass Sie es ebenfalls sind.«

Ich befingerte den Abzug an meiner Waffe und richtete sie auf das Handy. Er war mir in letzter Zeit ziemlich auf die Nerven gegangen.

»Wie ich letzten Monat erwähnt habe. Ich werde fair sein, aber ich hab es noch nicht.«

»Die Uhr tickt, Mr. Vineyard.«

Klick. Der Anruf war beendet.

»Tick, tack, bumm, du Arschloch.«

Ich warf mein Handy gegen die Wand und zog mir die Decke über den Kopf. Sobald ich die Augen geschlossen hatte, glitt ich in eine Erinnerung zurück.

Allen: Ich habe Ihnen gesagt, Sie sollten in den Club kommen. Wo sind Sie?

Clark: Und ich habe Sie daran erinnert, dass wir eine Übereinkunft hatten. Wir hatten jeder unsere eigene Kopie. Wenn Sie Ihre verloren haben, ist das nicht mein Problem.

Allen: Bullshit.

Clark: Mag sein, aber ich habe meine Kopie nach wie vor.

Allen: Wissen Sie, wozu ich imstande bin?

Wenige Augenblicke verstrichen, und eine neue SMS kam rein.

Clark: Audio-Anhang. Drücken Sie auf Play zum Anhören.

»Das ist alles eine Illusion. Im Grunde jage ich den perfekten Zeitpunkt nach, um meinen Sohn umzubringen.«

Clark: Man kann nie zu vorsichtig sein. Kontaktieren Sie mich nicht noch einmal.

Hurensohn!

Allen: Das ist noch nicht vorbei!

Clark: Es ist gerade zu Ende gegangen.

Ich trat die Decken davon und spürte, wie meine Körpertemperatur auf eine unbehagliche Höhe anstieg. Ich wirbelte den Verschluss der Flasche herum und leerte ein paar Becher der bernsteinfarbenen Flüssigkeit. Clark war bloß ein schäbiges Arschloch.

Kapitel 6

Trigger

»Ich wünschte, wir hätten nicht den Küchendienst übernommen.« Brick schob seine Schüssel Erbsensuppe von sich weg. »Jetzt weiß ich, was in diesem Scheißzeug drin ist.«

»Reste.« Rail schlürfte den letzten Rest seiner Suppe in sich hinein. Er brach ein Stück von seinem Toast ab und aß es.

Ich ließ meine Schüssel unangerührt stehen. Ich hatte ein paar Energieriegel in meiner Zelle, die ich essen würde. Sie servierten hier Abfall, Stücke von Fleisch, das sonst niemand haben wollte, um daraus eine Suppe zuzubereiten, und nannten es dann etwas Normales. Ich beäugte den umhertreibenden braunen Brocken in der Mitte meiner Schüssel. Als ich das letzte Mal nachgesehen hatte, stand Rindfleisch nicht in diesem Rezept.

»Wohin gehst du?« Brick stand auf, als ich mich erhob.

»Trainieren«, murmelte ich auf seine Frage hin. Ich tat dreimal am Tag dasselbe. Wenn ich nicht trainieren würde, säße ich sicher für mehrfachen Mord im Loch. Ich benötigte ein Ventil, um die vielen düsteren Gedanken zu beruhigen, die die wilden Monster in mir aufrührten. Sie wollten nichts lieber sehen, als dass ich meinen Schalter umlegte und nie zurückkehrte. Wenn alles den Bach hinunterginge, gäbe es einen Teil von mir, der nachgeben würde. Alles war schwarz und weiß auf der anderen Seite, kein Platz für grau. Es war kalte, gnadenlose Dunkelheit, die mich wie Klebstoff umgab. Er füllte jede Ritze und glättete die Realität, und er schärfte die Dinge und stellte sehr klar, was getan werden musste.

Erst als meine Schultern unter einem blendenden Schmerz brannten, spürte ich, dass jemand zu mir kam. Ich legte die Hantel wieder zurück und setzte mich auf. Schweiß tropfte mir am Rücken entlang und tränkte meinen Hosenbund.

Der Wärter stand da, die Sonne über sich. Er trat zur Seite, damit mich das Licht nicht blendete. Er wirkte stinksauer und hatte einen Ordner unter dem Arm stecken.

»Nolan Vineyard.«

Ich nickte einmal. Er sah zu meinen Jungs hinüber.

»Matthew Montgomery und Silas Hunter?«

»Ja, Sir«, bestätigte Brick für sie beide.

Der Wärter kratzte sich verärgert die Wange. »Ihr habt zehn Minuten, um eure Sachen in eurer Zelle zusammenzusuchen und zu mir ins Büro zu kommen.« Er winkte drei bewaffneten Wärtern zu, sie sollten uns zu unseren Zellen begleiten.

Ich tat, was mir gesagt wurde, mehr aus Neugier denn allem anderen. Der gesamte Hof hielt inne und sah zu, als wir rasch zu unserem Flur gebracht wurden.

»Wie habt ihr das abgezogen, zum Teufel?«, flüsterte der Wärter, mit dem ich mich angefreundet hatte, unterdrückt.

»Möchtest du mir sagen, was du weißt?« Ich hielt den Kopf geradeaus gerichtet, da wir an einer Reihe von Kameras vorüberkamen.

»Nur, dass ihr jede Menge mächtiger Leute verärgert habt.«

»Wirklich?« Ich fragte mich, worauf Sam jetzt schon wieder hinauswollte, zum Teufel.

»Jemand ist wegen euch Dreien zum Direktor gekommen.«

»Wer?«

»Keine Ahnung. Irgend so ein fetter Typ mit rotem Gesicht und grauem Haar.«

»Klingt nach unserem Richter«, kicherte Rail.

»Japson!«, fauchte der Wärter vor uns den Beamten an, der mit mir sprach. »Halt deine verdammte Klappe. Das sind Häftlinge, keine Thekenbekanntschaften.«

Ich drängte ihn nicht, weitere Informationen preiszugeben. Stattdessen sammelte ich meine paar Habseligkeiten zusammen und wartete darauf, dass die Jungs dasselbe taten.

»Du gehst?« Wes kehrte mit einem weiteren Buch zurück, das in der selbst gefertigten Tasche seines Overalls steckte.

»Keine Ahnung«, war alles, was ich äußerte, und seine Miene wirkte ausgesprochen unglücklich. Ich nahm den Stift von seinem Tisch und kritzelte die Adresse der Bar hin. »Du wirst bald draußen sein. Geh dahin und frag nach Morgan.«

»Bestimmt.« Er nickte, hörte jedoch nicht zu.

»Wes.« Ich kämpfte gegen den Drang, ihn sich selbst zu überlassen. Ich verachtete Gefühle. »Du hast den Mord für einen meiner Männer auf dich genommen. Dorthin kannst du gehen, wenn du draußen bist.«

»In Ordnung.« Er streckte eine Hand aus. »Danke.«

Kurz nachdem wir durch drei Gebäude gegangen und mehrere Treppen hinabgestiegen waren, erreichten wir das Büro des Direktors.

»Sonst noch wer das Gefühl, im Set von *Shawshank* zu sein?«, murmelte Rail, amüsiert über das Büro mit den alten stählernen Aktenschränken, das aus den frühen Vierzigerjahren zu stammen schienen.

»Halt den Mund, Rail«, sagte Brick unbehaglich. »Wir könnten verlegt oder getrennt werden.«

Die Tür ging auf, und herein kam der Direktor.

»Alle raus«, befahl er den Beamten.

Sobald sie gegangen waren, öffnete sich eine Tür, hinter der ich die Toilette vermutet hatte, und herein trat der Gouverneur des Staates. Brick sah zu mir, ich hielt den Blick stur geradeaus gerichtet, schüttelte jedoch leicht den Kopf. Ich hatte keine Ahnung, was geschehen würde. Ich hatte den Gouverneur schon zuvor gesehen, ihn jedoch nie innerhalb der Gefängnismauern getroffen. Etwas sagte mir, dass es auch für ihn das erste Mal war.

Er sah mich an, und seine Kinnlade mahlte, während er die Zähne fest aufeinanderpresste.

»Ich weiß nicht, wie du das hingekriegt hast, zum Teufel, aber glaub mir, wenn ich dir Folgendes sage, Nolan: Sollte ich jemals wieder dein Gesicht sehen, werde ich mich persönlich um dich kümmern.« Er trat einen Schritt vor. »Und es wird keine Zeugen für deinen Aufenthaltsort geben.«

Der Direktor schnaubte unterdrückt, und der Gouverneur trat zurück und winkte ihm. Der Direktor verschwendete keine Zeit und reichte uns drei versiegelte Umschläge, bevor er um seinen Schreibtisch trat und die oberste Schublade aufriss. Mit einer Hand öffnete er unsere drei Akten und knallte einen riesigen Stempel mit dem Wort ENTLASSEN darauf.

Bumm.

Bumm.

Bumm.

Das war alles, was es an Papierkram benötigte, bevor wir die Anweisung erhielten, so rasch wie möglich zu verschwinden.

So etwas hatte ich noch nie erlebt.

»Mr. Vineyard«, zischte der Direktor, und ich wandte mich zu ihm um. »Sie spielen hier ein gefährliches Spiel. Lassen Sie sich nicht auf den Teufel ein. Er wird immer gewinnen.«

Ich grinste. »Ich gewinne nicht immer.« Angesichts dessen, dass ich über mich selbst sprach, wurden seine Augen groß. Schließlich war ich vom Teufel groß gezogen worden, und einiges von ihm war sicher an mir kleben geblieben.

Rail setzte zum Reden an, aber ich schoss ihm einen funkelnden Blick zu. Ich musste mich konzentrieren. Etwas war im Busch. Ich traute der Sache nicht. Sollten wir an einen anderen Direktor weitergereicht werden? Welches Gefängnis? Wir hatten nicht mal unser Urteil gehört, das Strafmaß war noch nicht verkündet worden, und nie zuvor war es so einfach gewesen zu gehen. Was war da passiert, zum Teufel?

Wir hielten den Mund, während wir durch die Treppenhäuser und Gänge zurückgeleitet wurden, drei Beamte vor uns, drei hinter uns. Der Mann hinter den schweren Gitterstäben schob mir durch einen Schlitz die Kleidung zu. »Hier unterschreiben.« Er zeigte auf das Formular.

»Ich habe das Gefühl, dass uns etwas entgeht«, flüsterte Brick, als wir zur Tür und durch den vergitterten Gang zum Parkplatz hinausgingen.

»Ja, zum Beispiel unser Telefonanruf, damit uns wer mitnimmt.« Rail suchte in seinen Taschen nach einem Feuerzeug. Wir waren meilenweit von einem Telefon entfernt, und wir drei hatten, was, achtzig Kröten dabei. »Wie weit kommen wir damit?«

»Was ist das, zum Teufel?« Rail wäre fast in Brick hineingelaufen, der plötzlich langsamer geworden war. »Ryan?«

Da stand Ryan vom Ortsverband Nashville und wirbelte die Schlüssel zu einem blauen Pick-up um den Finger.

»Ich dachte, ihr Jungs könntet vielleicht eine Mitfahrgelegenheit brauchen.« Er schüttelte zuerst Brick die Hand, dann mir. »Ich konnte es nicht glauben, als ich hörte, dass ihr rauskommt, Trigger!« Er bedeutete uns hineinzuspringen. Ich setzte mich nach vorn, die Jungs nahmen hinten Platz.

Sobald wir auf der Straße waren und das Gefängnis in meinem Rückspiegel außer Sicht war, stieß ich einen langen Atemzug aus. Es war das erste Mal, dass ich meine Fähigkeit infrage gestellt hatte, aus dem Gefängnis zu kommen. Es war auch das erste Mal, dass ich herauskam und jemand auf mich gewartet hatte. Ein schweres Gewicht landete in meiner Magengrube. Das war eine verfluchte Lüge. Sie wartete nicht auf mich. Sie war nach wie vor bei meinem Vater.

Tess.

Ich musste alles wissen, was Morgan und Sam wussten.

»Was weißt du?« Rail kam mir zuvor.

Ryan sah in den Rückspiegel, bevor er die Spur wechselte. »Ich habe einen Anruf von Morgan bekommen, der mich anwies, euch hier zu treffen und euch die hier zu geben.« Er zeigte unter ihre Sitze. Brick holte eine schwarze Reisetasche für jeden von uns hervor.

»Verdammt, ja!«, jubelte Rail über meine Schulter. »Saubere Klamotten, Seife und was zu rauchen. Ist schon lange her, seitdem ich mich auf eine Dusche gefreut habe.« Er schüttelte sich.

»Was sonst noch?« Ich übernahm das Gespräch.

»Nur dass jemand jemanden kennt, der euch rausgeholt hat.«

»Wie?« Ich hasste es, die Antworten nicht zu wissen.

»Ich weiß bloß«, er hob die Hand, »dass es etwas mit einem Typen namens Mike und einem Richter zu tun hat.«

Mike?

»Keine Ahnung, Mann, tut mir leid. Man hat mir gesagt, euch vor Sonnenuntergang zum Landeplatz zu bringen.«

»Sag mir bitte, dass es nicht diese Propellermaschine ist, die uns mitnehmen soll.«

Ryan kämpfte gegen ein Lächeln an, während Rail sich darüber beklagte, wie beschissen die Sitze wären und dass das Flugzeug dazu gedacht war, Gepäck zu transportieren, keine Leute.

»Niemand braucht eine Stange im Arsch. Verdammte Sitze.« Er warf die Hände in die Höhe. »Als hätte ich nicht schon genug Narben.«

Ich machte es mir im Sitz gemütlich und blendete Rail aus. Verdammt, ich musste an Tess denken. Wie sehr ich sie vermisste. Es machte mich wahnsinnig, dass ich nicht wusste, wo sie war. Allein beim Gedanken an sie brannte mir die Brust.

Es bereitete mir höllische Sorgen, dass Mike irgendwie in die Sache verwickelt war. Er musste jede Menge Gefallen eingefordert haben, um mich rauszubekommen, und ich wusste nicht so recht, was ich davon halten sollte. Er war derjenige, der sich für den Kampf auf der Seite der Guten entschieden hatte.

Meiner Herzschlagrate nach zu urteilen, sollte ich um 3.45 Uhr morgens am ersten Checkpoint sein, sodass ich um 4.57 Uhr morgens am zweiten Checkpoint sein würde. Das ergab Sinn. Ich sollte keinen Halt einlegen müssen. Meine Lungen waren sauber. Ich hatte seit elf Monaten kein Pot mehr geraucht, und ich hatte extreme Selbstdisziplin geübt. Ich ging schneller, als ob ich so Sekunden gutmachen könnte, die ich verloren hatte. Ich verstand die Struktur, die die Armee bot, und mir gefiel, dass man eine Familie war, eine Arbeitseinheit. Es war verlockend.

Gerade als ich um die Felswand kam, sah ich Mike zur Seite schwanken, aber er hielt nach wie vor gut den Schritt. Er war ein gottverdammter Stier, und das respektierte ich.

»Hast du Bauchschmerzen?«

Er schüttelte den Kopf und wurde unsicher in seinem raschen Schritt. »Rechte Seite.«

Fuck.

Ich sprang zu ihm hin und hielt ihn auf.

»Mann, was zum …«

Irgendwie ließ ich die undurchdringliche Maske fallen, die ich getragen hatte, als ich die Situation erkannte, wie sie war. Der Test war erst in drei Tagen, und er brauchte Hilfe. Das war nichts, was mir leichtfiel, aber da war etwas an diesem Typen, zu dem ich eine Beziehung herstellen konnte.

»Verdammt, Mann.« Ich funkelte ihn an, um meinen Standpunkt zu verdeutlichen. »Ich kenne eine Menge durchgeknallter Typen, die eine Menge durchgeknallter Sachen angestellt haben. Wenn du jemals wiederholst, was ich jetzt tun werde, wird deine Familie nie erfahren, was dir zugestoßen ist.«

»Schön.« Zu diesem Zeitpunkt war er sowieso darüber hinaus, dass es ihm etwas ausgemacht hätte, und er starrte mich lediglich an.

Ich funkelte ihn an, bloß kein Wort zu sagen, während ich die Arme über meinen Kopf hob und wie ein Pferd schnaubte. Ich wiederholte es zwei weitere Male, und er konnte sein verdammtes Grinsen nicht unterdrücken.

»Tu es oder ich knalle ich dir eine.« Ich zog meinen Arm zurück, und er hielt eine Hand hoch und ahmte meinen bekloppten Tanz nach, und

bald konnte er etwas leichter atmen. Drei Minuten später war er wieder ganz normal.

Er setzte sich auf, rieb sich die Brust und sah mich erstaunt an. »Woher hast du gewusst, wie man das macht?«

»Alte Boxer-Bewegung.«

»Das hast du früher schon erwähnt. Wann hast du angefangen?«

Ich hasste diese Frage, aber irgendwie wusste ich, als er fragte, dass es nirgendwohin führen würde.

»Mein Vater würde sagen, mit sieben, aber ich sage, mit drei.«

»Warum?«

»Schwer zu beantworten, aber ich schätze, er hat mich von sehr klein auf verprügelt.« Ich ließ zu, dass etwas Wasser meine Kehle hinabfloss, bevor ich weitersprach. »Nicht jeder Boxer versteht, was ihm passiert, insbesondere, wenn er jung anfängt. Einige der Hiebe bringen dich irgendwohin, wo die Zeit stillsteht. Obwohl du nur wenige Sekunden dort bist, ist es besser als das, was dir bevorsteht, wenn es vorüber ist und du nach Hause gehst.« Scheiße, woher war das gekommen?

Er hielt die Arme hoch, bevor er die Ellbogen auf die Knie stützte. Ich betrachtete seine Tätowierungen. Ich hatte vergessen, dass er mir in einer Nacht kurz erzählt hatte, warum er sie hatte.

Ich schob mich hoch und nickte ihm zu, sich mir anzuschließen. »Wenn du das am Start und an den Checkpoints sieben, vierzehn und achtzehn machst, wird's dir gut gehen.«

»Nur so viele?« Er triefte vor Sarkasmus, schlug mir jedoch zum Dank mit der Faust auf die Schulter.

Bis Freitag war Mike Zweiter und bestand insgesamt. Ich jedoch wurde gebeten, ins Büro zu kommen, und man sagte mir, es wären nur ein paar Stellen offen, und ich hätte es nicht geschafft. Ich wusste, dass sie wahrscheinlich mein Führungszeugnis erhalten hatten. Ich hatte mich gefragt, ob sie es vielleicht nicht beachten würden. Wahrscheinlich hatten sie gedacht, dass ich es nie durch das Training schaffen würde.

Es war so, wie es war. Die Tatsache, dass ich nicht mal übermäßig enttäuscht war, sprach sehr für sich.

Mike war überwältigt und sagte, ich solle seinen Platz einnehmen. Er war gnadenlos. Ich war bloß ehrlich.

»Verpiss dich und geh zur Armee, weil ich wahrscheinlich eines Tages Hilfe benötigen werde, und ich werde diesen verdammten Gefallen einfordern.«

»Faire Sache.« Er bot mir die Hand.

Wir alle wussten, dass er ein besserer Soldat wäre, als ich jemals sein könnte. Ich kam mit Autorität nicht gut zurecht.

*

»Himmel, Arsch und Zwirn!« Rails Fingerknöchel, mit denen er den Sitz vor sich umklammerte, waren weiß. Eine Zigarette hing ihm von den Lippen. »Der Sensenmann ist angepisst, Trigger.« Er lachte wie ein Wahnsinniger, während das Flugzeug sich rüttelte und schüttelte, weil wir in Turbulenzen geraten waren. »Meinst du, er will etwas klarstellen?«

»Und was sollte das sein?« Ich sah zum Fenster hinaus. Wir sollten in den nächsten fünfzehn Minuten landen.

»Ich glaube, wir brauchen einen guten Mord, um das Arschloch zufriedenzustellen.«

Ich hatte da ein paar im Kopf.

Mikes Stimme klang anders, etwas stimmte da nicht.

»Ich wollte deine Anrufe nicht absichtlich nicht annehmen, hatte nur gerade etwas anderes am Hut.«

»Hab's nicht persönlich genommen«, versicherte ich ihm und beugte mich vor, damit die Asche von meinem Joint auf meine Stiefel fiel. »Alles in Ordnung?«

Er lachte, aber es war ein schweres Lachen. »Manchmal frage ich mich das.« Ich hörte, wie sich eine Tür leise schloss. »Der Ex meiner Schwester wird zum Problem, und unser gutes altes Rechtssystem kümmert sich einen Scheißdreck darum.«

»Ist er dir schon begegnet?«, scherzte ich. Allein Mikes Äußeres hätte einen unerwünschten Freund abgeschreckt.

»Ja, ist er, aber sein Vater hat kiloweise Kohle, und er glaubt, er steht über dem Gesetz.«

Ich ließ meinen Hals knacken. »Du redest von diesem beschissenen Trevor Collins?« Ich erinnerte mich, von dessen Vater gehört zu haben und dass ihm ein paar Kasinos und Hotels in New York gehörten.

»Ja. Sobald sie seine Familie kennengelernt hatte, ist sie zurückgeschreckt. Das waren keine Leute für sie. Abgesehen davon … äh, sie sagt, er würde ihr Angst einjagen. Ich kenne die Details nicht, und ich möchte sie auch nicht kennen, aber, fuck, Trigger, ich weiß nicht, ob ich mich zurückhalten kann.«

»Das verstehe ich.«

»Ich muss einen klaren Kopf behalten. Ich habe die Chance, einem Eliteteam beizutreten, und falls ich das versaue, bin ich erledigt und wieder im Holzfällergeschäft meines Vaters.«

»Mike?«, rief seine Mutter von irgendwoher, weit entfernt.

»Shit. Tut mir leid, Mann. Muss los.«

»Ja, keine Sorge. Wir reden demnächst darüber.« Ich legte auf.

Ich brauchte drei Tage, um das Arschloch aufzustöbern. Ich verprügelte ihn nach Strich und Faden und schickte eine Nachricht. Mike hatte mir nie eine Frage gestellt, aber wenige Wochen später erhielt ich eine SMS mit dem lächelnden Gesicht seiner Schwester. Das war das erste und einzige Mal, dass ich diese Linie übertreten hatte.

»Warte mal.« Bricks Stimme durchschnitt Rails Ausraster. »Ich glaube, wir haben Gesellschaft.«

Ich lehnte mich näher ans Fenster und sah eine Staubwolke in der Ferne. Sie kam näher, und ich sah fast rot, als ich begriff, dass jemand *mein* Bike fuhr. Das brach jegliche Clubregel, die in der Welt der Bikerclubs bekannt war. Wenn sie mir mein gottverdammtes Bike hatten bringen wollen, dann hätten sie es auf einen Anhänger stellen müssen.

Ich ließ meinen Hals knacken, aber das half nicht. Ich spürte meinen Schalter vor Wut beben, als die Räder für die Landung ausfuhren.

»*Shit.*« Brick tastete seinen Rücken ab. »Ich vermisse meine 9 mm wirklich.«

Sobald wir den Boden berührt hatten, zeichnete Rail ein Kreuz über seiner Brust nach und küsste den Sensenmann, der an einem seiner Halsbänder herabhing.

»Was zum Teufel war das?« Brick lachte.

»Kann schließlich nett zu beiden sein.«

Ich nahm meine Tasche mit meinen Sachen, duckte mich unter der Tür durch und trat hinaus auf die Treppe. Morgan setzte seinen Helm ab und kam auf mich zu.

»Schön, dich wiederzuhaben.« Morgan streckte die Hand aus und ignorierte die Tatsache, dass ich funkelnd über seine Schulter hinweg auf mein Bike sah.

»Irgendetwas von Tess gehört?«, brachte ich würgend heraus.

»Ja.«

Ich sah ihn an und wollte ihm einen Tritt in die Kehle dafür versetzen, dass er es nicht ausspuckte. Morgan drehte sich um und nickte dem Arschloch auf meinem Bike zu. Ich brauchte einen Moment, aber als der Fahrer abstieg, sich vorbeugte und den Helm löste, verteilte sich blondes Haar in alle Richtungen.

Fuck … Tess.

Sie biss sich auf die Lippe, als sie den Helm beiseitewarf und in ihrer Lederkombi auf mich zu rannte. Ich ertappte mich dabei, dass ich ihr entgegenging, und sie sprang mir in die Arme und schlang die Beine um meine Taille, während sie ihr Gesicht in meinem Hals vergrub.

Ich drückte sie an mich und hielt sie fest.

»*Shit,* Trigger!«, weinte sie.

Alles wurde still.

Alles wurde ruhig.

Ich streichelte ihr über den Kopf, bevor ich sie auf die Füße stellte und sie an den Schultern vor mich hielt, um sie von oben bis unten zu betrachten.

»Geht es dir gut?«

»Ja.« Sie lächelte zu mir auf, und ich wollte sie gleich da inmitten des verdammten Chaos nehmen.

»Und dir?«

»Jetzt besser«, rutschte es mir heraus.

Sie lehnte sich für einen Kuss zurück, und ich kostete ihren Mund. Ich war unglaublich angespannt, und ihre Zunge in meinem Mund zu haben, war gefährlich. Ich entzog mich ihr, trotz der Verwirrung auf ihrem Gesicht.

»Was ist?«

Ich legte meine Stirn gegen ihre und ließ dann meine Lippen an ihrem Ohr ruhen.

»Ich bin fast einen Monat lang mit meinen Männern in einem Käfig gewesen.« Ich schlug meine Hand über ihren Hintern und drückte ihn fest. »Meine Gedanken sind an ein paar dunklen Orten gewesen, und ich muss mich in deiner Gegenwart beherrschen.«

Sie wandte sich zu mir und leckte mir über mein Kinn. »Wann hat mir Beherrschung jemals gefallen?«

»Tess«, warnte ich, aber selbst ich konnte das Stöhnen aus meiner Stimme heraushören.

»Versprich mir nur, dass du später deinen Schalter umlegst«, flüsterte sie, während sie sich mit der Zunge über ihre Lippen fuhr.

»Steig auf, Tess.«

Sie wich mit einem Seufzer zurück, wandte sich jedoch um und ging hüfteschwingend zu meinem Bike.

»Wir müssen reden, bevor wir zum Clubhaus kommen.« Morgan ging neben mir. »Strokes?«

»Ja«, stimmte ich zu. Sosehr ich ja allein mit Tess sein wollte, er hatte recht. Wir konnten nicht in Gegenwart des Maulwurfs sein, bevor wir darauf vorbereitet waren.

Gerade als ich meinen Helm aufsetzen wollte, fuhr mir Tess mit der Hand über den Schenkel und umriss mit den Fingernägeln meinen wahnsinnig erigierten Schwanz.

Ich zog ihre Hand an meinen Mund, biss auf einen Finger und saugte ihn in den Mund, wobei ich die Zunge um die Ränder wirbeln ließ.

Genug.

Ich verlor allmählich die Beherrschung.

Ich hatte mich nie mehr zwiegespalten gefühlt. Mein Gehirn konnte sich anscheinend nicht beruhigen.

Mit einem Zucken des Handgelenks startete ich das Bike und wartete, dass sie sich hinter mich setzte. Sie legte die Hände um meine Taille, und ich spürte, wie mich eine Woge der Normalität überspülte.

Wir nahmen unsere Formation ein, und fuhren den Lincoln Boulevard hinab. Tess streichelte mein Bein und ließ den Kopf auf meinem Rücken ruhen.

Alles in mir wurde wieder lebendig. Meine Erektion war weit mehr als schmerzvoll, und ich wusste nicht, wie viel mehr ich noch ertragen konnte. Die Wochen mit den Männern waren die Hölle, und ich brauchte meine Frau.

*

Tess

Ich konnte meine Hände kaum unter Kontrolle halten. Ich hatte das Gefühl, als hätte ich erneut E genommen. Alles an diesem Mann sprach mich an, und dagegen half nicht, dass seine Arme noch muskulöser geworden waren. Meine dunklen, marineblauen Nägel passten wunderschön zu seinen Tattoos. Es war fast hypnotisierend, meine Finger dabei zu beobachten, wie sie seinen Kunstwerken folgten. Ich wollte ihn so sehr.

Da überschwemmte mich ein Schuldgefühl, und sofort breitete sich ein Schmerz in meinem Körper aus.

Gus.

Ich kämpfte gegen die Tränen an, die nicht wollten, dass ich glücklich war. Wie konnte ich auch glücklich sein, wenn Gus womöglich bereits im Maisfeld lag?

Aufhören.

Einfach aufhören.

»Wo hast du Motorradfahren gelernt?« Trigger durchbrach meine Gedanken.

»Morgan hat mir ein paar Tipps … vom Bürgersteig aus gegeben«, versicherte ich ihm und wartete einen Herzschlag lang auf seine Reaktion. »Bist du sauer?«

»Nein.« Er streichelte über mein Bein, während ich wie ein Honigkuchenpferd grinste.

Zwanzig Minuten später fuhren wir am *Strokes* vor, in dessen Scheibe die Worte eingeätzt waren: »Tritt ein mit einer Seele. Gehe mit einer Aufgabe.« Normalerweise hätte ich die Bedeutung dieses Spruchs infrage gestellt, aber um ehrlich zu sein, hätte es mir in dem Moment nicht gleichgültiger sein können. Ich war einfach erleichtert, dass Trigger Trigger war und nicht jemand anders. Wir gingen rein und sofort hörte ich eine fröhliche Stimme.

»Oh, schön, dass du heil zurückgekommen bist«, jubelte Minnie und umarmte mich von hinten. »Ich war mir nicht sicher, wie du mit diesem Biest von Bike zwischen den Beinen zurechtkommen würdest.«

»Hey.« Ich griff hinter mich und umarmte sie, so gut ich konnte. »Das war nicht das erste Mal, dass ich ein Biest zwischen den Beinen gehabt habe«, scherzte ich.

»Ernsthaft?« Brick sah Minnie finster an, bevor er ihre Haare packte und mit ihr herummachte wie ein Siebzehnjähriger.

Ja, das war genau das, was ich sehen wollte.

»Äh, hallo?«, zischte Rail mir von seinem Platz aus zu, gewährte mir jedoch eine große, bärenhafte Umarmung, als ich mich seiner erbarmte. »Wirklich alles in Ordnung mit dir, Tess?«

Ich zuckte die Achseln. »Sicher.«

Er zündete sich eine Zigarette an und inhalierte tief, während ich ihn anfunkelte. Dann hob er die Hände. »Du wärst stolz.« Die Zigarette baumelte von seinen Lippen herab und verteilte ihre Asche überall hin. »Ich habe Gewichte gehoben.« Er hielt seinen Arm hoch und spannte ihn. »Ja, diese 15-Kilo-Hanteln bringen das Blut echt zum Kochen.«

»Das sehe ich.«

Er zwinkerte, während er von seinem Stuhl am Tisch aufstand. Ich entschuldigte mich und machte mich zur Toilette auf. Ich hatte die Kabinentür noch nicht geschlossen, da hielt eine große Hand sie auf.

»Mein Gott, Trigger.« Mein Magen schlug Kapriolen. »Du darfst dich gern daran erinnern, was ich durchgemacht habe.«

Er schob mich weiter in die Kabine und nahm meinen Kopf zwischen seine Hände, damit ich ihn ansah.

»Ich bin auch verdammt geil, Trigger, aber ich habe wirklich lange gewartet, und ich weiß, ich habe nicht allzu viel Klasse, aber eine öffentliche Toilette ist …«

»Mund halten, Tess«, knurrte er, musterte mein Gesicht und schloss dann die Augen. Er kämpfte offenbar mit etwas.

»Was ist?« Ich strich über seine Unterarme. Ich brauchte seine Berührung.

»Ich möchte alles wissen.« Er räusperte sich, und etwas verflucht Erschreckendes blitzte in seinen Augen auf. »Und ich meine wirklich alles. Hat er dir wehgetan?«

Instinktiv wollte ich lügen, wollte ihm die Details ersparen, konnte es jedoch nicht. Stattdessen saugte ich meine Unterlippe ein und hoffte, dies würde seine Gedanken in eine andere Richtung lenken.

Beinahe nickte er, es war wie ein kurzer Defekt bei einem Roboter, bevor sein System wieder herabfuhr. Dann küsste er mich auf die Lippen.

»Trigger«, war alles, was ich herausbrachte.

»Tut mir leid, dass meine Dämonen mit dir zusammengestoßen sind.«

Ich erstarrte. So etwas Tiefes hatte er noch nie zuvor gesagt. Wenn ich es mir recht überlegte, hatte wohl noch nie zuvor jemandem etwas Derartiges mir gegenüber geäußert.

Ich war mir nicht sicher, wie ich darauf reagieren sollte. »Manchmal ist es in Ordnung, dass ich dir dabei helfe, sie zu bekämpfen.«

Seine Hand umklammerte mein Kinn und schob meinen Kopf ein wenig höher. Er lächelte merkwürdig, bevor er zurücktrat, die Kabinentür schloss und mich verblüfft zurückließ.

Meine Hölle, er war ein Mann weniger Worte, daher verwirrte mich seine Äußerung umso mehr.

»Scheiß drauf!« Die Tür flog auf und knallte laut gegen die Wand der Kabine. Ich kreischte auf, und er umfasste meine Taille, schob mich zurück und schloss die Tür zu.

Seine Hand war in meiner Hose und in mir, bevor ich auch nur den nächsten klaren Gedanken fassen konnte.

»Ich habe zu lange mit Männern zusammengesteckt.« Er streichelte mich hart, während sich eine Wolke von Lust aufbaute. Er leckte an meinem ganzen Hals entlang, dann zog er meine Hose herab, trat sie beiseite und ließ seine fallen, sodass sie ihm um die Knöchel lag.

Ich drehte mich um und beugte mich über die Toilette. Er verschwendete keine Zeit und trieb seinen Schwanz in mich hinein. Seine Hände hielten mich an den Schultern fest, während er darum kämpfte, etwas langsamer zuzustoßen. Er zog ihn fast ganz heraus und schoss dann wild wieder hinein.

Ich schrie bei dem Gefühl auf. Es war genau das, was ich nach unserer Trennungszeit brauchte. Roher Sex mit Trigger erdete mich immer. Es war verrückt, aber er sorgte dafür, dass ich mich innerlich schön fühlte.

Seine Hand strich über meine Wirbelsäule. Sie bewegte sich Zentimeter um Zentimeter, Wirbel um Wirbel aufwärts, dann legte er seine Hände mit leichtem Druck um meinen Hals.

Mein Blut rauschte aufgeregt durch meinen Körper. Ich liebte die Art und Weise, wie er fickte. Wie ein wildes Tier, und ich war die Einzige, die ihn zähmen konnte.

Er zwickte meinen Nippel, und ich spürte, wie er die Stellung änderte. Er war kurz davor zu kommen, aber er brauchte es, dass ich zuerst kam.

»Komm schon.« Er schlug mir fest auf den Po, und ich ließ mich fallen. Meine Gefühle schossen in alle Richtungen davon, als er ein paar weitere Male zustieß und sich mir in meiner Ekstase anschloss.

»*Shit*«, keuchte er, als er mich hochzog und an seiner Stelle an meinem Hals saugte.

»Ja.« Ich lächelte, und das Haar klebte mir an der verschwitzten Stirn.

Die Tür ging auf, und ich hörte jemanden über die Band hinweg schreien. Rotes Haar blitzte durch den Spalt in der Tür auf. Ich vernahm ein Kichern, als Trigger den oberen Rand der Kabine packte und ein letztes Mal zustieß.

»Ich rieche Sex und Süßigkeiten«, sang sie.

Wir zogen uns eilig an, verließen die Kabine und gingen zur Tür. Wieder hörte ich sie kichern und etwas rufen, das sich anhörte wie: »Glückliches Mädchen.«

»Einen doppelten Oban mit einer Pipette fürs Wasser.« Ich ließ mich auf einen Barhocker plumpsen, und der Barkeeper griff unter die Theke und zog eine Holzschachtel hervor. Er nahm ein Glas aus einer roten Samthülle.

»Harter Tag?« Er goss die dunkle, bernsteinfarbene Flüssigkeit langsam ein, damit sie sich entfalten konnte. Er war eindeutig von meiner Getränkewahl beeindruckt.

»Schick.« Meine Finger erforschten die Furchen, die in das Glas eingeätzt waren.

»Schickes Glas für einen schicken Drink.«

»Harte *Woche.«* Huch. Ich hielt das Glas hoch, drehte es in der Hand und sah, wie das Licht auf seinen Rundungen spielte.

»Citadel.«

Ich sah ihn fragend an.

»Das ist der Name des Musters.« Er zeigte auf das andere Glas in der Schachtel. »Es wird in Nova Scotia, in Kanada, hergestellt.«

Ich hielt es mir ans Auge. »Du bist weit weg von zu Hause.«

»Allerdings.« Er tippte auf ein Schild, auf dem stand: »Einmal ein Maritimer, immer ein Maritimer.«

»Was bedeutet das denn, zum Teufel?«

Er lachte und schenkte mir einen weiteren ein. »Es bedeutet, das Glas kommt aus einem einfachen Ort.«

Mein Rücken berührte die Lehne, und ich entspannte mich ein wenig. »Das gefällt mir.«

»Mir auch.« Er lächelte warm und kehrte an seine Arbeit zurück, die Gläser zu polieren.

Barkeeper. Wir alle hatten so unsere Art und Weise, dem anderen zu verstehen zu geben, dass wir es kapiert hatten.

»Einen doppelten Fireball, bitte.« Die Rothaarige aus der Toilette schlüpfte auf den Hocker neben mich, und ich versuchte, mein Lächeln zu verbergen. Sie holte einen Lippenstift hervor und zog sich die Unterlippe nach, bevor sie herübersah. »Bist du hier, um die Band zu sehen?«

Ich sah zur Bühne hinüber, wo drei Männer einen Soundcheck durchführten. »Der Gitarrist ist heiß.«

Sie grinste. »Das ist Ben Carey. Er war mal Gitarrist für Lifehouse, und das ist«, sie zeigte auf einen Typen mit einem schmalen Mohawk, »der Leadsänger, Bryan Hopkins. Er war mal bei Paperback Hero.«

»Du verstehst was von Musik.«

»Allerdings.«

»Also, was machen sie? Country?« Ich vermutete es wegen ihrer Stiefel.

»Elvis Monro. Sie spielen Country-Rock.«

Sieh an. Ich hatte zuvor noch nichts von ihnen gehört, aber ich war interessiert. Ich liebte jede Musik.

»Hübsches Tattoo.« Sie zeigte auf Triggers Kunstwerk auf meinen Unterarmen, zog daraufhin ihr T-Shirt hoch und zeigte mir ihr Engel-Tattoo. Es schlang sich um ihre Mitte und endete in einem Heiligenschein, der ihre Brüste mit umfasste.

»Wow.« Beeindruckend.

»Ja. Ich hab's mir gleich nach meiner Scheidung stechen lassen. Mein Ex hat sie gehasst.«

»Warum der Engel?«

»Mein Lieblingssong von ihnen.« Sie nickte zur Band hinüber. »Außerdem nennen sie mich ihren kleinen Engel, obwohl ich alles andere als einer bin.«

Ich lachte. Sie sah in der Tat wie die Verkörperung von Problemen aus. Sie trug eine Aufregung um sich her, und dieses feuerrote Haar schien vor Energie zu vibrieren. Sie erinnerte mich an jemand anders. Ich wandte mich um und suchte Minnie und ertappte Trigger dabei, wie er seinen Blick auf mich fixiert hatte.

»Ich heiße Rose.« Sie bot mir die Hand, also löste ich meinen Blick von seinem. »Wenn ich es recht verstehe, bist du mit denen zusammen?« Sie nickte zu den Jungs hinüber.

»Tess.« Ich bestellte einen weiteren Drink und musterte wieder das Glas. Es war fast hypnotisierend. »Ja, Bikerclub.«

»Ich weiß, wer sie sind. Ich habe einen der Mitglieder neulich hier gesehen.«

Ich warf einen Blick über die Schulter und entdeckte, dass Triggers Augen nach wie vor auf mir hafteten. Verdammt, unter seinem Blick bekam ich weiche Knie.

»Ja? War das der Mann mit dem langen Bart da drüben?« Ich zeigte auf Morgan.

Sie wirbelte auf dem Hocker herum und betrachtete Morgan, dann sah sie sich um.

»Nein, keiner von denen. Ich würde mich an ihn erinnern. Er war stinksauer, weil er niemanden finden konnte.«

»Hm. Keine Ahnung.« Wahrscheinlich war es Cooper, der schmutzige Sachen über Allen herausfinden wollte, um Trigger und die Jungs herauszuholen.

»Ich bin gleich zurück.« Ich signalisierte ihr, dass mein Handy klingelte, duckte mich jedoch neben die Bühne, um etwas für mich zu sein.

»Hey, Tess.« Savis Stimme wirkte leicht besorgt. »Du bist gut zu Trigger gekommen?«

»Ja, wir sind grad zusammen hier.«

»Gut, gut …« Ihre Stimme erstarb. »Hör zu, Tess, ich hätte das etwas früher dir gegenüber erwähnen sollen, aber ich weiß, dass du tun musstest, was du getan hast, und ich bin die Letzte, die kein Verständnis dafür hätte. Ich sitze jedoch sicher auf einem Berggipfel, und du bist völlig exponiert in der Stadt.«

Ich schüttelte den Kopf und versuchte, ihr zu folgen.

»Ich wollte dich bloß einladen, herzukommen und eine Weile hierzubleiben, weißt du, bis sich der Staub wieder gelegt hat sozusagen. Du hast eine Menge durchgemacht, und ich dachte, dass du vielleicht eine Verschnaufpause brauchen könntest?«

Ich fand es wunderbar, dass sie sich genügend Sorgen machte, um mich einzuladen. Wir stammten nicht so ganz aus derselben Welt, aber die Wahrheit lautete, dass ich um kein Geld der Welt im Moment von hier weggegangen wäre. Ich hatte Trigger gerade zurückbekommen, und ich würde wie der Teufel darum kämpfen, an seiner Seite zu bleiben, bis Allen erledigt war.

»Danke, Savi. Das bedeutet mir wirklich viel, wahrscheinlich mehr, als du weißt, aber gerade im Moment muss ich wirklich hier sein.«

Sie kicherte leicht. »Habe ich mir gedacht, aber nur, damit du es weißt – die Einladung steht.«

»Ich werd's im Hinterkopf behalten.«

»Ruf mich an, sobald du dich eingerichtet hast, und wir können vielleicht einen Besuch arrangieren.«

»Fänd' ich gut.«

Ich steckte das Handy in meine Tasche zurück und fing erneut Triggers Blick auf. Mir gefiel, dass er mich immerzu beobachtete. Ich beschloss, zu ihm zu gehen, statt zur Theke zurückzukehren.

Kapitel 7

Trigger

»Sie wurde in diesem Gebiet gefunden.« Morgan lenkte meine Aufmerksamkeit von Tess ab, als er das iPad vor mich legte. »Sie glaubt, sie ist etwa vier Stunden unterwegs gewesen.« Er zog den Finger über den Bildschirm, was eine rote Linie erzeugte. »Also, wenn wir ihre Route nachziehen, glauben wir, dass das Haus irgendwo in dieser Gegend liegen müsste.«

»Die sind inzwischen weg, da bin ich mir sicher.« Rail schnaubte, während er Tess an der Theke beobachtete. »Ich wünschte, ich hätte den Ausdruck auf dem Gesicht dieses Teufels gesehen, nachdem Tess verschwunden war.«

»Mm«, murmelte ich, neugierig darauf, was Allen als Nächstes tun würde.

»Oh, Tess«, sagte Morgan über meine Schulter hinweg. »Meinst du, du kannst den Jungs erzählen, was …« Er hielt inne. »Alles in Ordnung?«

Sie schlüpfte auf den Stuhl neben mich und lächelte der Tussi an der Theke zu. Ich musste nicht mal mit diesem Rotschopf sprechen. Ihr stand »wild« über den ganzen Leib geschrieben.

»Ja.« Sie klang müde, aber sie zuckte mit den Schultern und konzentrierte sich auf das, was Morgan sie gefragt hatte. »Äh, in Ordnung.«

Sie erzählte ihre Version dessen, was während des Kampfs geschehen war, wie sie sie herausgelockt hatten und warum Gus versucht hatte, sich einzumischen.

»Sie haben uns ein paar Tage lang voneinander getrennt gehalten. Allen sagte mir, dass ich jetzt Zay gehörte.« Sie warf mir einen unbehaglichen Blick zu. »Er trug die ganze Zeit über diesen blöden falschen Priesterkragen und ließ sich von uns ›Vater‹ nennen. Die ganze Sache war einfach eine völlig beknackte Angelegenheit.«

»Wie ging es Gus, als du ihn das letzte Mal gesehen hast?«, warf Brick ein.

Sie sah auf ihre Hände hinab und fummelte mit einem Ring herum. »Schlecht. Er hat ein paar Schläge einstecken müssen, ist jedoch so weit damit zurechtgekommen. Zumindest war er immer noch in Ordnung, bevor ich weg bin. Ich möchte nicht darüber nachdenken, was sie ihm angetan haben, nachdem sie begriffen hatten, dass ich weg war.«

»Hattest du Gelegenheit, mit Jace zu reden?« Brick beugte sich über den Tisch.

»Ja.« Ihr Blick ging zu Morgan, der ihr zunickte. »Ähm, es stellte sich heraus, er hat eine Schwester, und Allen hat herausgefunden, wo sie war, und Jace versprochen, es ihm zu sagen, aber nur, wenn er ihnen half, sie zu mir zu führen. Ich weiß, dass er sich wahnsinnig schlecht deswegen fühlt …«

»Clubgesetze«, unterbrach ich sie, um ihr die Sache zu verdeutlichen.

»Ja, aber er …«

»Spielt keine Rolle, er …«

»Er war derjenige, der mir geholfen hat, dich aus dem Gefängnis zu holen. Zählt das überhaupt nichts?«

»Nein«, sagten wir alle wie aus einem Mund.

»Das ist doch Scheiße.«

War es nicht, aber ich wollte mich nicht mit ihr streiten.

»Er kannte die Gesetze, Tess.« Brick versuchte eine sanftere Herangehensweise. »Und er wollte ihnen nicht folgen.«

»Er hat an seine Familie gedacht.«

»Genau wie ich.« Ich hielt ihrem wild lodernden Blick stand. Ich mochte ihre Kampfkraft, aber sie musste auch wissen, dass es in einem Motorradclub nur Schwarz und Weiß gibt. Es gibt keinen Platz für Grau.

»Was dann?« Rail bemühte sich, das Gespräch in Gang zu halten.

Sie wartete einen Moment, bevor sie weiterredete. »Sie haben uns immer Mais zu essen gegeben, und mir wurde klar, dass das so war, weil wir von hektarweise Maisfeldern umgeben waren. Jetzt ist mir auch klar, dass die Felder mit Leichen gedüngt werden. Ich konnte entkommen, weil ich mich unter ihnen versteckt habe, so konnte die Drohne mich nicht finden.«

»Gottverdammt noch mal, Mädchen«, rief Rail beeindruckt. »Verdammt furchtlos.«

»Verdammt richtig.« Sie sah mich an. *Shit, ich könnte sie gleich an Ort und Stelle nehmen.*

Morgan half ihr, mit der Geschichte weiterzumachen. Es gab immer noch einige Punkte, bei denen ich mir unsicher war, aber die konnte ich später ansprechen.

»Wie war Mike in diese ganze Sache verwickelt?«

Sie wandte den Blick von mir ab und zögerte, und ich fragte mich, warum.

»Äh, ich wusste nicht, was ich sonst hätte tun können. Ich hatte kein Handy und ich hatte keine verdammte Nummer im Kopf. Also dachte ich daran, wer Savannah geholfen hatte, und du warst im Gef… ich meine, du konntest nicht kommen.« Sie sah mich an. »Als Mike das Ausmaß dessen begriff, was auf dem USB-Stick war, flog er mit Dell und Quinn runter, um dafür zu sorgen, dass es nicht den Bach runterging.« Sie rieb sich unbehaglich die Hände. »Ich weiß, es war ein großes Risiko, ihn mit hineinzuziehen, und ich versuchte sogar, zu protestieren, aber er hat darauf bestanden. Später hat er mir seine Karte gegeben und mir gesagt, da ich dir gehörte, würde er mir immer helfen.«

»Gut.«

Ich werde mich revanchieren.

Kurze Zeit später fuhren wir nach Hause. Ich musste in meinen Club zurück.

»Liebling, ich bin zu Hause! Doppelter Whiskey, Peggy!«, brüllte Rail, als er durch die Türen des Clubs platzte.

Die ganze Bar brüllte, und die Musik war laut aufgedreht.

»Peggy, Baby.« Rail griff sich in den Schritt. »Es ist Wochen her, dass ich jemanden hatte. Hilf mir doch aus.«

Peggy verdrehte die Augen und lächelte mich an. »Brauchst du etwas Hilfe?«

Tess hob ihre Hand, betrachtete sie kurz und versetzte Peggy dann einen rechten Haken, der sie nach hinten fliegen ließ.

»Oh, verflucht. Das habe ich schon so lang mal tun wollen.« Tess lachte. »Steh auf, Peggy. Ich möchte es noch mal probieren.«

»Schlampe!« Sie spuckte Blut auf die Theke. »Was soll das, verdammt, Trigger? Tu was!«

Ich packte Tess bei den Haaren und knallte meine Lippen auf die ihren.

Tess war gnadenlos, impulsiv und knurrig, was wahnsinnig sexy war.

Ich saugte an ihrer Unterlippe, bevor ich mich ihr entzog und ihr den Hintern drückte.

Alles in mir gierte nach ihr.

»Verflucht!« Ich spürte, wie mir etwas auf den Arm schlug.

»Wird ja auch Zeit, dass du wieder zu Hause bist!« Wieder boxte mich Fin auf den Arm. Seine kleine Faust war rot, wie seine schimmernden Augen. Ich sah, dass er traurig war, weil ich ihn nicht suchen gegangen war. Aber um die Wahrheit zu sagen, ich war so von Tess eingenommen gewesen, dass ich es vergessen hatte.

»Warum hast du noch keinen Schlafanzug an?« Binnen Sekunden wurde aus der sexy Tess die sexy Mutter Tess.

»Vib hat unsere Sachen nicht gewaschen, also habe ich nichts zum Anziehen.«

Es war das erste Mal, dass er seine Mutter so nannte. Ich fragte mich, wie es ihr ging, seitdem Gus verschwunden war.

Tess entzog sich meinem Griff und verschwand nach hinten.

»Ich bin froh, dass Tess zurück ist.« Fin schniefte und wischte sich die Tränen weg.

»Und was ist mit mir?« Ich grinste ein wenig.

»Als ob es dich interessiert.« Er verschränkte die Arme und wandte sich ab.

Etwas in mir veränderte sich, und ich war imstande, etwas für den kleinen Bengel zu empfinden. Ich hatte den Jungen immer gemocht, aber er war eindeutig verärgert, weil ich nicht zu ihm gekommen war.

Fuck. An so etwas war ich nicht gewöhnt. Ich gab Tess die Schuld an diesem beschissenen Gefühl.

»Es interessiert mich aber, Fin«, brummelte ich voller Unbehagen. »Ich bin bloß nicht gut darin, so einen Scheiß zu zeigen.«

»Ja.« Er schniefte. »Das ist nichts Neues.«

»Warum bist du dann so stinkig auf mich?«

»Weil er möchte, dass du es versuchst.«

Tess versetzte mir einen Schlag auf die Schulter. »Komm her, du kleiner Racker, du musst ins Bett.«

»Wo ist deine Mom?«, fragte ich, neugierig darauf, wo der Junkie heute Abend war.

»Im Bett und schläft, seit gestern.«

Tess warf mir einen Blick zu.

»Cooper«, knurrte ich, »was ist mit Vib los?«

Er verdrehte verärgert die Augen. »Gus ist weg, also spielt Vib.«

Verdammte Kokserin.

Ich sah zu, wie Tess Fin ins Bett brachte, und kicherte über Peggy, die mit ihrer blutigen Nase auf mich zukam.

»Jede andere Tussi wäre rausgeschmissen worden wegen dem Scheiß, den sie abgezogen hat.«

»Ja«, stimmte ich grinsend zu.

»Was macht sie so anders?«

Ich hasste persönliche Gespräche, aber aus irgendeinem Grund ging ich darauf ein. Peggy war nun einmal seit vielen Jahren eine Hangaround.

»Sie wird nirgendwohin gehen, Peggy.«

Sie schwieg. Ich hoffte, sie fing nicht an zu heulen. Ich hasste es, wenn sie heulten.

»*Fuck,* ich hasse dich, verdammt. Ich habe seit Langem alles versucht, um dir zu zeigen, dass ich dich will, und du willst dieses kleine Miststück.«

Ich leerte meinen Drink, wollte jedoch nicht auf ihre Bemerkung eingehen.

Ich sah sie an. Ich würde das Gespräch nicht weiterführen.

»Weißt du was?« Sie überlegte sich einen Moment lang ihre Worte. »Tess ist Dutzendware. Wenn du dich nicht mehr von ihrem heißen Arsch und den Teenie-Titten blenden lässt, weißt du, wo du mich findest, und du kannst etwas von denen hier kriegen.« Sie packte ihre großen Titten und hielt sie hoch.

»Kann ich das übernehmen?« Rail tippte mit seinem Bier an ihr Glas.

Ich erhob mich von meinem Stuhl und ging auf mein Zimmer. Ich war der Rederei leid. Ich warf einen Blick ins Zimmer der Jungs und sah, dass sie bereits fest schliefen. Ich kam nicht umhin, Vibs nackten Körper zu betrachten; ihre falsche Titten zeigten zur Decke.

Verdammte Nullnummer.

Mein Zimmer war leer. Ich machte mich auf die Jagd nach dem einen Menschen, in den ich zwanzig Zentimeter meiner selbst hineinversenken wollte.

»Wo ist sie?« Ich traf Brick mit Minnie, die auf dem Weg in ihr Zimmer waren.

»Pool.« Minnie kicherte.

Ich warf meine Brieftasche und die Schlüssel in mein Zimmer, bevor ich in diese Richtung aufbrach. Der Wind heute Nacht war warm, was mehr Jungs als üblich nach draußen gelockt hatte.

»Also, du bist einfach abgehauen?« Cooper saß auf einem Liegestuhl neben dem Pool, während Tess sich nahe am Rand treiben ließ.

»Ganz so einfach war es nicht, aber ja, ich bin weggekommen.«

»Hast du daran gedacht, dass sie dich jagen würden?«

Sie verlagerte ihr Gewicht und zog das Bein ans Kinn, wobei die Luftmatratze auf und nieder hüpfte. Sie trug einen schwarzen Bikini und lag auf dem Rücken, und ihr Haar war rings um sie her ausgebreitet. Das Wasser auf ihrer Haut ließ sie im schwachen Licht vom Poolhaus glänzen.

»Sei ehrlich«, sagte er, während ich eine Decke hinten auf den Pickup warf.

Sie seufzte, bevor sie antwortete. »Ich würde lügen, wenn ich sagte, dass ich keine Angst hatte, aber ich würde sofort mit Gus meinen Platz tauschen.«

»Warum ist er nicht mit dir weg?«

»Sie hatten was mit seinem Knie angestellt.«

»Cooper.« Ich ruckte mit dem Kopf, um ihn zu signalisieren, dass er gehen sollte.

Er stand auf und winkte Tess zu. »Schön, dich wieder hier zu haben, Trigger.«

Ich nickte und wartete ab, bis er gegangen war, dann zog ich mir die Hose aus, glitt ins Wasser und schwamm lautlos zu ihr rüber.

Sie zündete sich einen dicken Joint an, während sie mir dabei zusah. Sie nahm einen tiefen Zug und stieß dann den Rauch in den dunklen Himmel.

»Woran denkst du?«, flüsterte sie.

Ich grinste, tauchte, drehte die Luftmatratze um und zog sie zu mir.

*

Allen

Blut tropfte von meinen Fingern, während ich leidenschaftslos auf das Chaos auf dem Fußboden hinabsah. Ich presste meine Fäuste gegen die Wand und legte meinen Kopf darauf.

Das kann nicht sein. Wie zum Teufel ist er freigelassen worden?

»Boss«, flüsterte Zay vorsichtig hinter mir.

»Nein«, zischte ich. »Verschwinde.«

Er seufzte schwer, verschwand jedoch nicht. »Fox glaubt, er hat eine Idee, wie er sie rauslocken kann. Gib mir fünfzehn Minuten, und wir könnten sie vielleicht überzeugen.«

Ein leises Gekicher ertönte von der anderen Seite des Raums.

Ich drehte den Kopf und sah das verschlagene Grinsen auf Gus' zerschundenem Gesicht.

Der Mann sehnte sich offenbar nach seinem Tod.

»Denkst du wirklich, sie wird Trigger jemals verraten?« Er sah mich durch die beiden zugeschwollenen blauen Augen an. »Du kennst sie ganz eindeutig überhaupt nicht.«

Ich tippte mit den Fingern auf die blutige Mauer, während ich über seine Bemerkung nachdachte.

»Vielleicht wird sie Trigger nicht verraten, aber wie weit würde sie gehen, um dich zu retten?«

Seine Augen verrieten nichts, doch er behielt seinen irritierenden, selbstgefälligen Ausdruck bei.

»Ich bin bloß ein verfluchter, wettergegerbter alter Mann. Sie ist härter, als du glaubst. Sie wird den Club nicht meinetwegen riskieren.«

Ich grinste. »Ja. Du bist ein schwacher alter Mann, keinen Scheißdreck wert, das stimmt, aber diese beiden Jungs von dir könnten es wert sein, sie einmal genauer unter die Lupe zu nehmen. Sie wird tun, was ich will, und zwar wegen ihnen.«

Seine Zunge schoss hervor, und er leckte sich die Lippen. Ich hatte ins Schwarze getroffen.

»Ah, ja«, schnurrte ich, erfreut darüber, den Nagel auf den Kopf getroffen zu haben. »In dem Moment, als du vor Jahren ein Auge auf deinen Neffen geworfen hattest, wusste ich, dass ich dich hatte. Du hast eine Schwäche für Kinder, wie so viele Menschen. Für mich ist es interessant, dass Menschen so sentimental werden können, wenn es um rotznasige kleine Bengel geht. Diese Verlockung werde ich nie verstehen.«

Mit diesen Worten ging ich und stieg die Treppe hinauf, um das Blut des IT-Nerds von mir abzuwaschen. Meine grünen Augen blickten mir aus dem Spiegel entgegen. Ich wusste, dass mein Spiegelbild bloß eine Maske war, und während ich hinstarrte, öffnete ich meinen Geist, um mein wahres Selbst zu zeigen. Ich streckte die Zunge raus. Oh, ja, da war sie.

Die Teufelsforke.

»Allen.« Gus klopfte ans Fenster. »Hör auf mit dem Scheiß und lass mich rein. Ich habe ein Recht darauf, meinen Neffen zu sehen.«

»Habe ich gesagt, du darfst das anfassen?«, schrie ich den kleinen Scheißer an, der ein Stück Brot in der Hand hielt, das er aus der Tasche auf der Theke gestohlen hatte. »Du hast bereits gegessen.«

Er sah auf den Boden, aber er legte es nicht zurück.

»Was bist du, dumm? Leg den Scheiß zurück. Glaubst du, ich hätte Geld wie Heu?«

Er schüttelte den Kopf und legte das Brot auf die Theke. Seine Hände fielen an seine Seiten, ich marschierte hin und warf das Brot in den Müll.

»Das war deine Schuld. Ich musste es wegwerfen. Jetzt bekommst du kein Abendessen.«

Er stand still da, wie er es immer tat, wenn er in Schwierigkeiten steckte. Es war frustrierend, wenn er mir nicht antwortete.

Ich gab ihm eine Ohrfeige, aber er reagierte nicht. Er war ein zäher kleiner Hurensohn.

»Antworte mir!«, befahl ich.

Er räusperte sich, hob den Kopf und hielt meinem Blick stand. »Tut mir leid, Sir.«

Ich hätte schwören können, dass ich ein winziges Grinsen gesehen hatte, bevor er erneut den Kopf senkte.

»Verschwinde auf dein Zimmer, verflucht, bevor du erneut den Gürtel zu spüren bekommst.«

Plötzlich flog die Tür auf, und Gus stürmte herein. Der kleine Scheißkerl nutzte diesen Augenblick und rannte in sein Zimmer. Gus folgte ihm natürlich, und ich ließ mich auf meinen Stuhl fallen.

»Also bist du wieder raus aus dem Knast, Gussy?«, rief ich, bevor ich verärgert den Fernseher einschaltete.

»Hey, Junge«, flüsterte Gus laut, »tut mir leid, dass es eine Weile gedauert hat. Was hast du da?«

Schweigen.

»Ha«, er kicherte leicht, »sieht gut benutzt aus.« Ich hörte das Quietschen der Matratze. Er musste sich hingesetzt haben. Bitte, fühl dich ganz wie zu Hause, Gus. *Ich verdrehte die Augen. Wie erbärmlich. Ich horchte, wie der Junge ihm antwortete.*

»Weißt du, wer dir das geschenkt hat?«

Ich wandte den Kopf zum Zimmer hin, neugierig, was der Junge hatte.

»Nein«, erwiderte er.

»Jemand Besonderes, wirklich.« Es folgte Scharren von Füßen, und dann quietschte das Bett erneut. »Bewahrst du es hier auf?« Pause. »Das ist ein guter Ort.« Das Knurren des Jungen war anscheinend eine Zustimmung.

Ich wollte vom Stuhl aufstehen und nachsehen, was der kleine Scheißer da vor mir versteckt gehalten hatte, als mir ein Flugblatt auf dem Sofatisch auffiel. Mein Kumpel Nick hatte es neulich da hingeworfen, aber ich hatte es mir nicht angesehen.

Untergrundkämpfe auf einer neuen Ebene.

Kommt und seht Mad Mike, den unberührbaren Elfjährigen!

Ich spürte mein Blut aufgeregt durch meine Adern pumpen. Ich musste rasch zu Geld kommen, und Nick hatte gesagt, dass dieser Mad Mike wahnsinnig war.

»Wie nennst du ihn?« Gus' Stimme drang durch meine Gedanken, während ich zum Telefon rannte, um Nick Bescheid zu geben, dass ich heute Nacht dabei war.

»Mr. Rabbit.«

»Vater!« Zay kam in mein Zimmer gerannt. Er hielt die Hände nach oben, damit ich ihm nicht den verdammten Kopf abreißen würde. »Sie hat ihn immer noch! Die Tussi hat echt Eier, denn sie hat damit den verfluchten Richter erpresst, um sie rauszukriegen.«

»Du hast gesagt, du hast gesehen, wie sie ihn zertreten …«

»Ich weiß«, unterbrach er mich, und ich funkelte ihn mit einem Zucken im Hals an. »Aber ich hatte keine Ahnung, dass sie eine zweite Kopie hatte. Es war nicht so, dass ich mich im Club hätte umsehen können, und Trigger war da, und dieser verdammte Barkeeper hatte Augen im Hinterkopf.« Er verhaspelte sich.

Ich legte die Hände über den Mund und dachte über meinen Plan nach. Die Schlampe hatte eine zweite Kopie, oder vielleicht sogar noch mehr.

Ich spürte fast, wie die Macht durch meinen Körper lief. Nicht alles war verloren.

*

Tess

»Ah!«, jammerte ich. »Trigger, das ist kalt!«

»Mm«, stöhnte er mir ins Ohr. »Ich habe versucht, die Rolle des Verständnisvollen zu spielen, aber du bist in dem hier draußen«, er befingerte meinen Bikini und verdrehte meine Nippel, »und sprichst mit Cooper, während ich mich mit meinen eigenen Problemen herumschlagen muss.« Er packte meine Hand und schob sie gegen seinen riesigen erigierten Schwanz. Ich drückte ihn, bevor ich an seinem Kinn knabberte. Er hob mich hoch und warf mich zurück auf die Luftmatratze, kroch dann ebenfalls hinauf und legte sich neben mich. Er paddelte uns zum Rand, holte einen Joint aus der Tasche am Pool und stieß uns wieder zurück.

Er nahm einen tiefen Zug, bevor er sich herumdrehte und mir den Rauch langsam ins Gesicht pustete.

Was hatte Trigger nur an sich, wenn er Pot rauchte? Es war, als würde er mich in Gedanken auf alle denkbar richtigen Weisen ficken. Seine Augen wurden dunkel, sein Atem roch süß wie die Droge, und beim Gefühl, das ich bekam, wenn er den Rauch in seine Lungen sog, zog sich alles in mir zusammen.

»Ich kann dir bei diesem Problem helfen.« Ich keuchte und zog die Zunge an seinem Hals hinauf bis zum Kinn. »Ich bin hier. Tu, was immer du möchtest.«

Er beugte sich vor, spannte seine starken Muskeln an und sah mit schmalen Augen auf mich herab.

»Zu viele Leute.«

»Das hat dich zuvor nie gehindert.« Ich musste es einfach sagen. Trigger war dafür bekannt, Frauen immer und überall und jederzeit zu ficken.

»Nein.« Er sprang herab, zog die Matratze zum Rand hinüber und hob mich hoch. Er warf mich über seine Schulter und ging zur Ladefläche seines Pick-ups.

»Es ist kalt«, jammerte ich, als mein Rücken auf … eine Decke traf? »Oh.«

Seine Finger krallten sich in meine Bikinihose, und er schleuderte sie über seinen Kopf. Noch bevor ich einen Augenblick zum Nachdenken hatte, bedeckte sein Mund meine Öffnung, und seine Zunge war tief in mir.

»*Shit*«, schrie ich, während ich mich bemühte, mit seinem Tempo Schritt zu halten.

Er hob meine Hüften an und steckte seine Zunge noch tiefer in mich hinein.

Meine Nägel kämmten blindlings seine Haare, und ich drückte mich fest gegen seinen Kopf. Mein Körper sehnte sich danach, ich brauchte dies so sehr, aber mein Inneres kämpfte gegen die Entspannung an, die Trigger mir anbot.

Er tauchte ein, saugte und knabberte, aber mein Kopf steckte fest. Das Schuldgefühl wollte nicht weichen, und ich konnte es ihm nicht übel nehmen.

Welches Recht hatte ich, mich so großartig zu fühlen, wenn Gus noch immer in der Hölle festsaß und sich fragte, ob ich es zurück geschafft hatte?

»Tess«, knurrte Trigger, was mich aus meiner inneren Schleife herausholte, »wo zum Teufel bist du?«

»Ich bin hier.« Ich war verwirrt und, ehrlich gesagt, innerlich ziemlich fertig.

Er musterte mich einen Moment lang, bevor er sich die Lippen trocken rieb.

»Wirklich?«

Fuck, so sollte das eigentlich nicht ablaufen.

»Tut mir leid.« Ich wich ein wenig vor ihm zurück.

»Nicht.« Er erwischte mein Bein, bevor ich mich noch weiter weg bewegen konnte. »Entzieh dich mir nicht so.«

»Trigger.« Ich setzte mich auf und nahm seine Hand. »Ich fühle mich so schuldig.«

Ich hatte gewusst, dass wie aufs Stichwort die Tränen flossen, wenn die Sache mit Gus zur Sprache kam.

»Ich weiß«, winkte ich ab, was immer er sagen wollte. »Es war die einzige Möglichkeit hinauszukommen, aber das Wissen macht es nicht einfacher, dass er dort ist und ich hier bin.«

Trigger setzte sich auf die Ladefläche. »Was hat er zuletzt gesagt, bevor du weg bist?«

»Nur, dass es die einzige Möglichkeit ist, da rauszukommen, und ich sollte den blauen Ordner suchen, der oben in seinem Schränkchen liegt, und ihn benutzen, falls er nicht zurückkehrt.« Ich schüttelte den Kopf. »Ich habe ihn noch nicht gesucht. Ich möchte es nicht.«

»Mm.«

Angesichts seiner Reaktion fragte ich mich, ob er wusste, was darin war. »Was ist in dem blauen Ordner?«

Trigger zog mich an seine Brust und küsste mich auf den Kopf. »Gus übergab mir das Sorgerecht für seine Jungs, als Fin ein Jahr alt geworden war. Ich bin ihr legaler Vormund, aber Vib weiß das nicht. Er hat sie dazu gebracht, die Einverständniserklärung zu unterschreiben, als sie völlig zugedröhnt war.«

Ich rückte zu ihm. »*Du* bist der Erziehungsberechtigte der Jungs?« Heilige Scheiße. Wow. »Warum bist du nie dazwischen gegangen, wenn Vib durchgedreht ist?«

»Bin ich.« Er steckte mir das Haar hinters Ohr. Ich fragte mich, ob ihm die Zärtlichkeit bewusst war, die er gerade zeigte. »Ich hab's nur den anderen nicht gesagt.«

»Das ist ziemlich cool.« Ich grinste kühn. Ich liebte diese neue Einsicht, die ich in Trigger hatte. Ich wusste, dass Vib mehr als einmal in die Drogen abgetaucht war, und die Tatsache, dass Gus dies für die Jungs getan hatte, überraschte mich nicht.

Ich drehte mich um und zupfte an seiner Taille. »Du hast vor einem Augenblick etwas angefangen.«

»Allerdings.« Er zog an den Schnüren meines Tops. »*Fuck,* wie ich die vermisst habe.« Er biss in meine Nippel, und als ich stöhnte, hob er mich auf seinen Schoß, sodass ich breitbeinig auf ihm saß.

Er war überall. Seine Hände wanderten frei umher, ließen keine Stelle unberührt. Wir waren ausgehungert, sehnten uns jeder nach dem anderen.

Ich hatte das Gefühl, als wenn ich in einen Hurrikan hinein und aus einem anderen wieder hinaus fliegen würde. Alles verschwamm vor meinen Augen, während er mich mit seinen Fingern zum Rand meines Höhepunkts stieß und mich dann rasch zurück in die Klarheit zog.

Ich lehnte mich zurück und bog den Rücken auf der flachen Ladefläche durch, damit er seine Finger tiefer in mir vergraben konnte. Ich grub meine Fersen in die starken Muskeln über seinen Schulterblättern.

»Ja.« Ich stöhnte, als er gegen meine Öffnung tippte. Mit einer Hand packte ich sein Haar, und ich stieß seine Hand weiter in mich hinein. »Härter!« Ich vergaß, wie sehr ich es brauchte, dass sich seine Wildheit zeigte, wenn ich ihm so ausgeliefert war. Ich musste wissen, dass es in Ordnung war, wenn ich mich fallen ließ.

Er zog sich zurück und sah mit schmalen Augen auf mich herab. »Warte kurz.« Er bot mir eine Hand, bevor er sich die Jeans auszog. Sein erigierter Schwanz fiel schwer herab, und ein wenig Saft tropfte von der Spitze.

Seine Hände glitten langsam an der Innenseite meiner Schenkel hoch und trafen sich dann an meiner Öffnung. Mit dem Daumen beschrieb er kleine Kreise, während er sich mit der anderen Hand selbst ein paar Mal rieb.

Ich triefte vor Verlangen, mein Magen zog sich zusammen, und mein Atem ging heiß und schwer. Ich war zwei Sekunden davor, im Hinterhof des Clubhauses völlig den Verstand zu verlieren.

Meine zarte Haut brannte, als er sich bis zur Wurzel in mich hineinschob.

Trigger stieß ein tiefes Knurren aus und umfasste mit beiden Händen meine Brüste, während er in mir zuckte und meine Klit in den

Wahnsinn trieb. Mein Körper schmerzte vor Verlangen. Ich brauchte eine gottverdammte Erleichterung, sofort!

Gerade als ich mich bewegen wollte, zog er sich zurück. »Umdrehen!«

Ich verschwendete keine Zeit. Ich wartete gierig darauf, dass er wieder richtig zustieß. Ich zuckte zusammen, als ich spürte, wie seine Zunge über meine gesamte Wirbelsäule strich.

Meine Nippel wurden hart und richteten sich auf. Es war eine so intime Handlung, dass ich meine Gefühle aus dem Kopf schütteln musste. Ich wollte den Augenblick nicht verderben.

»Tess«, stöhnte er mir ins Ohr und verdrehte einen meiner gierigen Nippel.

»Verdammt, fick mich, Trigger.« Ich wollte mich mit ihm streiten, nur damit er seinen Schalter umlegte.

Kaum hatte ich das letzte Wort herausgebracht, da warf er sich wieder in mich hinein. Eine Hand hielt meine Schulter fest, und die andere meine Hüfte. Seine Stöße schlugen mir die Luft aus den Lungen, während ich mich mit schweißnassen Händen am Rand des stählernen Rahmens anklammerte.

Ja.

Immer und immer und immer wieder nahm er, was sein war, und sorgte dafür, dass ich mich gewollt fühlte und geliebt auf unsere völlig abgedrehte Art und Weise.

Ich spürte kaum, wie er mich hochhob, vom Pick-up schwang und meinen Rücken gegen einen Baum lehnte.

»Mach die Augen auf«, knurrte er. »Ich habe dich beim ersten Mal an einem Baum gefickt, und auch dieses wird nicht das letzte Mal sein.« Er ließ mich auf seinen erigierten Schwanz fallen, suchte seine Stelle an meinem Hals und fing an zu saugen. Ich klammerte mich an seinen Rücken, wollte mehr und gleichzeitig weniger. Es war wunderbar schmerzhaft an allen richtigen Stellen.

Trigger stöhnte laut, als er kam. Sein Bauch spannte sich und bebte, was mich umwarf.

Heilige Scheiße.

Es konnte mir nicht gleichgültiger sein, wer gerade in der Nähe war. Es war unser Augenblick, und wir brauchten ihn so dringend.

*

Nach dem Duschen zog ich mich an und ging in die Bar.

Mein Handy unter der Theke leuchtete auf. Ich wartete, bis ich meinen letzten Gast bedient hatte, bevor ich es schließlich in die Hand nahm und nachsah.

Shantee: Mädchen, ich bin heute Abend in der Stadt. Wir müssen ausgehen!

Eine Stunde später …

Shantee: Zwing mich nicht, dich zu jagen, Tess.

Ich lachte in mich hinein. Sie war ein solcher Knaller. Rasch schrieb ich ihr zurück.

Tess: In zwanzig Minuten bei Duke's.

Shantee: Bin unterwegs.

Ich schnappte mir meine Handtasche, sagte Morgan Bescheid, wohin ich wollte, und ging die Straße hinab.

Auf halbem Weg drehte ich mich um und wartete, dass Ryder mich einholte.

»Für eine kleine Tussi bist du verdammt schnell.«

»Für einen Prospect bist du als Verfolger ein Versager.«

Er verdrehte die Augen. »Glaub mir, das ist das Letzte, was ich heute Nacht tun möchte.«

»Ich werde mich mit meiner Freundin Shantee treffen. Du musst nicht die ganze Zeit über da bleiben. Ich kann dich anrufen, wenn ich gehe.«

Er zuckte die Achseln, und ich dachte mir, dass er den Teil nicht erwähnte hatte, dass Trigger ihm verboten hatte zu gehen.

»Wer ist sie noch gleich?«

»Shan wurde im Körper eines Mannes geboren. Als sie elf Jahre alt war, fing sie mit der Veränderung an.«

»Stimmt.« Er schüttelte den Kopf, und ich schoss ihm einen finsteren Blick zu.

»Stell dir vor, du wärst innerlich jemand anders, als du äußerlich bist.« Er hielt den Mund, wofür ich dankbar war. »Würde keinen Spaß machen.« Ich seufzte.

Ryder blieb unten, und ich traf Shantee oben am Balkon.

»Heilige Scheiße.« Sie öffnete ihre langen Arme und knallte mein Gesicht in ihren Doppel-D-Busen. »Mädchen, du siehst wahnsinnig gut aus.«

»Danke.« Ich schnappte nach Luft. »Ist das ein neues Parfüm?«

»Ja, es heißt Summer Nights.« Ihr entging, weshalb ich die Frage gestellt hatte.

Wir setzten uns und bestellten etwas zu essen und nippten an unseren Drinks, während wir warteten.

»Was macht das Haus?«

Sie wurde traurig, und eine ihrer aufgemalten Augenbrauen ging in die Höhe. »Im Augenblick geht es rau zu. Deine Mutter ist völlig durchgedreht. Ich habe sie sogar dabei erwischt, wie sie Clarks Büro auseinandergenommen und dabei wie eine Wahnsinnige vor sich hin gebrummelt hat. Wonach auch immer sie gesucht hat, sie hat es offenbar nicht gefunden.« Sie warf mir einen wissenden Blick zu. »Und sie hat jeden einzelnen Zentimeter durchsucht.«

»Sie ist bekloppt.« Ich leerte den Rest meines Drinks.

»Ist sie, aber es ist mein Zuhause. Es macht mich so traurig zu sehen, wie es so schnell den Bach runtergeht.«

Ich blickte über ihre Schulter, als ich mich an etwas erinnerte.

Ich sah Cooper beim Weggehen zu, richtete dann den Blick zurück auf Clark, der etwas in seiner Hand hatte.

»Du möchtest einen Beweis dafür, dass immer du es warst, die ich geliebt habe. Nun ja, hier.« Er reichte mir eine Karte.

»Was ist das?«

»Mein Geschenk an dich für all den Scheiß, den ich dich habe durchmachen lassen.«

»Schon klar.« Ich schob sie in meine Tasche, verärgert darüber, dass er nicht mal sagen wollte, was es war. Klassischer Clark mit seinen Bewusstseinsspielchen.

Nachdem ich ihn getötet hatte, legte ich sie in meine Schublade und vergaß sie, aber jetzt war ich neugierig.

»Meine Damen.« Zwei Männer lenkten meine Aufmerksamkeit von meinen Gedanken ab. »Dürfen wir Ihnen einen Drink spendieren?«

Shantee warf mir einen besorgten Blick zu, zwang sich jedoch zu einem freundlichen Lächeln und erwiderte: »Nein, danke, Jungs. Wir haben einfach einen Mädelsabend.«

»Kommt schon.« Einer legte spielerisch einen Arm um mich, als er nach der Kellnerin pfiff, damit sie uns einen neuen Drink brachte. »Was schadet denn schon ein weiterer Drink?«

Ich durchsuchte die Menge nach Ryder, aber er war anscheinend nicht da. Vielleicht war er tatsächlich gegangen.

Als unser Essen eintraf, zogen die Männer Stühle heran und setzten sich zu uns. Wir gaben uns Mühe, höflich zu sein, aber meine Geduld wurde allmählich sehr strapaziert. Der Typ legte den Arm um mich, und das machte mich stinksauer. Ich entzog mich seinem Griff und kämpfte darum, meine Wut zu zügeln.

»Sieh mal, Mann.« Ich schob seine Hand von meinem Schenkel. »Ich sage es noch ein letztes Mal. Ich bin nicht interessiert. Ich bin vergeben.«

»Entschuldigung.« Er hob die Hände, aber sie kehrten bald zurück. Die Vorstellung, ihm einen Boxhieb auf die Kehle zu versetzen, war sehr verlockend.

»Vielleicht gehen wir besser?« Ich beäugte Shantee, die bereits mindestens drei Mal angegrabscht worden war.

Als sie aufstand, packte er ihre Brust, und ihre Stimme ging plötzlich mehrere Oktaven nach unten.

»Ich habe Nein gesagt.«

Der Mann trat zurück und wirkte angewidert, weil sie nicht das war, was er von ihr geglaubt hatte.

»Was soll das, zum Teufel?« Er wischte sich die Hände an seiner Jeans ab. »Das ist falsch, verdammt! Du solltest ein gottverdammtes Schild tragen, auf dem steht, dass du einen Schwanz hast.«

»Warum ist es Männern wie dir immer so peinlich, wenn ihnen aufgeht, dass ich eine Transe bin? Ich bin wunderschön, nicht wahr? Du solltest keine schlechten Gefühle deswegen haben.«

Seine betrunkenen Kumpels fingen an zu lachen und sich über ihren Freund lustig zu machen. Er wurde rot im Gesicht, und er sah so aus, als ob er Shantee einen Boxhieb verpassen wollte.

»Zeit zu gehen.« Ich packte sie beim Arm und ging rasch die Treppe hinunter.

»Männer sind solche Arschlöcher.«

»Es ist 2018, werdet mal erwachsen!«, rief ich über die Schulter zurück.

Wir kamen etwa zwei Blocks weit, bevor sie hinter uns auftauchten und riefen, dass sie uns zeigen würden, was echte Männer tun konnten. Rasch zog ich mein Handy heraus und schickte eine SMS.

Tess: Brauche deine Hilfe. Auf dem Rückweg vom Duke's. Zwei betrunkene Typen.

Trigger: Geh weiter Richtung Club. Ich komme dir entgegen.

Ein Gefühl der Erleichterung umgab mich, doch dann sah ich, dass sie näher kamen. Sie waren schneller, als ich gedacht hatte.

»*Shit*«, zischte ich und stieß Shantee, ihr Hauptziel, aus dem Weg.

Einer lachte. »Wenn ich puste, kippst du hinten über. Rette dich selbst und setz dich in Bewegung. Wir nehmen uns dein Mannweib vor.«

Ich sah rot und hieb ihm direkt auf die Nase. Er stürzte, sprang jedoch nach vorn und schob mich gegen die Ziegelmauer.

»Du blöde Schlampe!« Er wollte mir einen Hieb verpassen, wurde jedoch plötzlich zurückgeschleudert und direkt in den Verkehr geworfen. Autohupen und Flüche ertönten.

Trigger zog mich hinter sich, und ich hörte das Klacken, wie sich ein Springmesser aus seinem Griff löste.

Sie warfen einen Blick darauf und rannten davon wie die kleinen Scheißer, die sie waren.

Ich wandte mich Shantee zu, die sich ihre Bluse zurechtzog.

»Immer ein Abenteuer mit dir, Tess.«

Ich lachte, während Trigger mir einen Arm um die Schultern legte. Wir begleiteten sie zurück zu ihrem Wagen und stellten sicher, dass sie ohne Probleme davonfahren konnte. Sie war aufgewühlt, kam jedoch gut damit zurecht.

Ryder tauchte auf, außer Atem und Entschuldigungen stammelnd.

»Ich habe mit jemandem gesprochen und nicht mitbekommen, dass ihr raus seid.«

Ryder hakte sich bei mir ein und drehte mich zu sich. »Tess, tut mir wirklich leid. Aber nur, damit du es weißt, ich habe gesehen, wie diese Typen vor Trig weggelaufen sind. Ich habe mir einen von ihnen geschnappt und ihm einen richtigen Tritt in die Eier versetzt.«

Trigger fluchte unterdrückt. »Erster Fehler.«

Kapitel 8

Trigger

Es gab nicht genug Whiskey auf der Welt, um den Schmerz über den Verrat zu lindern. Ich hatte in meinem Leben viel durchgemacht, aber in meinem Haus zu leben, so zu tun, als gehöre man zu meiner Familie, von unserem Geld zu leben, dann uns den Rücken zuzukehren und meine Frau in die Arme dieses Teufels zu werfen, das riss alte Wunden auf. Ich drehte eine Pistolenkugel mit roter Spitze zwischen den Fingern und überlegte, wo ich sie am besten hineinknallen sollte.

Hals.

Herz.

Rippen.

Oder alle drei?

Ich schüttelte den Kopf. Ich musste kreativer sein. Die Gerüche des Schlachtraums drangen in mein Bewusstsein und zerrten an meinen Erinnerungen, und mein Kopf füllte sich mit weiteren Möglichkeiten. Die Vorstellung war wie ein Schlag ins Gesicht.

Böses Adrenalin durchräucherte meine Adern und rief meine Dämonen an die Oberfläche.

Ja, das würde helfen.

Erst als die Sonne unterging und es kühler wurde, spürte ich wirklich, wie sich mein Körper entspannte und der Griff des Gefängnisses mich endlich losließ.

Der Wind peitschte mir ins Gesicht und fegte meine Haare umher. Es war Tradition, dass ich mein Braincap trug, wann immer ich nach der Zeit im Gefängnis losfuhr. Normalerweise gefiel mir die Vorstellung überhaupt nicht, mein Gesicht zu zeigen. Es war nicht klug, aber heute Abend war mir das scheißegal.

Ich nahm meine Lieblingsroute durch die Berge und nahm die Kurven extrem scharf. Geschwindigkeit und Gras pulsierten in mir, und ich fühlte mich endlich frei.

An der nächsten Ecke schaltete ich runter und rutschte langsam in den Unterstand. Ich sprang von meinem Bike und folgte dem Pfad durch das lange Gras zum Strand.

Der Mond schien extra hell, was mir dabei half, den Weg zu meiner Lieblingsstelle zu finden. Eine Flasche Whiskey lag neben mir, während ich zusah, wie die Wellen des Ozeans gegen die steile Klippe krachten. Weißes Rauschen war meine liebste Musik. Es beruhigte mich innerlich.

Ich brauchte das.

In meiner Welt neigte man dazu, einen sechsten Sinn für das Geräusch von Choppern zu entwickeln. Devil's Reach fuhr bloß drei verschiedene Arten, das war's. Als ich daher einen Classic Bobber in der Ferne hörte, holte mich das auf die Beine. Ich sprang auf einen Felsen und blickte zu der kurvenreichen Straße hinunter. Ganz eindeutig war ein Bike auf dem Weg in meine Richtung.

Vielleicht war ich paranoid, aber ich wusste, dass da etwas in der Luft lag.

Ich warf meinen Joint weg und kehrte langsam zur Straße zurück. Sie war nur ein paar Meter entfernt, da hörte ich, wie das fremde Bike abbremste.

Ich hatte gerade mein Bike erreicht, als ich hörte, wie die erste Kugel losgefeuert wurde.

Shit!

Meine Räder schleuderten eine gigantische Staubwolke hoch, als ich den Unterstand verließ und den Hügel hinauffuhr. Es war nicht die Richtung, die ich nehmen wollte, aber ich musste vor ihm sein statt weiterzufahren. Wieder war ich dankbar um das Licht des Mondes, der wie eine Lampe über uns hing.

Ich zog meine Waffe aus der Satteltasche und richtete sie hinter mich. Als ich ein Stück gerader Strecke vor mir hatte, drehte ich mich im Sitz um und feuerte.

Funken flogen von seinem Schutzblech, und er schwankte hin und her, um das Gleichgewicht zu halten. Er warf einen Blick zurück und erhöhte dann die Geschwindigkeit, verringerte die Entfernung zwischen uns.

Zwei Trucks tauchten vor uns auf. Sie hatten mich sicher kommen sehen. Einer zog auf die andere Spur, also saß ich hinter ihnen in der Falle, außerstande, zu überholen.

Ich kannte die Straße gut genug, um zu wissen, dass die Fahrbahn auf der einen Seite in Schlamm überging und ein Laster mich auf der anderen gegen eine Felswand drücken konnte. Ich würde nicht an ihnen vorbeikommen. Ich wusste, dass Lkw-Fahrer vor Bikerclubs gewarnt worden waren, die versuchten, ihre Ladung zu klauen, also würden sie alles versuchen, die Straße mit ihren breitärschigen Fahrzeugen zu kontrollieren, damit sie nicht angehalten wurden. Ich konnte nicht behaupten, dass ich es ihnen übel nahm, aber gerade im Augenblick musste ich einfach an ihnen vorbeikommen.

Mein Tacho fiel auf achtzig Kilometer pro Stunde, und ich musste rasch eine Entscheidung treffen.

Ich hörte die Kugel an mir vorbeizischen und sah den Schaden, den sie beim Auftreffen auf meinem Seitenspiegel anrichtete. Glas flog umher, und ich fuhr Schlangenlinien, um ein weniger gutes Ziel zu bieten.

Erneut drehte ich mich um und feuerte. Er drehte und wand und duckte sich, konnte jedoch im Sitz bleiben. Er war gut, ich war besser.

Weiter vorn wurde die Straße flacher, und ich ergriff die Gelegenheit. Ich erhöhte die Geschwindigkeit und tat so, als wollte ich zwischen den Trucks durchfahren. In der letzten Sekunde jedoch schwenkte ich ab und schoss den Spiegel auf der Beifahrerseite herunter. Der Laster schwenkte beim Aufprall weg über die Mittellinie, eine natürliche menschliche Reaktion. Ich jagte mein Bike in den winzigen Spalt, den der Truck damit knapp vor dem kiesigen Straßenrand hinterlassen hatte, und ich schaffte es, um Haaresbreite vor dem Lkw vorbeizukommen. Er drückte auf die Hupe und versuchte zu beschleunigen, aber ich war leichter und schnell ein gutes Stück voraus.

Peng!

Peng!

Was war das, verdammt? Ich kippte meinen intakten Rückspiegel und sah, dass der andere Biker meine Idee bei den Trucks zu meinem Nachteil genutzt haben musste. *Fuck!*

Ich nahm die Kurven äußerst knapp und fuhr weiterhin in engen Schlangenlinien, während die Kugeln die Seiten meines Bikes streiften.

Sein Motor gab ein seltsames Geräusch von sich, und plötzlich schoss er rechts neben mich heran.

»Mein Gott!« Ich drosselte die Geschwindigkeit und fiel hinter ihn zurück. Sein Kopf peitschte herum, und er versuchte, dasselbe zu tun. Ich richtete meine Waffe auf ihn und feuerte erneut, aber sie klickte bloß. Leer.

Verdammt!

Ich schob sie in meine Tasche zurück und entschied, dass dieser Scheiß ein Ende nehmen musste, mit oder ohne Kugeln.

Die Kuppe des Hügels war nur wenige Meter entfernt, und ich wusste, was dahinter lag.

Ich warf den Kopf zurück und lachte laut. Das war's. Dafür lebte ich: um den Sensenmann herauszufordern.

»Eins.« Ich schaltete in den fünften Gang. »Zwei.« Ich lenkte mein Bike direkt neben seines. »Drei.« Ich schoss vor und raste gegen die Seite seines Tritts. Beide Bikes drehten sich, sodass wir den steilen Hang hinabflogen. Bei einer solchen Geschwindigkeit konnte ich nicht mehr tun, als Kopf und Hals zu schützen. Mein Bike schlug hart gegen einen Felsbrocken und kam ruckartig zum Stehen. Sein Bike flog von der Klippe, und wir flogen in die Büsche. Gräser und Steine zerkratzten meine Kleidung, während ich durch das Gebüsch stürzte. In der allerletzten Sekunde, als ich spürte, wie mein Körper erneut vom Boden abheben wollte, hielt ich mich bereit. Ich wusste, was kam. Ich drehte mich, packte einen schmalen Baumstamm und spürte, wie ich zum Rand der Klippe zurückgezogen wurde.

Mein Gegner flog an mir vorüber. Seine Hände suchten verzweifelt nach einem Halt, aber ich trat zu, und er fiel rückwärts über die Felswand. Ich vernahm ein Geräusch, und dann war alles still.

Vorsichtig zog ich mich Armlänge um Armlänge voran und konnte mich zum Vorsprung hangeln. Ich sah runter. Er war zwischen einem Baum und einem Felsbrocken verkeilt, knapp unterhalb der Kante, und hing dort wie eine verbogene Brezel. Ich versuchte, näher heranzukommen, doch da gaben Erde und Steine plötzlich unter mir nach und fielen die fünfundzwanzig Meter hohe Klippe in das tosende Wasser unten hinab. Ich wich zurück und ruhte mich eine Weile lang aus, wobei ich überlegte, dass das Geräusch, das ich gehört hatte, wahrscheinlich sein Rückgrat war, das entzwei gebrochen war, eine Bestätigung dafür, dass der Reaper, der alte Sensenmann, und ich eine Verbindung hatten.

Ich wollte es wissen, also beugte ich mich tiefer herab und konnte so gerade eben seine Jacke packen. Schwitzend und fluchend gelang es mir, sein Handy hervorzuholen und seine Brieftasche zu ergreifen. Ich lehnte mich zurück, um kurz zu Atem zu kommen, und warf dann einen Blick in die Brieftasche, aber sie war leer. Ich hatte nichts anderes erwartet. Also musste ich vorlieb mit seinem Handy nehmen, und seine offensichtlich ausgerenkte Schulter machte es einfacher. Ich riss seinen Arm hoch, packte seine Hand und entsperrte mit seinem Daumen sein Handy.

Ich scrollte durch die Einstellungen und änderte sein Passwort auf die Adresse des Clubs, bevor ich es in meine Jeans steckte. Mit beiden Händen packte ich einen Busch, trat gegen den Ast, in den er verkeilt war, und sah zu, wie er unten ins Wasser fiel. Ich wusste, dass die Sheriffs diese Seitenstraßen durchkämmten, und ich musste nicht noch mehr Probleme haben. Ich sah zum Hügel hoch und kniff die Augen bei der Vorstellung zusammen, diese fünfundzwanzig Meter wieder hinaufsteigen zu müssen. Es war dunkel, also müsste ich aufpassen, wohin ich trat. *Fuck,* ich hoffte wirklich, wirklich, dass mein Bike funktionieren würde, wenn ich es erreichte.

Zu meiner Überraschung erwachte das Biest brüllend zum Leben. Ich schwang es herum, Kies flog in alle Richtungen, und ich machte mich auf den Weg zurück nach Hause.

»Was zum Teufel ist denn mit dir passiert?« Brick sprang von seinem Hocker, was Tess dazu veranlasste, hinter der Theke hervorgelaufen zu kommen. Ich hatte den ganzen Tag gebraucht, um mit meinem Bike in die Stadt zurückzukehren. Es war jetzt früher Abend, und ich war höllisch sauer darüber, dass dieser Scheiß überhaupt passiert war.

»Ich hatte letzte Nacht etwas Gesellschaft.«

»Wen?« Tess reichte mir eine Flasche Wasser.

»Weiß nicht, aber«, ich griff in meine Jeans und hielt das Handy hoch, »die letzte SMS beschreibt meinen Aufenthaltsort, also war er offensichtlich hinter mir her.« Ich warf es Morgan zu.

»Ich sehe mal, was ich finden kann.«

»Meinst du, das war dein Vater?« Brick folgte mir in mein Büro, gefolgt von Tess.

»Würde mich nicht überraschen.« Ich zog mein schmutziges T-Shirt aus, warf es aufs Sofa und streifte ein frisches über. »Bring mir was Stärkeres als das hier.« Ich warf die Wasserflasche auf meinen Schreibtisch und wandte mich an Tess, als sie die Tür halb hinter Brick zumachte.

»Was ist wirklich passiert?«

»Was ich gesagt habe«, knurrte ich.

Sie verschränkte die Arme und starrte mich an, und ihr Ausdruck reichte aus, dass ich zu ihr ging, ihre kleine Gestalt überragend. Mein Körper war heiß, und ich brauchte eine Erleichterung. Sie war so gut darin, sämtliche meiner Knöpfe bis an die Grenze zu drücken.

»Du darfst mir nichts verschweigen«, flüsterte sie und schickte ihren heißen Atem über meine Wange.

»Warum streitest du mit mir?«

Sie stellte sich auf die Zehenspitzen, drückte ihre Brust an meine und leckte mir den Rand des Ohrs.

»Weil du mich lässt.«

Meine Hand umklammerte ihre Taille, um sie festzuhalten. Ich war gefährlich nahe daran, ihren süßen kleinen Hintern zur Tür hinauszustoßen, aber ich musste mich auf so viel konzentrieren, und ich konnte die Ablenkung nicht brauchen.

»Kann ich dir bei irgendetwas helfen?« Ihre Hand glitt an meiner Vorderseite herab und umklammerte meinen pulsierenden, erigierten Schwanz. Ich schloss die Augen und bemühte mich gewaltsam, die Bilder der vielen Arten beiseitezuschieben, wie ich sie ficken wollte.

»Ähm …« Rail tauchte in der Tür auf und drehte sich bei unserem Anblick rasch um.

Mir war es egal. Ich war zwischen Parfüm und einer Ladung meiner selbst gefangen.

»Trigger, du musst sofort rauskommen.«

»Hab zu tun.« Meine Stimme war heiser. Tess wollte sich mir entziehen, aber ich schlug ihre Hand zurück nach unten. »Denk nicht mal dran zu gehen.«

»Trig…«

»Wenn es kein Stripe Back ist, Gus oder Allen, verschwinde.«

»Es ist Melissa.«

Ich blieb gerade lange genug still, dass Tess spürte, dass etwas im Busch war. Ihre Hand glitt langsam weg, und ich hielt sie nicht auf.

Fuck.

»Wer ist Melissa?« Sie straffte die Schultern und zog ihr Top wieder zurecht.

»Komm schon, Tess, ich könnte einen Drink brauchen.« Rail griff nach ihr, aber sie wich zurück.

»Was geht hier vor?«

»Geh«, brachte ich heraus und sah, wie sie verwirrt das Gesicht verzog. Meine dicken Eier waren der Grund gewesen, dass ich mich auf sie gestürzt hatte. Ich brauchte diesen Scheiß im Augenblick nicht.

Tess murmelte etwas und ging hinaus in die Bar.

Ich rieb mir übers Gesicht und versuchte, den Kopf klarzubekommen.

»Er wird gleich da sein«, hörte ich Rail ihr zumurmeln. Wir alle wollten nichts mit Melissa zu tun haben. Ihr Bruder war eine Nervensäge, und sie wollte mehr, als ich gewillt war, ihr zu geben. Sie war eine gute Nummer und stand jederzeit für einen guten Fick zur Verfügung, aber das war's auch.

Ich kippte den letzten Rest meines Drinks hinunter und knallte das Glas auf den Schreibtisch.

Als ich die Bar betrat, hielt Melissa mir den Rücken zugekehrt und sprach mit Brick, der mit einem miesen Gesichtsausdruck herüberschaute. Er rieb sich den Kopf und nickte ihr zu, damit sie mich sah.

Mein Magen explodierte förmlich und meine Eingeweide wurden steinhart.

*

Tess

»Warum tust du das?« Ich funkelte Cray an, der mich nach hinten zu ziehen versuchte, um mir etwas zu zeigen. »Du willst doch bloß für eine beschissene Ablenkung sorgen.«

»Ich will dich nicht verarschen, Tess, versprochen. Aber«, er zuckte die Achseln, »du solltest jetzt nicht da drin sein.«

»Warum nicht? Und wer zum Teufel ist Melissa?« Ich stützte die Hände in die Hüften, um zu beweisen, dass ich kein Stück nachgeben wollte.

»Melissa ist Doyles Schwester. Trigger und sie haben eine gemeinsame Vergangenheit.«

»Wie die Vergangenheit mit Tammy?«

Er nickte, und ich wollte ihr sogleich die Augen auskratzen.

»Warum ist sie hier?«

»Vermutlich hat sie gehört, dass er rausgekommen ist, und will zu Ende bringen, was sie angefangen haben.«

»Das wäre?«

Er zündete einen Joint an und bot ihn erst mir an. Ich nahm ihn und zog fest daran. Ich war mehr als angespannt, und ich musste mich beruhigen, bevor ich etwas unternahm, was ich entweder bereuen oder genießen würde. Der kleine dunkle Engel auf meiner Schulter wollte spielen, und ich wollte sehen, wie wild er werden konnte.

»Du wirst mich daran hindern, da reinzugehen?«

Er schüttelte den Kopf und grinste um den Joint herum.

»Warum bringst du mich dann hier raus?«

»Ich musste tun, was der Boss sagte.«

Was auch immer! Ich machte auf dem Absatz kehrt und ging hinein.

Morgan fing meinen Blick auf, als ich die Bar betrat, und schüttelte warnend den Kopf. Ich sollte gehen. Ich ignorierte ihn. Ich bin mir sicher, das hätte er sich denken können.

Rail versteifte sich und räusperte sich, um Trigger auf mich aufmerksam zu machen. Brick trat zurück, und ich sah eine Tussi mit einem kleinen Jungen …

Die Linien auf seiner Stirn vertieften sich. Er musste nichts sagen: Ich wusste, dass es schlimm stand. Es traf mich wie ein Schlag in die Magengrube. Gewiss, ich wollte niemals Kinder, aber ich hätte gern selbst darüber entschieden. Ein abgedrehter Teil meiner selbst hatte geglaubt, dass ich Clarks Baby vielleicht hätte behalten können, aber das war alles, bevor ich Trigger begegnet war.

»Tess!«, platzte Denton heraus, und ich spürte, wie er an meinem Ärmel zog. Das Ganze unterbrach meinen Blickkontakt mit Trigger. »Mom ist wieder bewusstlos geworden. Ich habe mein Essen fast ganz aufgegessen, und …« Er fing die Stimmung in der Bar auf und fuhr herum, als er das Baby jammern hörte.

»Warum ist das Baby hier?«

Meine Hände landeten auf seinen Schultern, um mich zu erden.

»Oh«, schmachtete Melissa und richtete ihre Aufmerksamkeit auf uns. »Bist du nicht ein kleiner Süßer?«

Denton sah unbeeindruckt zu mir auf, bevor er den Blick wieder auf sie richtete. »Dein verdammtes Baby hat einen großen Kopf.«

Melissas konzentrierte sich jetzt auf mich. »Wow, süßer Junge.«

»Tess.« Er ignorierte sie und drehte sich in meinen Armen zu mir um. »Wenn ich alle meine Möhren aufesse, kann ich dann vor dem Schlafen mein iPad für zwanzig Minuten haben?«

»Ja.« Ich hörte ihn kaum.

»Ja! Hast du gehört, Onkel Trig?« Er jubelte, aber als ihn alle anstarrten, ließ er die Arme sinken. »Wer ist das überhaupt?«

»Ich bin die Freundin deines Onkels, und das ist das Kind deines Onkels Trigger.«

Bei ihren Worten wäre ich fast vornübergekippt.

»Nein, sie ist das.« Er zeigte auf mich. »Onkel Trigs Ol' Lady. Nicht du.«

»Ich weiß, das ist verwirrend.«

»Tess?« Sein kleines Gesicht zeigte so viel Verwirrung, dass ich wegen ihm fast in Tränen ausbrechen wollte.

»Warum fragst du nicht Cray, damit er dein iPad holt? Er ist draußen am Pool.« Ich wuschelte ihm durch das Haar und schob ihn sanft hinten hinaus.

Sobald er außer Sichtweite war, funkelte ich die Bitch an, die gerade auf beschissene Weise für völlige Verwirrung bei diesem kleinen Jungen gesorgt hatte.

»Du bist hergekommen, du hast gesagt, was du sagen wolltest, und jetzt ist es an der Zeit zu verschwinden.« Ich konnte die schneidende Schärfe in meiner Stimme nicht unterdrücken.

»Ähm …« Sie warf einen Blick zurück auf Trigger, der nach wie vor offenbar an irgendeinem gedanklichen Ort feststeckte, wo er nutzlos war.

Big Joe trat vor und streckte die Hand aus, wie um ihr durch die Tür zu helfen. »Vielleicht habe ich die Gastfreundschaft etwas überstrapaziert.« Sie griff nach ihrer Tasche und holte eine Karte heraus. »Ich bitte bloß um die Gelegenheit, dass du deinen Sohn kennenlernst.« Sie wartete darauf, dass er etwas sagte, und er nahm die Karte und fuhr sich mit der Hand durch die Haare.

»Geh nach Hause, Melissa. Ich muss über diesen Scheiß nachdenken.« Er schob sie zur Tür hinaus.

Säure strömte über die Innenseite meiner Wangen und knabberte an meiner Zunge. Was war da gerade passiert, zum Teufel?

»Tess, wir reden gleich.« Er eilte in sein Büro.

Oh, wirklich?

Die Tür knallte zu, und ich blieb in einer Bar zurück, in der alle Augen auf mich gerichtet waren.

Morgan schob mir eine Flasche Whiskey zu, und anstatt mir ein Glas einzuschenken, schnappte ich mir die Flasche und ging.

Ich gab einen Scheißdreck darum, dass ich Triggers Bike nahm. Ich war mittlerweile ziemlich gut darin, das Biest zu fahren. Außerdem bedeutete das, dass er sich nicht sofort auf die Suche nach mir begeben konnte.

»Hey.« Big Joe hielt mich an der Straße an. »Sag mir nur, wohin du fährst.«

»Spazieren.« Ich schob mich langsam zur Bordsteinkante.

»Aber wohin?«

»Ich weiß nicht.«

»Tess.« Er setzte seine Sonnenbrille ab, und ich sah, dass er echt nervös wegen mir war.

Verdammt!

»Pier, glaube ich. Nicht weit. Ich brauche bloß einen Moment zum Nachdenken.«

»Nicht zum Pier, klar, das ist …«

»Neutraler Boden, ich weiß. Glaub mir, das ist mir in den Schädel gehämmert worden.«

»Warum fährst du dann dorthin?«

Ich ließ den Kopf hängen, wollte dieses Gespräch nicht. »Es lässt mich an einfachere Zeiten denken.«

»Er wird dich umbringen.«

»Es ist nichts mehr da zum Umbringen.« Ich knallte das Visier herab und schoss auf die Straße hinaus.

Ich sah, wie Morgan zu ihm trat und etwas schrie. Ich drehte den Spiegel hoch und fuhr bei Rot über die Ampel. Ich hatte immer noch zu viel Angst, mich durch den Verkehr zu schlängeln, also reihte ich mich einfach ein und bemühte mich, meine Nerven zu beruhigen.

Sobald der Pier in Sicht kam, hatte ich das Gefühl, es war die richtige Entscheidung, herzukommen. Ich parkte dort, wo Trigger immer parkte, und machte mich zum Ufer auf.

Der Sand war warm, aber sobald die Sonne untergegangen war, wurde die Luft kühl. Ich schlang die schwarz-rote Decke, die Trigger stets in der Satteltasche aufbewahrte, fest um meine Schultern und balancierte die Whiskeyflasche zwischen meinen Beinen. Orangefarbenes und rotes Licht wurde von der ruhigen See reflektiert und ergab einen stillen Sonnenuntergang.

Mich kribbelte es am ganzen Leib, und mein Bauch fühlte sich voll an, also war ich froh darum, den Schmerz in meiner Brust zu betäuben.

»Ich hatte daran gedacht, Minnie zu schicken, aber …« Brick zuckte die Achseln und setzte sich neben mich, »… jetzt bin ich da.«

»Das ist sowieso alles, was ich jemals wollte.« Ich warf ihm einen Teil der Decke über das Bein, während er einen dicken Joint hervorholte. Er nahm einen tiefen Zug und reichte ihn mir, also reichte ich ihm den Whiskey.

Er sah die Flasche grinsend an. »Er hat auf dich abgefärbt.«

»Wag es ja nicht«, warnte ich. Mehr als alles andere wollte ich heute Nacht mit Trig zusammen sein, aber das Bild des Babys und wie er in sein Büro flüchtete, schnitt mir allzu tief ins Herz.

»Sie ist ein Miststück«, schnaubte er zwischen zwei Schlucken.

»Sie hatte jedes Recht, das zu tun, was sie heute getan hat, aber sie hat es dadurch versaut, dass sie es Denton gesagt hat.« Ich spürte meine Wut hochkochen. »Diese Jungs haben genug Scheißdreck durchgemacht. Eine durchgeknallte Mom, ein verschwundener Vater, und jetzt ein Onkel, der irgendeine Tussi geschwängert hat.« Ich spürte, wie sich mir die Kehle zuschnürte, und meine Worte kamen nur äußerst mühsam heraus.

»Niemand wirft dir vor, Gus zurückgelassen zu haben, Tess.«

»Ich mir schon.« Ich zeigte mit dem Daumen auf meine Brust. »Ich werfe es mir vor. Er war so schwach und erschöpft, und Allen hat ihn immer und immer wieder wegen meiner Fehler verprügelt.« Ich spürte Tränen in meinen Augen brennen, also unterdrückte ich sie. Weinen brachte einen nirgendwohin. Ich hasste es. »Ich wurde nur Zay übergeben . Was für einen Sinn hatte es, zum Teufel, mich mitzunehmen?«

»Du kennst die Antwort darauf.«

»Es hat nicht mal funktioniert!« Ich schnappte mir die Flasche zurück und nahm ein paar weitere Schlucke.

Brick lächelte, aber dem Lächeln folgte ein düsterer Ausdruck. »Doch, das hat es.«

Ich wedelte mit den Händen, um ihm zu sagen, dass ich zuhörte.

»Tess, beruhige dich und hör zu. Dieser Mann saß wochenlang im Gefängnis, während eine Vielzahl von Leuten daran gearbeitet haben, dich aufzuspüren. Er hat deine Rettung über alles andere gestellt. Das ist etwas, was noch nie zuvor passiert ist. Der Club ist immer zuerst gekommen, und die Jungs kamen immer danach. Du hast ihn verändert, Tess. Allen hat diese Runde mit deiner Entführung vielleicht nicht gewonnen, aber unterschätze ihn niemals. Er ist die Inkarnation des Teufels, und er wird zurückkehren und ein schmutzigeres Spiel denn je treiben. Ich kenne Allen aus den Jahren, die er im Club war, und ich sage dir, pass auf dich auf! Er hat dich einmal zu fassen bekommen, und er wird nicht aufhören, bevor er dich erneut zu fassen bekommt. Er will haben, was Trigger am meisten wehtut, und das bist du.«

»Na ja, er wird mich nicht kriegen. Das werde ich nicht zulassen.« Ich wandte mich ab und nahm einen weiteren tiefen Zug vom Joint.

Kapitel 9

Trigger

Gus hatte mich stets davor gewarnt, dass mich mein Schwanz noch in Schwierigkeiten bringen würde. Ich hatte es einfach nur niemals kommen sehen. Ich lehnte mich in meinen Stuhl zurück und rieb mir den Kopf. *Gus.* Ich hatte meine Jungs jede Ecke absuchen lassen, wo sie ihn vielleicht festhielten. Verpisster Allen. Meine Jungs hatten jede Menge Morde vorzuweisen, aber sie hatten nicht viele Informationen reingeholt. Ich wusste, dass er nicht aufgeben würde, und ich wünschte mir, ich hätte eine Ahnung, was zum Teufel er vorhatte.

»Whiskey?« Minnie knallte mir ein Glas vor die Nase. »Oder ein Kondom?«

Fick dich!

Ich öffnete den Mund, um sie anzuschnauzen, aber sie hielt die Hand hoch.

»Schrei mich an, so viel du magst, aber ich bin die einzige Freundin, die dir einen kostenlosen Ratschlag erteilen will, selbst wenn du ihn nicht hören möchtest.« Sie drückte die Handflächen auf die Theke und beugte sich zu mir herab, sodass ich sie vor dem Gesicht hatte.

Verdammte Scheiße, ich darf sie nicht töten.

»Du hast deinen Schwanz in jedes verfügbare Loch reingesteckt. Na ja, das ist deine Sache, aber daraus ergeben sich größere Konsequenzen. Eine ist die, dass, wenn du diese Sache nicht richtig angehst, der *eine* und *einzige* Mensch, der mit deinem Scheißdreck umgehen kann, wieder aus deinem Leben hinausmarschiert.« Sie kippte meinen Drink hinunter. »Und das ist dann deine Schuld.«

»Bist du fertig?« Ich spürte meine Wut ansteigen.

»Nein.« Sie sah mich mit ihren leuchtend grünen Augen an. »Scheiß drauf, was diese Tussi sagt, du besorgst dir auf der Stelle einen DNA-Test. Bist du dir überhaupt sicher, dass es von der Zeit her hinkommt? Ich meine, du bist zu diesem Zeitpunkt meistens mit Tammy zusammen gewesen.« Sie nahm meinen Joint und hielt ihn mir vors Gesicht. »Hör mit diesem Scheiß hier auf, bis du dich erinnern kannst, oder gib Tess einen Abschiedskuss.«

Sie legte eine dramatische Pause ein. »Ansonsten wird sie jemand anders kennenlernen, jemanden, der nicht irgendeine zufällige Tussi geschwängert hat.«

Rasch breitete sich in meinem Magen ein Schmerz aus. Ich kämpfte ihn zurück, aber er grub sich tief in mich hinein.

»Hier, Boss.« Morgan reichte mir ein sauberes Glas. »Bist du völlig bekloppt?«, zischte er Minnie zu, die den Blickkontakt zu mir nicht unterbrochen hatte.

»Ich bin ehrlich.« Sie wandte sich ihm zu. »Kann dasselbe für dich nicht behaupten.«

»Es reicht«, murmelte ich. Sie hatte gesagt, was sie sagen wollte, und Glück gehabt, dass ich sie dafür nicht umgebracht hatte.

Sie setzte zum Reden an, hielt sich jedoch zurück. »Sieh mal.« Sie schloss einen Moment lang die Augen.

Ich ließ meinen Hals knacken, weil ich sonst ihren hätte knacken lassen.

»Ich bin nicht mal halb so wie Tess. Sie ist heiß, klug und eine verdammt gute Freundin. Ich wäre am Boden zerstört, wenn sie gehen würde, weil dir diese Sache um die Ohren fliegt.«

»Es reicht, Minnie«, warnte Morgan.

Sie zeigte sich klug und nickte einmal, hielt die Hände in die Höhe und ging. Morgan machte sich wieder daran, die Biergläser zu säubern.

»Moment.« Peggy blieb wie angewurzelt stehen, als sie mich sah. »Wie kommt's, dass du hier bist und deine Bitch nicht?«

»Was?« Ich warf Morgan einen Blick zu, der gerade hinausschlüpfen wollte. »Morgan!«, rief ich, und er fuhr herum.

»Sie ist weg«, rief Minnie vom Flur her.

»Wohin?« In der Bar rumpelte es wie Donner.

»Weiß nicht, aber Brick ist bei ihr. Ihr geht's gut.«

Ich verdrehte die Augen über Minnies Wortwahl. Ihr ging's nicht gut!

»Trigger«, rief Cray von meinem Büro aus und hielt sein Handy hoch. »Sie sind bereit für dich.«

Ich musste diesen ganzen Scheißdreck beiseiteschieben und mich wieder völlig aufs Spiel konzentrieren.

»Morgan und Rail.« Ich winkte ihnen, mir zu folgen.

»Hey, Boss.« Morgan hielt mich auf, bevor wir hineingingen, und hielt das Handy hoch, das ich dem toten Biker abgenommen hatte. »Er heißt Eddie Red. Er ist irgendein Auftragskiller aus North Carolina, endlos langes Vorstrafenregister, hat ein bisschen für das Kartell gearbeitet und ein paar Jobs auf eigene Kappe erledigt. Keine direkte Verbindung zu deinem Vater, die ich erkennen kann, aber da war eine

Abfolge von SMS zwischen ihm und jemand anders. Interessant, dass er drei Mal genau dort war, wo du gewesen bist. Er war sogar …« Er drehte das Handy herum und zeigte mir die Google Map, die nachvollzog, wo er im letzten Monat gewesen war, »… im Gefängnis.«

Was zum Teufel sollte das? Er war zweimal da?

»Ich kann mir nicht erklären, woher er diese ganzen Informationen hatte.« Morgan bedachte mich mit einem wissenden Blick.

Ich reichte ihm eine Liste. »Das brauche ich bis heute Abend.« Sein Grinsen wurde bösartig, als er sah, dass es sich um meine Vorräte für den Schlachtraum handelte.

Die Karte wurde an der Wand des Versammlungsraums ausgebreitet, das Konferenzhandy lag in der Mitte des Tischs, und neunundfünfzig Vizepräsidenten warteten darauf, zu hören, worin ihr nächster Zug bestehen würde.

»Zwei von uns wurden entführt.« Ich kam gleich zur Sache. »Eine ist zurück, aber der andere ist immer noch dort draußen.«

»Dein Onkel Gus«, bestätigte Cameron, mein VP aus Nova Scotia.

»Genau. Sein letzter uns bekannter Aufenthaltsort liegt in Tennessee.« Ich hielt inne, um sicherzustellen, dass sie zuhörten, und sprach langsam und deutlich. Sie mussten verstehen, wie wichtig der nächste Teil war.

»Jeder einzelne Ortsverband soll sein Territorium mit einem verdammt feinen Kamm durchforsten. Knöpft euch sämtliche Serpents und Stripe Backs vor und prügelt sämtliche Details aus ihnen heraus, die ihr bekommen könnt. Ich möchte alles, was sie über Allen wissen. Entweder sagen sie euch alles, was sie haben, oder ihr schlachtet sie ab. Die Sache wird schnell die Runde machen, also müsst ihr rasch handeln. Selbst wenn ihr glaubt, es ist nur eine ganz kleine beschissene Sache, die sie euch verraten, es ist eine Information, und ihr werdet sie an mich oder Morgan weitergeben. Derjenige, der mir wertvolle Informationen überbringt, kriegt ein neues Bike, auf meine Kosten.« Im Mikro summte es, was bedeutete, dass ich ihre Aufmerksamkeit hatte.

»Jetzt los!«

Morgan drückte den Knopf, um aufzulegen, und sah sich im Raum um, bis sein Blick auf mich und Cray fiel.

»Dann beginnen wir mal mit dem Blutvergießen.«

Mein Handy klingelte, und ich sah, dass es Melissa war. Ich verließ den Raum und ging in die Bar, um von der allgemeinen Aufregung wegzukommen.

»Was ist?«, fauchte ich.

»Oh, ähm, tut mir leid«, stotterte sie. »Ich bin in solcher Eile aufgebrochen. Ich habe mich gefragt, ob du mit mir einen Kaffee trinken und, du weißt schon, die Details und so ausarbeiten möchtest.«

Also kriege ich keine Zeit, um darüber nachzudenken? Hast es wohl eilig, Miststück.

Mein Blick zuckte zu Minnie hinüber, die mit Big Joe am Billardtisch plauderte, und ihre Worte drangen in mich ein. *»Gib Tess einen Abschiedskuss.«*

»Wo?« Ich musste diesen Mist hinter mich bringen.

»Rusty's Surf?«

»Schön, bin in fünfzehn Minuten da.« Ich schaltete ab und griff vergeblich nach meinen Schlüsseln. Dann fluchte ich: »Wo zum Teufel sind die?«

»Hier.« Morgan warf mir seine zu, beantwortete jedoch nicht meine Frage.

Ich raste zur Tür hinaus und trat das Bike in die Gänge. Ich mochte es überhaupt nicht, das Bike eines anderen Mannes zu fahren, aber ich hatte keine Zeit, herauszufinden, ob Rail an meiner Kiste arbeitete oder nicht.

Es herrschte nur wenig Verkehr, und ich schaffte es in Rekordzeit und traf vor Melissa ein.

»Du kommst zu spät.« Ich trat ihr einen Stuhl heraus, als sie hereinkam.

»Tut mir leid. Brad wollte nicht einschlafen.« Sie warf sich die langen Ponyhaare aus dem Gesicht. »Danke, dass du dich mit mir triffst. Du hast bestimmt viel zu tun.«

»Allerdings.« Ich sah mich im Restaurant um. Es war hell, mit vielen Fenstern. Ich hasste Fenster.

Sie beugte sich vor und stützte sich auf die ineinander verschränkten Finger. Sie wusste genau, dass sie mich nicht anrühren durfte. »Du siehst echt gut aus.«

»Woher weiß ich, dass es von mir ist?«

Sie lachte halb. »Du verschwendest keine Zeit, nicht wahr?«

»Nein.«

»Nun ja, dann.« Sie zog ein paar Schriftstücke aus ihrer Handtasche. »Hier.«

Rasch las ich den ersten Absatz durch, aber alles, was hervorstach, war das Wort *Übereinstimmung*.

Warte mal.

»Woher hast du meine DNA?«

Sie zog die Brauen zusammen, und ich sah ein Schuldgefühl über ihr Gesicht gleiten. »Doyle.«

Mein Blut wurde dick und wollte nicht mehr zirkulieren.

»Wer hat dir das Recht dazu gegeben?«

Atme. Verdammt, atme!

»Ich musste es wissen.« Sie hielt die Hände in die Höhe. »Es war entweder du oder der andere.«

»Woher weiß ich, dass du diesen ganzen Scheiß nicht erfunden hast?«

»Stimmt. Hier.« Sie knallte mir die Schriftstücke in die Hände. »Glaub mir, Trigger, ich habe darum gebetet, dass es der andere war.«

Ich stand auf und warf ihr die Papiere entgegen. »Ich vertraue dir und deinem Bruder nicht. Wir gehen zusammen zum Arzt und lassen diesen Scheiß erledigen.«

»Schön, aber das geht erst kommende Woche. Ich habe eine Arbeit außerhalb der Stadt zu erledigen.«

»Von mir aus.« Ich verließ das Lokal.

Sie rannte hinter mir her und hinaus auf den leeren Parkplatz. »Tut mir leid, Trigger. Ich weiß, das ist nicht das, was du wolltest, aber es ist auch nicht so, dass ich es wollte.«

Ich fuhr herum und zeigte mit dem Finger auf ihr Gesicht. »Doch, Melissa, es war immer dein Plan.«

»Es ist kein Geheimnis, dass ich dich liebe, Trigger.« Sie schlug mir die Schlüssel aus der Hand und packte mich am Arm, damit ich sie ansah. Ich war verflucht dankbar darum, dass niemand in der Nähe war, der Zeuge dieser verrückten Show hätte sein können.

Klick!

Ich packte sie an der Taille und knallte sie gegen die Mauer, sorgfältig darauf bedacht, ihr nicht wehzutun, aber ich schäumte vor Wut.

Die Dämonen kreischten mich an, ich solle kämpfen.

Nein.

»Trigger.« Sie presste ihre Brüste auf meinen Oberkörper. »Ich weiß, wie es dir gefällt. Warum gibst du nicht einfach nach?«

Ich keuchte, nicht vor Verlangen, sondern vor Hass. Alles krachte auf mich herab.

Plötzlich lagen ihre Lippen auf den meinen. Ich schob sie zurück, aber sie nutzte den Schwung aus, um wieder auf mich zuzuschießen. Ihre Zunge sprang mir in den Mund, und sie versuchte, die Kontrolle zu übernehmen.

»Nein«, zischte ich und hielt sie bei den Schultern gepackt zurück. »Verdammte, verzweifelte Tussi.«

»Nimm mich einfach!«, schrie sie und riss sich die Bluse auf. Knöpfe flogen um uns herum wie in irgendeiner der kitschigen Soaps, die Cooper sich ansah.

»Geh nach Hause, verdammt, Melissa.«

Warte mal. Ich kniff die Augen zusammen, um es besser zu erkennen. Das war mein verdammtes Bike.

»Geh nach Hause!«

Ich stapfte zum Rand des Parkplatzes hinüber und sah zum Strand hinab, und natürlich waren da Tess und Brick, die mit irgendwelchen Leuten von hier herumhingen.

Mein Kopf war so durcheinander, dass ich nicht wusste, wozu ich imstande war.

Tess hatte sich einen großen schwarzen Pulli um die Schultern gelegt, und sie lachte über etwas, das Mud gerade sagte.

»Was ist los, Bruder?« Mud lächelte mich durch seinen Joint an. »Auch wegen der Party hier?«

Er war betrunken, wie er es normalerweise an Abenden wie diesen war. Ein guter Ritt auf den Wellen bedeutete eine Party.

»Bin auf der Suche nach ihr.« Ich nickte zu Tess hin, die an der Feuergrube kauerte. Ich schluckte heftig, um mich zu beruhigen.

Brick nickte mir zur Begrüßung zu. »Hab mein Handy vergessen.«

Plötzlich stand Tess auf, und Brick packte sie beim Arm und gestikulierte über meine Schulter.

Fuck!

Melissa war mir gefolgt und kam rasch auf uns zu.

»Wer ist das?« Mud kniff die Augen zusammen. »Ihr steht etwas Verrücktes übers ganze Gesicht geschrieben.« Er stand auf und staubte sich die Hände ab.

»Trigger, Schätzchen«, säuselte sie. »Beenden wir doch das, was wir angefangen haben.«

Tess' Miene verdüsterte sich, aber als sie wieder aufsah, hatte sich ihr Ausdruck verhärtet.

»Nichts wird je zwischen uns sein. Geh nach Hause, verdammt.«

Sie kam etwas näher und beäugte Tess. »Er küsst ausgezeichnet, nicht? Aber das weißt du ja bereits.«

Sie grinste den Rest von uns an, während sie Tess näher auf den Leib rückte.

»Ich habe Jahre damit verbracht, von ihm besessen zu sein.« Sie fuhr sich mit den Händen durchs Haar und brachte ihre Frisur durcheinander. »Wenn er fickt, ist es so, als würde er wirklich auf dich stehen.«

»Hör auf«, warnte Brick. »Weiß dein Bruder, dass du hier bist?«

»Sei vorsichtig. Du glaubst, er gehört ganz dir, und dann, eines Tages, puff, ist alles vorbei. Er ist unterwegs und nimmt sich ein anderes Paar Beine vor, und du bleibst mit einem Loch mitten in der Brust zurück.«

»Es reicht«, zischte ich.

Sie ging weiter, bis Brick zwischen ihnen war. »Ich möchte nur einen Moment allein mit dem Mädchen sein, das Trigger gewonnen hat … zumindest fürs Erste.«

Tess drückte ihre Hand gegen Bricks Arm, damit er sie vorbeigehen ließ. »Ich bin bereit.«

Fuck.

*

Tess

Melissa mochte vielleicht knapp zehn Zentimeter größer als ich sein, aber ich war rauflustig und wusste, wie man schmutzig kämpfte. Ich nickte mit dem Kopf in Richtung einer kleinen Stelle etwas abseits von hier und signalisierte ihr so, dass es losgehen konnte.

»Nein, Tess«, befahl Trigger.

»Ich kann mich nicht daran erinnern, um Erlaubnis gefragt zu haben.« Ich hasste es, dass er einen Sohn mit dieser Bitch hatte. Es zerriss mich innerlich als Frau, riss an dem Teil, der wusste, dass ich ihm nie einen Sohn schenken würde.

Wir gingen ein gutes Stück zur Seite, und ich sorgte dafür, dass sie so stand, dass ich die Jungs sehen konnte.

»Was ist?«

Sie betrachtete mich von oben bis unten und berührte dann mein Haar.

»Ich kapier's nicht.« Sie schüttelte den Kopf. »Du bist ein so einfaches kleines Ding.«

Ich blieb stark. »Aber trotzdem liebt er *mich.*«

Sie lächelte düster, die Augen zu einem Schlitz zusammengekniffen. »Aber ich habe ihm einen Sohn geschenkt, das eine, was du nie tun kannst.«

Ich brauchte eine halbe Sekunde, um ihre verfluchten Worte aufzunehmen, bevor alles Klick machte und ich ihr Haar packte und heftig daran riss. Meine andere Hand knallte ich auf ihren Wangenknochen.

Wut konnte eine so hässliche Bitch sein, und diese Tussi verdiente das alles. Wieder packte ich sie bei den Haaren und riss daran, und dann brachte ich mein Gesicht ganz nah an ihres heran und schüttelte sie wie eine Ratte. Sie sah mich bloß ungläubig an und kreischte.

Als ich mich darauf vorbereitete, erneut zuzuschlagen, schlang Trigger seine Arme um meine Taille und riss mich zurück. Ich trat nach ihm und versuchte, mich von ihm zu lösen.

»Du dumme Schlampe!«, kreischte Melissa und hielt sich die Hand ans Gesicht. »Du bist ja komplett durchgeknallt!«

»Ich?« Ich entwand mich seinem Griff, aber er fing mich erneut ein. »Sag ihm die Wahrheit!«

»Was?« Sie blickte sich hilfesuchend um.

»Woher weißt du, dass ich keine Kinder haben kann?«, fauchte ich sie an. Triggers Griff lockerte sich leicht, und Brick trat mit einem verwirrten Blick heran. »Du konntest das nur erfahren, weil deine Ratte von Bruder den Mund aufgemacht hat. Aber weißt du was, ich weiß ein paar Dinge über den kostbaren Officer Doyle, die ihn zur Schnecke machen werden.«

»Melissa.« Triggers Brustkorb vibrierte und ich spürte es in meinem ganzen Körper. »Geh nach Hause, verdammt.«

»Das ist noch nicht vorbei.« Sie spuckte mir vor die Füße, und ich wehrte mich wieder gegen Triggers Griff, um ihr zu folgen, aber er hielt mich fest. »Trigger, dieser Kuss hält mich für den Moment zurück.«

Sobald sie außer Sicht war, schoss ich aus seinen Armen und trat ein paar Schritte von ihm weg. In mir brannte das Verlangen, jemandem eine zu knallen. Ich konnte ihm gerade im Moment nicht ins Gesicht sehen. Ich war so wütend, weil er mich diese Scheißschlampe nicht hatte fertigmachen lassen. Ich brauchte einen Moment, um wieder zu Atem zu kommen und den Schmerz, den ihre Worte verursachte hatten, wieder abklingen zu lassen.

Gerade wenn du glaubst, du hättest endlich etwas aus deiner Vergangenheit abgeschüttelt, findet es einen Weg, zurückzukehren und deinen Panzer zu durchstoßen.

Trigger reichte Brick ein paar Schlüssel. »Bring Morgans Bike zum Club zurück. Ich brauche deine Augen dort.«

»Ja, okay.« Brick warf mir einen Blick zu.

Was entging mir da? Augen auf was? Falls Allen zurückkehrte?

»Alles in Ordnung, Tess?«

Ich zuckte die Achseln, außerstande, meinen besten Freund anzulügen, aber ich würde mit absoluter Sicherheit nachfragen, was das alles sollte.

Ein lauter Knall ertönte, und der Himmel erhellte die schwarze See mit einem Lichtblitz. Er passte perfekt zu meiner Stimmung. Ich hatte nicht bemerkt, dass der Wind sich gedreht hatte oder dass schwere Wolken aufgezogen waren. Während wir dort standen, öffnete der Himmel seine Schleusen und goss herab, was ich innerlich spürte. Ich musste einfach über die Ironie der Situation seufzen. Mutter Natur war imstande zu zeigen, was ich nicht zeigen konnte.

Brick eilte zum Parkplatz hinüber, und Mud und seine Hippies fingen an, herumzutanzen und einander im Gewittersturm zu umarmen.

Wir blieben weiter stehen, und Triggers Haar klebte an der Seite seines Kopfs. Keiner von uns beiden hatte sich gerührt. Ich hasste es, wie sehr ich mich zu ihm hingezogen fühlte. Aber in dem Moment, als unsere Blicke sich trafen, wollte ich losheulen. Ich wusste, dass es aus den völlig falschen Gründen so war, aber ich war selbstsüchtig und wollte, dass jeder Teil von ihm mir gehörte.

»Willst du mich schlagen?«, knurrte er durch den Wind.

»Ja.« Es war die Wahrheit.

Er breitete die Arme aus, wie um zu sagen: *Nur zu.*

Ich schüttelte den Kopf, außerstande, mich zu rühren. Es würde nichts wiedergutmachen

Er trat einen Schritt auf mich zu, und ich trat einen zurück.

»Du hast mal gesagt, du hättest keine Angst vor mir.«

»Habe ich auch nicht.«

Er kam näher, und ich wich entsprechend zurück, um den Abstand zu wahren.

»Du kämpfst an jeder Ecke gegen mich. Worum geht's jetzt?«

»Um deinen Sohn«, platzte ich heraus, und mein Körper verriet mich, da mir dicke Tränen in den Augen standen.

Er wankte etwas, trieb mich jedoch weiter zurück, bis ich an der Hütte der Strandwächter stand.

»Das macht dir Sorgen?« Sein Gesicht zuckte bei der Frage. »Macht es dir Sorgen, dass ich sie auf dem Parkplatz des Clubs durchgebumst habe?«

Ich zog den Arm zurück und knallte ihm meine Faust, so hart ich konnte, auf die Wange.

Sein Kopf schoss zur Seite, aber er riss ihn mit einem düsteren Grinsen zurück.

»Sie hat *mich* heute Abend geküsst.« Er beugte sich vor, ohne mich zu berühren, und zog tief den Atem durch die Nase ein, wie um meinen Duft zu prüfen.

Ich schlug ihn erneut, nur dass ich ihn diesmal auf den Hals traf, ein voller Boxhieb in die Kehle. Mein Gott, wie ich ihn in diesem Augenblick hasste!

»Ich hatte ihre Zunge in meinem Mund.« Er schien ungerührt von meinem Schlag, was meine Wut weiter anstachelte.

»Stopp.« Ich holte zu einem weiteren Hieb aus, aber er hob mich hoch und legte meine Beine gewaltsam um seine Taille. Er nahm mein Kinn in die Hand, sodass ich ihn direkt ansehen musste. Er spannte seinen Hals an, und ich spürte, wie seine Wirbel knackten, als er etwas Spannung abließ.

»Ich weiß nicht, was zum Teufel da vor sich geht, aber ich werd's herausfinden.«

Ich war froh, dass sich meine Wunden geöffnet hatten, und meine Tränen flossen ungehindert zusammen mit dem Regen. Ich konnte mit viel zurechtkommen, aber das ging verdammt tief.

»Ihre Spiele werden schlimmer.« Ich fühlte mich emotional erschöpft. »Ich frage mich, was als Nächstes kommt.«

»Ich mich auch.« Er schüttelte sein Haar aus dem Gesicht. »Lass dich von mir nach Hause bringen.«

Ich nickte.

Die Fahrt nach Hause war kalt, und ich war verärgert, weil die Bar voller weiterer Clubmitglieder war. Sobald Brick uns zu Gesicht bekam, eilte er herüber und nahm mich in die Arme.

»Pack deine Tasche. Wir machen uns für die Nacht auf den Weg.« Er sah Trig an, der nickte.

Ich wollte protestieren, aber ich war zu erschöpft, um Nein zu sagen. Abgesehen davon konnte ich etwas Zeit mit der Familie vertragen.

Ich hieß seine Umarmung willkommen. »Hört sich nett an.«

»Gut.« Er drehte mich um und schob mich zu meinem Zimmer. »Abfahrt in zehn Minuten.«

Das Wasser rann in das Marmorwaschbecken im Bad. Ich starrte es ausdruckslos an. In meinem Kopf hämmerte es, und mir drehte sich der Magen um, während ich meine Gedanken treiben ließ.

»Bitte!« Mein Schrei zerriss mir die Kehle, als Allen ein weiteres Mal auf Gus' zerschmetterten Körper einschlug. »Es tut mir leid. Bitte hör auf.« Ich versuchte, mich aus Zays festem Griff zu reißen.

»Taten haben hier Konsequenzen, Tessa«, schnurrte er und spannte die Hand mit einem kranken, sadistischen Lächeln. »Dein Körper ist jung, und seiner ist alt. Wo wäre der Spaß, sich über dich herzumachen?«

»Das ist ein Spaß für dich?«, zischte ich wie eine Schlange, angewidert von dem Mann vor mir. »Wenn du Trigger wehtun möchtest, tu mir weh.«

»Hör auf, Tess«, stöhnte Gus vom Fußboden aus. Sein Gesicht war kaum wiederzuerkennen, und Blut säumte seine Zähne.

Ich dachte, dass mich das brechen könnte. Ich hatte vieles durchgemacht, aber das zerriss mich innerlich beinahe. Ich wusste, dass ich Allen nicht zeigen durfte, wie sehr es mich schmerzte, dabei zuzusehen, wie Gus zusammengeschlagen wurde.

»Hmm.« Er kam auf mich zu und winkte Zay davon. Er packte mich beim Kinn und starrte mir in die Augen. »Vielleicht kann ich den Reiz erkennen.« Er beugte sich vor und sog meinen Duft in sich auf. Mich

schauderte, aber ich wich nicht zurück. Ich war stärker als das. Ich musste stärker sein. Wenn die Aufmerksamkeit mir galt, galt sie nicht Gus.

Zay gab einen kleinen Laut wie einen Protest von sich, aber er packte meine Arme, und Allens Lippen lagen plötzlich auf den meinen. Ich bäumte mich auf und versuchte, ihn abzuwehren, aber er war sehr viel stärker als ich. Sobald er sich mir entzog, spuckte ich ihm ins Gesicht und atmete schwer, während sich mir der Magen heftig umdrehte.

Peng!

Mein Gesicht erhielt einen derart heftigen Schlag, dass mir die Ohren klingelten.

»Wenn du mich jemals wieder abweist«, rief er, aber er hörte sich wie Millionen von Kilometern entfernt an, »wirst du Bekanntschaft mit meinen Wieseln machen.« Er schlug auf ihren Käfig, sodass sie schrill quietschten. »Oder vielleicht sollte der liebe alte Gus sie für dich in Schwung bringen?«

Ich unterdrückte ein Zusammenzucken, als ich Gus' Miene sah. Sie zeigte blankes Entsetzen.

Das holte mich zurück in die Gegenwart. Ich stieß einen schweren Seufzer aus.

Eine Bewegung hinter mir brachte mich dazu, aufzuschauen. Trigger stand in der Tür, den Blick fest auf mich gerichtet, und die Linien zwischen seinen Augen waren tief.

Er stieß sich vom Türrahmen ab und stellte sich direkt hinter mich, sein Oberkörper an meinem Rücken.

Seine Hand glitt in mein T-Shirt und ruhte über meinem Herzen, und dann beugte er sich vor und küsste mich auf den Hals.

»Hör auf, dir Sorgen zu machen.«

Ich verstand, dass ich mich dadurch besser fühlen sollte, aber es hatte den gegenteiligen Effekt. Ich drückte seine Hand und schlüpfte unter seinem Griff weg. Ich schnappte mir meine Tasche vom Bett und verließ das Zimmer.

Er würde es nicht verstehen. Er war nicht dort gewesen.

Draußen reichte ich Brick meine Tasche, und er band sie mit dem Riemen hinten auf seinem Bike fest.

»Fertig?«

»Wohin fahren wir?«

»Nicht weit weg.« Er grinste und wartete, dass ich aufstieg. Ich zögerte, aber ich wusste, dass es für Trigger in Ordnung wäre, wenn ich bei Brick mitfuhr. Schließlich war er mein Bruder. Ich tippte ihm auf die Seite, um ihm zu sagen, dass ich bereit zum Losfahren war, und wir fuhren hinaus auf die stille Straße.

Kurz darauf ließen wir die Füße vom Dach herabbaumeln, während die Stadt unter uns summte, sich unserer Anwesenheit gar nicht bewusst.

Ich tauchte einen Chip in die Guacamole und steckte ihn mir in den Mund. Brick summte, während er sein Bier austrank, und öffnete ein weiteres. Er sah nach, wie viel ich noch hatte, und öffnete mir ebenfalls ein neues.

»Hätte nie gedacht, dass wir einmal an diesem Punkt sein würden«, murmelte er hinter der Öffnung der Bierflasche.

»Auf dem Dach eines alten Filmtheaters, mit Bier und Chips?«, scherzte ich düster, weil ein Teil dessen der Wahrheit entsprach. Wir hatten so manch eine Nacht hungrig und auf der Suche nach einem sicheren Platz zum Schlafen verbracht. Aber es war uns immer gelungen, einen zu finden. Es hatte immer ein Dach gegeben.

»Nein.« Er sah zu mir herüber. »Ich hätte nie gedacht, dass wir an den Punkt kämen, wo wir Geheimnisse zwischen uns hätten.«

Ich drückte die Augen fest zu, weil ich das Schuldgefühl spürte. »Geheimnis. Kein Plural.«

»Vielleicht nicht anfangs, aber es werden immer mehr, wie ein Schneeball, ob du das willst oder nicht.«

»Ich wollte einfach nicht, dass du dich deswegen schuldig fühlst.«

»Wäre das in diesem Fall so schrecklich?« Er wirkte verletzt. Ich hatte immer geglaubt, ich würde ihn beschützen, aber jetzt begriff ich, dass er es brauchte, gebraucht zu werden.

»Ich hatte einen Rückfall, bin zu Clark zurück und wurde schwanger«, platzte ich heraus, bevor er reagieren konnte. Ich wusste, wenn er mich am Weiterreden hinderte, hätte ich nicht den Mut fortzufahren. Bricks Gesicht wurde hart wie Stein, aber er blieb ruhig. »Ich hätte deine Enttäuschung nicht ertragen können, also bin ich geblieben.« Mir wurde übel. »Dann entdeckten es die liebste Mama und Clark, und eines Nachts rissen sie es aus mir heraus.« Sein Ausdruck wandelte sich zu Entsetzen, also setzte ich eilig hinzu: »Sie haben etwas kaputt gemacht, und jetzt kann ich keine Kinder haben.«

»Tess …«

»Nein.« Ich nahm seine Hand und drückte sie. »Ehrlich, es gibt nichts weiter zu sagen. Es ist vorbei. Ich habe dir gesagt, dass ich wirklich niemals Kinder haben wollte, also ist es kein allzu großer Verlust für mich. Es ist bloß so …« Ich suchte nach den richtigen Worten. Mein ganzer Körper musste offenbar etwas von der inneren Schwere abschütteln.

Brick beugte sich herüber, schlang seinen Arm um meine Schultern und zog mich an seine Seite.

»Es ist bloß was?«, ermutigte er mich.

»Es wäre bloß nett gewesen, wenn ich die Möglichkeit gehabt hätte, weißt du?«

»Ich weiß.« Er küsste mich auf den Kopf, und wir blieben eine Weile lang so sitzen und beobachteten die funkelnden Lichter.

»Trigger hat es dir nie gesagt?«

»Nein.«

Ich konnte nicht anders, als mich darüber zu freuen. Er hatte sein Wort gehalten.

»Siehst du diese Mülltonne da unten?« Er zeigte hin.

»Ja.«

»Wenn du jemals wieder Geheimnisse vor mir hast, stopfe ich dich dort hinein und schiebe es Rail in die Schuhe.«

Ich lachte und küsste ihn auf die Wange.

»Ich hab dich lieb, Matt.«

»Ich weiß.«

Kapitel 10

Trigger

»Du starrst sie an, als würdest du sie in Gedanken ficken.« Peggy nahm den Teller vor mir mit. »Das ist erbärmlich.«

»Was erbärmlich ist«, Rail zündete lächelnd seine Zigarette an, »ist, dass du jeden hier drin in dir gehabt hast und du immer noch Single bist.«

Brick wartete ab, bis sie weg war, bevor er sich über den Tisch lehnte. »Es ist jetzt über eine Woche her. Wo zum Teufel steckt dieses verdammte Miststück?«

»Doyle hat die ganze Sache inszeniert.« Rail wischte die Asche vom Tisch. »Er schützt die kleine Schlampe.«

»Ich frage mich, ob Allen je gesehen hat, was auf dem USB-Stick ist«, sagte Brick, tief in Gedanken, »oder ob er Clark bei der Beschaffung der Videos geholfen hat.«

»Ich glaube, er hat sie gesehen …«

Ich redete nicht weiter, weil mir einfiel, was Zay gesagt hatte. Er wusste von Ordner 33. Ich hatte den Jungs davon nichts gesagt, wie ich es Tess versprochen hatte. »Was bedeutet, dass Allen dieselben Druckmittel hat wie wir.«

»Es würde erklären, weshalb er hinter ihm her war.« Brick nickte. »Er möchte ihn, weil er nicht da drauf ist. Er möchte ihn, weil er die Macht haben möchte.«

Ich legte die Hand auf den Tisch, um das Gespräch zu unterbrechen, als Cooper hereinkam und direkt zur Theke ging. Sowohl Rail als auch Brick starrten mich an, und ich schüttelte den Kopf. Keine Fragen.

»Noch einen?«, fragte Tess Rail mit einer Whiskeyflasche in der Hand.

Sie stand seit der Sache am Strand ein bisschen neben sich. Brick hatte nie erwähnt, wie es in der Nacht gelaufen war, aber ich vermutete, dass er jetzt alles wusste. Sie war noch immer hier und nicht in alte Gewohnheiten verfallen, also war das ein gutes Zeichen. Hoffte ich.

»Trigger.« Big Joe reichte mir einen Umschlag. Darauf stand: *An die Eltern von Denton March.* »Es ist der dritte diese Woche. Ich dachte, ich gebe den hier dir und nicht dem Junkie.«

»Warum hast du ihn?«, fragte ich, während ich das Schulsiegel beäugte.

»Denton hat ihn in die Mülltonne geschmissen, als er gestern nach Hause gekommen ist.«

Ich nickte knapp, und er kehrte auf seinen Posten zurück. Ich riss den Umschlag auf und holte das Schriftstück heraus.

Fuck.

»Alles in Ordnung?« Tess stand unmittelbar neben mir.

»Wo ist Denton?«

»In seinem Zimmer«, rief Morgan hinter der Theke. »Ist direkt nach der Schule da rein.«

»Er soll mich im Ring treffen.«

»Ja.« Morgan eilte davon, und Tess trat zurück, als ich aufstand.

»Trigger, was ist los?«

Ich beugte mich vor und küsste sie grob auf die Lippen, bevor ich losging, um mich um meinen Neffen zu kümmern. Ich stürmte den Flur hinab, zog mich bis auf die Shorts und die Sneaker aus und machte mich ans Aufwärmen. Kurz darauf traf Denton ein, und ich bedeutete ihm, zu mir zu kommen.

Er wusste, dass er in der Scheiße steckte.

Nach einer Stunde Sparring hielt ich die Arme hoch und beobachtete Denton, der durch den Schweiß blinzelte, der ihm das Gesicht herabströmte. »Noch mal.« Er schlug nach meiner Hand, aber ich sprang zur Seite, und er verfehlte sie. Er schüttelte seine Erschöpfung ab und vollführte einen weiteren Hieb, aber er verfehlte mich erneut und stolperte nach vorn.

»Mir tun die Arme weh.« Er zuckte zusammen.

»Das ist kein Schmerz. Das ist dein Körper, der trainiert. Kämpfe dich hindurch.«

»Warum?«

Ich winkelte den rechten Arm an und streifte seine Schulter. Er drehte den Kopf und zeigte mir seinen nächsten Zug, also sprang ich aus dem Weg.

»Ich bin erledigt.« Er warf seine Handschuhe weg und wollte den Ring verlassen, aber ich schob ihn an der Schulter herum und versetzte ihm einen Hieb direkt auf die Nase.

Er wirkte überrascht und begann zu weinen. Völlig verletzt sah er mich an.

»Das fühlt sich nicht gut an, oder? Wir haben morgen einen Termin bei deiner Rektorin um zehn Uhr. Jetzt mach dich sauber.«

Ich warf die Handschuhe hin und überließ es meinem Neffen, mit dem Eindruck dessen zurechtzukommen, was gerade geschehen war.

Kinder mussten manchmal etwas lernen.

*

»Beweg dich.« Ich schob Denton an der Schulter weiter, als er das Büro von Rektorin Barrett betrat. Sie blickte von ihrem Schreibtisch auf und öffnete den Mund wie eine Forelle beim Anblick von Dentons blau und grün geschlagenem Gesicht. Ich bemerkte, dass sie die Tür nicht völlig schloss, und mir entging auch nicht, dass der Wachmann im Vorzimmer blieb.

»Meine Güte!« Ihr Blick ging zu meinem, und ich sah, wie sie die Schultern anspannte. Sie räusperte sich und bedeutete uns, wir sollten uns hinsetzen. Ich war absolut zu groß für den Stuhl, aber ich brachte es irgendwie fertig, meinen Körper hineinzustopfen. Woran lag es, dass Schulen immer denselben Geruch hatten? *Fuck.*

»Mr. Vineyard.« Ihre Stimme war sanft, der größte Abtörner. »Wir hier an der Santa-Monica-Grundschule haben eine Politik der völligen Gewaltlosigkeit. Denton kann seine Fäuste nicht bei anderen Kindern einsetzen. Erst letzte Woche hat er Tommy Daloca ins Auge geschlagen, und in der Woche davor hat Paul Perry einen Hieb in den Magen bekommen. Ich weiß nicht genau, was zu Hause los ist, aber ich muss …«

Sie hielt inne und blickte auf Dentons Akte hinab, und ich sah, was sie sah. Mein Name auf dem Blatt. Sie zog ihre gelbe Jacke über ihrer Bluse zusammen und drückte sich die Hand auf die Brust.

»Ich habe alles bei Denton getan, was ich tun konnte. Ich weiß, hier besteht eine ›delikate‹«, sie zeigte auf mich, »Situation hinsichtlich seiner Mutter, aber dieses Verhalten muss aufhören. Ich sage es nur ungern, doch ansonsten wird unsere einzige Möglichkeit der Verweis von der Schule sein.« Sie schluckte heftig, während ich sie anstarrte.

Verflucht. Ich rieb mir den Kopf und dachte einen Augenblick nach.

»War der Junge Ihnen gegenüber irgendwie respektlos gewesen?« Sie schüttelte den Kopf. »War er irgendeinem seiner Lehrer gegenüber respektlos gewesen?«

»Nein. War er nicht.« Sie sah Denton an und schüttelte erneut den Kopf.

Es folgte ein langes, ausgedehntes Schweigen, während ich über ihre Antwort nachdachte. Ich wandte mich an Denton. »Sieh mich an, Junge.« Er tat, wie ihm geheißen. »Meinst du, irgendeiner meiner Jungs wäre mir gegenüber respektlos?«

Den schluckte und schüttelte nachdrücklich den Kopf.

»Warum ist das so, was meinst du?«

»Weil du sie umbringen würdest.«

Die Rektorin schnappte nach Luft.

»Glaubst du, du hast diesen Hieb verdient, den ich dir gestern versetzt habe?«

Rektorin Barrett traten die Augen aus den Höhlen, und sie legte eine Hand vors Gesicht, um ihren Ausdruck zu verbergen.

»Nein.« Den schüttelte den Kopf. »Ich war nicht darauf vorbereitet.«

»Stimmt. Fühlt sich ziemlich schlimm an, nicht wahr?« Den kamen die Tränen, aber das machte mir nichts. Er musste etwas lernen. »Wenn du Respekt willst, musst du ihn dir verdienen, Junge. Du musst nicht den großen Macker machen, und du schlägst Leute erst dann, wenn sie es verdienen.«

»Ja, Sir.«

Ich stand auf und wandte mich an die Rektorin, die sich nicht erhoben hatte.

»Er wird's nicht wieder tun.« Ich zog den Jungen am T-Shirt aus dem Stuhl und drängte ihn zum Büro hinaus. Verfluchte Schulregeln. Ich hasste sie, aber ich wollte nicht, dass Denton das durchmachte, was ich in der Schule durchgemacht hatte. Es war ein Scheißgefühl, der seltsame Außenseiter zu sein. Unheimlich zu sein, war nicht cool, aber er musste nicht den großen Macker spielen.

»Willkommen in der Elternschaft«, brummelte der Wachmann unterdrückt. Ich ließ die Tür hinter mir zuknallen.

Wir gingen zunächst schweigend nach Hause. Es geschah nicht oft, dass ich allein mit dem Jungen war. Ich wusste nicht so recht, wie ich abseits des Rings mit ihm in Verbindung treten sollte. Kämpfen war meine Verbindung, also war es ein seltsames Gefühl, wie normale Leute auf dem Bürgersteig zu gehen.

Irgendwann, während wir an der Ampel warteten, sagte er etwas. »Gus kommt nicht nach Hause, oder?« Er trat ein Steinchen davon und sah zu, wie es aufprallte.

»Weiß nicht.« Ich dachte, es wäre das Beste, offen zu sein.

Seine Schultern sackten zusammen. »Diese Jungs, sie haben verdient, was sie bekommen haben, Onkel Trig. Sie sind absolute Arschlöcher.«

Ich warf ihm einen Blick von der Seite zu.

»Sie haben gesagt, ich und Fin wären Waisen, die in einer Lagerhalle lebten.«

Ich gab mir Mühe, meine Verärgerung zu verbergen. Kinder waren Arschlöcher.

»Es ist nicht das Blut, das eine Familie ausmacht. Es geht um Loyalität und Respekt.« Seine hoffnungsfrohen Augen sahen blinzelnd zu mir auf, und ich erkannte, dass er mehr brauchte. *Fuck.* »Du hast mehr Familie, als diese ganzen Kinder zusammengenommen.«

»Trotzdem sind sie immer noch Arschlöcher.«

Mit der Hand umklammerte ich Dens Schulter, als ich ein Gesicht erblickte, das sich gerade zwischen zwei Gebäuden zurückzog. Ich hätte es wissen sollen, dass er hier sein würde. Der Familie seines Partners gehörte das Café, neben dem er sich befand.

»Was ist?«

Ich schüttelte den Kopf und ging weiter, hielt Denton auf meiner anderen Seite. Gerade als wir die Gasse erreichten, knallte ich den Mann dort an die Ziegelmauer.

»Mein Gott, Trigger!«, kreischte mir Officer Doyle ins Gesicht, mit vor Furcht geweiteten Augen. »Was tust du hier?«

Versteckte er sich vor mir? Normalerweise stolzierte Doyle völlig aufgeblasen herum. Gewöhnlich verbarg er sich lediglich hinter seiner Marke.

In dem Moment machte es klick.

»Wessen Kind ist es?«

Er versuchte, meine Hand wegzuschieben, aber mein Griff wurde bloß fester.

»Du glaubst, deine schlampige Schwester mit einem Kind zu meinem Club zu schicken, würde mich erschüttern?« Ich brachte ein düsteres Lächeln zustande und ließ den Schaden, den der Teufel in mir angerichtet hatte, in meinen Augen aufscheinen. »Ich habe mir den Weg aus einem dreifachen Lebenslänglich ohne Chance auf Begnadigung gebahnt.« Ich beugte mich näher zu ihm und senkte die Stimme. »Erinnern wir uns doch mal daran, wie mir das gelungen ist.«

»Es war nicht meine Idee …«

Meine Faust knallte in seinen Magen, aber ich hielt ihn aufrecht, so dass der Schmerz intensiver war.

»Du hast meine Familie angefasst. Ich fasse deine an.«

»Ich muss tun, was er sagt.«

»Wer?« Ich verdrehte seine verletzten Muskeln mit meinen Fingern.

»Dein Vater! Dein verfluchter Vater!«

Was?

»Wo ist er?« Er versuchte zu antworten, aber ich schüttelte ihn heftig.

»Zuletzt habe ich gehört …« Er kämpfte darum, klar zu denken, »dass er wieder in Vegas ist.«

»Wenn ich herausfinde, dass du mehr weißt, werde ich die Information über dich und die Tochter des Sergeants verbreiten.«

Er sah erschrocken aus, und ich wusste, dass ich ihn hatte.

»Es ist nicht dein Kind.«

»Halte deine Schwester von meiner Familie fern, oder du wirst sie unten am Pier wiederfinden.«

Ich schlug ihn erneut und ließ ihn zu Boden fallen. Dann stieß ich Denton zurück auf die Straße. Ich hörte ihn kichern und schüttelte den Kopf.

»Das war etwas anderes.«

»Absolut, Onkel Trig.«

*

Tess

Meine Haut war von einer dünnen Schweißschicht bedeckt, und mein T-Shirt klebte an mir, als ich mich streckte, um die Gläser zu erreichen. Das nahende Gewitter brachte Regen, und das bedeutete hohe Luftfeuchtigkeit und ein allgemeines Gefühl von Klebrigkeit.

Ich spürte, wie er hinter mir auftauchte und mich förmlich gefangen nahm. Seine Hände landeten auf meinen Hüften, und seine Lippen fanden meinen Hals. Ich liebte das feste Gefühl seines muskulösen Körpers.

»Das Kind ist nicht von mir.«

Ich erstarrte eine halbe Sekunde, bevor ich erleichtert zusammensackte.

»Wie kannst du dir da sicher sein?«

»Ich bin Doyle über den Weg gelaufen.«

Ich wollte nicht wissen, was das zu bedeuten hatte, also schüttelte ich die Anspannung, die mir dieses Thema bereitet hatte, glücklich ab, schnappte mir eine Zitrone und hackte sie in kleine Stücke.

»Gibt es noch etwas, was ich wissen sollte?«

Ich drehte mich in seinem Griff, um ihm ins Gesicht zu sehen. Seine Augen waren dunkel und voller Zorn. Natürlich wurde mir die Brust eng, und meine Nippel wurden hart. »Ich selbst teile nicht, also gehe ich auch nicht fremd.«

Mit dem Daumen strich er an der Seite meines Halses herab, und ich hörte, wie Morgan den anderen zupfiff, damit sie rausgingen.

Trigger griff hinter mich und nahm etwas in die Hand, dann glitt seine Hand vorn unter meinen Rock und in meine Bikinihose und schob etwas in mich hinein.

Ich schrie kurz auf, als ich die Kälte spürte, und begriff, dass es ein Eiswürfel war. Er senkte den Kopf und saugte mich förmlich auf. *Fuck,* allein das hätte mich fast zum Höhepunkt gebracht.

Ich hörte, wie er seinen Gürtel öffnete, verlor mich jedoch in dem köstlichen Duft seines Rasierwassers. Das Eis begann in mir zu schmelzen, und es war eine einzige Mischung aus Schmerz und Lust.

Er nahm mich und trug mich rüber zum Billardtisch. Mir blieb kein Augenblick zum Überlegen, da glitt er auch schon in mich hinein. Er holte scharf Luft bei dem Gefühl von Kühle, hielt jedoch nicht inne, bis er komplett in mir war.

Trigger packte meine Hüften und hob mich hoch, sodass er immer noch in mir war, aber ich ihm in die Augen sehen musste.

»Wähle deine Worte sorgfältig, Tess.« Er ruckte heftig mit den Hüften, sodass ich den Mund aufsperrte. »Du bist jetzt tief drin in diesem Club, und es gibt kein Hinaus mehr.« Er lächelte bei seinen Worten.

Ich leckte mir die Lippen vor Verlangen – ich wollte, dass er seine Beherrschung verlor. Ich bog den Rücken durch, und jeder Teil von mir schrie ihm zu, er solle seinen Schalter umlegen.

»Gib mir nie, nie einen Grund zu gehen.«

Ich registrierte kaum die Worte, die aus meinem Mund kamen, aber ich wusste, ich hing an einem seidenen Faden.

»Wir müssen aufhören, uns so zu treffen«, durchbrach eine vertraute Stimme meine Blase der Lust. Trigger zuckte zurück, schnappte sich seine Waffe und richtete sie auf den Mann, der mit einem selbstgefälligen Grinsen an der Theke stand.

Ich wand mich zurück und zog meinen Rock runter. Nicht, dass dazu ein Grund bestanden hätte. Er hatte vorher schon alles von mir zu Gesicht bekommen.

»Wer bist du, verdammt?«, brüllte Trigger und sah zur Tür, wo Big Joe war.

»Dein Rausschmeißer ist ein wenig von meiner Freundin draußen abgelenkt. Ich bin wegen ihr hier.« Er lächelte mich an, und ich wollte mich am liebsten wie eine Schlange zusammenrollen und zuschlagen. Sein Blick flackerte über meine Schulter, und ich sah, wie sich seine Haltung änderte. »Matt, ist schon eine Weile her.«

Brick trat an meine Seite, die Waffe erhoben, wie Trigger. »Nicht lange genug.«

»Einverstanden.« Er trat etwas näher, hielt jedoch die Hände hoch zum Zeichen, dass er keine Waffe dabei hatte. »Tessa, kann ich dich einen Moment allein sprechen?«

»Nein«, antworteten Trigger und Brick gleichzeitig an meiner Stelle.

»Brick?« Triggers Tonfall änderte sich.

»Leon Davis, alter Kunde, bevor Felicia ihn zu ihrem Laufburschen gemacht hat.« Leon nickte, als ob er beeindruckt wäre. »Clark hat ihn nie gemocht.«

»Warum?«

Brick sah mit einem gewissen Ausdruck zu Trigger hinüber. »Aus demselben Grund, weswegen du Clark gehasst hast.« Ich beobachtete ihn, während er die Worte verarbeitete.

»Leute.« Ich ging um den Billardtisch und schob Leon vor die Theke und auf einen Stuhl. »Du hast fünf Minuten.«

»Ich brauche nur zwei.« Er zog einen zerknitterten Umschlag hervor. »Tess, Lillys Mom braucht deine Hilfe.«

Ich entriss ihm den Umschlag und fischte den Brief heraus. Ich überflog rasch den Inhalt, die verzweifelte Bitte einer Mutter um Hilfe. Lilly war krank, und die Rechnungen wurden allmählich zu viel für sie.

Ich hielt das Blatt lachend hoch. »Ernsthaft? Das ist einfach erbärmlich, Leon.«

»Was?« Er warf Trigger, der einen Anruf erhalten hatte, einen Blick zu.

»Oh, komm schon. Ich habe wirklich etwas mehr von dir erwartet …« Blitzschnell sprang er aus seinem Stuhl, drückte mir den Lauf einer Waffe an den Kopf und schlang mir den anderen Arm von hinten um den Hals.

Was sollte das? Ich kämpfte darum mitzukommen.

»Und ich habe ein wenig mehr von dir erwartet, Tess.« Er lachte halb, hielt jedoch inne, als sowohl Trigger wie auch Brick ihre Waffen hoben. »Du bist vom Luxusanwesen zum Verbindungshaus abgestiegen.«

»Fick dich, Leon. Du hast schlicht keine Ahnung von meinem Leben.«

»Ich weiß mehr, als du glaubst.« Seine verschwitzten Finger fuhren über meine Narbe, und ich wollte ihm einen Kopfstoß versetzen.

»Hey!« Trigger lenkte unsere Aufmerksamkeit auf sich. »Du kommst in meinen Club und richtest eine Waffe auf meine Familie?« Triggers Stimme war tief und eindringlich. »Das ist Selbstmord.« Ich bemerkte, dass er nach wie vor das Telefon am Ohr hielt.

Leon riss mich näher an sich, beugte sich zur Tür zurück und sah hinaus. »Denkst du, ich wäre allein hergekommen?«

Er atmete tief durch die Nase ein. »Du riechst immer noch genau so wie früher.«

»Du leider auch.« Ich versuchte, mich loszuwinden, aber er drückte mir die Mündung fester an die Schläfe, und mein Puls hämmerte wild dagegen.

Denk nach, Tess.

»Du weißt, was dem letzten Typen zugestoßen ist, der so etwas getan hat?«, sagte ich durch die zusammengebissenen Zähne. »Ich habe ihn im Bett seines Liebhabers abgeschlachtet.«

Er kicherte mir ins Ohr und hielt mich weiterhin fest um den Hals gepackt.

»Ich weiß. Ich habe mir das Video von deinem Abgang angesehen. Nichts ist sexyer als eine gefährliche Frau. Törnt mich an.«

Er drückte mir seinen erigierten Penis in den Rücken, und ich wollte nichts mehr, als ihm das Ding an der Wurzel abzuschneiden.

»Tess«, setzte Trigger an, hielt jedoch inne, als mindestens fünfzehn weitere Männer, die ich nie zuvor gesehen hatte, mit langen Gewehren hereinkamen.

Meine Körpertemperatur fiel ins Bodenlose, und ich sah zu Trigger. Ich merkte, dass er zählte, wie viele es waren.

»Wie gesagt.« Leon richtete sich etwas gerader auf und entspannte sich sichtlich. »Ich bin nicht allein gekommen.«

»Hier, nimm das.« Er schob mich in die Arme eines der anderen verschwitzten Typen, der einen ziemlichen Körpergeruch verströmte. »Also.« Leon rieb sich mit der Waffe über die Stirn. »Die können alle wieder verschwinden, wenn du mir einfach den USB-Stick gibst.«

»Was?«, platzte ich heraus. »Deswegen bist du hier?«

»Warum bist du so überrascht? Oh!« Er lachte gemein. »Du hast gedacht, ich wäre hier, um den guten alten Clark zu suchen. Warum sollte ich, wenn ich rasch achtzig Riesen machen kann, wenn ich den USB-Stick abliefere?«

Hm?

Leon schlenderte zur Theke hinüber und musterte eine Whiskeyflasche auf dem Regal. Er nahm sie und rollte sie in seiner Hand herum. »Also, übergebt den USB-Stick, oder euer Club wird in seine Einzelteile zerlegt.«

Sobald ich sah, wie Morgan und Big Joe um die Ecke spähten, hatte ich eine Idee.

»Schön«, sagte ich, und Trigger zischte mich an, den Mund zu halten. »Das ist es nicht wert, Trigger.«

»Oh, Tessa.« Leon ließ die Flasche knallend auf den Boden fallen und kam um die Theke auf mich zu. »Meinst du etwa, nach all diesen Jahren würde ich auch nur einem Wort trauen, das aus deinem hübschen kleinen Mund kommt?«

Ich zuckte die Achseln. »Ja, ich schätze, du hast recht.« Ich beugte mich herab, nahm Schwung und nutzte das Arschloch, das mich festhielt, als Stütze, um Leon einen Tritt auf die Brust zu versetzen. Er war größer als ich, aber für diese eine Sekunde verlor er seine Konzentration, und ich war frei.

Kugeln flogen in alle Richtungen. Ich ließ mich rasch zu Boden fallen und kroch unter einen Tisch. Der Scheißkerl, der mich festgehalten hatte, fiel ebenfalls; sein Kopf war zu mir gedreht und sein halbes Gesicht fehlte.

Ich schnappte mir die Waffe aus seinem Holster, überprüfte das Magazin, es war voll. Ich ging hoch und gleich wieder nach unten.

Heilige Scheiße.

Mitten in der Schießerei gönnte ich mir ein paar winzige aufmunternde Worte. Ich schob meine Angst beiseite und spähte über den Tisch.

Einer von Leons Jungs feuerte aus einem riesigen Gewehr. Bei dem Knall platzten mir fast die Trommelfelle. Ich zielte auf ihn und drückte den Abzug. Nichts. Sein verärgertes Gesicht wandte sich mir zu, und er lächelte. Das Gewehr schwang zu mir herum, während mein Finger den Sicherheitshebel umwarf.

Peng!

Peng!

Zwei Schüsse in den Hals, nicht mein bestes Werk, aber es sollte reichen, verdammt.

Ich fuhr herum, um mein nächstes Opfer zu suchen, doch dann sprang Rail über den Tisch, unter dem ich lag, und landete fast auf mir drauf.

»Dachte, du könntest die hier brauchen.« Er hielt eine Waffe hoch, völlig aufgeregt und kampfeslustig.

Peng!

Ich erschoss den Mann, der hinter Rail aufgetaucht war.

»Ich habe bereits eine.«

»Ich glaube, ich bin soeben gekommen.«

Ich war imstande, weitere vier Männer zu erledigen, bevor wieder Stille herrschte. Trigger starke Hand suchte nach mir und zog mich auf die Füße.

»Alles gut?«

»Denke schon.«

»Alle anderen?«

Alle meldeten sich, und ich atmete erleichtert aus, als ich Brick heil und ganz hinter einer Tür hervortreten sah.

Trigger hielt mich fest an sich gedrückt, während er sich im Raum umschaute.

»Ich glaube, wir sollten damit aufhören, die Theke hinten mit Glas auszukleiden«, murmelte Rail, während er einen der toten Typen wegtrat. »Joe wurde getroffen.«

»Mir geht's gut.« Joe zog sein T-Shirt hoch, um den Streifschuss zu betrachten. »Nichts, was ein Pflaster und etwas Rum nicht wieder richten könnten.«

»Was war denn das, zum Teufel?« Morgan warf verärgert seine Waffe auf die Theke. »Lassen wir jetzt etwa jeden rein?«

Trigger packte Big Joe am T-Shirt und schob ihm die Waffe ins Gesicht. »Warum hast du ihn reingelassen?«

»So 'ne Tussi hat mich abgelenkt.« Joe traten die Augen aus den Höhlen. »Ich habe die anderen nicht mal bemerkt.«

»Sie hätte getötet werden können!«, brüllte er. »Wir alle hätten umgebracht werden können. Willst du mir ernsthaft erklären, dass du zwanzig Männer nicht gesehen hast, die mit Langwaffen draußen vor dem Club herumgehangen haben?«

»Ja«, antwortete er ruhig. »Ich hab sie nicht gesehen. Tut mir leid, aber ich hab's einfach nicht gesehen.«

Trigger wartete einen Moment, bevor er ihn losließ, die Hand nach mir ausstreckte und mich nach vorn zog.

»Möchte irgendjemand hier auf den großen, fetten Elefanten im Raum hinweisen?« Rail zündete sich einen Joint an und kniff die Augen zusammen. Er wirkte immer so entspannt, nachdem etwas Wahnsinniges passiert war.

Brick kippte einen Hocker, um die Scherben herunterzuwerfen, und ließ sich darauf nieder. »Die liebe alte Felicia, immer geht's ums Geld, nie um Liebe.«

»Ging es je um Liebe, oder bloß um den Wettstreit mit ihrer Tochter?« Rail kicherte.

»Sie ist völlig abgedreht.« Trigger sprach, als wäre er eine Million Kilometer von uns entfernt.

»Und die Leute fragen sich, warum ich so bin, wie ich bin.«

»Ich bin diesen Scheißdreck so verdammt leid.« Trigger schaute sich in der Bar um, sah auf all die Toten, die über den Boden verstreut waren.

»Räumt diesen Mist auf und besorgt einen zweiten Türsteher.«

Kapitel 11

Trigger

»Wo ist er?« Ich parkte mein Bike, knallte den Ständer herunter und machte mich zur Bar auf.

»Am hinteren Fenster.« Park, mein VP aus Oregon, zeigte hin. »Der Türsteher hat kribbelige Finger. Beim letzten Mal habe ich meinen Prospect verloren. Ich will nicht noch einen verlieren.«

Ich nickte und machte mich auf den Weg, und sie folgten.

»Nein, Mann.« Der verschwitzte Typ mit der billigen Sonnenbrille versperrte mir den Weg. »Kein Devil's Reach in diesem Club.« Ich ging einfach weiter. Ich ballte die Finger zu einer schweren Faust und knallte sie dem Türsteher gegen den Kopf. Er brach zusammen, und ich trat die Tür ein.

In der Bar wurde es totenstill. Einige Gäste zerstreuten sich, und ich bemerkte, wie mehrere Waffen herausgezogen und auf mich gerichtet wurden. Ich ließ meinen Hals langsam knacken und blieb dort stehen, damit sich meine Augen dem dunklen Licht anpassen konnten. Meine Kutte sagte viel aus, und niemand wollte meine Aufmerksamkeit auf sich lenken. Ich zeigte auf den Scheißkerl in der Ecke.

»Ich bin wegen ihm hier.«

Der Barkeeper nickte, und sie senkten ihre Waffen. Der Scheißkerl in der Ecke sah sich überall nach einer Fluchtmöglichkeit um und rannte los, aber irgendjemand stellte ihm ein Bein. Ich ging hinüber, blieb über ihm stehen, griff dann nach ihm und zog ihn hoch. Ich nickte zum Dank in den Raum. Niemand sollte sich einmischen. Dann warf ich das Stück Scheiße gegen die Wand.

»Sag mir, was du weißt.«

»Ich weiß überhaupt nichts.«

»Ich hasse es, mich zu wiederholen.« Ich griff hinter mich nach einem Hocker und zerbrach eines der Beine über meinem Knie.

»Du bist wahnsinnig.« Er hielt die Hände hoch und schloss die Augen. »Ich weiß bloß, dass sie zurück an die Westküste gefahren sind.«

»Was sonst?«

»Nichts! Ich schwöre, nichts.«

Ich schnippte mit den Fingern, und Park reichte mir sein Handy. Ich drehte es herum und sah, wie er Angst bekam.

»Du weißt nichts, dennoch bist du mit Zay zusammen gesehen worden?«

»Sie wollten bloß, dass ich dein Mädchen finde. Sie haben erwähnt, dass dein Onkel immer noch am Leben sei.«

»Hast du mein Mädchen gefunden?«

»Nein, habe ich nicht. Verflucht, Mann, ich habe kaum gesucht!« Er stotterte vor Angst, Speichel flog ihm aus dem Mund, und seine Augen wurden wild. »Sieh mal, Mann, ich bedeute ihnen nichts, wirklich.«

»Zum Glück für dich bedeutest du mir auch nichts.«

Ich warf das abgebrochene Stück Holz in die Luft, fing es auf, drehte es um und rammte es ihm durch den Hals. Er keuchte auf, als ich vortrat und den Stock wieder herauszog. Blut schoss aus seinem Hals und spritzte über mich und meine Crew. Ich trat ihm die Füße unter dem Leib weg und schubste ihn nach hinten.

»Hat irgendwer irgendwelche Infos für mich? Dann wäre jetzt die Zeit, damit herauszurücken.« In der ganzen Bar wurde es totenstill. Sie wussten, dass ich meinte, was ich sagte. »Ich weiß, ihr habt gehört, dass Devil's Reach auf der Jagd nach jedem Stripe Back und Serpent ist, der sich mit meinem Vater verbündet hat. Wenn ihr etwas hört, sucht mich auf, und ich werde euch belohnen. Wenn ich höre, dass ihr ihm auf irgendeine Weise geholfen habt, werde ich euch finden, und ich werde euch langsam töten.« Ich warf den triefenden Stock zu Boden, machte kehrt und verließ die Bar.

Bevor ich auf mein Bike stieg, wischte ich mit klebrigen Fingern an dem Blut herum, das von meinem Hoodie tropfte und fuhr mir mit den Händen durch die Haare, um sie zu säubern. Ich ließ den Motor an und gab meinen Männern Zeichen, Formation aufzunehmen. Ich verschwendete keine Zeit, um in die Stadt zurückzukehren. Ich musste wissen, was die übrigen Ortsverbände machten.

»Wo warst du?« Cooper traf mich im Flur, mit einer Handvoll Wodkaflaschen.

»Oregon ist erledigt.«

»Stripe Backs?«

»Ja.«

»Lange Tour für dich.«

Ich zuckte die Achseln. »War die Sache wert, meinen Standpunkt zu verdeutlichen.«

»Sieht so aus.« Er grinste und ging den Flur hinab.

Nach der Dusche war die Kabine rot gefleckt. Ich warf meine Kleidung hinaus und hängte meine Kutte auf. Es gefiel mir nicht, sie nicht zu tragen, aber sie musste trocknen. Ich zog ein T-Shirt an und ging nach draußen, um den Kopf klarzubekommen.

Ich kraulte die Katze unter dem Kinn und horchte auf ihr leises Schnurren.

Es waren Wochen her, seitdem ich sie zuletzt gesehen hatte. Nach diesem ganzen Scheiß, der hier passiert war, hätte es mich nicht überrascht, wenn sie das Weite gesucht hätte.

»Ich habe ihr weiter Gesellschaft geleistet.« Morgan tauchte hinter mir auf und legte die Arme hinten auf den Truck. »Ich habe sie dabei erwischt, wie sie aus dem Müll gefressen hat. Ich wollte sie fangen, aber sie ist zu deinem Truck geflitzt. Ich dachte mir, du würdest es erlauben, also habe ich sie bis zu deiner Rückkehr gefüttert.«

Ich nickte dankbar. Morgan war gut darin, irgendwelchen Mist nicht auszuplaudern.

»Er macht sich aus dem Staub«, sagte er, während er sich eine Zigarette anzündete. »Hatte gehofft, mich an ihn dranhängen zu können.«

Meine Unterarme ruhten auf der Seite der Ladefläche, während wir beide in die entgegengesetzte Richtung vom Clubhaus sahen.

»Wo ist er hin?«

»Death Valley Junction.«

Langsam drehte ich mich zu Morgan, und wir hatten beide denselben Gesichtsausdruck.

»Wirklich?«

»Hmm. Könnte eine Falle sein, oder?«

»Ja, könnte sein.«

Ich ließ sämtliche Szenarien vor mir ablaufen, die seine Verfolgung mit sich bringen könnten, aber keines endete damit, dass all meine Jungs in einem Stück zurückkehrten.

»Sieht so aus, als müssten wir selbst eine längere Fahrt unternehmen.« Ich rieb dem Kätzchen das Ohr. »Ruf Cray an, sag ihm, er soll ein Treffen anberaumen. *Er* würde das nicht infrage stellen.«

»Mach ich.«

Trigger: Kannst du jemanden für mich verfolgen?

Mike: Welche Nummer?

Ich schoss ein Foto der Seriennummer auf der Rückseite des Ortungsgerätes und hängte es an meine SMS an.

Trigger: Ich schalte es in den nächsten zwanzig Minuten ein.

Mike: Ich bleibe in Kontakt.

Trigger: Meine Schulden werden allmählich groß.

Mike: Musst nichts zurückzahlen.

In der Bar war es ruhig, als ich mein Büro verließ. Tess plauderte mit Minnie, und Peggy machte eine Show daraus, irgendwelchen Scheiß vom Tisch zu kratzen, baggerte jedoch eigentlich einen Freund von Cooper an.

»Peggy.« Ich winkte sie herüber, und sie ließ das Messer fallen, das sie benutzte, und kam so eilig zu mir, als würde sie gleich flachgelegt werden.

»Bist du endlich zur Vernunft gekommen?«

»Tu mir einen Gefallen.«

»Was krieg ich als Gegenleistung dafür?« Sie warf einen Blick auf ihre Titten hinab.

»Einen Ratschlag.«

Sie verzog verwirrt das Gesicht. »Einen Ratschlag?«

»Nimm das hier.« Ich reichte ihr den schwarzen Apparat, der wie ein Handy aussah. »Und gib es Rail.«

»Warum kannst du das nicht?«

Ich funkelte sie an. Die Frau ging mir so auf die Nerven.

»Schön!« Sie warf die Hände hoch. »Ist auch egal.«

»Brick und Morgan, packt eure Taschen. Wir fahren in einer Stunde zu Cray.«

Die beiden Männer machten sich unverzüglich auf den Weg zu ihren Zimmern, um zu packen.

Tess beobachtete mich. Sie bat Minnie, einen Moment zu warten, und kam zu mir.

»Wohin fahren wir?«

»Du musst hierbleiben.«

Sie sah mich skeptisch an und verschränkte die Arme.

»Ist es Gus?«

»Es ist eine Spur.« Ich sah mich im Raum um, um zu sehen, wer in Hörweite war. »Bleib hier und verlass den Club nicht. Ich werde morgen Abend zurück sein.«

»Trigger.« Sie lenkte meine Aufmerksamkeit auf ihr besorgtes Gesicht. »Du wirst zu mir zurückkommen, nicht?«

»Tess …«

»Lüg mich nicht an, Trigger.« Ich sah das Feuer, das in ihrem Innern aufloderte. Es war eines der Dinge, die ich an ihr liebte. Kein

Scheißdreck, sie wollte es klar und deutlich zum Ausdruck bringen. »Oder ich werde dich im Schlaf heimsuchen.«

Ich musste einfach grinsen, aber das Grinsen schwand rasch, als mir klar wurde, dass sie es ernst meinte.

»Frag einfach Bret. Oh, warte, das geht nicht«, scherzte sie düster, aber ich sah ihr an, dass ein Teil ihrer selbst besorgt darüber war.

»Werde ich.« Ich legte die Arme um ihre Schultern und küsste sie intensiv. »Geh nicht weg.«

»Schön.« Sie nickte und kehrte dann wieder zu Minnie zurück, die nach wie vor darauf wartete, dass Brick herauskam.

»Ryder.« Meine Stimme dröhnte durch den Raum, während er mit einer vollen Mülltüte vorbeirannte. Er passte gut als Prospect hierher, hielt den Kopf unten und hörte zu. Ich führte ihn weg von den anderen. »Du passt auf Tess auf. Sie bleibt im Club. Hast du mich verstanden?«

Er nickte, aber ich merkte, dass er besorgt war. »Du, äh … du weißt, dass sie nicht so richtig hört, oder?«

Ich reichte ihm ein anderes Handy und ignorierte die Tatsache, dass er recht hatte. »Ruf mich damit an. Benutze nicht deins. Ich möchte alle paar Stunden auf den neuesten Stand gebracht werden.«

»In Ordnung. Alles in Ordnung, Boss?«

»Niemand kommt in den Club, außer einem Mitglied.«

Wieder nickte er. »Erwarten wir Gesellschaft?«

»Ich hoffe nicht.«

Ich nahm einen Anruf entgegen und ging hinaus, wobei ich Tess einen letzten Blick zuwarf. »Mike, sag mir, dass du dran bist.«

*

Tess

»Ich weiß wirklich nicht, ob du flirtest.« Ich lachte, und Rail zwinkerte mir hinter der Zigarette zu, die zwischen seinen Lippen hin- und herging.

»Na ja.« Er beäugte den Mann, der neben ihm saß. »Das ist echt deprimierend.«

»Es ist einfach deine Herangehensweise.« Ich hatte das Schneidebrett abgetrocknet und lehnte mich mit der Hüfte an die Theke, während ich ihn kurz musterte. »Du gehst heftig und schnell vor, wie ein siebzehnjähriger pickeliger Junge, völlig aufgedreht und glotzäugig bei der Aussicht auf Sex.«

»Und es ist schlecht, dass ich aufgeregt bin?«

»Ja.« Ich versetzte ihm einen Schlag auf den Arm. »Ich bin keine Frau, die angehimmelt werden möchte, aber«, ich hielt die Hand hoch, »ich bin immer noch eine Frau, und wir haben immer noch einen eingebauten kleinen Faktor für Schwärmerei. Du musst geschmeidig sein, jedoch nicht schmierig.«

»Ich bin nicht schmierig.« Er fuhr mit dem Kopf zurück, als ob er wirklich schockiert von dieser Vorstellung wäre.

»Oh, Rail.« Ich umfasste seine Wange. »Du bist der Schmierigste.«

»Das tut weh, weißt du.« Er zündete einen weiteren Joint an und glotzte dann offen eine Frau an, die vorüberging. Als sich sein Blick wieder mit dem meinen traf, gingen seine Brauen schuldbewusst in die Höhe. »Das war was anderes.«

»Es ist hoffnungslos.« Ich wollte mich abwenden, aber er packte mich am Arm, um mich daran zu hindern.

»Bitte, gib mich nicht auf, Tess. Ich habe ein Problem.«

»Das wissen wir bereits«, schnaubte Peggy und funkelte mich daraufhin an. »Da ist ein Paket für dich in Triggers Zimmer.«

»Hey, Peggy.« Rail beugte sich hinüber und befingerte eine Strähne ihres Haars. »Deine Augen sind wie kleine Himmelstropfen. Wenn ich nicht aufpasse, könnte ich mich darin verlieren.«

Natürlich entlockten so schmierige Worte Peggy ein Grinsen. Die einzige Sache war die, dass ihr Lippenstift ihre Zähne rot verschmiert hatte, und das war definitiv Gift für diesen Augenblick.

»Ich kann das nicht.« Rail stand auf, die Hände in die Höhe gehalten. »Nein. So etwas kann ich nicht.«

»Kann ich dir nicht übel nehmen.« Ich lachte und verschloss die Kasse der Bar.

»Was ist?«, jammerte Peggy, blickte sich um und versuchte zu verstehen, wovon wir sprachen. »Was habe ich getan?«

»Du brauchst einen Spiegel in deinem Leben«, murmelte Brick von der Eingangstür her.

»Tess!« Cooper kam rein und sackte an der Theke zusammen. »Ich dachte, wir würden uns zum Frühstück am Pier treffen?«

»Oh, mein Gott.« Ich schlug mir gegen die Stirn, verärgert darüber, dass ich ihn versetzt hatte. »Tut mir leid, Coop. Fin musste zur Schule gebracht werden, und auf halbem Weg dahin habe ich bemerkt, dass Vib ihm kein Mittagessen eingepackt hat, also bin ich zum Supermarkt abgebogen, um etwas für ihn zu besorgen.« Ich beugte mich vor und lächelte ihm zu. »Tut mir wirklich leid.« Ich ließ unerwähnt, dass der schwierigste Teil der gewesen war, Ryder davon zu überzeugen, dass es in Ordnung war, den Club zu verlassen und den Jungen die kurze Entfernung zur Schule zu begleiten.

»Mm, du kannst es schon irgendwie wiedergutmachen.«

»Das werde ich.« Ich drückte ihn kurz, bevor ich von der Theke wegging.

Ich warf Ryder einen Blick zu, der mich wie ein Falke beobachtete. Er hatte eindeutig strikte Anweisung, mich im Auge zu behalten. »Bin gleich zurück. Ich muss ihm nur sein Mittagessen bringen.«

Er nickte, sah jedoch erbärmlich aus. Ich dachte, er würde sich etwas besser fühlen, weil ich beim ersten Mal, nachdem ich Fin zur Schule gebracht hatte, zurückgekehrt war.

»Es ist heiß, und ich muss mich schnell umziehen, bevor ich gehe. Möchtest du zusehen?« Ich musste ihn einfach necken. Er war so erledigt, und ich konnte fast die Schweißflecken in seinen Achselhöhlen erkennen.

Er schüttelte den Kopf und trat zur Seite, um mich durchzulassen. Er musste sich wirklich etwas entspannen. Es half niemandem, wenn er bei jeder kleinsten meiner Bewegungen ausflippte.

Sobald ich unten im Flur und weg von den anderen war, holte ich mein Handy heraus und hoffte, dass Trigger mir eine SMS geschrieben hatte.

Nichts.

Mit gesenktem Kopf bog ich um die Ecke und betrat unser Zimmer. Ich machte *The Fall* auf Netflix an und machte mich ins Bad auf, wo ich meine Schuhe von den Füßen trat, meine Kleider auszog und ein T-Shirt und Jeansshorts überstreifte.

Ein Karton erregte meine Aufmerksamkeit. Oh, ja, mein Paket. Ich fragte mich, von wem es kam. Es war klobig und wirkte feucht, und die Seiten beulten sich etwas aus.

Warum stellten sie es aufs Bett? Warum nicht auf den Boden oder den Tisch?

Mit einem Taschenmesser zerschnitt ich das durchsichtige Klebeband und drückte die Seiten auf. Ich kniete auf der Matratze, während ich die Klebestreifen abzog.

Was war das, zum Teufel?

Mein Kopf benötigte etwa vier Sekunden, um zu erfassen, was meine Augen sahen, und etwa sechs, um meine Stimme zu finden und meinen Stimmbändern einen Schrei zu entlocken, der mir die Kehle zerreißen wollte.

Ich sprang hoch, wobei das Bett ruckte und der Karton hüpfte. Der abgetrennte Kopf war hineingestopft worden und starrte mir direkt in die Augen.

»Ahhh!« Ich konnte nur noch kreischen. Der Gestank traf meine die Nase, und mein Magen gab sich alle Mühe, mein Frühstück nicht hochzuholen.

Heilige Scheiße! Ich drückte fest die Augen zu und versuchte, die Erinnerung auszulöschen, die sich mir jetzt eingebrannt hatte.

Irgendwie wurden die Schreie lauter. Ich hielt mein Kinn fest und presste die Ellbogen aneinander, während meine Brust vor Angst bebte.

Es gab Augenblicke, da konnte ein Schock einen solchen Schaden anrichten, dass das Gehirn sich abschaltete. Die Wirkung dessen, was man miterlebt hatte, pflügt durch deinen innersten Kern wie ein Boxhieb auf die Seele. Alles bleibt stehen, und du bleibst bloß noch als zerbrechliches, leeres Gehäuse zurück.

So ging es mir, genau hier, genau in diesem Augenblick.

»Du liebe Scheiße!« Rail platzte mit gezogener Waffe durch die Tür, unmittelbar gefolgt von Ryder. Big Joe war ihnen dicht auf den Fersen. Beide suchten mein Zimmer ab, jeder Sinn für Spaß wegen des fröhlichen Gezänks von vorhin war ausgelöscht.

»Tess?« Big Joe stand vor mir und rüttelte mich sanft an den Schultern. »Was ist passiert?«

»Der Karton.« Ich riss mich genügend zusammen, um mit zittriger Hand hinzuzeigen. »Da ist Jace drin.« Sobald mir die Worte über die Lippen gekommen waren, schlug ich mir mit der Hand über den Mund, um das aufzuhalten, was als Nächstes käme. Ich konnte nicht zusammenbrechen, noch nicht.

»Oh, Shit.« Rail würgte dramatisch, was beschissen war. Rail hatte ein Faible für alles Verstörende. »Das ist einfach nur hässlich.«

Big Joe stellte sich vor mich, um mir die Sicht zu versperren, sein Arm landete auf meinen Schultern, und er drückte mich an sich.

»Tut mir leid, dass du das sehen musstest, Tess. Menschen sind Tiere.« Die meisten Leute hätten Big Joe für gefühllos gehalten. Er arbeitete bloß an der Tür und blieb die meiste Zeit über im Hintergrund. In Wirklichkeit war er ein riesiger Softy, der seit meiner Ankunft nur Gutes für mich getan hatte. Er hatte auch nie meine Loyalität dem Club gegenüber infrage gestellt, anders als einige andere. Ich erwiderte seine Umarmung.

»Hätten sie nicht seine Arme dran lassen können? Ich habe nichts zum Anfassen. Krass.« Rail kicherte. »Dann also die Ohren, Mann.« Er nahm seine Zigarette aus dem Mund und drückte sie auf der Seite von Jaces Gesicht aus. Mir fiel die Kinnlade herab, und Joe würgte.

»Was ist?« Rail zuckte die Achseln. »Kann er doch sowieso nicht mehr spüren.«

»Komm mit.« Joe zog mich aus dem Zimmer. »Rail soll sich drum kümmern.«

Big Joe setzte mich an einen Tisch, und Ryder setzte sich zu uns.

»Shit, Tess, tut mir so leid. Alles in Ordnung mit dir?«

»Jemand hat ihr Jaces Kopf in einer Kiste geschickt.« Big Joe hatte sein Handy hervorgeholt. »Was meinst du? Ich muss Trigger anrufen.«

»Nein, nicht«, bettelte ich. »Er hat genug um die Ohren. Lass mir die Nacht, damit ich damit klarkomme. Mir wird's wieder gut gehen.«

»Tut mir leid, Mädchen, wir haben Regeln.« Er versuchte es zweimal, aber Trigger nahm nicht ab.

»Ich habe …«, setzte Ryder an, hielt jedoch inne.

»Du hast was?«, fragte Joe.

»Ich dachte, ich hätte etwas, aber mir fällt grad ein, dass es kaputt gegangen ist.« Er beäugte mich einen Moment lang, bevor er den Raum verließ.

»Merkwürdiger Junge.« Joe setzte sich mir gegenüber und lächelte mich traurig an. »Alles in Ordnung?«

Ich zuckte die Achseln. »Ja. Ich glaube, ich stehe immer noch unter Schock.«

»Gut.« Er nickte. »Es ist ein betäubendes Gefühl, wie ein Auto im Leerlauf. Bleib in diesem Moment, so lange du kannst.«

Super.

*

Allen

Devil's Reach: Planänderung. Triff mich an der anderen Stelle.

»*Fuck.*«

Allen: Bin unterwegs.

»Fox, Zay, Planänderung. Wir treffen uns am Geschäft.« Ich nahm mir die Schlüssel und ging hinaus zum Wagen.

»Vater Allen, sind Sie das? Sind Sie wieder in der Stadt?« Eine der nervtötendsten Tussis der Kirche hielt mich an der Tür auf.

Mein Gott. Ich unterdrückte gewaltsam meinen Ärger.

»Ms. Terrance, wie geht es Ihnen an diesem schönen Tag?« Ich warf ihr ein superstrahlendes Lächeln zu, hoffte jedoch insgeheim, dass das nächste Auto, das vorüberkam, sie überfahren würde.

»Mir geht's gut, danke. Ich bin unserer Grace so dankbar, dass ich ohne Hilfe auf eigenen Füßen stehen kann.«

Ich musste all meine Willenskraft aufbieten, um nicht die Augen wegen ihrer endlosen Geschichte über ihre schmerzhafte Gicht zu verdrehen. Sie sollte aufhören zu essen, um Gottes willen. Fette alte Kuh.

Sie berührte mich am Arm und ließ ihre Hand dort liegen. »Ich kann ihn spüren, wissen Sie, jedes Mal, wenn ich Sie berühre.«

Das ist der Teufel, der die Hand ausstreckt, um dir zu sagen, wenn du nicht verschwindest, wird er den Sensenmann schicken, der sich um deine Gicht kümmert. Aber glaub, was immer du willst, du alte Fledermaus.

Mir gefiel die Vorstellung, dass sie die Macht in mir spüren konnte.

»Wie nett.« Ich bedeckte ihre Hand mit der meinen und drückte sie. Ich musste alles in mir aufbieten, um ihr nicht einfach die Finger zu brechen.

Fuck, was hatte es nur mit diesen Menschen auf sich, die mich berühren mussten, damit sie sich vollständig fühlten?

»Tut mir leid, Ms. Terrance.« Ich nahm ihre Hand von meinem Arm. »Aber ich muss dringend etwas für unsere Kirche besorgen, wenn es Ihnen also nichts ausmacht …«

»Oh, du meine Güte, brauchen Sie Hilfe? Vielleicht eine Spende? Ich würde liebend gern unsere Kirche unterstützen.«

Das ließ mich innehalten.

»Nun, Ms. Terrance, ich glaube, das wäre eine schöne Geste. Ihre Großzügigkeit wird ganz bestimmt vom Herrn belohnt werden, da bin ich mir sicher.«

Sie holte ein beträchtliches Bündel Banknoten hervor und machte sich daran, die Hunderter abzuzählen. »Wird das reichen?« Sie zeigte mir sechshundert.

Ich umfasste das Gelenk der Hand, die den Rest des Geldes hielt, und schloss die Augen. »Guter Herr, willst du der lieben, netten Ms. Terrance erklären, wie viel Geld wir benötigen?«

Ich sah durch die gesenkten Lider, dass sie strahlte.

»Oh.« Ich zuckte aufgeregt zusammen. »Er sagt, das wird reichen.« Ich nahm ihr sanft den Haufen Geld aus der einen Hand und die sechshundert aus der anderen. »Gesegnet sei Ihr freundliches Herz.« Ich drehte mich um und kehrte zum Wagen zurück.

»Ich spüre ihn!«, rief sie, immer noch in ihrer Trance. »Ich spüre den Herrn!«

Ich nickte ihr lächelnd zu und startete den Motor.

»Nett.« Fox griff durch den Sitz und machte sich daran, das Geld zu zählen, während Zay ruhig blieb. »Sechs, acht, eintausend. Verdammt, Boss, wir haben etwa fünfzehnhundert.«

»Nicht schlecht für das Werk des Herrn.«

»Das war schmutzig«, brummelte Zay und mied meinen funkelnden Blick.

»Du kannst kein Killer sein und dich über meine Methoden beschweren.«

»Du sprichst vom Teufel, also weiß ich, dass du glaubst. Was wirst du tun, wenn du vor ihm da oben stehst?«

Ich lachte, was ihn verärgerte. Zay war kein Heiliger, aber er war völlig wirr im Kopf, seitdem er ein Auge auf Tess geworfen hatte.

»Ich würde dasselbe fragen wie du, Zay. Wo ist der Aufzug nach unten?«

Ich lachte und knallte den Rückwärtsgang rein, jedoch nicht, ohne Ms. Terrance vorher einen überdramatischen Abschiedsgruß zugewunken zu haben.

Der Parkplatz war leer, also war es einfach, sein Bike zu entdecken, das ein wenig entfernt in den Büschen parkte. Ich bemerkte, dass seine Tasche mit den Utensilien für die Übernachtung nirgends zu sehen war, was mich neugierig machte.

»Du bleibst nicht?«, fragte ich, als er aus der Seitentür zu uns trat.

»Diesmal nicht. Etwas fühlt sich nicht richtig an.«

»Daher der neue Treffpunkt. Hör auf, dir Sorgen zu machen. Alles wird glatt gehen. Bleibt es immer noch bei Freitag?«

Sein Blick folgte einem Laster hinter mir. »Machen wir's heute Nacht. Trigger lässt seine Ortsverbände Infos über dich sammeln. Es ist bloß eine Sache der Zeit.«

Ich ließ mir einen Moment Zeit, um die Sache zu durchdenken. Ja, das war machbar. »Na gut.« Ich nickte Fox zu, damit wir das Ganze in die Tat umsetzten.

»Wie geht's Gus?«

Ich zuckte die Achseln. »Lebt noch, wenn es das ist, was du wissen willst.«

»Er wird nicht mehr richtig gehen können.« Fox boxte ihn auf den Arm. Er merkte offenbar nicht, dass er nicht in der Stimmung war herumzuspielen.

»Hat er das jemals gekonnt?« Zay kicherte hinter mir. Manchmal war er ein launischer Hurensohn.

Ich sah auf mein Handy, während ich mir das Kinn rieb und überlegte. »Hast du mir etwas zu sagen?«

»Nein, sie verfolgen nach wie vor eine Spur nach Norden. Sie haben keine Ahnung, dass du so nah bist.«

Ich legte mir meinen steifen Kragen um und war kurz davor, ihm das Messer in die Eier zu jagen. Er musste meine Laune erfasst haben, denn er räusperte sich und versuchte es erneut.

»Du musst einfach sagen, wann und wo, und ich hole sie dorthin.«

»Morgen früh«, warf Zay ein.

Ich stieß einen Zischlaut in der Kehle aus, eine Warnung an Zay, er solle das verdammte Maul halten.

»Wenn es morgen sein soll, Boss, dann wird sie dort sein.«

In meinem Kopf pochte es, nicht vor Schmerz, sondern vor Aufregung. Diese kleine Bitch wieder in Gewahrsam zu haben, würde Trigger tatsächlich an die Decke gehen lassen.

»Morgen, neun Uhr früh, Surfshop am Pier.« Ich trat heran, nahm ihm die Brille ab und reichte sie Zay. Ich musterte seine Augen, suchte nach jeglichem Anzeichen für Verrat, entdeckte jedoch bloß eine müde, ausgebrannte Seele, die meinen Blick erwiderte.

»Ich habe dein Geheimnis bereits seit einem guten Jahrzehnt gewahrt, Allen«, murmelte er. »Ich glaube, dass ich mir inzwischen ein wenig Vertrauen verdient habe.«

»Du kannst einem Mann mangelndes Vertrauen nicht übel nehmen, nachdem sein eigener Sohn versucht hat, ihn umzubringen.«

Er schnappte sich seine Sonnenbrille von Zay zurück und setzte sie auf, damit seine Augen wieder die nötige Tarnung hatten. Die dunklen Gläser konnten die tiefen Krähenfüße jedoch nicht verbergen.

»Und wer hat dir das Leben gerettet, als es sonst niemand getan hat?«

»Stimmt, und du wirst deine versprochene Belohnung bald erhalten.« Ich bot ihm meine Hand, und er schüttelte sie kräftig, bevor er sich auf sein Bike setzte und davonfuhr.

Kapitel 12

Trigger

»Wie viele?«, flüsterte ich Morgan zu, der den Kopf in die Garage steckte. Wir hatten Fox bis hierher verfolgt, und obwohl es eine Falle war, machte es mir nichts. Wir waren Gus ein gutes Stück nähergekommen.

Morgan schloss die Augen und fluchte. »Mindestens zwölf.«

»Was in Wirklichkeit bedeutet, fünfzehn.« Niemand rechnete die Männer an den Türen mit ein und die Männer, die oben zurückblieben.

»Was jetzt?« Brick kroch herüber und lehnte sich an die kühle Mauer.

Ich überprüfte meine Munition und spannte den Hals. »Jetzt gehen wir rein.«

»Oh, *fuck*«, zischte Morgan. »Dein Vater ist hier.«

Echt?

Mein Handy surrte, aber ich hatte keinen Kopf dafür.

»Jetzt lassen wir sie wissen, dass wir angebissen haben.«

Ich schnappte mir mein Funkgerät. »Bereit?«

»Ja«, erwiderte Cray. »Wir warten auf deinen Befehl.«

Ich nickte den Jungs zu, und wir sprangen auf, traten die Tür ein und fingen an, um uns zu schießen.

Ich hätte fast eine Kugel abbekommen, als ich Gus in der Ecke des Raums sah. Er wirkte dem Tode nahe.

»Morgan.« Ich zeigte auf meinen Onkel. Er rannte hinüber, während ich ihm Deckung gab.

Brick erledigte zwei Männer, die hinter mir aufgetaucht waren, und drei weitere, als sie durch die Tür rannten. Meine Magazin war leer, also warf ich meine Waffe weg und kämpfte mit Händen und Füßen gegen die Männer, die weiter herankamen. Ich schlug zu, trat zu und zerbrach jeden Knochen, den sie in meine Richtung schwangen. Schreie erfüllten die Luft, und ich konnte nur hoffen, dass meine Männer die Oberhand behalten würden.

»Ah.« Jemand erwischte mich mit einem Knüppel und der Schlag trieb mir die Luft aus den Lungen. Der Mann, der ihn schwang, hatte eine Kette um den Hals, wie ein Hund. Ich grinste und wartete, dass er seinen nächsten Zug vollführte. Der Volltrottel wollte mir in die Eingeweide schlagen. Ich machte einen Satz, sodass er mich verfehlte, und schlug ihm in die Seite. Er drehte sich um verlor jede Deckung. Ich trat zu und bohrte ihm meinen Absatz in die Rippen. Sobald er den Aufprall spürte, setzte ich ihm den Ellbogen auf die Nase und rammte seinen Kopf in den Betonboden.

Ich stand da, ließ meinen Hals knacken und bekam dann *ihn* in den Blick, weit oben im Gebälk, von wo aus er dem Blutvergießen zuschaute.

Ein langes, machtvolles Grinsen breitete sich über seinen Lippen aus, bevor er in die Schatten zurücktrat.

»Brick!« Ich zeigte auf die Treppe, und er folgte mir. Ich nahm drei Stufen auf einmal, manchmal vier, und war binnen Sekunden oben.

Ich durchsuchte das gesamte Gebälk mehrfach, fand jedoch niemanden.

»*Shit!*« Mein Schrei ließ die alten Fenster erzittern.

Ich beugte mich über das Geländer, holte tief Luft und versuchte, mich zu beruhigen. Meine Hände zitterten. Er war so nahe, und ich konnte meine Wut kaum zügeln.

»Ich hab dich.« Morgan half Gus hoch. Er war wackelig auf den Beinen, jedoch in der Lage, den größten Teil seines eigenen Gewichts zu tragen.

Ich stieß mich vom Geländer ab und eilte an Brick vorbei.

»Hey.« Er trat vor mich. »Wir sind hergekommen, um Gus zu holen, und wir haben ihn geholt. Das ist etwas Positives.«

Ich lächelte.

»Er wollte, dass wir Gus finden.«

Ich raste die Treppe hinunter und hinaus zum Lieferwagen. Ich riss die Tür auf und setzte mich neben Gus, der gegen die Rückseite des Fahrersitzes gelehnt worden war. Ich legte ihm die Hand auf die Schulter, bis er die Augen öffnete und sich auf mich konzentrierte.

»Hättest mich dort lassen sollen.«

»Führe mich nicht in Versuchung.« Ich gab ihm einen leichten Schlag, bevor ich ihn wieder die Augen schließen ließ. Er sah beschissen aus, konnte aber sprechen, das war ein gutes Zeichen.

»Hey.« Er hielt mich zurück, als ich mich umdrehen und gehen wollte. »Es wird sowieso schlimmer.« Er tätschelte sich die Brust, und ich wusste, was er meinte. Gus hatte Brustkrebs im dritten Stadium. Er hatte zuvor schon sämtliche Behandlungen durchgemacht, und wenn es erneut zurückkam, wusste ich, dass er es dieses Mal wahrscheinlich nicht schaffen würde. Obwohl der Bastard das niemals zugeben würde, hatte er Angst. Nach allem, was er im Leben durchgemacht hatte, war das eine beschissene Art und Weise zu gehen.

Ich schlug von innen gegen die Seite des Lieferwagens, um ihnen zu verstehen zu geben, dass sie losfahren konnten, und um etwas vom vorhandenen Druck in mir abzulassen.

Mein Handy vibrierte, ich fischte es aus meiner schmutzigen Tasche und sah drei entgangene Anrufe und fünf SMS.

18.02 Uhr

Ryder: Problem im Club. Ruf mich an.

18.20 Uhr

Ryder: Etwas fühlt sich nicht richtig an.

22 Uhr

Ryder: Tess geht's gut. Sie ist im Bett.

22.30 Uhr

Big Joe: Ruf mich an.

23.00 Uhr

Big Joe: Tess hatte einen harten Abend.

Ich versuchte drei Mal, Tess anzurufen, aber sie nahm nicht ab. Was ging da vor, verflucht? Ich versuchte es mit Ryder, aber sein Handy schaltete sofort auf Anrufbeantworter. Ich kratzte mich am Kopf und versuchte es auf dem anderen Handy, das ich ihm gegeben hatte, aber nach wie vor keine Antwort. Höllisch frustriert wählte ich eine weitere Nummer.

»Hey, Mann.« Rail klang müde.

»Was ist passiert, verdammt?«

»Dein Vater hat gedacht, dass Tess ein Souvenir von ihrem Freund gefallen würde.«

»Soll heißen?« Ich wurde zunehmend verärgert.

»Allen hat ihr Jaces Kopf in einem Karton geschickt.«

Was?

»Er war noch feucht, und die Pappe war durchgeweicht. Wer auch immer es gebracht hat, er hat es auf dein Bett gestellt.«

Mein Blut kochte bei diesem Gedanken. Wer würde das tun, verdammt, und wie käme er in mein Zimmer? Dann traf es mich – der Maulwurf.

»Wie geht's ihr?«

»Sie ist komplett ausgeflippt, aber sie wirkt ruhig. Sie hat den größten Teil der Nacht bei den Jungs verbracht. Ich glaube, sie ist zu nervös, um im Zimmer zu schlafen. Du kennst Tess. Sie zeigt nicht viel Gefühl, wenn es zu so etwas kommt.«

»Ich bin in einer Stunde da. Hol den Arzt, er soll da sein, wenn wir kommen.«

»Du meinst, du hast ihn gefunden?«

»Hol einen Arzt.«

»Ja, Boss.«

Eine SMS kam herein, und ich riss mir das Handy vom Ohr, um auf den Bildschirm zu sehen.

Cameron: 8 Stripe Backs tot, null Info. Unterwegs zum nächsten Schlag.

Ich hatte weder den Kopf dafür frei, noch verspürte ich das Verlangen, die Nachricht weiterzugeben, dass Gus gefunden worden war. Für den Augenblick konnten sie ruhig weiterhin so viele Ratten umbringen, wie sie finden konnten.

Ich versuchte es ein weiteres Mal bei Tess, hatte jedoch kein Glück. Stattdessen legte ich den Kopf zurück und schloss die Augen.

»Hier.« Gus reichte mir einen glänzenden Baseballschläger. »Hast du schon mal gespielt?«

Ich schüttelte den Kopf, wusste aber aus dem Fernsehen, was zu tun war. Gus grinste und ging rückwärts.

»Bereit?« Er zog die Hand zurück, hob das Knie und warf mir den Ball zu. Ich wartete ab, um den Winkel einzuschätzen, und schwang den Schläger mit aller Macht. Der Ball traf den Schläger und flog weit über Gus' Kopf hinweg in den Wald.

»Shit, Junge!« Er setzte den Hut ab und wischte sich den Schweiß von der Stirn. »Du kannst zuschlagen!«

Ich hatte keine Ahnung, dass ich in irgendeiner Sportart gut war. Ich hatte nie Gelegenheit bekommen, es zu versuchen.

Gus rannte zu mir. »Nolan, das war … wow! Ich habe noch nie jemanden so zuschlagen sehen.« Er hob die Hände, um mir zu zeigen, was er tun würde. Sie landeten auf meinen Schultern, und er sah mit strahlendem Gesicht auf mich herab.

»Ich bin so stolz auf dich.«

Okay.

»Weißt du, was das bedeutet?«

Ich zuckte die Achseln.

»Es bedeutet, du kannst so viel mehr, als bloß einen Hieb anbringen oder einen Powerhouse anwenden. Du hast echt Talent.«

Jemand war stolz auf mich? Das fühlte sich merkwürdig an, aber es war mir auch seltsam recht. Ich brachte ein winziges Lächeln zustande, und ich wusste, dass er es mitbekommen hatte.

»Stolz«, wiederholte er und holte dann einen weiteren Ball aus seiner Tasche. »Sehen wir mal, was du sonst noch kannst.«

Der Lieferwagen hielt an, und ich öffnete die Augen. Ich drehte mich um und sah aus dem Fenster. Wir waren daheim.

Ich öffnete die Türen und sprang hinaus. Brick und Morgan halfen Gus hinaus und in die Bar.

Es wurde wild. Binnen Minuten wurde die Musik aufgedreht, der Whiskey herumgereicht, und die Feier, weil einer aus unserer Familie zurückgekehrt war, war in vollem Gang.

Sobald der Arzt Gus nach hinten gebracht hatte, um ihn zu untersuchen, eilte ich in mein Zimmer, fand es jedoch leer vor. Ich überlegte einen Moment und sah dann im Zimmer der Jungs nach, und tatsächlich steckte sie zwischen ihnen.

»Verdammte Scheiße!«, wisperte ich laut. Eine Legowaffe war auf mich abgefeuert worden und etwas mit Zacken hatte mich am Bein getroffen.

Plötzlich setzte Tess sich auf und richtete eine Handfeuerwaffe auf mich. Ihr Blick war wild, und ihr Haar war zerzaust, aber sie sah prächtig aus. Sie war dort und beschützte das letzte Teil von Gus, das sie beschützen konnte. Das war meine Frau.

»Babe, leg die Waffe hin.«

Es dauerte einen Moment, bis sie meine Stimme erkannt hatte, dann senkte sie langsam die Waffe und bedeckte ihr Gesicht mit einer Hand.

»Hey.« Ich setzte mich auf die Bettkante und strich ihr eine Haarsträhne über die Schulter. »Alles in Ordnung?«

»Ja«, flüsterte sie und hörte sich völlig erschöpft an.

»Ich muss dir etwas zeigen.«

Sie schniefte, und ich beugte mich übers Bett und holte sie zwischen den Jungs heraus. Ich stellte sie auf den Boden, hob ihr Gesicht an und musterte es. Ihre Augen waren trüb, und ich wollte sie mir vollständig ansehen, aber das konnte warten.

»Mit dir ist ganz bestimmt alles in Ordnung?«

Sie nickte, aber ich merkte, dass das, was geschehen war, sie wirklich erschüttert hatte. Jace und Tess war befreundet gewesen, und was Allen da abgezogen hatte, war beschissen.

»Komm mit.« Ich zog sie an der Hand, damit sie mir folgte.

Sobald sie die Atmosphäre in der Bar spürte, ging sie schneller.

»Oh, mein Gott!«, rief sie ungläubig. »Oh, mein Gott, *Gus*!«

Gus schenkte ihr ein Lächeln und versuchte, aufzustehen, aber sie lief zu ihm und drückte ihn in den Stuhl zurück. Sie schlang die Arme um ihn, und beide nahmen sich einen Augenblick, um sich zu begrüßen.

»Soll ich die Jungs holen?«, fragte sie ihn schließlich, während sie sich vorsichtig in dem Stuhl neben ihm niederließ, den Arm immer noch um ihn gelegt.

»Nein, lass sie schlafen.« Er lächelte warm. »Zudem bin ich erschöpft. Ich möchte ins Bett. Die Jungs können morgen früh zu mir kommen.«

»Klar. Sieh dich doch mal an!«, platzte Rail heraus, zuckte jedoch die Achseln, als ihn alle ansahen. »Tut mir leid, aber er ist doch von oben bis unten zerschlagen.« Er zeigte mit seinem Bier auf Gus. »Von so was kriegen Kinder Albträume.«

»Was?« Tess seufzte dramatisch. »Ich habe so viele Fragen, was deine Erziehung angeht, aber weiß einfach nicht, wo ich anfangen soll.«

»Er ist das perfekte Beispiel dafür, warum Cousins keine Kinder miteinander kriegen sollten.« Brick lachte, was den Club in völlige Partystimmung versetzte.

Ich lehnte mich mit meinem Getränk in der Hand zurück und sah zu, wie mein Club sich allmählich wieder zu erholen begann. Heute Nacht konnten die Rückkehr unseres Mitglieds feiern, aber morgen würde die Jagd weitergehen.

Die meisten feierten bis weit in den Morgen hinein. Irgendwann glaubte ich, meine Hände nicht mehr spüren zu können, so viel tranken wir. Die meisten meiner Männer schliefen auf ihrem Stuhl ein, aber irgendwie schaffte ich es vom Barhocker runter und ins Bett.

Der Geruch von Erdnussbutter holte mich aus dem Schlaf. Ein seltsames Geräusch tönte in meinen Ohren, und dann wurden meine Augen von klebrigen Fingern aufgedrückt.

»Bist du da drin?« Fin beugte sich herab und berührte mit seinen Augen fast die meinen. »Onkel T!« Er rief nun etwas lauter. »Hallo!«

»Er wird dich hauen«, brummelte Denton von irgendwo anders im Zimmer.

Meine Augenlider wurden losgelassen, und ich drückte sie fest zusammen. Ich war noch nicht so weit, aufstehen zu können. Beim letzten Mal, als ich auf die Uhr gesehen hatte, war es drei gewesen, und Tess war nackt ins Bett gekommen, also hatte ich die Augen bis fünf

Uhr nicht zugemacht. Jetzt war es sieben, und irgendwer würde gleich das Zeitliche segnen.

»Ich weiß, was funktioniert.« Ich hörte Fin aus dem Zimmer rennen und einen Augenblick später zurückkehren. »Pssst!«, flüsterte er laut. »Er ist wie ein Löwe. Eine falsche Bewegung, und klatsch!«

Weitere Schritte kamen und gingen.

»Das würd ich nicht tun«, warnte Denton, und ich wollte mich herumwälzen und sehen, was da vor sich ging, zum Teufel, aber ich war zu müde, um mir die Mühe zu machen, und ich hoffte immer noch, dass sie verschwinden würden. Ich hörte jemanden gehen und entspannte mich etwas.

Eine warme, kleine Hand glitt mir über die Schulter. Einen Augenblick lang erstarrte ich, schüttelte jedoch die Woge des Hasses ab, als sich die Hand zu meinem Oberkörper weiterbewegte. Langsam rutschte sie unter die Decke, und fand meinen erigierten Schwanz. Jeder Morgen sollte so verlaufen.

Ich wälzte mich auf den Rücken und ließ ihre Lippen über meinen Oberkörper zum Bund meiner Unterhose hinabgleiten. Ich hob meinen Hintern, sodass sie sie herabstreifen konnte. Wieder lagen ihre Lippen auf mir und gingen weiter nach unten. Meine Hände fanden ihr Haar, und ich riss die Augen auf.

»Was zum Teufel soll das, Peggy?«

Ich funkelte Fin an, der mit Tess im Türrahmen stand. Beide wirkten verwirrt, und Tess sah aus, als ob sie uns beide am liebsten ermorden wollte.

»Was?« Peggy lächelte mit feuchten Lippen und starrte mich an. »Du hattest anscheinend nichts dagegen.« Sie packte meinen Schwanz, und ich sprang auf.

»Du bist eine Hure, Peggy!«, kreischte Fin, bevor er den Flur hinunterrannte und die Tür zuschlug.

Tess verschränkte kopfschüttelnd die Arme und trat die Tür hinter sich zu. Peggy blieb auf den Knien, während ich mich bemühte aufzustehen.

»Zuerst Tammy, jetzt Peggy.« Feuer blitzte in ihren Augen. »Entweder geht sie oder ich.«

»Du hast einen Scheißdreck zu sagen, Bitch.« Petty stand wackelig auf und ging zu Tess hinüber. »Was glaubst du eigentlich, wer du bist?«

Ich hätte es kommen sehen sollen. Ich sah es in Tess' Blick.

Sie holte aus und hieb mit der Handfläche von unten auf Peggys Nase, so dass sie brach.

Der Schlag war so kräftig, dass Peggy nach hinten flog.

Ich ließ zu, dass Tess ihr ein paar Tritte versetzte, aber als sie ihre Haare griff und Peggys Kopf nach hinten zog, packte ich sie um die Taille und drehte sie weg.

»Es reicht«, zischte ich ihr ins Ohr. »Aufhören.«

»Lass mich los!« Sie bäumte sich auf, entwand sich meinen Armen und hielt mir einen Finger vors Gesicht. »Ich habe dir gesagt, ich teile nicht.«

»Tess.« Ich seufzte, verärgert über die Situation. »Ich habe gedacht, du bist es.«

»Wenn du den Kuss dieses Flittchens nicht von meinem unterscheiden kannst …«

»Wie bitte?« Peggy stand da, und Blut lief ihr aus der Nase. »Ich bin schon eine beschissene Zeit länger als du hier. Du solltest dich lieber in Acht nehmen, kleines Mädchen. Niemand macht so was mit mir und kommt ungeschoren davon.«

Tess ging ungestüm auf sie los. Ich hielt eine Hand hoch, aber Tess ignorierte sie. »Geh, Peggy.« Ich schnappte mir Tess, bevor sie weiteren Schaden anrichten konnte. »Das reicht, Tess.«

»Wenn du mich mit jemandem im Bett erwischen würdest, würdest du ihn dann nicht erschießen?«

Es war, als ob mir jemand einen Schlag mitten auf die Brust versetzt hätte. Ich musste mich schwer darauf konzentrieren, meinen Ärger zurückzuhalten.

»Vielleicht sollten wir diese Theorie überprüfen.« Ihre Augen blitzten.

»Ich lege gleich meinen Schalter um, und das wird dir dieses Mal nicht gefallen.« Mein Brustkorb hob und senkte sich schwer vor Anstrengung, nicht die Kontrolle zu verlieren.

Sie rannte zu mir und schubste mich zur Seite, sodass meine Schulter gegen die Wand knallte. Ihre Hand umklammerte meinen erigierten Schwanz, und sie sah mir funkelnd in die Augen.

»Mach deine gottverdammten Augen auf, Trigger. Es ist nicht so, als wäre das das erste Mal gewesen.«

Mein Kopf fuhr zurück. Mir war nicht bewusst gewesen, dass sie von den anderen Malen wusste, als Peggy in mein Zimmer gekommen war.

»Ja.« Sie hielt inne. »Ich weiß ziemlich viel.« Sie drückte meinen Schwanz fester, und das gefiel mir verdammt gut. »Ich werde keines deiner Fickmäuschen sein. Wenn ich dich mit einer anderen Tussi im Bett finde, bin ich fertig mit dir. Letzte Warnung.«

Ich konnte nichts gegen mein Grinsen tun, als ich ihre Hand fasste, ihr den Arm verdrehte, sie gegen die Wand drückte und sie mit meinen Hüften festnagelte. Ich umfasste ihren Nacken, und mit den Daumen hielt ich ihr Kinn fest, damit sie mich ansah.

»Du glaubst, ich würde dich gehen lassen?« Ich senkte den Kopf und sog ihren Duft in mich hinein. Mein Schwanz bettelte darum, in sie einzutauchen, aber ich wusste, dass ich sie dazu bringen musste, zu erkennen, dass sie nicht wie eine von denen war.

»Dann gib mir keinen Grund dazu.«

Etwas veränderte sich in mir. Ich ließ die Hände fallen und trat zurück, verwirrt von dem Gefühl.

Sie zog die Brauen zusammen, ebenfalls verwirrt, dann sah sie an sich herab und gab vor, etwas von ihrem T-Shirt abzuwischen.

»Ich muss mich um Fin kümmern«, murmelte sie und ging zur Tür.

»Tess.« Ich kämpfte darum, die richtigen Worte zu finden.

»Schon gut, Trigger.«

*

Tess

»Die Bestellung ist da.« Big Joe stellte mit einem Schnauben einen Karton auf die Theke. »Scheiße, ist der schwer.«

»Tess.« Morgan warf mir sein Taschenmesser zu. »Fülle das Regal nach.«

Mir war übel. Das Messer glitt um meine verschwitzte Handfläche, und mein Mund war trocken.

»Alles in Ordnung, Tigerin?« Morgan trat vor mich.

»Ja, entschuldige.« Ich schüttelte das Gefühl ab, das mich beim Anblick des Kartons überkam.

Morgan wartete einen Moment, bevor er den Karton für mich aufriss. »Es ist bloß Whiskey.«

Ich nickte und stieß die Luft aus, während die Vorstellung, dass der Rest von Jaces Körper vielleicht in den Karton gequetscht worden war, in meinem Kopf verblasste.

»Du wirst dieses Gefühl überwinden«, murmelte Morgan leise.

»Das wurde mir gesagt.«

Trigger tauchte auf, dem anscheinend etwas unbehaglich zumute war. Er hielt die Hände an den Seiten, und sein Blick glitt im Raum umher.

»Morgan.« Er hatte den Kopf gesenkt und sah auf sein Handy. »Sag den Jungs wegen Gus Bescheid, aber sie haben grünes Licht, mit dem Töten weiterzumachen.«

»Ja, Boss.«

»Tess.« Er sah auf. »Gehen wir.«

»Wohin?« Ich zog eine Flasche heraus und stellte sie auf das oberste Regalbrett, das Etikett nach vorn.

»Sage ich nicht.«

»Warum nicht?« Ich holte eine weitere aus dem Karton.

»Tess«, warnte er, und ich wusste, es war besser, ihn nicht zu drängen.

Ich sah Morgan achselzuckend an, der mir zunickte, ich solle gehen.

Zu meiner Überraschung fuhren wir zum Pier, parkten an der üblichen Stelle, wo das Bike vor den Blicken anderer verborgen war, und wie früher schon einmal nahm er meine Schuhe und steckte sie in seine Satteltasche.

»Komm«, befahl er und schulterte eine lederne Tasche. Seine riesige Hand umfasste die meine, und ich musste mich beeilen, mit ihm Schritt zu halten.

Ich liebte diesen Ort, insbesondere in der Nacht, wenn der Himmel von Sternen übersät war. Zahllose kleine flackernde Lichter schienen auf uns herab, und der Ozean reflektierte den hellen Bauch des Mondes. Es war nicht sehr oft so klar, insbesondere, da wir in letzter Zeit so viele Stürme gehabt hatten. Normalerweise beherrschten Wolken den nächtlichen Himmel.

Meine Augen leuchteten auf, als ich sah, dass das Riesenrad wieder in Betrieb war. Ich hoffte, dass wir dorthin gehen würden, aber er zog mich unterhalb des Piers entlang und ging weiter. Der kühle Sand drückte sich zwischen meine Zehen und strich mir über die Fußknöchel. Ich genoss dieses Gefühl, als wir plötzlich stehen blieben.

Die Hütte des Strandwächters.

»Was tun wir hier?«

Er warf die Tasche ab, stieg dann hinauf und streckte die Hand nach mir aus. Mühelos zog er mich hoch. Meine Hände landeten auf seinen breiten Schultern, damit ich das Gleichgewicht nicht verlor, als er mich auf die Füße stellte. Ich ging vor bis zur Kante und setzte mich gemütlich hin.

»Hier wusste ich es plötzlich.«

»Was wusstest du?« Ich rutschte ein wenig, und er setzte sich zu mir an die Kante. Für jemanden, der so stämmig war, war er überraschend beweglich.

Er griff in seine Tasche, zündete einen Joint an und bot mir an, den ersten Zug zu nehmen. Er war heftig, aber das Hoch schlug eher körperlich zu als im Kopf. Meine Muskeln entspannten sich bald, und ich fühlte mich rundum behaglich.

»Ist das neu?« Ich zeigte auf den Joint, den er zwischen den Fingern hielt.

»Nein, ich wollte nur etwas anderes heute Nacht.«

»Warum?«

Er sah mit seinen leuchtend grünen Augen zu mir herüber. Der Mond spiegelte sich darin.

»Ich hätte nie geglaubt, dass ich so etwas mal tun könnte.«

»Was, hier in der Stille mit mir zu sitzen?«, scherzte ich.

»Mich so heftig zu verlieben.«

Mir blieb völlig die Luft weg. Trigger teilte seine Gefühle nicht. Ich wusste fast nicht, was ich sagen sollte. Ich schüttelte das Unbehagen darüber ab, dass wir unsere Gefühle teilten, weil dies schließlich alles war, was ich wollte. Ich musste wissen, dass ich für ihn mehr als alles andere zählte, und nicht bloß eine war, die sich leicht aufs Kreuz legen ließ. Trigger sorgte dafür, dass ich noch mehr wollte.

»Peggy ist raus«, fuhr er fort.

»Das habe ich schon mal gehört, weißt du, über Tammy, aber sie ist trotzdem zurückgekehrt, wie eine rollige Straßenkatze.«

Er lächelte halb, bevor er den dunklen Himmel mit weißem Rauch geisterhaft erscheinen ließ.

»Und sieh mal, wie sie geendet ist.«

»Stimmt.« Ich schnappte mir den Joint, da ich meine Hände irgendwie beschäftigen musste. »Ist sie wirklich weg?«

»Ja.« Er nickte. »Ryder hat ihren Scheiß zusammengepackt und ihn heute Morgen auf der Hintertreppe zurückgelassen.«

»Wie war sie drauf?«

Er zuckte die Achseln. »Willst du das wirklich wissen?«

»Ja, in gewisser Hinsicht schon.«

»Sie war stinkwütend, aber das war, weil Rail ihr ein paar interessante Dinge wegen ihres Abgangs gesagt hat.«

»Ich habe den ganzen Scheiß nicht mitbekommen.« Ich lachte, erleichtert darüber, dass das miese Flittchen endlich weg war.

Eine Weile saßen wir schweigend da, und unsere Körper verschmolzen mit der Hütte. Die Meeresbrise kitzelte meine Wange und überzog sie mit einer salzigen Gischt. Einige Menschen mochten dieses Gefühl nicht, aber ich liebte es. Für mich gab es nichts Besseres als den Ozean, um mich innerlich zu beruhigen.

»Warum klebst du diese Klebemarker überall in deine Bücher, die du liest?«

Ich schüttelte meine Gedanken an die Wellen ab und wiederholte für mich, was er gesagt hatte.

»Ah, du meinst Savis Geschichte?«

Er nickte.

»Aus Gründen.« Ich war froh, dass es dunkel war. Ich spürte, wie meine Wangen rot wurden.

»Die da wären?«

Er würde nicht locker lassen. Trigger wusste gern, warum ich etwas tat, insbesondere, wenn es ihm merkwürdig oder ungewöhnlich erschien.

Ich versuchte, mir eine Erklärung auszudenken, die er verstehen würde.

»Lesen ist etwas Persönliches, und gewisse Szenen erregen in dir bestimmte Gefühle. Mir gefällt es, wie ich mich fühle, wenn ich sie lese, also markiere ich sie. Wenn ich niedergeschlagen bin oder allgemein etwas fühlen möchte, kehre ich zu ihnen zurück und lese sie noch mal. Für mich ist es wie ein Wiedersehen mit einem alten Freund.«

»Hm.« Er richtete sich etwas gerader auf. »Ich habe ein paar davon gelesen.«

Das haute mich völlig um. »Warum?«

»Ich wollte es wissen.«

»Okay.« Ich spürte, wie mein Hals sich den geröteten Wangen anschloss. »Was hast du gefühlt, als du sie gelesen hast?«

»Es war etwas Romantisches.«

»Ja.« Ich setzte mich auf, um ihn besser in der Dunkelheit sehen zu können. »Aber welche Gefühle haben sie in dir ausgelöst?«

»Ich habe nicht viel gefühlt. Das tu ich kaum. Aber vielleicht verstehe ich Cole ein wenig.«

Wow. Ich hätte nie gedacht, dass ich einmal hier sitzen und dieses Gespräch mit Trigger führen würde.

»Wieso?«

»Er liebte Savannah, selbst, als er wusste, er sollte es nicht.«

Ich fragte mich, wie viel er gelesen hatte, um das zu begreifen. Vielleicht mehr, als er je eingestehen würde. Mir gefiel, dass er es gesagt und dass er das Thema sogar angeschnitten hatte.

Ich ließ meine Beine über die Kante baumeln und mein Haar locker nach vorn fallen, damit es uns wie ein Schleier voneinander trennen konnte.

»Willst du damit sagen, dass du mich nicht lieben solltest?«

»Ja«, erwiderte er mit rauer Stimme.

»Verflucht, Trigger, wenn du mich hierhergebracht hast, um mir das zu sagen, dann kriege ich wirklich Komplexe wegen Peggy.«

Er rutschte herum und legte ein Bein hinter meinen Rücken, während das andere neben meinen Beinen lag, die nach wie vor über die Kante hingen.

»Ich sage auch, dass ich niemand bin, den du lieben solltest, aber wie Cole ist es mir gleichgültig. Nenn es selbstsüchtig.« Er beugte sich nahe zu mir und streifte mit seinen Lippen über meine bloße Schulter. »Du bringst mich dazu, dass ich Nolan sehe.«

Ich drehte den Kopf und sah ihn an. Sein Gesicht war nur Zentimeter von dem meinen entfernt.

»Spürst du ihn?« Ich drückte ihm die Hand auf den Oberkörper.

»Ja«, flüsterte er.

»Gefällt es dir?«

»Ja.« Er hielt still.

»Welche Gefühle ruft das in dir hervor?« Ich hörte mich wie eine verdammte Therapeutin an, aber ich wollte es wissen.

»Ich fühle mich verdammt menschlich.«

Ich spürte, wie meine Mundwinkel nach oben gingen. »Ich sorge dafür, dass du dich menschlich fühlst?«

»Ja.«

Ich keuchte kurz auf vor Glück. »Das ist wirklich etwas Nettes, was du da sagst.«

Er beugte sich herüber und küsste mich sanft auf die Wange.

»Du hast vorhin erwähnt, dass dies die Stelle war, an der du es gewusst hast. Was hast du damit gemeint?«

Er rückte näher, umarmte mich jetzt mit seinem ganzen Körper.

»Erinnerst du dich, als wir uns hier vor den Serpents versteckt hatten?« Ich nickte und schob mich näher an ihn, um etwas von seiner Körperwärme abzubekommen. »Am folgenden Morgen, als ich den letzten Leichnam versenkte, habe ich mich umgedreht und dich dabei ertappt, wie du die blutigen Steine umgedreht hast.«

»Ha! Ja.«

»Die meisten Tussis wären ausgeflippt und davongelaufen, oder sie hätten daneben gestanden und zugesehen. Du hast geholfen.«

»Gleichermaßen durchgeknallt, schon vergessen?« Ich grinste, und er stieß ein amüsiertes Schnauben aus. Ich wartete einen Moment und machte mit der Wahrheit weiter. »Ich habe geholfen, um dich zu schützen.« Ich dachte, ich sollte das klarstellen.

»Warum?«

»Vielleicht hab ich's auch gewusst«, flüsterte ich.

Er rutschte weg, aber dann kehrte sein Oberkörper zurück, um die kühle Stelle zu wärmen, die er hinterlassen hatte.

»Die Regel der Motorradclubs lautet: Wenn du bei uns bist, bist du bei uns fürs Leben.«

»In Ordnung.« Ich wusste nicht genau, worauf er hinauswollte.

»Bist du bei uns?«

Einen Moment lang zögerte ich, aber als er die Hand öffnete, fiel ich fast nach vorn vor Überraschung. Ein riesiger schwarzer Stein ruhte inmitten eines schwarzen Rings, der mit winzigen schwarzen Diamanten gesäumt war.

»Ich habe ein völlig vermurkstes Leben und eine ernsthaft dysfunktionale Familie, aber du bist hergekommen und hast etwas hinterlassen, nicht bloß bei mir, sondern bei allen.«

Ich konnte nicht die richtigen Worte finden, vielleicht stand ich auch unter Schock, aber er redete weiter, also sagte ich nichts.

»Du und ich, wir sind verschieden. Wir haben gelernt, unsere Gefühle abzuschalten und nichts zu fühlen, aber du hast etwas entfacht, das tot in mir war.« Er hielt inne und nahm meine linke Hand in die seine. »Du hast keine Wahl, als mich zu heiraten, Tess.« Ich schob meinen Finger durch den Ring, dann drehte ich mich um, fasste seinen Hals und zog seine Lippen zu mir.

Ich drehte mich, ohne unsere Kuss zu unterbrechen, und setzte mich breitbeinig auf seinen Schoß. Mein Kopf feuerte Hundert verschiedene Emotionen ab, aber die eine, die am meisten herausragte, war die, dass Trigger gerade eingestanden hatte, er würde mich ebenso sehr brauchen wie ich ihn.

»Sag es, Tess«, murmelte Trigger zwischen unseren Küssen.

Ich grinste, weil ich dem Moment kaum widerstehen konnte.

»Erst, wenn du deinen Schalter umlegst.«

In seinen Augen flackerte das Verlangen, und in Nullkommanichts wurde ich auf den Rücken geworfen, und er riss mir die Kleider herunter.

»Ja!« Ich schrie auf, als er in mich eintauchte.

*

Allen

»Sie was?« Ich schlug ihm mit dem Handrücken ins Gesicht. »Lüg mich nicht an.«

»Tu ich nicht.« Er stand mit gesenktem Kopf da. »Es ist vor drei Tagen passiert.«

Ich warf Zay einen Blick zu, und er sah aus, als wollte er gleich jemanden ermorden. Er trug die schwarzen Handschuhe und schraubte den Schalldämpfer auf den Lauf seiner Waffe. Ich musste nur das eine Wort sagen, aber ich wollte derjenige sein, der meinen Sohn tötete, nicht er. Er hatte Lust, aber ich hatte Wut. Wut siegte immer.

»Und Gus?«

»Es geht ihm besser. Er geht umher. Alles erscheint wieder so, wie es war.«

»Gut.« Ich rieb mir die Stirn und überlegte meinen nächsten Zug.

»Wann ist Schulschluss?«

Er wirkte erschrocken, aber er räusperte sich, während ich ihn anfunkelte.

»Du weißt, dass die Jungs mein nächster Zug sind.« Ich packte ihn an seiner Devil's-Reach-Kutte und zog ihn zu mir, direkt vor mein Gesicht. »Wann kommt der Jüngste aus der Schule?«

»Viertel nach eins.«

Ich lächelte und klopfte ihm grob auf die Wange. »Kinder sind nie verboten.«

»Ich dachte, du wolltest das Mädchen?«

»Wollte ich, aber da du nicht liefern konntest, habe ich die Ziele jetzt gewechselt.« Ich rieb die unebene Narbe, die ich Gus zu verdanken hatte, bevor ich ihm den Arsch zu einer blutigen Masse geschlagen und ihn für Trigger zurückgelassen hatte. »Es wird Tessa wehtun, wenn wir den Jungen haben, und das wird die Vergeltung dafür sein, dass sie weg ist.«

»Er ist bloß ein Kind.«

»Und ich bin bloß ein Mann, der versucht, das zurückzugewinnen, was rechtmäßig mein ist.«

»Das ist verflucht krank. Bin ich hier fertig?«, brummelte er.

»Für den Augenblick.«

Er warf einen grimmigen Blick zu Zay hinüber, bevor er ging.

»Zay.« Ich sah zu, wie mein Maulwurf die Tür hinter sich zuschlug. »Sorge dafür, dass er nicht weich wird und jemandem etwas steckt.«

»Gern.«

»Zay.«

»Ja?«

»Für den Augenblick nur den Jungen.«

»Sicher, für den Augenblick.«

Kapitel 13

Trigger

»Ich weiß zu schätzen, dass du dich hier mit mir triffst.« Ich zog den Stuhl hervor und nahm einen Schluck von dem kühlen Bier, das er für mich bestellt hatte.

»Interessanter Ort.« Mike sah sich im Restaurant um, das ich ausgewählt hatte. Es war eine Spelunke, aber sie war unauffällig, und ich kannte die meisten von denen, die kamen und gingen.

Ich zuckte die Achseln. »Ich kenne den Besitzer, also werden wir keinen überraschenden Besucher haben.« Hinzu kam, dass Mike nicht gern in meinem Club gesehen werden wollte. Cole hatte eine schwere Zeit damit gehabt, also musste ich ihm keine weiteren Probleme bereiten.

»Warum wirkst du so anders?« Er sah mich mit schmalen Augen an. »Du erscheinst weniger gestresst oder so was.«

Ich war nicht geneigt mitzuteilen, was mit Tess und mir geschehen war. Das war etwas Privates. Aber was ich mitteilen wollte, hatte sich schon seit langer Zeit angekündigt. Ich hatte nie gewollt, dass Devil's Reach den Fußstapfen meines Vaters folgte, weil das bedeutet hätte, die Jungs hätten mit folgen sollen. Schmutzige Geschäfte brachten nichts

Gutes, also bedeutete die Tatsache, dass dieser Scheiß vorüber war, dass eine Fessel weniger über meiner Brust lag. Ich holte einen Stapel Papiere hervor und schob sie zu ihm hin.

»Was ist das?« Er musterte das obere Blatt, dann sah er zu mir auf. »Ein Koks-Geschäft?«

»Ein aufgehobenes Koks-Geschäft«, verbesserte ich. »Seit letzter Woche steht Devil's Reach nicht mehr unter Aufsicht der Serpents.« In meiner Stimme lag ein gewisses Gefühl von Stolz. Ich hasste es, an die Serpents gebunden gewesen zu sein, aber ich hasste es noch mehr, dass es das Geschäft meines Vaters gewesen war.

»Warte mal.« Er lehnte sich mit einem Lächeln zurück. »Du vertickst keine Drogen mehr?«

»Das sage ich nicht. Ich sage, die Abmachung ist hinfällig.«

»Ich kann nicht behaupten, dass das die Antwort war, auf die ich gehofft hatte, aber es ist ein Fortschritt.«

»Die nächste Abmachung läuft so, wie ich es will. Es wird keine scheiß Mittelsleute mehr geben. Das Produkt kommt sauber herein und geht sauber hinaus.«

»Am Drogengeschäft ist nichts sauber, Trig.«

Ich musste einfach grinsen. Er hatte recht, aber so war ich nun mal, und er wusste es.

»Nun ja, verdammt. Das ist großartig, Mann.«

Ich leerte mehr als die Hälfte meines Biers und spürte, wie sich die Schlinge um meinen Körper etwas lockerte.

»Ist ein Gefühl, als ob ich etwas Kontrolle zurückgewonnen hätte.«

»Allerdings.« Er lächelte und knallte seine Flasche gegen meine. Mike akzeptierte mich immer, und ich wusste es immer zu schätzen. »Freut mich zu hören.«

Mike blieb noch eine Stunde und erzählte mir das Neueste von seiner Familie. Ich merkte, dass er den Scheiß loswerden musste, also hörte ich ihm zu, bevor ich mich nach Hause begab.

»Stopp«, warnte ich Rail, der während der letzten paar Tage ein fiesen Grinsen gezeigt hatte.

»Was?«

»Ich brech dir dein verfluchtes Genick.«

»Nein, das wirst du nicht.« Er lachte, während er sein drittes Bier leerte. »Du hast deine Eier verloren, als du ihr diesen Ring auf den Finger geschoben hast.«

»Ich versichere dir, er hat immer noch Eier.« Tess blinzelte und ließ ihren Blick zwischen meine Beine wandern.

»Tess, du bist wie diese Tussi.« Er schnippte mit den Fingern im Versuch, sich an ihren Namen zu erinnern. »Du weißt schon, dieser reiche Trottel mit der«, er schloss die Augen, »grauen Krawatte vorn.«

»Fifty Shades?« Sie lachte.

»Ja, du bist wie Ana, und du hast dir den Milliardär geangelt.« Ihr fiel die Kinnlade herab. »Nur dass du dir einen Motorradclub-Präsidenten geangelt und mit völlig durchgeknallten Arschlöchern zu tun hast, die versuchen, uns umzubringen.«

Ich hatte den Überblick verloren. »Wovon redest du, zum Teufel?«

»Fifty Shades of Grey«, erwiderten beide.

Tess hielt eine Hand hoch, um meiner nächsten Frage zuvorzukommen. »Rail, wann hattest du mir gesagt, dass du Liebesgeschichten liest?«

Er grinste stolz. »Du hast nie gefragt.«

»Woher …« Sie hielt inne. »Woher sollte ich wissen, dass ich dich so etwas fragen sollte?«

»Egal.« Er zuckte die Achseln.

»Rail, wir könnten gemeinsam lesen.«

»Ist es das, was in dem verschlossenen Koffer an deinem Bettende ist?«, fragte Brick, als er sich neben Tess setzte und ihr einen Kuss auf die Wange gab. Seine Cheerios schwappten auf den Tisch, und ich musste dem Drang widerstehen wegzuschauen. Seine Besessenheit von Bier und Müsli war ekelerregend.

»Das und viele andere Dinge.« Er zwinkerte Tess zu, und ich versetzte ihm einen Tritt gegen das Schienbein.

»Ja, und eine verdammte aufblasbare Puppe«, schnaubte Gus hinter mir und sah mit zusammengekniffenen Augen auf seine Armbanduhr.

»Sie heißt Misty, und letzte Nacht hattest du nichts gegen sie gehabt.«

»Ich würde meine Zeit nicht mit einer aufblasbaren Puppe verschwenden, wenn ich meine eigene Version, völlig knülle, auf meinem verdammten Badfußboden habe.« Er sah zur Tür. »Hat jemand Fin gesehen?«

»Ryder sollte bald zurück sein«, versicherte ich ihm, aber er hatte recht. Sie waren zwanzig Minuten überfällig.

»Na gut, Jungs.« Tess stand auf. »Ich muss zum Laden, sobald Ryder zurückkommt.«

»Tess.« Big Joe kam herübergeeilt. »Wenn du zum Laden gehst, kann ich eine Bestellung aufgeben?«

»Natürlich.« Sie verzog das Gesicht, als Cray mit seinem neuen Prospect Bruce hereinkam. »Hat er je seinen eigenen Club geleitet?« Sie lachte, und Brick zog sie auf ihren Stuhl zurück.

»Trigger.« Cray nickte. »Ich muss mit dir sprechen.«

»Ja.« Ich blieb stehen, während sein Prospect mich merkwürdig beäugte.

»Schön, den berühmten Trigger zu treffen.« Er bot mir die Hand, und ich starrte ihn bloß an.

»Stimmt es, dass du dein eigenes Koks nicht ausprobierst?«

Was für eine verdammte Frage war das denn?

»Nein.« Big Joe ging dazwischen.

»Warum nicht?«

»Er hat nur ein Interesse.« Joe schnitt Brick das Wort ab. »Die Blondine.«

Tess stieß Bricks Cheerios um, doch sie bewegte sich nicht und sie sah bloß zu, wie sich die Masse über ihren Schoß ergoss.

»Tess, *Shit.*« Brick zog ihren reglosen Körper vom Stuhl. »Du bist völlig durchgeweicht.«

Sie wandte sich mir zu. Sämtliche Farbe war ihr aus den Wangen gewichen.

Sie sah mich an und ich ging zu ihr, um ihr zu helfen. »Komm schon, Tess.« Ich schleifte sie zu ihrem Schlafzimmer. »Ziehen wir dich aus.« Ich lachte, als wir den Flur hinabgingen.

»Sieh mich an.« Ich zwang sie dazu, mir in die Augen zu sehen. »Was ist los, zum Teufel? Ich weiß, dass dich da grad etwas schockiert hat.«

»Er ist es.«

»Wer ist was?«

»Der Maulwurf! Der verdammte Maulwurf!«

Ich legte ihr die Hand über den Mund und beugte mich zu ihr. »Ich weiß.« Ihr Blick wanderte wild umher, während sie versuchte, mir zu folgen.

»Woher weißt du es?« Ihre Worte waren durch meine Hand gedämpft, also nahm ich sie weg, und Tess sackte gegen mich.

»Weißt du noch, als ich wegen dieses Massenmords im Strip Club in Santa Barbara angeklagt wurde?« Sie nickte. »Er hat mich gebeten, dorthin zu gehen, um einem Kumpel zu helfen. Es war alles inszeniert, das weiß ich, aber ich habe nichts dagegen unternommen. Ich musste mir genau überlegen, wie ich damit umgehen sollte. Es wird jetzt nicht mehr lang dauern.«

»Heilige Scheiße.« Sie schnaubte. »Ich kann nicht glauben, dass es Joe war!«

»Morgan hat auch gesehen, wie er Tie umgebracht hat.«

»Der Typ, der daran gearbeitet hatte, dich aus dem Gefängnis zu holen?« Ich nickte. »Ernsthaft?« Sie ballte die Hände zu Fäusten, während sie nachdachte. »Wie kommt's, dass er noch nicht tot ist? Trigger, du lässt niemandem etwas durchgehen, aber Joe ist immer noch hier, und sein Herz schlägt immer noch, verdammt.«

»Ich musste Gus finden.«

»Na ja, jetzt haben wir ihn.«

»Ich weiß, aber ich muss auch meinen Vater finden. Ich brauche diesen verräterischen Bastard im Augenblick lebendig. Er ist unser verdammtes Ass im Ärmel. Die Tatsache, dass mein Vater ihm vertraut, wird der Schlüssel sein, ihn zu erwischen.«

Sie schüttelte den Kopf und rieb sich die Arme. »Ich habe ihm vertraut. Er hat sich um mich gesorgt, wenn du nicht da warst. Ich kann's einfach nicht glauben.«

»Ich weiß.« Ich spürte ihren Schmerz und wusste, dass es wirklich etwas Persönliches war, aber manchmal mussten die Dinge einfach anders laufen, als man es wollte.

»Er hat mir eine Waffe gegeben. Ich hätte sie bei *ihm* benutzen sollen.« Ihr Kopf fuhr hoch. »Hat er eine Ahnung, dass ihr beide es wisst?«

»Nein. In diesem Fall wäre er weg.«

»Was jetzt also?«

»Jetzt«, ich zog sie vom Bett und drängte sie zur Tür, »machst du dich sauber und benimmst dich nicht anders als vorher, bevor du es rausgefunden hast.«

Ihre Hände knallten auf meinen Oberkörper. »Trigger, es war Joe. Joe! Es war seine Stimme, die ich in der Wüste gehört habe, bevor ich überfallen wurde. Ich wusste, sie war mir vertraut, aber … Oh, es waren er *und* jemand anders.«

Ich leckte mir die trockenen Lippen und versuchte mit aller Macht, meine Wut zu unterdrücken. Ich hatte niemals jemanden so sehr umbringen wollen wie ihn in diesem Augenblick. Die Dämonen kreischten und rüttelten an ihren Käfigen angesichts dieses Verrats.

»Zieh dich um, Tess. Nimm dir ein paar Minuten, um deine Selbstbeherrschung zurückzugewinnen. Du musst das für mich tun, für uns alle.«

*

Tess

»Macht genau sechsundsiebzig.« Der Verkäufer verstaute den Rest der Lebensmittel in Tüten, während ich die Karte durch den Apparat zog. Er beäugte mich ein paar Mal, bevor er mir eine letzte Tüte reichte. Ich war mir sicher, dass er wusste, wer ich war. Der Devil's Reach war nicht gerade ein unauffälliger Club. »Kassenbon?«

»Nein, danke.«

»Schönen Tag noch.

Ich wartete einen Moment, bevor ich ihm ein freundliches Lächeln gönnte. »Ihnen auch.«

Na, also. Ich bin nett.

»Lass mich dir damit helfen.«

Ich musste mich nicht umdrehen, um zu wissen, wer es war. Ich erstarrte, eine Woge Adrenalin raste meinen Rücken hinauf, und mein Blut wurde eiskalt.

»Ich brauche deine Hilfe nicht, Zay.«

»Alles in Ordnung, Miss?« Der Verkäufer trat von seiner Kasse weg und kam nach vorn.

Zay drehte sich um und warf ihm einen Blick zu. »Es geht ihr gut.«

»Wirklich?«, fragte er mich, und ich bemühte mich, ein weiteres freundliches Lächeln aufzubringen. Ihm sollte nichts zustoßen, aber ich wusste, er merkte, dass mir nicht wohl war.

Zay stellte sich vor mich, um dem Verkäufer den Blick zu versperren, nahm meine linke Hand und betrachtete meinen Ring.

»Du wirst ihn wirklich heiraten?«

Ich entzog ihm meine Hand. »Was, meinst du etwa, ich würde dich heiraten? Ich kenne dich nicht mal.«

»Nein. Ich bin bloß schockiert, das ist alles.«

»Wow.« Ich schüttelte ungläubig den Kopf und versuchte, um ihn herumzugehen. Ich fragte mich, warum zum Teufel er hier war. Ich ließ den Blick durch den Raum schweifen, suchte nach irgendeiner scheiß Waffe, die ich gegen ihn einsetzen könnte.

»Tess.« Er trat hinter mich und sagte leise: »Können wir kurz reden?«

»Ernsthaft. Als ich dich das letzte Mal gesehen habe, wurde mir gesagt, mir wäre meine Freiheit abhandengekommen. Warum sollte ich dir auch nur irgendeinen Moment meiner Zeit widmen?« Ich versuchte zu erkennen, ob er allein war oder ob Allen in der Nähe war. Ich beschleunigte meinen Schritt und hoffte wie der Teufel, dass die Ampel auf Grün springen würde und ich direkt rübergehen konnte.

»Tess.« Er packte meinen Arm und zerrte mich zwischen zwei Gebäude.

»Rühr mich nicht an!« Ich versuchte, mich ihm zu entwinden, aber er war zu stark, und meine Arme wurden bereits von den Sachen herabgezogen, die ich eingekauft hatte.

»Ich möchte dir nicht wehtun, aber ich werd's tun, wenn es sein muss.«

»Oh, glaub mir, ich hab's nicht vergessen«, sagte ich, triefend vor Sarkasmus bei der Erinnerung an seine Faust.

»Ich schätze, das habe ich verdient.«

»Meinst du?«, fauchte ich. »Was zum Teufel tun wir hier?« Die Neugier schob die Angst beiseite, erneut gekidnappt zu werden. Die Erinnerung an all die Male, die er Allen dabei zugesehen hatte, wie er Gus verprügelt hatte, ging mir nicht aus dem Kopf. Ich wusste, dieser Mann war ein gefährlicher Killer. Ich war nicht dumm, aber irgendetwas stimmte hier nicht.

Er packte mein Handgelenk und verdrehte es so lange, bis ich aufhörte, gegen ihn anzukämpfen. Meine Einkäufe fielen zu Boden.

»Lass mich los!«, kreischte ich ihm ins Gesicht, aber er verdrehte mir den Arm fester, bis ich aufschrie und er meine komplette Aufmerksamkeit hatte.

»Wirst du zuhören, verdammt? Ich bemühe mich zu verhindern, dass du Teil von etwas Größeren wirst.«

»Du versuchst, mich zu beschützen?«, knurrte ich. »Bist du wahnsinnig?« Ich knallte ihm das Knie auf seinen Schwanz, aber er packte bloß meinen Hals und rammte meinen Kopf gegen die Mauer. Er schloss die Augen, als ob er sich bemühen würde, sich zu beruhigen, während ich darum kämpfte, das Klingeln in meinen Ohren abzustellen. *Aua!*

»Er hat den Jungen.«

Da hörte ich augenblicklich auf, mich zu wehren, und mein Körper erschlaffte.

»Was? Welchen?«, würgte ich durch das bisschen Luftröhre hoch, das er mir gelassen hatte.

»Den kleinen.«

Fin!

Mein Herz raste, und meine Gefühle spielten Pingpong in meinem Brustkorb.

»Nimm mich, Zay, tausche mich gegen ihn ein. Er ist bloß ein Kind.«

Zay drückte die Augen fest zu und murmelte: »Was täte ich nicht dafür, damit das passiert.« Er war meinem Gesicht ganz nahe, und sein Atem roch widerlich, wie eine schlechte Kombi aus Schnaps und Zigaretten.

»Wo ist er, Zay?« Ich versuchte mich aus seinem Griff zu lösen, aber er wurde fester, und sein Gesicht wurde rot. »Bitte, nehmt nicht Fin.«

»Es geht nicht nur um ihn«, flüsterte er. »Er ist bloß der Köder.«

»Was?« Auf einmal ließ er mich los, und ich musste mich bemühen, um aufrecht stehenzubleiben.

»Ein Köder«, wiederholte er.

Ich saugte so viel Luft ein, wie ich konnte. Meine Lungen fühlten sich an wie Schmirgelpapier, und mir war schwindlig. Doch es war nicht der richtige Moment, um Schwäche zu zeigen. »Wo ist Fin?«

»Das Ganze ist viel zu weit gegangen.« Wie ein Wahnsinniger rieb er sich übers Gesicht. »Er ist außer Kontrolle geraten.« Sein Handy klingelte, und er starrte mit ausdruckslosem Gesicht auf den Bildschirm. »Im Park beim Pier.«

Er musste nicht zu Ende sprechen. Ich ließ alles liegen und raste die Straße hinab. Ich wand mich zwischen Autos hindurch und nutzte die Fahrradspur, wenn die Ampel auf Rot stand.

»Was zum Teufel ist los, Lady?«, schrie mir ein Mann zu, als ich ihm an der Ecke einer Kreuzung den Weg abschnitt. Hupen ertönten, Reifen quietschten, und jedes nur denkbare Schimpfwort erreichte meine Ohren, aber nichts zählte, außer, dorthin zu kommen. Ich sprang vor einen Laster und verspürte keine Angst, als meine Füße aufs Pflaster trafen. Meine Arme pumpten an meinen Seiten, und mein Haar peitschte um mich herum, während meine Lungen sich abmühten, Schritt zu halten.

»Fin!«, schwie ich beim Anblick seines kleinen Körpers neben einem Baum. Seine Schultern waren zusammengesackt, und sein Hoodie war zerrissen. »Fin! Komm zu mir!«

Irgendwie konnte ich noch schneller rennen, aber nur wenige Augenblicke, bevor ich ihn erreicht hätte, trat jemand hinter der Rutsche hervor.

Ich blieb wie angewurzelt stehen, und die Furcht schnürte mir erneut die Brust ab und hielt mich gefangen.

»Dich hatte ich nicht erwartet, Tess.« Fox grinste mich an, bevor er Fins Schulter anstieß. Der Junge hob den Kopf, und ich sah seine aufgeplatzte Lippe und die angeschwollene Wange. Ich sah ihm an, dass er geweint hatte.

»Du siehst gut aus, Tess.« Sein schmieriger Blick glitt an meiner Vorderseite herab. »Ich nehme an, jemand hat dir einen Tipp gegeben?«

»Fox«, ich brachte nicht mehr als ein Flüstern zustande, »gib mir einfach nur den Jungen.«

»Das kann ich nicht.« Er zog eine Waffe hervor und ließ sie auf Fins Schulter ruhen, die Mündung an seinen Hals gedrückt. »Ich habe meine Anweisungen.«

Ich wollte kotzen. Es war ein Bild, das ich nie mehr vergessen würde. Fins offener Mund, während er weinte, die Augen auf mich gerichtet.

»Was willst du?«

»Den USB-Stick.«

»In Ordnung.« Ich nickte häufiger, als nötig gewesen wäre. Verdammt, Zay hatte recht gehabt. Ich schätzte, das war ihr nächster Zug – ein unschuldiges Kind. »Gib mir den Jungen, und ich bringe dich zum USB-Stick.«

Er lachte. »Ich habe nicht gesagt, dass *du* das tun sollst.«

Das Wort Köder hallte durch mein Gedächtnis.

Shit.

Ich warf einen Blick über die Schulter in Richtung des Clubs. Was ging da vor, zum Teufel?

»Du hast die Wahl, Tess. Lauf zum Club zurück und warne jeden, der noch dort ist, dass wir hier sind, oder bleib hier bei mir und dem Jungen.«

Fins blutunterlaufene Augen bewegten sich wild in einem geheimen Flehen, dass ich bleiben sollte.

Ich hatte nie mütterliche Instinkte gehabt, nicht einmal bei Lilly. Ich liebte sie. Sie war Mags' kleines Mädchen, und ich wäre immer für sie da, aber sie hatte Großeltern und brauchte mich nicht. Doch Fin und Denton waren anders. Sie hatten eine Vaterfigur, aber sie brauchten eine starke, verlässliche Frau. Die kleinen Biester hatten sich ihren

Weg in mein Leben und mein Herz gegraben. Sie brauchten mich, und so schwer es mir fiel, es zuzugeben, ich brauchte sie ebenso sehr. Ich spürte das Verlangen, die Jungen zu beschützen, als wären es meine eigenen, und ich traf meine Entscheidung. Um die Wahrheit zu sagen, ich liebte die beiden.

»Schön, ich bleibe hier.« Ich richtete mich gerade auf. »Nimm nur die Waffe von seinem Hals weg.«

Er verschob sie, aber nur ein wenig, und fünfzehn schmerzvolle Minuten tickten vorüber. Fins Augen waren gewaltig groß, und er schien völlig benommen zu sein. Ich stand da und starrte Fox an, der seinerseits sein Handy anstarrte.

»Wirst du mir jetzt diese Ansprache halten von wegen ›Du musst das nicht tun‹?« Er lachte halb, bevor er seinen Blick auf mich richtete.

Ich verlagerte mein Gewicht auf den anderen Fuß, und dabei erhaschte ich einen Blick auf etwas Glänzendes am Sandkasten. Eine Schaufel, die jemand zurückgelassen hatte, und noch dazu eine ziemlich große.

»Nein, du bist ein schwaches Stück Scheiße. Du wirst alles tun, was Allen dir sagt, selbst einem unschuldigen Kind wehtun.«

»Sagt sie zu dem Mann, der dem Jungen eine Waffe an den Kopf hält.« Er lachte.

Ich ließ die Arme fallen und ging langsam in Richtung Schaufel. Er zischte mir zu, dass ich stehen bleiben solle, aber ich reizte die Situation völlig aus und blieb in Bewegung. Ich wusste, er würde nicht zögern, Fin etwas anzutun.

»Weißt du«, ich machte einen Schritt, »ich habe immer schon den Pazifik sehen wollen.«

»Nicht weitergehen«, warnte er mich.

»Wollte immer schon meine Zehen in jeden Ozean tauchen, den es gibt.« Ich bewegte mich weitere drei Schritte und hoffte dabei, dass er nicht sehen würde, worauf ich aus war.

»Ich habe gesagt, stehen bleiben.« Er kam auf mich zu, langsam, Fin im Griff.

»Ich habe nie gedacht, dass das alles«, ich machte eine Handbewegung in seine Richtung, »noch mal auf meiner Wunschliste stehen würde.« Ich stand knapp vor der Schaufel.

»Also hat meine Warnung nicht gereicht.« Er schenkte mir ein Grinsen, eines, das mich im tiefsten Inneren traf, da es eine Erinnerung auslöste, die ich in mir begraben hatte.

»Du?« Ich trat zurück, und dann fiel alles an seinen Platz, und ich verband die verschwommenen Punkte und rückte sie in meiner Erinnerung zurecht »*Du* warst das, nicht wahr? In der Wüste. Du hast mich oben auf dem Felsvorsprung überfallen?«

»Du hast so gut geduftet, deine Haut war wie Butter. Ich wollte dich bloß einmal schmecken.«

Etwas in mir regte sich. Im einen Augenblick stand ich dort, und im nächsten hielt ich die Schaufel in der Hand und schwang sie direkt auf seinen Hals. Ich sah Blut aus einer Arterie spritzen und empfand Befriedigung darüber zu wissen, dass ich ihn geschlagen hatte.

Ihm traten die Augen aus den Höhlen, und seine Waffe schwankte hin und her, aber er ließ sie nicht los. Er war immer noch eine Bedrohung.

»Nein!« Ich packte Fin und warf ihn zu Boden. Dann stürzte ich mich auf Fox, trat ihm die Waffe aus der Hand und rammte ihm den Fuß heftig auf seine Kehle. Ich stand da und sah zu, wie der Mann, der einmal versucht hatte, mich zu vergewaltigen, auf dem Boden ausblutete. Er wollte etwas sagen, konnte jedoch nur noch gurgeln, und dann wurden seine Augen glasig.

»*Shit.*« Ich sah mich wild um. Was, wenn jemand es gesehen hatte? Ich vernahm Sirenen. Meine verdammten Fingerabdrücke waren überall auf dem Griff der Schaufel. »Ah …« Ich fiel auf die Knie und fischte in Fins Rucksack herum. »Entschuldigung, Finn, ich brauche nur«, ich zog seine Wasserflasche heraus, »das.«

Ich goss sie über den Griff aus, nahm eine Handvoll Sand und rieb ihn mit dem Jackenärmel in das Holz, in der Hoffnung, dass dies meine Abdrücke wegputzen würde. Fox' glasig blickende Augen und der nach wie vor zuckende Körper lagen in der Nähe, während ich mich bemühte, den Beweis für meine Tat zu verwischen.

Ich wollte nicht daran denken, wie Fin auf all das reagieren würde. Ich hatte getan, was getan werden musste. Ich schob die Flasche in seine Tasche zurück, warf sie mir über den Arm, packte Fins Hand, verließ rasch den Park und trat auf die Straße.

»Alles in Ordnung, alles in Ordnung«, wiederholte ich unermüdlich für Fin, während wir ganz normal weitergingen. Ich wischte an dem Blut herum, damit es von meiner Kleidung aufgesogen wurde. Gott sei Dank trug ich etwas Dunkles. Ich musste keine weitere Aufmerksamkeit mehr auf uns lenken. Wut überflutete mein Gehirn, und ich kämpfte wie der Teufel darum, sie unter Kontrolle zu halten.

»Alles in Ordnung, mein Lieber«, versicherte ich ihm, sobald wir um die Ecke gebogen waren. »Alles kommt in Ordnung.«

Ich war mir nicht sicher, ob gerade im Moment alles in Ordnung war. Etwas ging da vor sich, und ich musste wissen, was. Ich wusste nur, dass ich ungeachtet all dessen, was mir noch in die Quere kommen würde, dafür sorgen würde, dass er in Sicherheit war.

»Noch ein Block, und dann sind wir im Club.« Schließlich erblickte ich das rostige Schild und wusste, dass ich es nur noch ins Innere schaffen müsste. Savannah pflegte zu sagen: »Babyschritte«. Ich hätte sie gerade im Augenblick wirklich brauchen können.

»Da sind wir.« Ich öffnete die Tür und hätte anhand der Tatsache, dass Joe nicht auf seinem Posten war, wissen sollen, dass etwas ganz und gar nicht stimmte.

Fins langgezogener Schrei war der Grund dafür, dass mein gesamter Körper aufhörte zu arbeiten, und alles, was blieb, war das Wort Köder.

Köder.

*

Allen

»Sollte ich mir Sorgen machen?« Ich wandte mich an Zay. Ich wusste, dass er Tess den Tipp hinsichtlich des Jungen gegeben hatte.

»Nein.«

Ich schnalzte mit der Zunge. »Wir hatten einen Plan.«

»*Mein* Plan sah nie vor, dem Jungen etwas anzutun, nur ihn dazu zu benutzen, sie herauszuholen.«

»Ach, machst du dir etwa Sorgen?«

»Nein, überhaupt nicht. Ich habe getötet und werde erneut töten, aber ich tu keinem Kind etwas an.« Er hob die Hand, als hätte er noch etwas zu sagen. »Ich bin mehr als verwirrt, warum du Trigger nicht erledigt hast. Du hattest den perfekten Moment, als er aus seinem Büro gekommen ist. Trigger auf dem Silbertablett.« Er machte die Bewegung mit den Händen. »Direkt zum Mitnehmen.«

Ich zuckte die Achseln. »Ich genieße es, mit meiner Nahrung zu spielen.«

»Wir haben nicht die Zeit, und uns geht das Geld aus. An welchem Punkt willst du ihm eine Kugel in den Kopf jagen? Denn offensichtlich willst du nicht mit ihm im Ring kämpfen.«

Ich schoss ihm einen hässlichen Blick zu und wartete ab, bis er begriff, dass er die verdammte Grenze weit überschritten hatte.

»Ich dachte, du wärst einer von uns.« Ich schüttelte enttäuscht den Kopf. »Ist es, weil dein Schwanz eifersüchtig darauf ist, dass sie meinen Sohn ehelicht?«

»Nein«, zischte er und brachte etwas anderes ins Spiel. »Es ist, weil du einem fünf Jahre alten Kind ins Gesicht geschlagen hast, und als es weinte, hast du ihm einen Boxhieb versetzt. Es ist ein unschuldiges verfluchtes kleines Kind, um Himmels willen. Das hättest du nicht tun müssen.«

»Oh, was *ist* das nur mit Menschen und Kindern? Ich habe Trigger als Kind die ganze Zeit über geschlagen, und es hat ihm nicht geschadet.« Ich richtete meinen Kragen im Rückspiegel und lächelte bei der Erinnerung.

Polizei, Feuerwehrautos und ein Rettungswagen rasten mit heulenden Sirenen vorüber.

»Du hättest ihn nicht umbringen müssen, und du musstest das nicht vor den Augen seines Ältesten tun.«

»Ich *muss* niemanden umbringen, aber das hat mich früher schon nicht daran gehindert, es zu tun. Der Junge wird weiterleben. Kinder sind zäh.«

Ich zwickte mir in die Augenbrauen und schoss ihm einen angewiderten Blick zu. »Bist du der Nächste, der umgebracht werden muss?

Ausgerechnet von dir hätte ich nie geglaubt, dass du mir gegenüber das Weichei geben würdest.«

Er öffnete den Mund, um etwas zu sagen, hielt dann jedoch eine Hand hoch, wie um sich daran zu hindern.

»Kluge Entscheidung.« Ich verdrehte die Augen und wandte mich erneut dem Spiegel zu, um mich davon zu überzeugen, dass mein Aussehen korrekt war.

Er blickte zu seinem Handy hinab und presste die Lippen zu einer festen Linie zusammen.

»Was ist?«, fauchte ich über die Schulter.

»Fox ist tot aufgefunden worden, Schaufel in den Hals.«

»Verdammt, diese Tussi hatte größere Eier als du.«

Zay schaltete sein Handy ab, beugte sich zur Tür und wollte aussteigen.

»Hey!«, brüllte ich, verärgert darüber, dass er gehen wollte, bevor ich ihm die Erlaubnis dazu erteilt hatte. »Vergessen wir doch nie, wer dir geholfen hat, als du bei diesem italienischen Unternehmen versagt hast.«

»Das war vor neun Jahren.«

»Ja, und ein Foto an die Polizei, und du sitzt den Rest deines Lebens im Knast.«

»Also erpresst du mich jetzt?«

»Sag nicht, dass du damit nicht gerechnet hast?«

»Nein.« Er hielt inne, eine Hand auf dem Türgriff, die Augenbrauen nach oben gezogen. Er wartete darauf, dass ich ihn entließ.

Ich zuckte mit dem Handgelenk und beäugte mein blutiges Jackett auf dem Rücksitz. Die Spritzer hatten meinen Priesterkragen befleckt. Zum Glück hatte ich für Zeiten wie diese einen Ersatz. Es war ein riskanter Job, vermutete ich. Eine kräftige Woge reiner Freude rollte durch mich hindurch, und mein ganzer Körper prickelte. Ich konnte fast spüren, wie sich die Energie seiner Seele mit der meinen verband und sich mit den vielen anderen mischte, die sich uns angeschlossen hatten.

Ich summte, die Handflächen nach unten gedreht.

»Einer erledigt, ein paar weitere stehen noch aus.«

Kapitel 14

Trigger

Fin stand der Mund offen, und sein Brustkorb hob und senkte sich, aber es ertönte kein Laut. Denton stand wie versteinert neben Cray, der immer noch seinen Rucksack in Händen hielt.

Brick kam reingerannt, allerdings wie in Zeitlupe. Er rief Rail etwas zu, aber alles blieb still.

Morgan hatte seine Waffe gezogen, und seine wilden Augen durchsuchten den Raum zusammen mit Cray und Bruce.

Wiederum kein Laut.

Die Muskeln in meinen Armen waren völlig steif, ich hatte meine Kiefer so fest zusammengepresst, dass ich glaubte, meine Zähne würden bersten. Über alles hinweg jaulten jedoch die Dämonen in meinem Inneren so schrill, dass mir der Kopf unter ihrem wilden Schlag pochte.

Was war gerade passiert, zum Teufel?

Woher waren sie gekommen, zum Teufel?

Warum, zum Teufel, starrt dieser verdammte Maulwurf den Leichnam an?

Blitzlichter fluteten durch die Fenster, und das Geräusch von Sirenen erfüllte die Luft, während die Vibration im Fußboden meine

Aufmerksamkeit auf die Jungs lenkte. Sie holten die letzten paar Koksziegel aus meinem Büro, so schnell sie konnten, dann schlüpften sie hinaus und versteckten sie unter dem Fußboden des Poolhauses. Ich wusste das alles, aber ich stand nur still da. Ich beobachtete, tat jedoch nichts.

Zu meiner Überraschung schienen sich die Lichter und Sirenen zum Park hin zu bewegen.

Ich sah Fin an. Ich erfasste sein zerschlagenes Gesicht. Tränen liefen seine schmutzigen Wangen hinab, und meine Augen blieben an dem Blutspritzer auf seinem weißen T-Shirt hängen. Fins weißes T-Shirt? Blut auf Finnys weißem T-Shirt. Auf einmal zerbrach etwas in mir.

Es fühlte sich an, als ob jemand die Lichter ausgeschaltet und den Ton ausgestellt hätte. Es war, als wäre ich auf dem Grund einer kalten dunklen Höhle zurückgeblieben. Die Dämonen waren frei, und sie waren hungrig. Ihre Klauen rissen an dem Fleisch meiner Knochen. Sie waren wild, aufgeregt, weil ich endlich nach Hause zurückgekehrt war.

Ich hatte niemals Speed genommen, aber meine Wut, die durch mein Blut raste, sorgte dafür, dass ich aufgedreht war und raste; ich war absolut high.

Ich musste jemanden töten, und an diesem Punkt hätte es jeder sein können.

»Trigger?« Tess hörte sich an wie eine Million Kilometer entfernt. »Oh, mein Gott, Trigger.« Sie schluchzte, während sie Fins Gesicht gegen ihren Bauch gedrückt hielt. »Was ist passiert?«

Ihr entsetztes Gesicht drehte sich, und sie blickte über meine Schulter, und ich hörte kaum, wie sie Dentons Namen rief.

Tess wollte auf mich zulaufen, aber Brick hielt sie zurück.

Er beäugte mich vorsichtig, bevor er eine Hand hob und den Kopf schüttelte.

Sie wirkte verwirrt, während sie schluchzte und den Jungen festhielt, und ich verspürte nichts. Nur Leere. Verlassenheit.

Ich ließ den Blick auf den leblosen Leib meines Onkels fallen.

»Wann haben Sie ihn zuletzt gesehen?« Gus war stinksauer, aber er war gut darin, die Ruhe zu bewahren, wenn er mit der Schule sprach. Anders als ich. »Aha, er hat sich mit Ryder getroffen?« Er hielt inne. »In Ordnung, ich warte.«

Er knallte den Hörer hin und ließ sich mit einem Zischen auf dem Stuhl nieder. Er hatte immer noch ziemliche Schmerzen, versuchte jedoch, sie zu ignorieren.

Ich stellte eine Flasche Light-Bier neben ihn – ein beschissenes Bier, aber er mochte es – und holte mein Handy heraus.

»Ryder«, sagte ich, als er sich nach dem ersten Läuten meldete. »Hol Fin an den Apparat.« Gus beugte sich mit ausgestreckter Hand über den Tisch. Es folgte eine Pause, bevor Ryder etwas sagte.

»Ich, äh, das kann ich nicht, Boss.«

»Warum nicht?«

»Weil er nicht bei mir ist.«

Mein Blick schoss zu Gus hinüber, der jetzt an der Tür stand, bereit zu gehen. »Erkläre!«

»Ich habe ihn wie üblich abgeholt, und wir sind die Straße entlanggegangen. Als Nächstes erinnere ich mich daran, dass ich vom Bürgersteig aufgestanden bin. Ich muss bewusstlos geschlagen worden sein, und Fin ist weg. Ich hatte gerade nach meinem Handy gegriffen, um dich anzurufen.«

»Wann?«

»Ich bin gerade erst zu mir gekommen. Kann nicht lange weggetreten gewesen sein.«

Shit!

»Morgan!«, rief ich, und der ganze Club wurde still. »Hol die Jungs zusammen und geht raus, findet Fin, und zwar schnell.« Ich konnte ihre Bikes hören, als sie sie hochjagten und röhrend hinaus auf die Straße fuhren. Was war da los, verdammt?

Denton kam mit Cray herein, verwirrt wegen der Aufregung.

»Warum bist du nicht in der Schule?«, rief Gus.

»Ich hatte Ärger, und die Schule hat angerufen und Cray geholt.« Cray trat hinter ihm mit seiner Büchertasche ein.

»Wo ist Tess?« Gus sah mich besorgt an. »Wo ist mein Jüngster? Ich habe ein schlechtes Gefühl.«

Bumm!

Es warf uns von den Füßen, wir waren kurzzeitig benommen, und der Raum füllte sich rasch mit Rauch. Ich wurde hart in den Rücken geschlagen und ging in die Knie.

Ich brachte es gerade noch fertig, mein Gewicht mit den Händen abzufangen, bevor ich mit dem Gesicht auf den Boden schlug. Schwarze Stiefel kamen in Sicht, und mein Kopf wurde an den Haaren zurückgezogen. Ein Gewehrkolben wurde mir ins Gesicht geschoben, und dann sah ich ihn.

»Hallo, Sohn.« Allen lächelte auf mich herab. »Wir dachten, wir schauen mal vorbei und beenden, was wir angefangen haben. Ich habe mich so darauf gefreut.«

Ohne Vorwarnung ließ er meine Haare los und trat auf Gus zu, und ohne Vorwarnung schob er meinem Onkel ein Messer in die Brust und riss es nach unten. Überall spritzte Blut.

Gus' sah mir in die Augen, während ihm die Seele brutal aus dem Körper gerissen wurde.

Der einzige Mann, der mir etwas bedeutete, der einzige Mensch, in dem ich eine Vaterfigur sah, der einzige Mann, der mich wirklich liebte, wurde gerade vor meinen Augen ermordet.

»Du hast mir mein Leben weggenommen, also habe ich vor, jedes einzelne Teilchen von deinem zu nehmen. Anschließend werde ich dich töten.«

Ebenso rasch, wie sie gekommen waren, verschwanden sie wieder und ließen mich mit den Nachwirkungen zurück. Ich vermochte kaum zu fassen, was geschehen war. Wo waren meine Männer? Ich hätte das hier verhindern können. Ich hätte Allen beim ersten Mal töten sollen.

Das hier war meine Schuld.

»Wie sind sie reingekommen, zum Teufel?« Bricks dröhnende Stimme riss mich zurück in die Gegenwart.

»Drei Männer tot an der Tür«, brüllte Morgan vom Eingang her.

»Wo war Joe?«

Morgan wischte sich den Schweiß von der Stirn und vermied es, Gus' Leichnam anzusehen. »Er hatte heute Abend die Wache am hinteren Tor.«

Die Schreie wurden zu viel. Ich musste hier raus.

Mein Fuß erweckte das Bike zum Leben, und ich fuhr in Richtung Norden aus. Ich quetschte mich durch den Verkehr und sah zu, wie die Geschwindigkeitsanzeige zusammen mit meinem Adrenalin anstieg.

*

Tess

Das Wasser schlug gegen mein Gesicht. Ich wünschte mir, es würde den Nebel auflösen, der sich dicht um mein Gehirn gelegt hatte. Jedes Mal, wenn ich glaubte, ich könnte nicht mehr weinen, kamen weitere Tränen, die zu Schluchzern wurden, und dann hüllte mich weiterer Nebel ein. Es war eine entsetzliche Schleife, eine, die ich nur allzu gut nach Mags' Tod kennengelernt hatte. Gus und ich waren uns so nahe gekommen. Ich glaubte schon einmal, ich hätte ihn verloren, und nachdem er zu uns zurückgekehrt war, begriff ich, wie wichtig er mir geworden war. Er hatte mir das Gefühl gegeben, dass ich zur Familie gehörte, auch wenn wir nicht blutsverwandt waren. Er füllte eine Lücke, von der ich mir nie bewusst gewesen war, dass es sie gab – eine Elternfigur.

Ich drückte meinen Rücken gegen die kühle Wand und knickte in den Knien ein, bis mein Hintern auf die Fliesen traf. Ich zog die Beine an den Körper und rollte mich zu einem Ball zusammen und überließ meiner Seele alles Weitere.

Ich musste ein paar Minuten lang schwach sein, damit ich anschließend stärker sein konnte.

»Wo sind die Jungs?« Morgan reichte mir ein Glas Whiskey, aber ich nahm stattdessen die Flasche.

»In meinem Bett«, flüsterte ich und fuhr mit einer Hand durch meine feuchten Haare.

»Wie geht's ihnen?«

»Denton hat dichtgemacht, und Fin hat sich in den Schlaf geweint.«

»Und wie geht's dir?«

Ich zuckte die Achseln. »Ich habe keine Ahnung.«

»Tess, wie geht's den Jun…«

Big Joe hielt inne, als ich mich umdrehte und ihn anfunkelte. Ich konnte nicht anders und legte jedes giftige Gefühl, das ich zurückgehalten hatte, in diesen einen Blick. Alles war gegen den Mann vor mir gerichtet.

»Ihr Vater ist in ihrem Zuhause ermordet worden. Wie würdest du dich fühlen, Joe?«

»Entschuldigung.« Rasch trat er zurück. »Ich hätte etwas mitfühlender sein sollen.« Er wandte sich ab, und ich umklammerte den Hals der Flasche.

Morgan zog die Brauen zusammen, bevor er sich über die Theke beugte und mir direkt in die Augen starrte.

»Du weißt es.«

»Und du auch.« Ich leerte das Glas vor mir, drückte die Flasche an mich und ging hinten hinaus. Statt zum Pool zu gehen, wandte ich mich um und schritt den langen Flur hinab und in den Schlachtraum.

Die Tür war abgeschlossen, aber ich hatte gesehen, wo Trigger den Schlüssel versteckte. Ich stellte mich auf die Zehenspitzen, griff in den Schirm der Lampe, die an der Wand angebracht war, und fischte darin herum. Ich erfasste den Ring und holte ihn heraus. Ein langer Dietrich hing an einer Kette mit einem Schildchen, auf dem stand: »Devil' Playground«. Ein passender Ausdruck für den Raum.

Vorsichtig drehte ich ihn im Schloss und trat ein.

Er war immer so sauber, und der Geruch nach Bleichmittel brannte in meiner Kehle. Es war seltsam tröstlich.

Ich schaltete das Licht über dem großen Ausguss ein. Es war eine kleine Lampe, also blieb der Rest des Raums im Dunkeln. Mit der

Fernbedienung in der Hand schaltete ich den Apple-TV ein und suchte nach einem von Gus' Lieblingssongs, »The Sky is Crying« von Stevie Ray Vaughan und Double Trouble. Ich drehte den Song auf laut, warf die Fernbedienung beiseite und ging hinüber zu den Waffen, die an der Wand hingen. Die Whiskeyflasche baumelte von meinen Fingern herab, und die bernsteinfarbene Flüssigkeit schwappte darin umher.

Ich fuhr mit der Hand über den Knüppel, mit dem ich Clark umgebracht hatte. Die Finger tauchten in die Rillen, und ich schloss die Augen bei der Erinnerung.

»Der einzige Grund, weswegen er dir überhaupt Aufmerksamkeit schenkt, Liebling, ist der, dass er versucht, meine Aufmerksamkeit zu wecken.« Meine Mutter grinste mich höhnisch an, als sie sah, was ihre Worte in mir anrichteten. »Du bist lediglich ein Sprungbrett.«

Ich schüttelte den Kopf, um ihn frei zu bekommen, und ging weiter zu der Kugel am Ende eines Lederbands.

»Niemand wird dich jemals lieben, Tessa.« Meine Mutter suchte mich erneut auf. »Wie kannst du schon einen Stachel in deinem Körper lieben?«

Ich schlug mit der Hand gegen die Mauer, und sah, dass sich etwas in der Nähe des Ausgusses bewegte. Ich schlug noch einmal zu und erneut bewegte sich ein Teil der Wand. Da war eine Tür, die mir zuvor noch nicht aufgefallen war. Sie musste nicht richtig geschlossen worden sein. Ich hatte den Verdacht, dass Trigger es nicht gern sähe, wenn ich spionierte.

Ich zog die Tür auf und entdeckte, wo die *richtigen* Waffen waren – Abschleppseile, ein Knüppel mit Nägeln, Stricke, kleine Bänke, Flaschenzüge, eine Armbrust, eine zweischneidige Axt und verschiedene Schwerter. Ein Computer stand auf einem Metalltisch, und ich tippte auf die Tastatur. Der Bildschirm ging an und ich sah mir an, was darauf zu sehen war.

Reihen um Reihen von Ordnern füllten den Hintergrund, alle bezeichnet nach den »Gästen« des Schlachtraums. Ich klickte einen an und begriff, dass darin Videos enthalten waren. Ich tippte auf Clarks Namen. Ich war versucht, mir das Video anzusehen, aber jetzt war nicht die Zeit dafür. Ich würde es mir für das einjährige Jubiläum seines Todes aufheben, ein persönlicher Leckerbissen.

Ich drückte eine weitere Taste, und ein Live-Video vom Schlachtraum ploppte auf. Ich klickte auf das kleine Bild der Bar vorn und sah mir an, was von dort übertragen wurde. Trigger war zu Hause.

Ich ging mit meinem Gesicht näher an den Bildschirm ran und versuchte, die Stimmung in der Bar aufzufangen. Fasziniert sah ich zu. Triggers Arme waren angespannt, und Ärger floss sichtbar aus ihm heraus. Er richtete sich zu voller Größe auf, dann senkte sich sein Ohr auf die eine Schulter, dann auf die andere. Seine Hände an beiden Seiten waren zu Fäusten geballt.

»Trigger.« Morgan hatte beim Sprechen seinen Rücken der Kamera zugekehrt. »Joe wollte, dass du …«

Wamm!

Der hintere Teil der Bar, frisch aufgestockt, explodierte wie eine Granate. Trigger hatte einen der Bartische hineingeworfen.

»Heilige Scheiße.« Morgan schützte seinen Kopf mit den Händen und sprang beiseite.

Ich selbst sprang ebenfalls auf, da der Lärm Schockwellen durch den Raum schickte.

Big Joe war ins Bild gekommen, und ich spürte, wie mir das Blut aus dem Körper wich.

Trigger griff sich eine Whiskeyflasche, warf sie in die Luft, fing sie am Hals auf und ließ sie direkt auf Joes Kopf knallen.

»*Shit!*«, jaulte ich, die Hände über den Mund gelegt.

Joe ging schwer zu Boden, wobei er einen Stuhl umwarf. Trigger schleuderte einen weiteren Stuhl aus dem Weg, packte einen von Joes Armen und zog ihn aus dem Raum.

Ich stand wie erstarrt da und fragte mich, was wohl als Nächstes geschehen würde. Ich war hin- und hergerissen, ob ich loslaufen und es mir persönlich ansehen oder am Bildschirm bleiben wollte. Ich beobachtete Morgan, was er tat, und wollte mich danach richten. Er rief jemandem etwas zu, und Augenblicke später kamen Brick und Rail in die Bar gerannt.

»Was ist passiert, verdammt?« Rail hielt die Hände über dem Kopf. »Wessen Blut ist das?«

»Wo ist er?« Bricks Stimme war völlig anders, beinahe unheimlich.

Oh, nein.

Ich klickte wild auf den Tasten herum, um wieder das Kamerabild des Schlachtraums auf den Bildschirm zu bringen. Ich begriff, dass Trigger mit Joe in diesen Raum wollte, und ich stellte mir im Geiste die Blutspur vor, die er hinter sich herzog.

Fuck.

Ich war nicht bereit, mich zu zeigen, nur um weggeschickt zu werden. Ich durchsuchte den kleinen Raum nach einem Versteck, aber mir blieb wirklich keine große Auswahl. Ich zog die Tür zum kleinen Raum zu, sodass sie angelehnt war, und schob mich sicherheitshalber hinter eine schwere Jacke, die an der Wand hing, und wartete.

Die Tür zum Schlachtraum flog auf, und wütende Rufe hallten hindurch. Ich spähte, verborgen von der Jacke, zum Bildschirm und sah Brick, Rail, Morgan, Cooper, Cray, Bruce, Ryder, Tristen und ein paar andere, die ich nicht kannte. Sie standen in einem großen Kreis, und Trigger befahl Ryder, Joes Rumpf an der Wand zu fesseln und Arme und Beine an den Stuhl.

Er hielt ihm etwas unter die Nase, und Joe erwachte langsam und mit einem Stöhnen.

»Juchhuu!«, schrie jemand aus Tristens Crew und schlug auf die Kampfglocke neben der Tür.

Bing!

Trigger drehte sich um. Jeder Muskel in seinem Körper stand vor Anspannung hervor, als er sich bewegte, und dann bekam ich sein Gesicht in den Blick und sah die Dämonen, die aus seinen Pupillen funkelten.

Oh, Shit.

»Morgan«, knurrte Trigger, während er sich das T-Shirt über den Kopf zog. »Seil.«

Verdammt.

Der Bildschirm war schwarz geworden. Ich wollte es mir jedoch nicht entgehen lassen. Ich trat heraus und tippte auf eine Taste, damit der Computer wieder lebendig wurde. Dann wartete ich ab, um zu sehen, was sie mit einem Maulwurf anstellen würden.

Einem Verräter.

Ich konnte nicht einmal seinen Namen denken. Die Wut und der Verrat waren zu groß.

Ein Nervenkitzel durchfuhr mich. Ein Teil meiner selbst war völlig aufgeregt darüber, hier ohne ihr Wissen Zuschauerin zu sein. Trigger wirkte so anders, so überwältigend prachtvoll.

Morgan legte ein Seil vor Triggers Füße, stellte einen Eimer mit einer Flüssigkeit daneben und trat zurück.

Trigger ließ seine Fingerknöchel knacken, dann seinen Hals, bevor er sich mit beiden Händen durch die Haare fuhr und sie zurückband. Einige Strähnen entkamen dem Haargummi und fielen ihm übers Gesicht, aber er ignorierte sie. Er ging zum Stuhl und trat dagegen, um Joe wieder wach zu bekommen. Ich musterte den Maulwurf. Seine Kutte war verschwunden, und seine Schuhe hatte man ihm ausgezogen.

»Sieh mich an«, knurrte Trigger erneut, und diesmal öffneten sich Joes Augen zuckend, und sein Gesicht verzerrte sich vor Entsetzen.

»*Shit.*« Er kniff die Augen zusammen und stöhnte, während ihm Blut aus dem Schnitt am Kopf über das Gesicht rann. »Ich habe mich gefragt, wann der Tag käme.«

Ich tippte auf die Taste, um die Lautstärke hochzudrehen. Trigger hielt mir den Rücken zugekehrt. Ich wollte nicht, dass mir irgendetwas entging.

»Wie lange weißt du es schon?«, fragte er.

»Nein.« Trigger schüttelte den Kopf. »Du wirst hier keine Fragen stellen.« Er trat zurück und warf das Seil in den Eimer. Morgan reichte ihm Latexhandschuhe, währen die übrigen zuschauten wie beim einem Live-Kampf.

Joe schnüffelte, und seine Augen wurden groß. Das schien ihn aufzuwecken.

»Mein Gott!«

»Der wird dich jetzt nicht retten«, brummelte Brick sogleich.

Nachdem das Seil eine Minute lang getränkt worden war, hielt Trigger ein Ende hoch und streifte mit der anderen Hand die überschüssige Flüssigkeit von den Fasern ab. Daraufhin befestigte er ein Tuch, das in dieselbe Flüssigkeit getaucht worden war, um Joes Kopf, sodass es seine Augen bedeckte.

Er trat zurück und streckte die Hand aus. Brick reichte ihm ein Paddel mit Nägeln am einen Ende. Ohne zu zögern, schwang Trigger das teuflisch aussehende Biest auf Joes Kniescheibe. Dessen Geschrei war so laut, dass die Lautsprecher des Laptops knackten.

»Heilige Scheiße!« Er spuckte aus, und Schaum trat ihm aus dem Mund.

Seine Halsvenen sprangen hervor, und er biss die Zähne zusammen. »Verdammte Scheiße! Es tut mir leid, es tut mir leid!«

»Scheiß drauf. Es ist zu spät. Ich möchte wissen, was an jenem Tag passiert ist«, rief Trigger über sein Leiden hinweg.

»Fick dich, Trigger!«

Peng!

Die gnadenlosen Nägel wurden in das andere Knie getrieben. Joes Körper ruckte vor, und er kreischte und schluchzte.

»Gerade du solltest wissen, dass ich mich nicht gern wiederhole.« Er schwang das Paddel ein drittes Mal zum Oberschenkel.

»Ahhh!« Joe schüttelte den Kopf, als ob der Schmerz zu heftig wäre. »Ich musste zurückgehen, um Allens verfluchte Brieftasche zu holen. Die Arschlöcher hatten ihn einfach weggeschafft, ohne ihn auszunehmen. *Fuck,* Trigger, ich war Allen gegenüber schon loyal, bevor du übernommen hast.«

»Loyal! Das ist prächtig.« Morgan nahm einen Schluck seines Drinks.

»Fick dich, Morgan. Was weißt du denn davon?« Er keuchte. »Er hat gesagt, du wärest nie imstande, den Club zu leiten«, platzte er zwischen Schluchzern heraus. »Sagte, du würdest Devil's Reach in den Sand setzen, wenn du übernehmen würdest. Er versprach mir, mich zum Vizepräsidenten zu machen.«

Trigger ließ den Hals knacken und schnippte mit den Fingern. Brick reichte ihm etwas.

Was ist das, zum Teufel?

»Wenn du dieses Arschloch hättest sterben lassen, wäre Gus noch hier. Du hast mich angelogen.« Die helle gelbe Flamme des Feuerzeugs streifte über seine Wange, bevor …

Heilige Scheiße!

Das Tuch musste mit Benzin getränkt worden sein, weil ein Feuer über das Tuch raste, und der Laut, der aus Joe hervorbrach, war unbeschreiblich. Das Bild, wie seine Augäpfel verschmorten, während er immer noch am Leben war, würde mich bis in meine Träume verfolgen.

Sie sahen zu, bis er darum bettelte, sie sollten aufhören. Der Geruch verbrannten Fleischs schaffte es unter der Tür zu meinem Versteck hindurch, und ich hätte fast meinen Mageninhalt verloren.

Trigger entfernte das noch immer brennende Tuch von Joes Augen und warf es zu Boden.

Joes Kopf fuhr von einer Seite zur anderen, während die Haut um seine Augen weiterhin brannte. Speichel tropfte ihm von den Lippen, und er rang um jeden Atemzug.

Trigger rannte im Raum umher wie ein Löwe im Käfig, und ich verlor ihn aus den Augen. *Shit.*

Ich sprang hinter die Jacke und erstarrte, als er plötzlich die Tür aufriss. Er sah mich anscheinend nicht, während sein Blick über die

Wand glitt. Er wählte eine Waffe aus und verschwand so schnell, wie er hereingekommen war.

Ich holte tief Luft und wandte mich wieder dem Bildschirm zu.

Brick schüttete einen Eimer Eiswasser über Joes Kopf, um ihn zurückzuholen. »Shit! Trigger, lass mich am Leben«, bettelte er. »Ich verspreche, dir zu sagen, wo er ist. Ich werde dir helfen, ihn zu erwischen.« Er rang nach Atem, seine Muskeln zuckten, und sein Kopf rollte vor Qual hin und her. Ich war mir sicher, dass die Mischung verschiedener Schmerzen schon ein Trip für ihn war. Ich verspürte keinerlei Mitleid beim Zuschauen.

Brick sah einen Moment zu Trigger hinüber, dann trat er zu Joe.

»Du hast wie in einer Familie bei uns gelebt. Du hast uns verraten … deine Familie.«

Joe zuckte, und seine verbrannten Augäpfel richteten sich auf Brick. »All die Jahre, die ich für den Club gearbeitet habe, hast du mich nie gesehen. Alles, was ich jemals für dich war, war ein Türsteher.« Speichel tropfte von seinen bleichen Lippen. »Ich wollte bloß jemand sein.«

Triggers Gelächter ließ mir einen Schauer über den Rücken laufen, und er trat wieder an den Maulwurf heran. »Er hat das gesehen, was ich schon immer gesehen habe, deine verfluchte Schwäche.«

Joe stieß einen Laut aus, dann spuckte er Trigger ins Gesicht. Eine Bewegung oben links im Bildschirm zog meinen Blick auf sich. Triggers Mutter stand im Flur und hörte zu.

Der ganze Schlachtraum verfiel in Stille und zog meine Konzentration wieder auf sich.

Das Gesicht des Maulwurfs wurde rot. Er wusste, dass er erledigt war. »Jetzt wird dir jeder einzelne Mensch, der dir etwas bedeutet, genommen«, kreischte er. »Du glaubst sie in Sicherheit.« Er grinste düster durch den Schmerz. »Doch du irrst dich. Solange Allen lebt, wird dieses Mädchen gejagt wie das wilde Tier, das sie ist. Dann werden die beiden Jungs und alle in diesem Raum sterben. Und dann wird er dich töten.«

Niemand sah mich herankommen. Die Waffe in meiner Hand schien ein Eigenleben zu führen, als ich sie mit aller Kraft auf ihn schwang. Die Klinge erwischte ihn am Oberarm, und Blut spritzte, als er zu Boden fiel. Trigger fuhr herum, und seine wilden Augen sahen mich an, während mir Brick die Waffe aus der Hand nahm.

»Es reicht!«, rief Trigger, nahm Brick die Waffe ab, wirbelte sie herum und trieb die zweischneidige Axt mitten durch den Kopf des Maulwurfs.

Meine Brust hob und senkte sich angesichts der Kraft, die erforderlich gewesen sein musste, einen Schädel fast in zwei Hälften zu spalten.

Blut strömte ihm die Lippen hinab, in seinen offenen Mund und um seinen Hals.

Es war verdammt krank.

Trigger nahm den Eimer und goss den Inhalt über den Maulwurf. Dann sprangen, nach einem Zucken seiner Hand, Flammen hoch, und der Maulwurf brannte.

»Brennstoff«, befahl er, während seine Augen auf meinen verharrten.

Wo zum Teufel war Trigger? Denn dieser Mann war nicht er.

*

Allen

Ich versank in der schmuddeligen Decke von Zimmer 605 des Holiday Inn in Santa Monica. Normalerweise hätte ich mir irgendeine Kirche gesucht, um dort zu kampieren, aber ich musste mich nach dem Scheiß mit Gus konzentrieren. Ich grinste zu der fleckigen Decke hinauf. Das Gefühl, wie das Messer sein Fleisch zerschnitten hatte, war fesselnd. Wie ein gutes Steak, eine leichte Berührung mit der Klinge, und man glitt direkt durch bis zum Knochen.

»Komm schon!«, zischte Zay sein Handy an. »Wo zum Teufel bist du?«

»Deine negative Aura ruiniert meinen Augenblick.«

»Wie groß sind die Chancen, dass Joe uns verraten hat?«

Das veranlasste mich dazu, mich aufzusetzen. »Warum fragst du das?«

»Du hast Gus umgebracht, und jetzt geht Joe nicht an sein verfluchtes Handy.«

»Weil du derjenige bist, der anruft.«

»Nein.« Er hielt mein Handy hoch. »Bin ich nicht.«

Shit.

Ich krabbelte vom Bett, schnappte mir mein Handy und versuchte es erneut. Wir hatten Regeln, und Nummer eins lautete: Beantworte stets meine Anrufe. Joe hatte immer abgehoben.

Ich leckte mir die trockenen Lippen und drückte die Stirn an das dreckige Fenster.

»Weiter mit dem nächsten Plan.«

Ich beobachtete Zays Spiegelbild im Fenster. Ich wusste, dass ihm dieser Plan nicht gefiel, aber ich gab einen Scheißdreck auf das, was er dachte. Er passte besser auf sich selbst auf. Zurzeit bewegte er sich bei mir auf dünnem Eis. Wenn ich ihn nicht gebraucht hätte, dann hätte ich ihn wie Gus ausgeweidet.

»Jetzt!«

Ich wartete ab, bis er gegangen war, schloss daraufhin die Augen und versuchte, den Kopf klarzubekommen.

»Wo ist er?« Meine Arme pumpten wild, während ich in mein Büro eilte. Mein verfluchter Sohn war am Telefon. Die Versammlung war mir nur wegen meines gottverdammten Sohns um die Ohren geflogen!

Ohne nachzudenken, zog ich die Hand zurück und rammte ihm die Klinge so tief, wie ich konnte, in den Rücken, nicht einmal, sondern zweimal.

Er ruckte nach oben, was die Klinge beim zweiten Mal tiefer hineintrieb. Er fuhr mit wütenden dunklen Augen herum, und ich sah seinen Ausdruck, als er begriff, dass ich derjenige war, der es getan hatte.

»Was soll das, verdammt?« Seine Stimme dröhnte durch den Raum.

Trigger war alles andere, nur kein Präsident. Er hatte versucht, mein Abkommen mit den Serpents zu ruinieren, das eine Abkommen, das uns erlaubt hätte, in Santa Monica zu bleiben und unseren eigenen Grund und Boden zu besitzen. Das Stück Scheiße glaubte, er wüsste es besser, und dass er zu gut wäre, um Drogen zu verkaufen. Er war dabei, meine ganze harte Arbeit zu ruinieren. Er musste sterben.

»Du bist es nicht wert, ein solches Reich zu beherrschen. Du bist schwach und wertlos.«

Die Tür ging auf, und ich ließ meine innere Verteidigung für eine halbe Sekunde fallen. Ich spürte, wie mir ein Messer den Bauch aufschlitzte. Ich erstarrte, als der Schmerz mich durchfuhr. Meine Finger kribbelten, und ich wusste, das war es. Ich fiel schwer zu Boden.

»Joe!«, brüllte Trigger von irgendwoher weit entfernt. »Hol die Prospects, damit die sich um diesen Scheiß kümmern.«

»Ja, Boss. Brauchst du Hilfe?« Er nickte zu dem Blut hin, das vom Rücken meines Sohnes herablief.

»Nein, bringt ihn bloß hier raus.«

»Ja, Boss.«

Das Wort Boss *sorgte dafür, dass ich mich übergeben wollte. Mein Sohn würde dafür bezahlen, verdammt. Ich versuchte, mich zu bewegen, aber der Schmerz war entsetzlich, und ich entschied mich dagegen. Meine Lungen schmerzten, und meine Atmung wurde flach. Oh, Shit, alles schmerzte.*

Brent, der Prospect, packte mich am Arm und hob mich auf seine Schulter wie einen Sack Kartoffeln. Ich versuchte, mein Stöhnen zu verbergen, aber es fiel schwer.

Blut lief mir das Gesicht herab, und meine Sicht war verschwommen, als ich auf die Ladefläche eines Pick-ups geworfen wurde. Das Nächste, woran ich mich erinnerte, war, dass ich Wolken über mir dahinrasen sah und dass der Wind das Blut auf meinen Wangen trocknete. Blendender Schmerz schoss mir die Beine hinab, aber ich war dankbar, dass ich mit den Zehen wackeln konnte.

Ich wusste nicht genau, wie lange wir fuhren. Irgendwann hielt der Pick-up an, und ich entdeckte Brent über mir. Er trat gegen meine Schulter, und mein Kopf fiel in seine Richtung.

»Für mich sieht er verdammt tot aus.« Er beugte sich herab und überprüfte meinen Puls. Er kriegte es nicht hin, denn ich wusste schließlich, dass mein Herz immer noch schlug. »Er riecht beschissen.«

Arschloch!

»Nimm ihn bei den Schultern«, sagte jemand.

Ich fiel zu Boden, und ich musste alles aufbringen, was ich hatte, um nicht laut loszuschreien. Meine Hose riss auf, als sie mich über den Waldboden schleiften und mich unter ein paar Büsche wälzten.

»Begraben wir ihn?«

»Der Boden ist hart. Das würde Stunden brauchen.« Brent seufzte.

»Wir können einfach sagen, wir haben's getan. Ist nicht so, als ob er in nächster Zeit rauskäme.«

Einige Zweige wurden auf mich geworfen, aber ich konnte nach wie vor ihre Füße sehen, wie sie sich vor mir bewegten.

»Das reicht.« Brent warf den Rest neben mich und holte sein Handy heraus. »Verschwinden wir von hier. Dieser Ort ist verdammt unheimlich.«

Ich wusste, dass ich erledigt war. Was für eine Art und Weise, abzutreten. Fuck, hier unter einem Busch liegend, die Eingeweide offen, darauf wartend, dass die Tiere Witterung von mir bekamen. Hass erfüllte mich, aber er konnte mich nicht am Leben halten. Ich wusste, dass ich kurz davor war zu sterben.

Ich musste eine Weile dort draußen gelegen haben, weil es fast dunkel war, als ich zu mir kam. Ich spürte, dass an meiner Hose gezogen wurde. Ich geriet in Panik. Ich wusste, dass es die Tiere hier waren, die sich an mir laben wollten, und ich kreischte in meinem Kopf, da mein Körper sich nicht rühren wollte.

»Komm schon«, sagte eine Stimme, und ein Paar Stiefel tauchte vor meinem Gesicht auf. Er wälzte mich auf den Rücken, grub in meinen Taschen und zog meine Brieftasche hervor.

»Blöde Arschlöcher, können nichts richtig machen.«

Ich nahm all die Kraft, die ich noch hatte, um sein Handgelenk zu packen.

»Du.« Ich schnaubte, als ich sah, wer es war.

»Oh, Shit!« Er sprang ungläubig zurück. »Du lebst immer noch?« Er zog seine Waffe heraus und richtete sie auf meinen Kopf. Ich merkte, dass er verwirrt war und nicht wusste, was er tun sollte. Ich ergriff diesen wertvollen Augenblick und nutzte ihn zu meinem Vorteil.

»Warte«, keuchte ich. Also beugte er sich herab, damit ich nicht so laut sprechen musste. »Du hilfst mir, und ich verspreche dir, dich zum Vizepräsidenten des Clubs zu machen, sobald der Vertrag erfüllt ist. Ich werde dir alles Geld geben, was du je haben möchtest.«

»Allen.« Er rieb sich den Kopf mit der freien Hand. »Ich weiß nicht ...«

»Mein Sohn wird den Club herunterwirtschaften, wenn er versucht, ihren Vertrag zu brechen. Wo wirst du dann sein, Joe? Du brauchst den Club ebenso sehr wie ich.«

Er dachte über meine Worte nach. Seine Kiefer zuckten, und seine Mundwinkel gingen nach oben.

»Möchtest du auf ewig Türsteher sein?« Ich sah, dass ich damit ins Schwarze traf. Ich hustete. Shit, alles schmerzte.

Er stand auf und wollte gehen, aber die Tatsache, dass er mich nicht gleich umbrachte, war ein gutes Zeichen. Joe war dumm, und ich war mir sicher, dass er nicht den Respekt erhielt, den er seiner Ansicht nach verdiente, also wusste ich, dass er ein leichtes Ziel wäre. Ich musste einfach nur die richtigen Dinge sagen.

»Ich weiß nicht, Allen. Trigger kennt viele Leute, und wenn das jemals rauskommt, werde ich auf der Stelle getötet.«

Ich schloss die Augen. Vielleicht irrte ich mich in der Annahme, ich könnte ihn umstimmen.

Nach einer Zeit, die mir wie eine Ewigkeit vorgekommen war, griff er mich unter den Achselhöhlen und zog mich zum Pick-up hinüber. Er warf mich hinein, und ich fiel schwer auf die Ladefläche.

Verdammt, er würde mich zum Club zurückbringen!

Der Motor sprang an, und ich dachte an die vielen verschiedenen Möglichkeiten, wie ich meinen Körper vom Pick-up herabbekäme und in die Büsche rollen könnte. Alles wäre besser, als in die Hände meines Sohnes zurückgegeben zu werden.

Der Nachthimmel raste vorüber, und die Sterne verschwammen ineinander. Was stand mir als Nächstes bevor?

Als der Pick-up stehen blieb und ich hörte, wie das Wasser gegen das Dock schlug, wusste ich, wo wir waren.

Ich lächelte bei der Erkenntnis, trotz der Schmerzen.

Er hatte die Seiten gewechselt.

Kapitel 15

Trigger

Nolan tauchte durch den dichten Nebel auf. Er blieb weit genug weg, um nicht die Aufmerksamkeit der wilden Bestien auf sich zu lenken, aber ich spürte seine Gegenwart. Er kämpfte sich jedes Mal seinen Weg an die Oberfläche, wenn sie anwesend war.

Ich blieb am Rand stehen. Ketten umschlangen meine Handgelenke und meinen Rumpf, hielten mich am Platz – eine Erinnerung, dass ich ihnen gehörte, wenn ich hier war.

»Wo zum Teufel kommst du her, Tigerin?«

Morgans ungläubige Frage riss mich aus meinen trüben Gedanken zurück.

Ihre großen Augen waren auf meine gerichtet, und ich merkte, dass sie gehört hatte, was Joe gesagt hatte. Merkwürdigerweise machte es mir absolut nichts aus, obwohl es das wohl sollte.

Ich wandte meinen Blick ab und richtete meine Aufmerksamkeit dorthin, wo sie hingehörte, auf den verbrannten Haufen Scheiße, der vor mir lag.

»Tess«, hörte ich Bricks Warnung hinter mir.

Sie sah zu mir auf, den Kopf zur Seite geneigt.

»Ich bin mein ganzes Leben lang von Lügnern umgeben gewesen.« Ihre Stimme drang kaum durch den Wahnsinn in meinem Innern. »Auch ich habe ihm vertraut. Wie dumm muss ich gewesen sein.«

»Er hat nie kapiert, wie es ist, eine Familie zu haben.«

Ohne sich umzuschauen, ging sie zur Tür hinaus und murmelte jemandem draußen auf dem Flur etwas zu.

Ich blickte weiter auf das, was von Joe übrig geblieben war. Ich hatte seine Schreie genossen und war glücklich, dass beide Maulwürfe nun beseitigt worden waren.

Nur Brick und ich blieben, bis die letzte Flamme erlosch. Brick schluckte bei dem Gestank, aber ich bemerkte ihn nicht, oder ich war vielleicht vom Geruch des Sieges erfüllt.

»Was jetzt?«

»Jetzt suchen wir Allen.«

»Trigger?«

Ich wandte mich um und sah Brick an. Er hatte sich ein Tuch über Mund und Nase gelegt, aber seine Augen waren zu sehen, und er hatte die Brauen zusammengezogen. Er schien besorgt. Warum? Wir hatten gerade einen jahrelangen Maulwurf erledigt.

»Schon gut.«

»Wenn du etwas zu sagen hast, sag es.«

Er schüttelte den Kopf und machte dann einen Schritt zurück, sodass ich gehen konnte.

Ich trat die Tür auf und ging auf mein Zimmer.

*

Nach typischer Clubweise gab es eine riesige Party, wann immer wir einen Sieg errungen hatten. Der Pool war voller Frauen, und in der Bar war viel Betrieb, der Alkohol floss in Strömen. Nachdem es sich herumgesprochen hatte, trafen nach und nach meine anderen Crews ein, um sich an der Feier zu beteiligen. Geld floss zusammen mit dem Schnaps. Es war eine gute Nacht.

Mein Körper war aufgedreht. Die Dämonen waren auf Speed, und ich war rastlos und nervös. Ich benötigte immer noch mehr.

»Trigger!«, rief Tristen mit einem Mädchen in jedem Arm. »Ich habe einen Leckerbissen für dich.« Er schob eine der Blondinen zu mir hin. Sie stolperte über ihre Absätze und fiel mir gegen den Brustkorb. Rasch packte ich ihre Handgelenke und stellte sie auf die Füße. »Sie ist eine Turnerin.« Mit dem Mund formte er das Wort: »Gelenkig.«

»Hey.« Sie sah blinzelnd zu mir hoch. »Ich bin Jessica.«

Ich lächelte auf sie hinab und spürte die Erektion in meiner Hose. Sie hatte pralle Lippen, die zu meinen Gunsten eingesetzt werden konnten.

»Wer bist du?«, fauchte Tess hinter ihr. »Ich glaub's doch nicht, verdammt.«

»Wer bist du?« Das Mädchen straffte die Schultern und schlang daraufhin mit einem Lächeln die Arme um meine Taille.

Tess schoss mir einen bösen Blick zu, dann blitzte dieser verrückte Ausdruck über ihre Augen.

Sie packte voller Gewalt meinen erigierten Schwanz. Es war sexy wie die Hölle, bis ich spürte, wie sich ihre Nägel eingruben.

»Das«, sie hielt ihren Finger hoch und zeigte auf ihren Ring, »gehört mir.«

»Huuu, Trigger.« Tristen lachte. »Deine Bitch braucht eine Leine.«

Tess fuhr herum, und zu meiner Überraschung knallte sie Tristen direkt eine ins Gesicht. »Nur weil du eine männliche Hure bist, bedeutet das nicht, dass du deine syphilisierten Schlampen auf ihn loslassen musst.«

Tristen schob das Mädchen, mit dem er zusammen war, zur Seite und holte aus, um Tess einen Fausthieb zu versetzen. Ich blockte seinen Hieb und knallte ihn rücklings gegen das Poolhaus.

Tess wollte schon auf ihn losgehen, aber Rail packte sie an der Taille.

»Nicht«, warnte ich Tristen mit einem weiteren Schubs. Er hob ergeben die Hände.

Ich schnippte mit den Fingern in Richtung Rail, und er ließ Tess los, die ihn gegen die Schulter stieß und mich finster ansah.

»Du bist eine ganz schön freche Göre, nicht wahr?«, stachelte Tristen sie weiter an.

»War der erste Schlag nicht fest genug?«

»Anfängerglück.«

»Ha!« Sie streckte den Mittelfinger in die Luft. »Möchtest du diese Theorie überprüfen?«

»*Fuck.*« Morgan warf seine Flasche in den Mülleimer und sah mich an. »Gehst du dazwischen?«

Ich zuckte die Achseln und kniff die Augen zusammen. Ich hatte Kopfschmerzen. Etwas in mir stimmte nicht. Die Dunkelheit, die mich gefangen hielt, wurde nur dichter.

»Hier.« Gus saß neben mir und wollte mir einen weißen Becher mit einem blauen Strohhalm reichen. »Ist Limonade, Nolan.«

Es war seltsam, wenn er meinen anderen Namen benutzte, aber er bestand stets darauf, also spielte ich mit. Ich zog die Augenbrauen zusammen, während ich den Becher musterte. An der Seite war die Silhouette zweier Zitronenscheiben zu sehen, die zwischen zwei Eiswürfel gequetscht waren. Es war wirklich heiß draußen, und Limonade war etwas, was ich nicht oft bekam. Sanft drückte er sie mir in die Hand, und sah dann weiter dem Spiel zu.

»Wie steht es?«

»Die Angels liegen mit sieben zu drei vorn.«

»Nett.« Er schob sich beim ersten Biss mehr als die Hälfte des Hotdogs in die Kehle. Ich musste einfach grinsen, als er den Kopf nach hinten kippte und zu schlucken versuchte. »Lecker.«

Ich mochte Gus. Mit ihm machte alles Spaß, und alles war leicht. Er schlug mich nie oder rührte mich an. Er verbrachte bloß gern sonntags ein paar Stunden mit mir. Es half mir, die nächste Woche oder den nächsten Kampf zu überstehen.

»Möchtest du einen?« Gus stellte mir die Schachtel auf den Schoß, und ich sah, dass er mindestens acht Hotdogs besorgt hatte.

Ich nahm einen und inhalierte ihn in einem Bissen.

»Was war das?« Gus lachte mit weit geöffnetem Mund, und ein halbes Wiener Würstchen fiel ihm heraus. »Ich bin so stolz.«

Ich lachte und widmete mich wieder dem Spiel. Wer hätte gedacht, dass ich so lachen konnte?

»*Shit!*« Bricks Ausruf holte mich zurück, und es dauerte einen Moment, bis ich sah, was los war. Tristens Tussi hatte Tess an der Kehle gepackt. Sie war drei Mal so groß, und das zeigte sich in ihrem kräftigen Griff.

Ich sprang über den Tisch und stieß die Tussi mit einem Arm in den Pool. Tess stürzte, schlug jedoch meinen Arm weg, als ich ihr aufhelfen wollte.

»Rühr mich nicht an!« Ihre Hände tasteten nach der Mauer.

»Alles in Ordnung?« Brick kam zu ihr und legte ihr den Arm um die Taille. Was sie natürlich zuließ.

»Mir geht's gut«, schnaubte sie.

»Warum bist du so zickig?«

Sie hielt sich den Hals und schüttelte den Kopf. »Dieser Ort«, keuchte sie. »Ich brauche einen Drink.« Sie schob sich an Brick vorbei und ging nach drinnen.

»Worum ging es eigentlich, zum Teufel?« Brick hielt die Hände hoch und sah dann zu mir zurück. »Was ist passiert?«

»Die kleine Bitch hat vielleicht Eier«, rief Tristen, eindeutig völlig knülle.

»Es reicht«, brüllte ich, woraufhin der gesamte Hinterhof in Schweigen verfiel.

Ich ging nach drinnen, und die Menge teilte sich, während ich hindurchstürmte. So viele Geräusche in meinem Kopf kämpften darum, meinen Gedankengang zu unterbrechen. Die Dämonen kreischten und bestanden darauf, dass ich in eine andere Richtung gehen sollte. Eine Richtung, die von Tess wegführte.

*

Tess

»Geh rein.« Vib schob Fin in die Bar. Er stolperte über seine Büchertasche und fiel mit einem kleinen Aufschrei auf die Knie. »Meine Güte! Fin, bring deinen Hintern hoch und geh mir aus den Augen.« Sie ließ ihre billige, protzige Handtasche auf den Hocker fallen und schob sich das wilde Haar aus dem Gesicht. »Ich brauche eine gottverdammte Pause!« Sie zündete ein Streichholz an und berührte damit die Spitze einer Zigarette.

»Aua.« Tränen füllten Fins große Augen. »Das tut weh.« Auf seinem Knie war ein ziemlich hässlicher Schnitt.

»Halt's Maul.« Sie gab ihm eine Ohrfeige, und mir reichte es.

Ich ließ mich auf ein Knie nieder, nahm Fins Bein in die Hand und sah zu ihm hoch. »Das sieht aus, als würde es wehtun. Soll ich dir ein Pflaster holen?« Er nickte leicht, beäugte jedoch seine Mutter hinter mir.

»Hey«, lallte Vib. Ich vermutete, dass die Wirkung dessen, was sie genommen hatte, jetzt einsetzte. Als ich nicht zu ihr aufsah, erhob sie sich auf ihre Zwölf-Zentimeter-Absätze und schob die knochige Hüfte vor. »Ich habe gesagt, hey, du.«

Ich wusste, dass ich eine Grenze überschritten hatte, aber offen gesagt gab ich einen Scheißdreck darum. Diese Jungs hatten genug durchgemacht, und jetzt fügte sich dieser Junkie nur noch ihrer Liste von Problemen hinzu.

»Hast du Hunger?« Ich ignorierte sie.

»Ja, sehr.«

Mit meinem Handrücken trocknete ich die Tränen auf seinem schmutzigen Gesicht. Ich biss mir auf die Zunge und fragte mich schweigend, wann er zum letzten Mal gebadet hatte.

»Ich kann selbst für meinen Sohn sorgen.« Vib trat neben mich.

»Wie du ihn auch baden kannst?« *Oh, Shit, Tess, halt den Mund.*

»Was hast du gesagt? Du bist eine kleine Schlampe.«

Als ich aufstehen wollte, packte sie mein Haar und schubste mich, und ich fiel zurück und knallte mit der Seite meines Kopfs gegen einen Stuhl.

»Rühr sie nicht an!«, kreischte Fin und drückte ihre Hüfte mit all seiner Kraft, sodass sie das Gleichgewicht verlor und in den Barhocker hineinstolperte. »Ich hasse dich! Ich hasse es, dass du sie angerührt hast.«

»Halt's Maul, du kleiner Scheißer.«

»Du bist ein Scheißer. Dad hat mich wenigstens nicht gehauen.«

»Na ja, dein Dad ist tot ...«

Fin erstarrte, und seine Nasenflügel bebten. Ich hätte schwören können, zu hören, wie ihm das Herz brach. Sein Gesicht wurde rot, und seine Fäuste knallten an seinen Seiten nach unten. »Ich wünschte, dass du von den Würmern gefressen würdest.«

Vib bemühte sich, aufzustehen, doch ihre Knie knickten nach innen weg, als sie versuchte, in ihren blöden Schuhen das Gleichgewicht zu finden. Sie sah sich nach etwas um, und ich gab mir Mühe, meinen Kopf von dem Schlag auf meine Schläfe klarzubekommen. Verdammt, tat das weh.

Ich wünschte, ich könnte mich besser beherrschen, aber ich sah Rot, als Fin vor Schmerz aufschrie. Diese verfluchte Junkietussi hatte ihm das heiße Ende ihrer Zigarette auf den Oberarm gedrückt. Er wand sich und weinte. Ich weiß nicht, wann ich auf die Füße sprang, aber ich riss seinen Arm aus ihrem Griff und ging auf ihr hässliches Gesicht los.

»Was tust du da, zum Teufel!«, kreischte ich, als ich mit dieser Schlampe fertig war. »Er ist dein Sohn, Vib! Wie kannst du das deinem eigenen Kind antun!« Fin vergrub seinen Kopf in meinem Rücken und schluchzte, während ich sie immer noch in meinem Griff hatte. »Gus würde dir den Arsch versohlen und dich ins Grab schicken, wenn er wüsste, dass du das deinem Sohn angetan hast.«

Sie entzog sich meinem Griff. Ihr Lippenstift war über ihren ganzen Mund verschmiert, und Tränen von meinen Schlägen hatten Spuren durch ihr dickes Makeup gezogen. Sie kippte einen halb geleerten Drink herunter, den jemand auf der Theke stehengelassen hatte, und grinste dann, während sie sich den Mund abwischte.

»Er kann mir jetzt wohl nicht mehr den Arsch versohlen, oder?«

»Er nicht, aber ich kann's offensichtlich noch.«

Sie holte aus und verfehlte mich, nur um dann mit einem Schnauben zu Boden zu gehen.

»Raus.« Ich stand über ihr.

»Das kannst du nicht machen.«

»Nein?« Ich hielt meinen Verlobungsring hoch und sah, wie sie zwei und zwei zusammenzählte. Ja. Ich war dabei, den Präsidenten des Clubs zu heiraten.

»Eine solche Entscheidung kannst du nicht treffen. Du bist bloß eine Hure in Triggers Arm, bis er dich leid ist. Es ist immer dasselbe mit ihm. Ficken und wegschicken. Wir warten bloß bei dir darauf.«

»Na ja.« Ich rieb mir das Kinn, wie wenn ich tief in Gedanken wäre. »Ich schätze, ehe ich rausgeworfen werde, bist du hier längst draußen.«

»Die Jungs kommen mit mir mit.«

»Nein!«, jaulte Fin.

»Schätze, da hast du deine Antwort.«

Wiederum schaffte sie es, auf die Füße zu kommen, und ragte über mir und Fin. »Du kannst sie mir nicht wegnehmen. Sie gehören mir.« Sie beugte sich näher. »Und ich nehme sie mit mir in die Hölle, wenn auch nur, weil *du* sie haben willst.«

»Vib!«, brüllte Trigger von seinem Büro aus. »Du hast keine Vormundschaft für die Jungs. Die habe ich.« Er hielt einen blauen Ordner hoch, denjenigen, den Gus zuvor erwähnt hatte. »Ich habe das Recht einzuschreiten, wann immer ich möchte. Du hast eine Stunde, um deinen Scheiß aus meinem Club hinauszubefördern. Die Jungs bleiben.«

Ihr fiel die Kinnlade herab, als sie begriff, was er sagte. »Trigger«, jammerte sie und wurde ganz mädchenhaft. »Es war bloß ein Missverständnis. Tess hat etwas gesehen und geglaubt, ich würde Fin wehtun. Du weißt, ich würde meinen Babys nicht wehtun. Du weißt, ich liebe sie.«

»Eine Stunde«, wiederholte er.

Sogleich änderte sich ihre Körpersprache, und sie fuhr sich mit einer Hand über die künstliche Brust. »Du beförderst sämtliche Mädels im Club nach draußen, nur um diese Zeitverschwendung hier glücklich zu machen? Du liebst sie nicht. Sie arrangiert sich bloß mit deinem ganzen Scheiß, also bist du blind ihr gegenüber. Dein Onkel würde sich im Grab umdrehen, wenn er dich jetzt sehen würde.«

Trigger sah zu mir herüber, bevor er murmelte: »Vielleicht, aber jetzt hast du bloß noch fünfzehn Minuten. Verschwinde schnell von hier. Du verursachst mir Kopfschmerzen.«

Vielleicht? Was davon war das »Vielleicht«, dem er offensichtlich zustimmte? Der Teil, dass er mich nicht liebte oder dass Gus sich im Grab umdrehen würde?

Vib funkelte mich an, bevor sie ihre Handtasche schnappte und zu ihrem Zimmer ging. Ich hob Fin auf die Theke und untersuchte seine Verbrennung.

»Alles in Ordnung?«

Er zuckte die Achseln und wimmerte, während ich seinen Arm verband. Was für ein Monster würde einem Jungen wie Fin wehtun? Der kleine Bursche sprach vielleicht wie ein Seemann und schlug zu wie ein Kämpfer, aber tief im Innern wollten er und sein Bruder lediglich von ihrer Mutter geliebt werden.

Vib tauchte wieder auf und verließ den Club, aber nicht, bevor sie mir noch einen Blick zugeworfen hatte. Ihre Augen wirkten wild und unsicher. Was hatte sie vor, zum Teufel?

»Na gut.« Ich konzentrierte mich wieder auf Fin. »Ich bestelle dir etwas zu essen. Warum legst du dich nicht hin und wartest, bis die Schmerztabletten wirken, und ich lasse es von Morgan zu dir bringen, ja?«

Er schniefte. »In Ordnung.«

Ich hob ihn von der Theke und drehte mich um, um das Chaos aufzuräumen, da umarmte er mich von hinten.

»Kannst du meine Mom sein?«

Eine Million Gefühle durchliefen mich, aber was mich am heftigsten traf, war, dass er in mir eine Mutter sah. Nie im Leben hatte ich daran gedacht, dass ich eine Mutter sein könnte oder sogar nur sein wollte. Ich kam gut mit Lilly zurecht. Ich wusste, sie hatte ein besseres Leben, wenn ich sie nicht aufzog. Aber jetzt, Jahre später, lagen die Dinge anders, und wenn ich auf den kleinen Jungen vor mir herabsah, der so viel in einer so kurzen Zeitspanne verloren hatte, dann wollte ich ihn bloß noch im Arm halten und ihm die Welt versprechen.

Was war da mit mir passiert, zum Teufel?

Ich fuhr ihm mit der Hand über die Wange und bis hinab zum Kinn. »Fin, ich kann alles sein, was ich für dich sein soll.«

Er schenkte mir ein kleines Lächeln, was ihm angesichts der Ereignisse gerade eben bestimmt äußerst schwerfiel, und machte sich zu meinem Zimmer auf.

Ich sackte gegen die Theke. Nach dem Kampf draußen am Pool und dann mit Vib war ich ausgelaugt, körperlich wie emotional.

Ich musste etwas tun, also machte ich mich an die Reinigung der Sodamaschinen.

Als ich fast fertig war, sah ich auf die Uhr. Drei Uhr früh. Ich war beeindruckt von meiner Arbeit und freute mich darauf, es Morgan am Morgen zu zeigen. Ich wusste, dass es die eine Tätigkeit war, die er verabscheute.

Die Bürotür ging auf, und Trigger lehnte sich mit seinem Körpergewicht an den Türrahmen.

Ich warf meinen Lappen in den Mülleimer und verschloss sorgfältig die Kasse.

»Bist du für heute Nacht damit durch, Probleme zu machen?«

»Bist du bereit, heute Nacht von der dunklen Seite zurückzukommen?«

Er grinste, aber es war nicht das sexy Grinsen, das er mir schenkte, wenn ich ihn amüsierte. Es war kälter.

Es jagte mir einen kalten Schauer über den Rücken. Bei ihm bekam die Vorstellung von einer gespaltenen Persönlichkeit eine ganz neue Bedeutung.

»Kommst du ins Bett?«

Ich schüttelte den Kopf.

»Warum?« Sein Tonfall war anders, und er passte zu seinem Grinsen. Gus hatte mich davor gewarnt, dass Trigger vielleicht umschalten und nicht zurückkehren könnte. Ein Teil meiner selbst war aufgeregt bei dieser Vorstellung gewesen, aber jetzt sah ich, was sie getan hatten. Er war nicht mehr Trigger. Er war jemand anders, jemand, dessen ich mir nicht gewiss war.

Ich entschied mich, ehrlich zu sein. Ich wollte meine Gefühle nicht beschönigen, und ich wollte ihn nicht zu der Annahme verleiten, dass mir diese Version seiner selbst gefiel.

»Weil ich mit Trigger schlafen möchte, nicht mit seinen Dämonen.«

Ich schaltete das Licht aus und ließ ihn allein im Dunkeln stehen.

*

Allen

»Vater.« Zay kam in der Eisenwarenhandlung zu mir geeilt. Ich probierte die Spitze der Mistgabel aus und stellte mir vor, wie ich damit Triggers Halsvene durchtrennte. Das Gewicht des Gartengeräts gefiel mir, also legte ich es in den Einkaufswagen.

»Was ist?«, fauchte ich, während ich zum nächsten Gang schlenderte.

»Sie kommen zurück. Sie haben meine Nachricht erhalten und waren einverstanden, zurückzukommen.«

Das ließ mich innehalten.

»Wann?«

»Dienstag in einer Woche.«

Ich nahm eine Rolle mit Abfallbeuteln. Ich wusste, dass ich den Schlamassel, den ich vorhin mit dem Zimmermädchen veranstaltet hatte, aufwischen lassen musste. Sie hatte mein Zimmer reinigen wollen, obwohl ich sie speziell aufgefordert hatte, es nicht zu tun. Einige Leute können einfach nicht zuhören.

»Ausgezeichnet. Sag ihnen, sie sollen sich um 21 Uhr nächsten Dienstag an der Hotelbar treffen.«

»Sollte interessant werden.«

»Allerdings, das sollte es.«

Ich erhaschte einen Blick auf mein Grinsen im Überwachungsmonitor und sah etwas Schwarzes über meine Pupillen huschen.

Kapitel 16

Trigger

Es waren acht Tage vergangen, seitdem Gus ermordet worden war. Wir kehrten gerade von der Beerdigung zurück, und alle waren in beschissener Stimmung. Ich konnte es ihnen nicht verübeln. Ich fühlte mich selbst ziemlich am Boden.

»Sie hat es nicht verdient, dort zu sein«, knurrte Morgan und sank in einen Stuhl.

»Doch, hat sie«, warf Cooper ein. »Nur nicht mit einem anderen Mann am Arm.«

»Ich bin nach wie vor der Ansicht, du hättest Tess auf sie loslassen sollen.« Rail zwinkerte Tess zu, die den größten Teil des Tages still geblieben war. Gus hatte Tess viel bedeutet, und sie war noch verschlossener, als sie es in letzter Zeit sowieso schon gewesen war.

Rail stieß Tess mit dem Ellbogen an. »Brauchst du einen Drink, Tigerin?«

Sie hob den Blick von ihrem Schoß, und ich sah ihr Handy aufblitzen.

»Hmm?« Sie kniff die Augen zusammen, während sie darüber nachdachte, was Rail gesagt hatte. »Nein, ich habe keinen Hunger.«

Rails Kinn zuckte, aber bevor er die Frage wiederholen konnte, berührte Brick sie an der Schulter.

»Alles in Ordnung?«

»Natürlich.« Sie verließ die Bar und ging durch die Hintertür nach draußen.

Was war denn mit ihr los, zum Teufel? Ich wollte ihr folgen, da stürmte Cray durch die Eingangstür wie ein Kind in ein Süßwarengeschäft.

»Juhuu! Jungs, ich habe einen Leckerbissen für euch.«

Brick sah mich verwirrt an.

»Trigger.« Er wollte mich an den Schultern packen, hielt sich jedoch zurück. »Weihnachten kommt dieses Jahr früh für dich!« Er lehnte sich zurück und läutete die Glocke auf der Theke.

»Soll heißen?«

»Soll heißen«, er drehte sein Handy herum und zeigte mir die Nachricht und das Foto, »möchtest du spielen?«

Verflucht, Weihnachten war dieses Jahr in der Tat früh dran.

Wir sechs fuhren mit unseren Bikes hinaus, und warteten in den Schatten unter dem roten rotierenden Schild. Die Snake's Den lag abseits des Freeway, eine versteckte Bikerbar, von der nur die Einheimischen wussten. Es war keine Bar, wo Devil's Reach willkommen war. Ich konnte mir nicht vorstellen, warum.

Eine einzige Lichterkette wand sich durch das Hochhaus über uns. Sie sah aus wie eine Weihnachtslichterkette. Cray zwinkerte mir zu, wie um zu sagen: »Siehst du? Weihnachten.«

»Niemand rührt sich, bis ich etwas anderes sage.« Meine Haut kribbelte, als ich das Geräusch von Stahl vernahm, der aus Leder gezogen wurde.

»Wie viele, Morgan?«

»Mindestens achtzehn.«

»Und?«

»Du hast etwa eine Minute und zehn Sekunden.«

Ich winkte Cooper auf die andere Straßenseite, um die Nagelbretter hinzuwerfen. Die Scheinwerfer der Bikes würden sie erst erkennen, wenn es zu spät war. Er gab uns ein Zeichen, als er fertig war.

Ich wechselte zur Mitte der Straße und zielte mit der Waffe auf den Anführer der Biker.

»Peng«, flüsterte ich, dann zählte ich laut und schlüpfte in der letzten Sekunde in die Schatten zurück.

Es war, als würde die Zeit stillstehen, nur um den Augenblick zu versüßen.

Das erste Bike traf direkt auf das Nagelbrett und flog in die Luft, wie bei einer Motorradvorführung. Die beiden hinter ihm reagierten zu langsam und landeten auf dem ersten. Der Rest bremste mit quietschenden Reifen, und die Fahrer stiegen ab. Ich schoss um sie herum, um sie in die Richtung zu zwingen, in die ich sie haben wollte, weg von der Bar.

»Weiter feuern!«, rief ich.

Flackerndes Licht erhellte den Himmel, wodurch man sah, wo sie sich befanden.

»Ausschwärmen!«

Wir rannten über die Straße auf das ebene Gelände, das sich kilometerweit erstreckte. Ich blieb neben ihrem Präsidenten stehen und ließ die übrigen weiterlaufen. Ich würde sie später einholen. Ich starrte auf ihn herab und vernahm sein Stöhnen. Das Pflaster hatte etwas von seiner Ledermontur weggefressen und sein Fleisch ein paar Schichten tief verbrannt.

»Ich wiederhole mich nicht gern. Ich habe es dir einmal gesagt, und sieh an, wo wir jetzt sind.«

»Woher hast du gewusst, dass er nach uns geschickt hat?«, fauchte er.

Wer? »Mein Vater?«

Was für ein süßer Sieg, stellte sich heraus.

Ich hörte ihn kaum. Mein Hunger nach einem guten Mord übernahm. Ich schob meine Waffe in den Hosenbund, holte mein Messer hervor und schlitzte ihm den Bauch auf. Es war nur eine Sache von Minuten, bevor er hinüber war.

»Mein Gott, Trig.« Cooper bedeckte den Mund mit der Hand, aber er stellte meine Tat nicht infrage.

»Zieh ihm die Kutte aus und steck sie in meine Satteltasche.«

»Ja, in Ordnung.«

»Cooper, dokumentiere das.«

»Ja, Boss.«

Eine Kugel streifte mich an der Schulter, und meine Dämonen spielten verrückt. Cooper duckte sich, beendete jedoch, was ich ihm aufgetragen hatte.

Ich rannte los, um die anderen einzuholen. Meine Füße hämmerten auf den staubigen Boden ein, und aus meiner Schulter tropfte Blut.

Ich fühlte mich nie lebendiger als auf dieser Seite meines Inneren.

»Trigger!« Morgan winkte mir von vorn zu. »Alle bis auf drei sind drinnen.«

In dem Augenblick, als ich sie erreichte, trat ich den Deckel einer herumstehenden Kiste ein, schnappte mir eine der Flaschen und zündete den Lappen an, der heraushing.

Die Jungs taten es mir nach, warteten allerdings auf ein Kommando. Ich pfiff, und alle schwiegen.

»Ihr habt euch meinem Club nicht gebeugt, ihr habt nicht zugehört, als ich euch warnte wegzubleiben, und ihr habt euch mit dem Teufel gegen mich verschworen. Nun, jetzt könnt ihr alle zur Hölle gehen!« Meine Stimme hallte dröhnend von den Hügeln zurück. Ein paar Kugeln durchschnitten das Schweigen. Ich blieb an Ort und Stelle stehen, während die anderen in Deckung gingen und abwarteten. »Ihr solltet allmählich begriffen haben, dass sein Sohn schlimmer ist.«

Ich holte aus und warf die Benzinflasche neben den kleinen Trailer, in dem der Besitzer der Bar gewöhnlich an den Wochenenden übernachtete. Meine Männer taten es mir nach. Geschrei und Geheul zerrissen die Nachtluft. Einige versuchten, wegzulaufen, rannten jedoch in Kugeln und Fäuste hinein.

Wir gingen erst, nachdem der Letzte von ihnen entweder verbrannt oder über den Wüstenboden verspritzt war.

Gerade als sich die Sonne zeigte, befahl ich Cooper und Cray, mit ein paar der anderen Jungs alles Sichtbare von der Straße wegzuräumen und ihre Bikes wegzuwerfen.

»Boss.« Morgan tauchte hinter mir auf und reichte mir eine weitere Kutte. »Ich hatte keine Ahnung, dass Jimmy Lawful bei ihnen war.«

Ich steckte mir den Joint zwischen die Lippen und grinste die Aufschrift an. Heilige Scheiße.

»Stripe Backs tun sich mit Satan's Serpents zusammen?«, fragte Brick verwirrt. »*Fuck,* sie müssen den Druck spüren!«

Morgan lachte. »Nicht schlecht, beide Präsidenten auf einmal zu erledigen.«

»Das wird ein ganz schöner Schlag für meinen Vater sein.«

»Was hat Allen damit zu tun?« Brick zog die Brauen zusammen.

»Er hat nach ihnen geschickt.«

»Woher weißt du das?« Alle Männer waren jetzt auf mich konzentriert.

»Er hat's mir gesagt.« Ich nickte zum ausgeweideten Präsidenten der Stripe Backs hinüber, der unter einem Busch lag. »Bevor ich seine Innereien herausgeholt habe.«

Schweigend saßen wir da, froh über das Ergebnis. Ich bemerkte Bricks düstere Stimmung, ignorierte ihn jedoch.

Ich stand auf und ging zu meinem Bike hinüber, sprang darauf und startete es. Gerade als ich auf die Straße fahren wollte, stellte er sich mir in den Weg.

Ich schob mein Visier hoch. »Was ist?«

»Du hast es mir nicht gesagt.«

»Und?« Ich war genervt von seinen Fragen.

»Und? Du hast versprochen, dass du nichts von dem Scheiß zurückhalten würdest, den ich wissen muss.«

»Das hast du nicht wissen müssen.«

Er lächelte und schüttelte den Kopf, dann wartete er einen Moment, bevor er mir aus dem Weg trat. Ich jagte mein Bike hoch und fuhr mit meinen Dämonen los.

*

Tess

Ich erwachte in einer leeren Bar, leer mit Ausnahme von Ryder, der gegen die Tür gedrückt stand, ein Gewehr in Händen.

Die Tür war mit einer Kette verschlossen, die Musik abgeschaltet und die Kasse nicht geöffnet worden, seitdem ich sie in der letzten Nacht geschlossen hatte.

Das einzige Geräusch war mein Handy, das vibrierte und dessen Bildschirm unter der Theke aufleuchtete. Siebzehn entgangene SMS und drei Anrufe.

Shit. Was war passiert, zum Teufel?

Ich senkte mein Handy, drückte die Rückruftaste und schlüpfte vorsichtig hinten hinaus zum Pool.

»Wo bist du gewesen?«, zischte Venna verzweifelt. Wir hatten nicht viel miteinander gesprochen, seitdem sie mir bei der Flucht aus dem Haus geholfen hatte, nachdem ich Bret umgebracht hatte. Wir beide fanden es besser, uns nicht häufig zu sprechen.

Meine Haut kribbelte vor Entsetzen. Etwas braute sich zusammen, und ich wusste nicht so recht, ob es mir gefallen würde.

»Entschuldige. Wir waren gestern auf einer Beerdigung. Alles hier ist im Moment etwas schwierig, und ich hatte auch noch mein Handy verlegt …«

»Tess.« Ihr Tonfall wechselte. »Du solltest ins Haus zurückkommen.«

Ha! »Ich glaube, du könntest mir nicht genug zahlen, dass ich das täte.« *Warte mal.* »Warum bist du zurück?«

Es folgte ein ausgedehntes Schweigen.

»Mein alter Herr hat eine neue Ehefrau, die mich anscheinend nicht leiden kann.« Ihre Stimme triefte vor Sarkasmus. »Ich brauchte Geld, und sie wollte mich aus dem Haus haben. Ich wollte meinen Dad nicht in eine schwierige Situation bringen, also bin ich gegangen.«

»Tut mir leid, Ven, aber du weißt, du kannst hierherkommen, ja?«

»Eines Tages vielleicht, aber gerade im Augenblick höre ich Scheiß, der direkt dich betrifft. Und du solltest das erfahren.«

»In Ordnung, ich höre.«

»Nachdem Clark weg ist, ist deine Mutter völlig durchgedreht. Sie glaubt, du und er, ihr lebt in Santa Monica, und sie hat vor, dir ein *A-Team* auf den Hals zu hetzen, was bedeutet, der Club steht kurz davor, von etwas echt Beschissenem getroffen zu werden.«

»*Fuck*«, flüsterte ich und sank in einen Liegestuhl. »Das ist das Letzte, was der Club gerade im Moment brauchen kann.«

Angesichts von Triggers gegenwärtigem Geisteszustand war zu befürchten, dass er völlig abdrehen würde. Er war unglaublich unvorhersagbar.

»Sieh mal, ich weiß nur, was ich weiß, aber ich an deiner Stelle würde mich sofort um diese Sache kümmern, genau hier. Du kannst es vielleicht verhindern, bevor sie dort alle jagen.«

Ich ließ den Kopf hängen und stieß einen langen Strom von hasserfüllten Flüchen gegen meine Mutter aus.

»Ich schaue, ob ich irgendwie dorthin kommen kann. Mir ist nicht wohl dabei, so weit auf einem Bike zu fahren.« Die Erinnerung an meinen letzten Aufenthalt in Vegas krachte auf mich herab.

»Können sie helfen?«

Ich hörte ein lautes Geräusch, als die Eingangstür sich öffnete und die Jungs laut jubelnd hereinströmten. Flaschen knallten, was keinen Zweifel daran ließ, dass sie glücklich über das waren, was sie gerade erreicht hatten.

»Tut mir leid, sie sind gerade zurückgekommen. Ehrlich gesagt, ich glaube nicht. Ich melde mich, und danke, Ven.« Ich legte auf und ging in die Bar.

»Sieh mal, Tess!« Rail hielt eine blutige Kutte hoch. »Wir haben doppelt zugeschlagen. Stripes und Serpents existieren nicht mehr.«

»Was?« Ich ließ die Kutte, die Rail mir in die Arme gedrückt hatte, von meinen Fingerspitzen herabbaumeln. Das Blut eines Fremden war nichts, was ich im Augenblick an mir brauchte. Wenn nicht ich es war, die getötet hatte, wollte ich es nicht an mir haben. »Ich dachte, die wären auch Rivalen?«

»Allen hat sie hergeholt«, fügte Brick hinzu, als er sich für einen Kuss herüberbeugte und ihn mir auf die Wange drückte. »Mehr weiß ich nicht.« Er warf Trigger einen Blick zu, der bereits ein halbes Glas Whiskey geleert hatte.

»Alles in Ordnung?« Ich wusste stets, wenn Brick wegen etwas besorgt war. Er wirkte ruhiger und fühlte sich nicht wohl in seiner Haut.

»Wir warten nur darauf, dass er zurückkommt.« Bricks Mund wurde zu einer gerade Linie, bevor er die Worte »Sei vorsichtig!« mit den Lippen formte.

»Ähm, Brick, ich wollte fragen …«

»Brick.« Cooper steckte den Kopf durch die Tür. »Minnie braucht dich.«

»*Shit.*« Er rieb sich den Kopf. »Kannst du einen Moment warten? Ich habe mich bereit erklärt, sie dieses Wochenende nach Santa Barbara zu bringen.«

»Viel Spaß! Ja, fahr los.« Ich machte eine Handbewegung, um ihm zu signalisieren, dass es okay war. Minnie musste Vorrang in seinem Leben haben. Ich wusste, welchen Stellenwert ich bei meinem Freund hatte, aber ich wusste auch, dass ihm Minnie sehr viel bedeutete, und ich wollte nicht die Freundin sein, die dazwischen stand.

Ven: Weiß nicht genau, ob du eine vierstündige Fahrt mit ihr überlebst, aber Shantee ist in der Stadt. Vielleicht kann sie dich hierher fahren?

Tess: Ich überleg's mir. Danke.

Ich würde es in Erwägung ziehen, aber gerade im Moment spürte ich Triggers Blick auf mir.

»Also?« Er lehnte sich in seinen Stuhl zurück. »Was meinst du?

»Ich weiß nicht.« Ich zuckte die Achseln. »Ich habe nicht gewusst, dass du rausgefahren bist, um sie zu töten.«

Ich hörte Tristens Gelächter hinter mir. Er und ich hatten offensichtlich ein Problem miteinander.

»Du musst etwas klarbekommen, Mädchen.« Er legte mir den Arm um meine Schultern, und ich wollte ihn wegstoßen, wollte jedoch nicht schon wieder einen Streit anfangen. »Weibchen haben in einer Männerwelt nichts zu sagen. Sie haben überhaupt nichts zu sagen. Außer, was es zum Abendessen gibt.«

Trigger leckte sich die Lippen und knallte sein Glas auf den Tisch.

»Finger weg von meinem Mädchen, verdammt.«

Sein Arm fiel herab, und ich spürte, wie sich bei Triggers Worten eine Blase von Wärme in meiner Brust bildete. Es war mehr als eine Woche her, seitdem er mir gegenüber auch nur irgendetwas gezeigt hatte, und ehrlich gesagt, ich war es leid.

»Ich spiele bloß rum.« Er grinste mich an. »Stimmt's, Tess?«

Ich erwiderte sein Grinsen mit einem funkelnden Blick und glättete mein Top. Trigger verschwand in seinem Büro und schlug die Tür hinter sich zu.

»Wo liegt eigentlich sein Problem?« Tristen lachte hämisch. »Trigger hatte anscheinend nichts gegen das lange Paar Beine, das ihn letzte Nacht aufgesucht hat.«

Eine Sekunde lang rieb ich mir den Arm, bevor ich mich zum Gehen wandte.

»Er redet bloß Scheiße«, sagte Morgan hinter mir. »Er ist es nicht gewohnt, dass Trigger nur mit einer Frau zusammen ist, ganz zu schweigen von einer, mit der er sich fest verbunden hat.«

»Was redest du da, verdammt?«, rief Tristen über meinen Kopf hinweg. »Unmöglich! Das hat er nicht.« Er schnappte meine Hand und musterte meinen Ring. »Das ist einfach Scheißdreck. Was hast du mit unserem Präsi gemacht, zum Teufel?«

Ich entriss ihm meine Hand und drückte mich geschwind an Morgan vorbei.

»Tess, wohin gehst du?«, rief er.

»Ich habe was zu erledigen.«

Von Männern hatte ich im Moment wirklich die Nase voll.

*

»Was tust du da?« Bei Triggers Stimme fuhr ich zusammen. Er stand in der Tür, die Kiefer fest zusammengepresst und der übrige Körper angespannt. Er war so anders. Ich vermisste meinen Trigger wirklich.

Ich hasste es zu lügen, aber ich wusste nicht genau, wie er damit umgehen würde.

»Brick und Minnie fahren übers Wochenende nach Santa Barbara, um einen Freund zu besuchen. Sie haben mich gefragt, ob ich mitkommen will.«

»Davon habe ich nichts gehört.«

Ich zuckte die Achseln und tat so, als ob Brick es ihm hätte sagen sollen. Ich war schon eine Freundin.

»Du solltest nicht mitfahren.«

Ich machte mich wieder daran, meine Sachen zu packen. Ich hatte mich entschlossen, diese Fehde mit meiner Mutter zu einem Ende zu bringen. Ich würde nicht zulassen, dass ihre Scheiße auf den Club zurückfiel.

»Ist bloß für das Wochenende.«

Er räusperte sich und ließ seinen Hals knacken.

»Vielleicht hast du mich nicht richtig verstanden. Du wirst nicht fahren.«

Meine Bewegungen wurden langsamer, aber ich redete weiter. »Anscheinend wird man mich nicht vermissen.«

»Soll heißen?«

»Trigger …« Ich fuhr herum, wusste jedoch, dass Tristen log. Er musste gelogen haben. »Vergiss es.«

Er fluchte und spannte die Arme an, als läge er innerlich mit sich im Krieg. Ich wusste, dass er kämpfte, aber wie würde ich ihn zurückbekommen, verflucht? Ich versuchte, so viel hier in den Griff zu bekommen, Gus' Tod, die Jungs, nicht von Allen entführt zu werden, Zays krankhafte Besessenheit von mir. Die Liste wurde immer länger. Ich war eine starke Person, aber in meiner Rüstung gab es mittlerweile auch Dellen.

»Ich möchte nicht, dass du gehst«, murmelte er.

Ich legte mir meine Tasche über die Schulter und stellte mich vor ihn. Sein Blick flackerte, aber die Dunkelheit hinter seinen Augen zeigte mir, dass ich nicht mit dem Mann verbunden war, den ich liebte.

»Wer von euch will nicht, dass ich gehe?«

Er schloss die Augen, und ich spürte, dass seine Dämonen die Oberhand gewannen.

»Das ist ein Befehl, Tess.«

Bei seinem Tonfall fiel mir fiel das Herz in die Hose, und ich wusste, dass er nicht hier war.

Ich stellte mich auf die Zehenspitzen, küsste ihn sanft auf die Wange, trat dann um ihn herum und ging los, mich mit Shantee zu treffen.

Was am meisten schmerzte, war, dass er mich ziehen ließ.

*

Allen

»Ist das Pult in der Mitte der Bühne?«

»Es ist in der Mitte des Raums, ja.« Zay bemühte sich, seinen Sarkasmus zu verbergen.

Ich wusste, dass er glaubte, ich hätte ein Faible fürs Dramatische, aber ich war sehr speziell und hatte meine Umgebung gern unter Kontrolle. Ich kicherte in mich hinein, weil ich zugeben musste, dass ich um des Spaßes willen ein wenig Drama hinzufügen wollte.

»Vater, ich muss dir etwas sagen.«

»Jetzt nicht, Zay.« Ich zupfte an meinem Ärmelaufschlag. »Ich muss meinen Kopf völlig klar bekommen.«

»Ernsthaft, Vater, du solltest es dir wirklich anhören.«

Ich öffnete die Tür. »Alles kann warten, bis ich bereit bin.« Er setzte zum Reden an, und ich bedachte ihn mit einem funkelnden Blick. »Jetzt.« Ich hüpfte beim Gehen und klatschte in die Hände. »Gehen wir's an.«

»Das kann nicht warten.« Er folgte mir den Flur hinab und versuchte, mich am Arm zu ziehen, als ich durch die Türen des Freizeitzentrums platzte.

»Hallooo!« Das Wort verlor sich, während ich die »Menge« von nur sieben Menschen betrachtete.

Was sollte das, zum Teufel?

»Ich habe versucht, dich zu warnen«, zischte Zay hinter mir.

»Wo zum Teufel sind meine Stripe Backs und Serpents?«

»Dein Sohn.« Er wich zurück, und ich spürte, wie mein Gesicht rot vor Wut wurde. Mir blieb nicht mal ein Augenblick, um völlig durchzudrehen, bevor einer der Männer an mich herantrat und seinen Hut vom Kopf zog.

»Es tut mir leid, Vater.« Er zerdrückte seinen Hut zwischen den Händen. »Ich würde nichts lieber sehen als Triggers epischen Abgang, aber nach dem, was sie letzte Nacht den anderen zugefügt haben …« Er hielt inne. »Ich kann mich euch nicht anschließen. Ich habe Kinder, und mein Bruder ist krank, und seine Familie braucht meine Unterstützung. Es ist zu riskant für mich.«

Mir fiel fast die Kinnlade herab, als jeder Mann, den ich als Teil meiner Armee rekrutiert hatte, den Dienst quittierte, weil er Angst vor meinem verfluchten Sohn hatte. Dann hatte er eben die letzten achtzehn oder so aus dem Weg geräumt, die ich unter Vertrag genommen hatte. Wir hätten Erfolg dabei gehabt, ihn gemeinsam zu erledigen, wenn sie nicht so feige Arschlöcher gewesen wären. Ich stand wie versteinert da.

Als der Letzte vor mit stand und zu reden anfing, der Raum hinter ihm fast leer war, rastete ich vollständig aus. Sämtliche harte Arbeit war soeben den Bach hinuntergegangen.

Ich griff nach meiner Waffe und schoss dem Mann zwei Kugeln in den Kopf. Die drei Nachzügler, die zur Tür rannten, bekamen Kugeln in den Rücken. Sie starben wie die Feiglinge, die sie waren.

»Schön, geht doch! Ist mir doch egal! Zay, besorg die Namen sämtlicher dieser Arschlöcher und lass sie zu Trigger durchsickern. Sollen sie durch die Hände des Mannes sterben, den sie anscheinend am meisten fürchten. Dann werden sie schon sehen, vor wem sie sich *wirklich* hätten fürchten müssen!«

Ich fuhr herum und sank in den Stuhl. Das Pult starrte mich an – nein, es verspottete mich.

»Ich wollte eine gottverdammte Armee. Ich habe so viel zu erreichen. Warum wird sie mir verweigert? Warum?«

»Mir fällt keine Antwort darauf ein«, kicherte Zay.

»Woher zum Teufel hat mein Sohn überhaupt gewusst, dass sie kommen?«

Zay knöpfte sich das Jackett auf und sprang auf die Bühne. »Er hat überall Kontakte.«

»Alles, was er hat, gehört mir, soll er doch zur Hölle fahren! Ich werde eine Möglichkeit finden, ihn zu erledigen, mit ihnen oder ohne sie. Er ist ein Scheusal!« Ich tobte. Ich sprang auf die Füße und warf meine Arme in die Höhe.

»Er ist *dein* Sohn.«

Wie konnte er es wagen, so mit mir zu reden? Ich hasste diesen Mann, und ich hasste es, dass er mein Leiden nicht verstand. Er saß bloß da und genoss meinen Fehlschlag. Ich wusste, dass ich ihn brauchte, also musste ich mich beruhigen und mein Verlangen hinunterschlucken, ihn umzubringen.

»Was würdest du tun?« Ich wartete, um zu sehen, was Zay *der Große* tun würde.

»Alle unsere Karten sind ausgespielt. Wir haben etwas Schaden angerichtet, aber sie behalten anscheinend immer wieder Oberhand.«

»Ich wollte wissen, was du tun würdest, und keine verdammte Zusammenfassung von dem, was wir getan haben.«

»Also gut«, er warf seine Hände in die Luft. »Ich würde die Idee mit der Armee verwerfen. Sie ist offensichtlich sowieso vom Tisch. *Sie* haben das Ass im Ärmel – den USB-Stick. Ich würde die Jungs nehmen, die wir noch haben, und dann schnell und entschlossen in dem Moment auftauchen, wenn sie am wenigsten mit uns rechnen. Und dann würde ich das Feuer eröffnen. Ihn einfach ausschalten. Das würde ich tun.«

»Was ist mit deiner kostbaren Tess? Würde *sie* vom Kreuzfeuer erwischt?« Ich wusste, sie war seine Schwäche, und ich konnte dieser Spitze nicht widerstehen.

Er zögerte. »Nein, ich würde dafür sorgen, dass sie nicht dort wäre.«

»Wie kommst du auf die Idee, dass du sie da rauskriegst? Sie hasst dich.«

Ich wartete darauf, dass er meine Worte begriff.

»Sie würde alles tun, um diese Kinder zu beschützen. Es hat früher schon funktioniert. Ich kann sie wieder benutzen, um sie herauszulocken.«

»Ich dachte, du tust Kindern nicht weh.« Ich konnte nicht anders, als ihn höhnisch anzugrinsen. Er war so verdammt hochmütig und mächtig, sich seiner in allem so sicher.

»Ich habe nicht gesagt, ich würde ihnen wehtun. Es macht mir bloß nichts aus, sie zu benutzen.«

»Also machte es dir jetzt nichts mehr aus, schmutzig zu spielen.« Ich hob eine Braue.

»Ich habe nicht gesagt, ich würde nie schmutzig spielen, *Vater*. Ich lasse mich bloß nicht von meiner eigenen Fantasie blenden.«

Kapitel 17

Trigger

Um Mitternacht war meine Laune ungewöhnlich beschissen. Die meisten meiner Männer zerstreuten sich, wann immer ich einen Raum betrat, und Rail war anscheinend wegen irgendetwas unbehaglich zumute. Ich wusste, er hatte ein paar Mal versucht, es mir gegenüber anzusprechen.

»Spuck's aus, verdammt, oder hau ab«, knurrte ich, als Rail erneut an meiner Tür läutete.

»Ich wollte bloß fragen, ob du es nicht seltsam findest, dass dein Vater so still geworden ist, nachdem wir alle diese Männer erledigt haben. Ich wollte hören, was du denkst, was er vielleicht im Schilde führt.«

Ich rieb mir den Kopf und versuchte, die frisch aufgerührte Wut beiseitezuschieben. »Wenn ich die Antwort darauf wüsste, meinst du nicht, ich hätte ich sie dir inzwischen mitgeteilt?«

»Ich weiß nicht, hättest du?«

Ich riss den Kopf hoch und funkelte ihn an. »Was hast du gesagt?«

Er hob entschuldigend die Hände. »Du bist gerade im Moment nicht du selbst, Trig. Ich wusste nicht genau, ob du vielleicht vergessen hattest, uns etwas mitzuteilen.«

Vorsicht.

Sein Handy piepte, und er holte es aus seiner Jeans. Er las sie rasch, während ich offensichtlich ungeduldig wartete.

»Wann immer du fertig bist.«

»Es ist Brick.«

»Und?« Mein Ärger wuchs zunehmend.

»Er verschwindet heute Nacht mit Minnie von der Bildfläche.«

»Wo ist Tess?«

Sein Blick ging zu meinem, und er quetschte seine Frage hervor: »Was meinst du damit?«

»Wo ist Tess?« Ich wiederholte jedes Wort langsam.

»Ich dachte, du hättest sie irgendwo mit den Jungs hingeschickt?«

Mit zwei Schritten schnappte ich mir sein Handy und las die SMS:

Brick: Bin heute Nacht mit Minnie unterwegs, kein Netz, wo wir sind. Ich bin morgen früh zurück und melde mich.

»Willst du Brick anrufen? Vielleicht kriegt er sie zu fassen?«

»Nein. Sag zu niemandem ein Wort.«

Ich kümmere mich selbst um sie.

»Bist du sicher?«

Ich warf ihm sein Handy zu, nahm das meine und ging.

»Morgan«, brüllte ich und hörte, wie Cooper mit einem Aufjaulen den Billardtisch zerkratzte.

»Ja, Boss!«, rief er aus dem Flur unten zurück. »Ich bin im Vorratsraum.«

Auf dem Weg zu ihm nahm ich meine Schlüssel mit. »Hast du schon etwas von Mike wegen der Jungs gehört?«

»Ja, er hat vor etwa einer Stunde angerufen. Sie sind im Safe House. Savannah backt Plätzchen mit ihnen und so was.«

Gut.

»Warum zum Teufel muss ich weggehen?«, fauchte Denton von seinem Bett aus.

»Pack deinen Mist zusammen.«

»Was ist, wenn Tess mich braucht?« Fin beteiligte sich ebenfalls, sodass mir der Kopf schwirrte. »Du erledigst deine Aufgabe nicht gut genug.«

»Ich habe dich nie nach deiner Meinung gefragt.«

»Vielleicht solltest du.«

Ich funkelte den kleinen Scheißer an, und sein Ausdruck veränderte sich von wütend zu nervös. Verflucht.

»Hier.« Ich holte eine Schachtel vom Regal in seinem Schrank. Ich schlug den Deckel auf und grub bis nach unten, dann schob ich ihm das Plüschtier in die Hände.

»Ein Hase?«

»Ein Kaninchen«, korrigierte ich ihn, ohne nachzudenken.

»Hat das dir gehört?« Warum mussten Kinder so viele Fragen stellen?

»Pack jetzt, Fin.« Ich ging hinaus.

Ich schüttelte den Kopf, damit ich wieder klar denken konnte. »Triffst du Tess heute Nacht?«

Morgan stellte die Kiste, die er ins Regal schieben wollte, auf den Tisch und sah mich an. »Sie ist vor einer kleinen Weile mit Brick und Minnie weggegangen.«

Was zog sie hier ab, verdammt?

»Hat sie noch etwas zu dir gesagt?«

»Tess war seit Gus nicht mehr sie selbst, wirklich. Sie ist immer noch völlig durcheinander deswegen.« Er unterbrach sich selbst. »Sie hat vorhin mit jemandem telefoniert, und sie wirkte ziemlich angesäuert.«

»Weißt du, mit wem?«

»Nein, aber Cray war dort. Ich rufe ihn an, mal sehen, ob er sich erinnert. Gibt es noch was, was ich tun könnte, um dir jetzt zu helfen?«

Morgans Art und Weise zu fragen war wesentlich weniger ärgerlich als Rails.

»Pass für mich auf den Club auf.«

»Ja, wenn du etwas brauchst …«

»Ja.«

Ich ging auf mein Zimmer und packte die Tasche, schnappte mir meine Waffen und ging dann hinaus zu meinem Bike.

Trigger: Hat Tess heute Abend Savannah angerufen?

Mike: Weiß nicht genau. Ich schau mal, ob ich es rauskriege.

»Trigger?«, hörte ich eine weibliche, kleinlaute Stimme hinter mir. Der sanfte Tonfall drang durch meinen verrückten Schädel. »Kann ich kurz mit dir reden?«

Nein.

»Nicht jetzt.«

Sie trat vorsichtig einen Schritt vor und steckte ihre Handtasche unter ihren Arm. Die angespannten Schultern und die starren Bewegungen verrieten ihre Nervosität. Sie erschien dünner als beim letzten Mal, als ich sie im Gerichtssaal gesehen hatte, und ihr Gesicht sah blass aus vor ihrem dunklen Haar.

»Wann wäre es passender?«

Ich zog den Riemen fest und schloss die Schnalle an meiner Tasche. »Vor siebenunddreißig Jahren.«

»Das habe ich verdient.«

Ich strich mir das Haar aus dem Gesicht und zurrte meinen Helm fest.

»Ich dachte wirklich, es wäre das Richtige gewesen.«

»Da bin ich mir absolut sicher«, sagte ich. Ich wollte dieses Gespräch gerade jetzt nicht … wenn ich es überhaupt irgendwann wollte.

»Oh, hey.« Rail warf den Müll weg und kam zu uns. »Wo wirst du unterkommen?«

»Motel 6, unten an der Straße.«

Ich wartete nicht ab, sondern fuhr los. Ich musste nachdenken.

*

Bamm.

Bamm.

Bamm.

Schweiß tropfte mir das Gesicht herab und bedeckte meine Haut mit einer dünnen Schicht. Meine Fingerknöchel schrien mir zu, ich solle aufhören, aber die Dämonen hatten andere Pläne. In dem Augenblick, da ich eine Pause einlegte, würden sie ausflippen und ihren schrillen Gesang kreischen. Also glitt ich immer weiter von der Oberfläche weg, und die Energie, die ich brauchte, um auch nur einen Hauch von Normalität aufrechtzuerhalten, schwand rasch.

Ich sah das Display meines Handys aufleuchten, also ließ ich meine Handschuhe fallen und hob es auf.

»Hallo«, keuchte ich, bevor mein Kopf übernahm.

»Hey.«

Ihre Stimme zog mich irgendwoher aus der Tiefe, und ich wusste, dass ich jetzt vorsichtig vorgehen musste. Etwas war los, und ich musste hören, was sie zu sagen hatte.

Ich drehte mich um, setzte mich auf den breiten Sims und betrachtete die frühen Lichter der Stadt, die sich kilometerweit unter mir entlangzogen.

»Wie läuft's?«

Gut.«

»Wo ist Brick?«

Es folgte eine Pause, bevor sie sich räusperte. »Irgendwo weg mit Minnie.«

Ich schloss die Augen und kämpfte gegen das Bedürfnis an zuzuschlagen.

»Wann wirst du zurückkommen?«

»Ähm, Montag, hoffentlich.«

Hoffentlich?

»Möchtest du mir irgendetwas sagen?«

»Nein …« Ihre Stimme erstarb. »Ich wollte bloß anrufen und sehen, wie sich die Jungs eingewöhnt haben, gute Nacht sagen und deine Stimme hören.«

»Ihnen geht's gut.«

»Gut. Also schön, gute Nacht.«

Ich warf einen Blick auf die Uhr. Es war halb vier Uhr morgens.

»Nacht.«

Sobald der Anruf beendet war, fingen die wilden Dinger an, richtig loszutoben.

*

Tess

»Ärger im Paradies?«, summte Shantee über meine Schulter. Es gefiel ihr, dass ich mich entschieden hatte, mit ihr zurückzukehren. Obwohl das, was ich ihrer Ansicht täte, sobald ich dort war, sehr weit von meiner wirklichen Absicht entfernt war. *Einige Dinge bleiben besser unausgesprochen.*

»Alles in Ordnung?«

»Ja.«

Sie fummelte an der Lüftung herum, bevor sie sie wieder so einstellte, wie sie gewesen war. »Verdammte Hitzewallungen.«

Ich lächelte. Sie war schon eine. Sie liebte ihre Umwandlung, aber ihre Hormonspritzen waren etwas intensiv, insbesondere, wenn sie sie sich so oft verpasste. Shantee war entschlossen, so weiblich wie möglich zu sein.

»Weißt du, es ist verdammt nett, Clark nicht dazuhaben.« Sie hielt inne, als sie die Spur wechselte und dabei andere Autos schnitt, die ihr den Stinkefinger zeigten. »Ich hoffe inbrünstig, dass er nicht irgendwann in nächster Zeit nach Hause zurückkehrt.«

Ich spürte die Hitze im Nacken, schob sie jedoch beiseite. Ich hatte kein schlechtes Gefühl, Clark umgebracht zu haben. Er hatte es verdient. Er hatte mir in diesem Leben zu viele Menschen weggenommen, als dass es mich auch nur einen Hauch interessierte.

»Vor ein paar Jahren hatte ich ein Problem mit einem Freund meines Bruders.« Ihr Tonfall wechselte. »Er mochte mich nicht, war nicht mit meiner Entscheidung einverstanden, das Geschlecht zu verändern, und er wurde echt zum Problem. Ich konnte nicht mal einkaufen gehen, ohne dass er eine Szene gemacht hätte. Nachtclubs wurden beängstigend, und dann ging er eines Nachts zu weit, und er und seine Freunde überfielen mich auf einem Parkplatz.« Sie fuhr am Arizona Charlie's Hotel vor und parkte in der Nähe der Eingangstür. »Sie haben mir zwei Zähne ausgeschlagen, dazu ein paar Rippen gebrochen und die Nase. Ich sah schlimm aus.«

»Tut mir leid.« Ich wandte mich ihr zu. Sie verdiente meine Aufmerksamkeit. Sie hatte nie zuvor so etwas von sich preisgegeben.

»Mir auch, anfangs.« Sie klimperte mit ihren langen falschen Wimpern, aber ich erhaschte den Schmerz, der ihr übers Gesicht glitt. »Drei Jahre später jedoch, nachdem er aus dem Gefängnis entlassen worden war, sah ich ihn in einem Club, und der ganze Hass und die Angst kehrten zurück.« Sie zog ihre riesige Louis-Vuitton-Tasche auf ihren Schoß. »Einige gehen zu einem Therapeuten, und andere«, sie holte eine Flasche heraus, »nehmen die Sache in die eigene Hand.« Sie reichte sie mir, schlang jedoch ihre Finger um mein Handgelenk, als ich sie nahm. »Ich weiß, was dir durch deinen hübschen kleinen Kopf geht, aber du sollst wissen, wenn du je etwas brauchst, ruf mich an, und ich komme.«

Ich beugte mich vor und umarmte sie, dann nahm ich meine Tasche und ging ohne ein Wort ins Gebäude. Sie verstand.

Ich schlief nicht gern allein. Ich vermisste Triggers warmen Körper und seinen Geruch nach Whiskey und Rauch. Ich stellte meine Tasche aufs Bett und warf mich daneben. Ich hasste es, jetzt völlig allein zu sein.

Als der Morgen anbrach, glaubte ich, kaum einen Augenblick geschlafen zu haben, aber wie sich herausstellte, war es ziemlich entspannend, sechs Stunden lang die Tapete anzustarren. Ich duschte zweimal, um etwas zu tun zu haben, und unternahm einen Versuch, Trigger eine SMS zu schreiben – so wie ich es mindestens eine Million Mal während der Nacht hatte tun wollen. Aber ich wusste nicht, was ich ihm sagen sollte. Ich war überzeugt davon, dass er wusste, dass ich nicht mit Brick zusammen war, aber er hatte nichts davon durchblicken lassen. Das allein war seltsam. Brick hatte sich inzwischen bestimmt gemeldet, und Trigger hätte nach mir gefragt, aber alles war jetzt anders. Trigger war anders. Ich hasste es, aber ich hatte keine Ahnung, wie ich ihn zurückbekommen sollte. Es war jedoch gutes Timing. Er hätte mich das niemals allein tun lassen, und ich musste diese Sache selbst durchziehen. Es war an der Zeit.

Ich wischte mir den Schweiß von den Händen und wählte ihre Nummer.

»Er ist besser nicht bei dir, Tessa.« Die Stimme meiner Mutter schnitt durch die Stille.

»Hallo, Mutter.« Mein Tonfall war knapp. »Falls Clark bei mir wäre, wüsstest du es bereits. Ich bin mir sicher, dass du mich von jeder Menge Leute überwachen lässt.«

»Wo ist er, Tessa?«

»Triff mich zum Mittagessen, und ich werd's erklären.«

»Komm um halb eins ins Haus.«

»Nein.« Ich schnitt ihr das Wort ab. »Ich begebe mich nicht in die Schlangengrube. Wenn ich dir etwas von Clark erzählen soll, wird es zu meinen Bedingungen sein.«

Es folgte ein langes, ausgedehntes Schweigen, bevor sie auf ihre übliche verärgerte Weise schnaubte.

»Schön. Dann wo?«

Ich zog die Broschüre aus meiner Handtasche. »Mary's Tea Garden.«

»Tessa, das ist fast eine Stunde von mir entfernt. Warum dort?«

»Du hast mich zu meinem zehnten Geburtstag dorthin mitgenommen. Schätze, es hat mir etwas bedeutet, aber dir offenbar nicht.«

»Ich erinnere mich nicht daran, aber schon gut. Ich treffe dich da um zwölf.«

Ich legte auf, nahm meine Schlüssel und eilte aus dem Hotelzimmer. Der Taxifahrer war für meinen Geschmack zu redselig, also blendete ich ihn aus und zählte die Sekunden bis zu unserer Ankunft.

Der Tea Room war genauso, wie ich ihn in Erinnerung hatte, altmodische Stühle mit großen Blumen, kleine Kissen überall und fingergroßes Gebäck, das einem im Mund zergehen würde.

»Wie viele heute?«, fragte die Empfangsdame.

»Wir sind nur zu zweit. Es ist ein besonderer Anlass, und wir wären gern etwas unter uns, wenn das möglich ist.«

Die Frau wischte über das iPad und wählte einen Tisch.

»Ah, ja.« Sie nahm zwei Speisekarten und zeigte über ihre Schulter. »Hier entlang, bitte.«

Ich folgte ihr einen langen Weg entlang und duckte mich unter üppigem Efeu hindurch. Der gesamte Raum war ein überwachsener Garten mit Rosen in jeder erdenklichen Farbe. Nichts war sich selbst überlassen. Es war eine Augenweide. Zudem lag ein himmlischer Duft in der Luft, je nach dem, in welchem Raum man sich befand. Ich liebte diesen Ort, aber nach dem heutigen Tag würde ich nicht mehr zurückkehren.

»Hier, bitte, Ihre eigene private Terrasse.« Ich setzte mich mit dem Gesicht zur Tür, sodass ich sehen konnte, wenn sie eintraf.

»Kann ich Ihnen etwas bringen?«

»Ja, ich bestelle jetzt Tee für uns beide. La Cour Tisane, geeist, bitte, einmal Blaubeere und einmal Orange Caprice.«

Ein Lächeln breitete sich über ihre Lippen aus. »Ausgezeichnete Wahl. Sie kennen unsere Tees.«

»Ja, das könnte man sagen.«

Die Getränke trafen in hübschen Gläsern ein, verziert mit Früchten, genauso, wie ich es in Erinnerung hatte. Ich saß ganz entspannt da, während ich auf meine Mutter wartete, die, wie ich wusste, immer gern zu spät kam. Natürlich schlenderte sie zehn Minuten später mit zwei Männern herein. Ihre Leibwächter. Ich grinste in mich hinein. Selbstverständlich hielt sie das Ganze für eine Falle. Sie wusste offenbar nicht, dass nur ich mich hier heute mit ihr treffen würde.

Ich verdrehte die Augen angesichts ihres hellrosa Rocks und der passenden Bluse. Sie war eine Angeberin, und da ich diesen Ort für das Treffen gewählt hatte, konnte sie nicht das tragen, was sie normalerweise getragen hätte. Das war Sinn und Zweck. Ich wollte sie aus ihrer Komfortzone herausholen. Ich genoss ihr offensichtliches Unbehagen in der Umgebung. Unter den gegebenen Umständen erschien es passend.

»Hallo, meine Liebe.« Ihre Begrüßung war formell, während sie der Bedienung ihre Jacke reichte. »Bist du allein?« Sie blickte über die Schulter, dann den anderen Flur hinab.

»Im Gegensatz zu dir, ja, ich bin allein gekommen.«

Sie sah mich funkelnd an, bevor sie sich auf ihren Stuhl setzte und ihre Serviette auf eine sehr bewusste, damenhafte Weise über ihren Schoß ausbreitete. »Fang bloß nicht an, Tessa.«

Ich legte den Kopf in den Nacken und lachte kehlig. »Das ist klasse, dass ausgerechnet du das sagst.«

»Was soll das heißen?«

»Es heißt, dass du wie viele deiner Wachhunde geschickt hast, um nachzusehen, ob Clark bei mir war?«

Wieder blickte sie sich vorsichtig um, und senkte die Stimme. »War er?«

Oh, wie sehr wollte ich ihr das Blaue vom Himmel lügen, aber ich dachte, am besten wäre die Wahrheit.

»Ich bin abgehauen, weil ich mein Glück gefunden habe.«

»Oh, bitte, mit deinem gesetzlosen Biker?

»Ja.« Ich trank meinen Tee und genoss den Augenblick. »Aber Clark ist mich besuchen gekommen.«

Ihr Kopf fuhr hoch, und ihre Augen wurden groß.

»Und?«

»Und er wollte mich zurückhaben.«

Ihre Kehle schnürte sich zusammen. »Ich vermute, er war verwirrt. Er ist von Brets jähem Tod aus der Bahn geworfen worden.«

Ich behielt meine Fassung bei, während ich ihre Reaktion beobachtete. Leon hatte mir versprochen, dass Felicia die Aufnahme niemals gesehen hatte, also hatte sie keine Ahnung, was wirklich passiert war.

»Möchten die Damen eine Bestellung aufgeben?« Die Kellnerin durchbrach unseren Moment.

»Käsekuchen für mich, bitte.« Ich schenkte ihr ein warmes Lächeln. Als ich sah, wie sich meine Mutter den Bauch rieb, als ob sie allein von der verdammten Luft um sie herum fett werden würde, erstarb mein Lächeln.

»Engelskuchen, aber ohne Sahne.«

Hört sich lecker an.

»Verwirrt oder nicht, Mutter, da war nach wie vor ein Teil von Clark, der mich lieber wollte als dich.« Ich spürte ein Gefühl von Sieg, das sich meine Wirbelsäule emporhangelte. »Ja, er ist mich besuchen gekommen.« Ich musste einfach mit meiner Geschichte fortfahren. »Es war so erbärmlich, einem erwachsenen Mann zuzusehen, wie er mir zu Füßen kroch.«

»Es reicht.«

»Er wollte *mich*, Mutter, nicht dich.«

Sie hieb die Fäuste auf den Tisch, sodass unsere Gläser klapperten. Ein paar Leute auf der anderen Terrasse sahen in unsere Richtung, aber sie konnten uns durch all die Blumen nicht gut erkennen.

»Ich habe gesagt, es reicht, Tessa. Sag das noch einmal, und ich werde …«

»Du wirst was?«

Ich lehnte mich in meinen Stuhl zurück und musterte das hübsche Glas in meiner Hand.

»Ich werde …« Sie stolperte über ihre Worte und griff nach ihrem Glas, nahm einen Schluck. »Ich werde dich von meinen Männern ins Haus zurückbringen lassen.«

»Na ja, du warst diejenige, die etwas über Clark wissen wollte, Mutter.«

Ich betupfte meine Mundwinkel mit der Serviette und überlegte meinen nächsten Zug.

»Nachdem ich Bret getötet hatte, bin ich Clark im Flur begegnet und habe ihm den USB-Stick gestohlen.«

Sie starrte mich an und alle Farbe wich ihr aus dem Gesicht.

»Was?«

»Ich habe etwas ziemlich Interessantes herausgefunden.«

Sie trank den Rest ihres Tees aus und knallte das Glas auf den Tisch. Sie holte tief Luft und wollte etwas sagen, aber ich hielt die Hand hoch, um sie daran zu hindern.

»Anscheinend hatte *unser* Clark den Generalschlüssel zur Stadt. Nun ja, nicht bloß zu unserer Stadt, sondern auch zu ein paar anderen.« Ich griff nach den Papieren in meiner Handtasche und legte den nächsten Gang ein. »Du wirst glücklich sein zu erfahren, Mutter, dass er vor einer Weile seinen Anteil am Club mir überschrieben hat. Liebe kann manchmal eine echte Bitch sein, nicht?« Ich zwinkerte ihr zu.

»Natürlich. Wir sind schließlich verheiratet. Das weiß ich bereits.« Sie versuchte ein Lächeln, schien jedoch zu wissen, dass ich noch mehr hatte.

»Also hast du auch gewusst, dass, falls dir etwas zustößt, dein Anteil am Haus und am Dirty Demons Club auf meinen Namen übergeht?«

Ihr traten die Augen aus den Höhlen, und ich war erfreut zu sehen, wie sehr meine Neuigkeit ihr zusetzte.

Ich breitete die Papiere vor ihr aus. »Die Vertragsbedingungen besagen eindeutig, dass, falls dir etwas zustößt oder falls du großzügig deine Anteile überschreibst, ich das Haus, den Club und die Autos erhalte.«

»Was veranlasst dich zu glauben, ich würde«, wieder räusperte sie sich, »dir mein schwer verdientes Geschäft übergeben?«

»Was bleibt dir sonst übrig?«

»Nur über meine Leiche wird dir jemals …« Sie nahm mein Wasser und versuchte, es auszutrinken. Ich lächelte sie an.

Ich saß völlig still da und sah zu, wie ihre Welt rings um sie her zusammenbrach.

»Was hast du getan?« Ihr Blick wurde wild, und ihre Hände flogen an ihre Brust.

»Ich hatte viele Fantasien, wie ich dich sterben sehen wollte, Mutter. Ein Schuss in den Kopf, oder vielleicht ein Paar Wiesel, die sich an deinem Bauch mästen, ein Baseballschläger.« Ich grinste eher in mich hinein als sie an. »Aber ich habe begriffen, dass die beste Methode die wäre, bei der ich das letzte Wort habe und ich dich zwingen würde, mir zuzuhören, ohne dass du mich unterbrechen kannst.«

Ihre Pupillen wurden weit, und die Ader an ihrem Hals pulsierte.

»Es ist gar nicht so schwer zu bekommen. Man muss bloß die richtigen Leute kennen.« Sie verfärbte sich allmählich bläulich, und ihr Körper wurde langsam gelähmt. »Es wird Belladonna genannt.« Das Gesicht meiner Mutter sah aus wie das einer Wachsfigur. Ich erkannte, dass sie begriff, dass sie sich nicht mehr rühren konnte. »Auf Lateinisch bedeutet es ›schöne Frau‹, was ich ziemlich ironisch fand. Es wird auch die ›Teufelsbeere‹ genannt. Siehst du, wie perfekt die Namen zur Situation passen?«

Einer ihrer Männer, der ein wenig von uns entfernt stand, trat einen Schritt näher heran, sodass ich ihre Hand mit der meinen bedeckte und sie anlächelte, während ich sprach. Er kaufte mir das anscheinend ab und kehrte auf seinen Posten zurück. Ich verspürte eine kleine Bewegung in ihren Fingern unter den meinen.

»Belladonna ist giftig, wenn man es verzehrt. Die Wurzel ist am tödlichsten, dann kommen die Blätter, dann kommt die Blüte.« Meine Stimme klang unheimlich und ruhig. Dieses Ich gefiel mir ziemlich gut. »Es braucht fünfzehn bis zwanzig Beeren, um einen Erwachsenen zu töten, aber«, ich hob meine Hand, durchwühlte dann meine Handtasche und hielt ein kleines Fläschchen hoch, »wenn man es in flüssiger Form zu sich nimmt, benötigt man nur den winzigsten Tropfen. Ich habe dir drei verabreicht.« Ich zwinkerte ihr zu.

Ein Laut drang aus ihrer Kehle. »Was sagtest du, Mutter? Ich kann dich nicht verstehen. Ja, deine eigene Tochter ist dir schließlich zuvorgekommen.«

Ich setzte mich auf den Stuhl neben sie, nahm ihre Hand und kritzelte ihre Unterschrift auf das Papier. Es war nicht schön, aber es würde reichen. Ich steckte es wieder in meine Handtasche und lehnte mich zurück, um ihr das Haar aus dem Gesicht zu streichen.

»Du hast mir einmal ein Leben gestohlen, also ist es nur richtig, dass ich dir dasselbe antue.« Ich rieb ihr den Arm, um sicherzugehen, dass ihr Kopf immer noch bei mir war. »Grüß Clark von mir.«

Das Kinn meiner Mutter zuckte, während ich ihre Hand hielt, aber sie war zu weit weg. Ihr blieben nur Minuten, bevor ihr Herz zu schlagen aufhörte, und ich wäre endlich frei.

Ich fädelte meinen Arm durch meine Handtasche und stellte eine winzige Flasche Aktivkohle auf das Fensterbrett, gerade außerhalb ihrer Reichweite. Es war zu spät, um sie zu retten, aber es befriedigte etwas in mir, sie sehen zu lassen, dass die eine Sache, die ihr das Leben hätte retten können, knapp außerhalb ihrer Reichweite stand.

»Mach's gut, Felicia.«

Kapitel 18

Trigger

Mike: Sie hat nicht mit Savi gesprochen, aber du hast recht, sie ist in Vegas.

Trigger: Wo?

Mike: Acht Kilometer von dir entfernt. 740 S. Decatur Boulevard.

Ich ließ meinen Joint fallen, kickte mein Bike in die Gänge, wendete und fuhr Richtung Norden. Die Lichter schossen in verschwommenen Farbstreifen an mir vorüber. Der Straßen waren leer, also kam ich gut voran.

Das Hotel lag unmittelbar neben dem Casino, und ich entdeckte sogleich vier Bikes in der Zufahrt, aber das waren Rennmaschinen, die eindeutig nichts mit einem Motorradclub zu tun hatten.

Das Hotel war im Innern ein gigantisches Viereck. Jeder Raum hatte seine eigene Veranda und ein Fenster nach vorn hinaus.

Ich läutete an der Rezeption, und ein Mann mittleren Alters trat hinter der Wand hervor.

»Was kann ich heute Abend für Sie tun?«

»Ich suche ein Mädchen, blond, Tätowierungen am Arm.« Ich hielt mein Handy hoch und zeigte ein Foto von Tess. »Welches Zimmer hat sie?« Ich war nicht in der Stimmung für Spielchen.

»Tut mir leid, Sir, diese Informationen darf ich nicht rausgeben.«

»Heilige Scheiße«, hörte ich jemand hinter mir flüstern. »Das ist Trigger. Er ist der Präsident von Devil's Reach.«

Ich verdrehte die Augen und schob dem Typen das Handy dichter vors Gesicht. »Ihr Name ist Tess Marin.«

»Wie gesagt …«

»Ich werde es nicht noch mal sagen.« Ich kämpfte gegen den Drang an, meine Waffe zu ziehen.

»Hey, Mann.« Ein Typ kam zu uns. Anhand der Rennfarben auf seiner Jacke konnte ich sagen, dass ihm eine der Maschinen vorn gehörte. »Du suchst nach dieser heißen Blondine mit einer langen Tätowierung am Arm?«

»Ja.«

»Wir haben sie gesehen. Sie hat meinem Kumpel einen Hieb in die Kehle versetzt, als er ihr im Aufzug an den Hintern gepackt hat.«

Ich grinste halb.

»Ich schwöre, er wollte ihr nichts tun. Er hatte bloß zu viele Bier intus.«

»In welchem Zimmer ist sie?«

Er pfiff seinen Freunden zu, dass er nach oben ginge. Sie schienen sich bei meinem Anblick nicht wohlzufühlen, ließen ihn jedoch gehen.

»Zuletzt habe ich sie gesehen, wie sie mit ein Paar Typen da rauf ist.« Er zeigte auf eine Tür neben dem Aufzug. »Sie wirkte wegen irgendwas angesäuert, es schien ihr jedoch gut zu gehen.«

Ich reichte ihm einen Fünfziger und ging davon. »Danke.«

»Ja, gewiss, jederzeit. Hey, ich bin ein großer Fan. Ich wollte schon, so lange ich denken kann, in deinem Club sein. Also hast du so was wie eine Karte oder so, damit ich dich mal aufsuchen kann?«

Etwas überkam mich. Vielleicht, weil er mich an Denton erinnerte. Ich war mir nicht sicher, aber ich drehte mich um und ging zu ihm zurück.

»Hast du jemals einen Mann mit bloßen Händen umgebracht, gespürt, wie ihm das Leben aus den Lungen gewichen ist, und nicht aufgehört, bis seine Seele vollständig seinen Körper verlassen hat?« Der Junge schluckte heftig. »Hast du jemals vor einem Richter gestanden und gehört, dass dir dreimal lebenslänglich drohen, ohne Chance auf Begnadigung?« Er schüttelte den Kopf, und ich beugte mich näher zu ihm, um meinen Standpunkt zu verdeutlichen. »Es ist ein Leben, das nicht jeder möchte, sobald man es hat, Junge. Wenn du Teil von etwas sein möchtest, such dir etwas anderes, weil dieser Scheiß dich auf eine Weise kaputtmachen wird, die du dir nicht mal vorstellen kannst.«

»Ja, Sir.« Er wich vor mir zurück, während er das sagte, und eilte den Weg zurück, den wir gekommen waren.

Mit diesen Worten stieg ich die Treppe zum zweiten Obergeschoss hinauf. In dem Moment, als ich um die Ecke bog, hörte ich Tess schreien. Ich zog meine Waffe und rannte zur Tür. Sie schrie erneut, und ich sah nur noch rot.

Ich wich zurück und trat die Tür mit meinem ganzen Gewicht ein. Sie flog auf, und beide Männer wollten nach ihren Waffen greifen. Das Letzte, was ich wollte, waren Zuschauer, also knallte ich die Tür hinter mir zu und warf Tess einen Blick zu. Ihr strömten die Tränen übers Gesicht, aber in ihren Augen loderte das Feuer. Sie hielt das Bettlaken in Händen und zog es eng um sich, doch ich hatte bereits die Kratzer auf ihren Schenkeln gesehen.

Wut fegte durch jede einzelne Faser meines Seins.

Sie haben angerührt, was mein ist. Sie haben verletzt, was mein ist.

»Tess, komm zu mir.« Ich winkte ihr, zu mir zu kommen, aber gerade, als sie sich in Bewegung setze, packte sie der Typ, der ihr am nächsten war, um die Taille und steckte ihr den Lauf seiner Waffe in den Mund.

Die wilden Dinger, die normalerweise in ihrer Gegenwart schliefen, begannen zu kreischen. Ihre Stimmen waren so schrill, dass sie mir fast den Schädel spalteten. Meine Muskeln zuckten vor Hunger, und meine Konzentration verdunkelte sich.

Genau hier, das ist meine Hölle.

Ich hatte das Gefühl, als würde ich von einem Felsvorsprung fallen. Der kleine Halt, den ich an Nolan hatte, löste sich, und das dunkle Loch verschlang mich völlig. Mein Kopf pochte, und mein Sehvermögen bebte bei jedem Herzschlag.

Im einen Moment war ich an der Tür, und im nächsten war ich mitten im Zimmer, von ihrem Blut bedeckt.

Was?

Ich fuhr herum und entdeckte die beiden Männer, fast völlig in Fetzen gerissen, in der Nähe der Badtür, und Tess war in der Ecke zu einem Ball zusammengerollt. Das Herz in meiner Brust schlug heftig, ich zitterte am ganzen Leib, und ich konnte das, was gerade geschehen war, nicht aus meinem Gedächtnis verdrängen.

Shit!

»Tess.« Ich hob sie hoch und legte sie aufs Bett. Wie ein Wahnsinniger packte ich ihre Schuhe und zog sie ihr an. »Wo ist deine Tasche?«

Sie blinzelte ein paar Mal und kam zusammen mit mir zurück in die Gegenwart. Aber dann sah ich das Blut auf dem Laken.

»Es ist nicht meines«, sagte sie, bevor sie sich zusammenriss und mit den Worten ins Bad eilte, sie müsse sich umziehen. Ein paar Minuten später kam sie heraus und folgte mir nach unten. Ich versteckte die Leichen, so gut ich eben konnte, im Schrank, aber es gab jede Menge Blut, und es waren große Typen. Ich wusste, dass eine Weile lang niemand Grund haben würde, das Zimmer zu betreten, aber ich konnte mich nicht darauf verlassen, und ich wollte keine Zeit verschwenden.

Ich packte sie an der Hand, schloss leise die Tür, und wir gingen den Flur hinab – einfach wie zwei Leute, die in die Nacht hinaus wollten.

»Freut mich, dass du sie gefunden hast«, rief der Junge von seinem Tisch. Ich nickte ihm leicht zu, schob die Haupteingangstür auf und drängte Tess weiter.

Statt die Straße nach Hause zu fahren, fuhr ich nach rechts. Tess sprach während der ganzen Fahrt kein Wort, aber ich merkte, dass sie alle paar Minuten die Hände ausschüttelte.

»Was ist los?«, fragte ich über das Mikro.

»Meine Hände sind taub.«

»Wovon?«

»Adrenalin.«

Sie brauchte eine Pause, und eine Fahrt von etwa vier Stunden nach Hause war das genaue Gegenteil. Ich machte einen Anruf und anschließend fuhren wir auf den Parkplatz von Wynn. Kurz darauf wurden wir in das Penthaus geleitet, wo wir schließlich in Sicherheit und fernab der Öffentlichkeit waren.

»Wir bleiben die Nacht hier und fahren am Morgen.« Ich stellte ihre Tasche hin und gab mir Mühe, meine Fragen zu unterdrücken.

»Ich brauche eine Dusche«, sagte sie mit schwerer Stimme.

»Ich muss wissen, was passiert ist.«

»Ich weiß, aber gib mir nur ein paar Minuten.« Leicht unsicheren Schrittes begab sie sich ins Bad.

Ich schenkte mir einen Drink ein und schrieb Mike eine SMS.

Trigger: Hab sie gefunden. Weiß deine Hilfe zu schätzen.

Mike: Freut mich, das zu hören. Jederzeit.

Ich ließ meinen Hals knacken und schrieb jemand anderem.

Trigger: Du musst dich um etwas kümmern.

Zwei Minuten später klingelte mein Handy, und ich ging zum Fenster und erklärte Cray, wohin er sollte und was er tun musste, um die Sache da im Hotel zu bereinigen. Er musste sich auch auf irgendwelchen anderen Schlamassel vorbereiten, den Tess vielleicht veranstaltet hatte, während sie hier war.

Ich warf einen Blick auf ihre Tasche und sah einige Dokumente herausragen. Ich holte sie hervor und überflog sie.

Was war das, verdammt? Sie war zum Haus zurück, um die hier unterschrieben zu bekommen? Was hatte sie sich dabei gedacht? Die Worte »Eigentum« und »Tessa Marin« trafen mich schwer. Hatte sie vorgehabt, das Haus hier in Vegas zu leiten?

Wieder einmal war die Wut in mir entfacht. Ich stopfte die Papiere in ihre Tasche zurück und platzte durch die Badtür. Tess stand, in ein Badetuch gewickelt, wie in Trance vor dem Spiegel.

Ihre blutunterlaufenen Augen wandten sich langsam mir zu. Ihr Kinn bebte, und dann brach sie zusammen.

*

Tess

Meine Knie gaben nach, gerade als Trigger ins Bad platzte. Er schlang die Arme um mich und stützte mich, als ich es nicht mehr konnte. Es war zu lange her, dass ich wirklich gespürt hatte, wie er mich auf seine übliche Art und Weise hielt.

»Ich habe dich«, flüsterte er mir ins Haar, und einen Moment lang merkte ich, dass Nolan dort war. Ich schluchzte. Ich musste die Schwere der letzten vierundzwanzig Stunden loslassen. Ich wusste, dass der Tod meiner Mutter mich nicht berühren würde. Sie hatte alles verdient, was sie bekommen hatte, aber ich war ein Mensch, und dass Trigger genau zur rechten Zeit aufgetaucht war, stellte meine Welt völlig auf den Kopf.

Sobald ich den emotionalen Müll abgeschüttelt hatte, entzog ich mich ihm und trocknete mir die Wangen.

Trigger trat zurück, ging jedoch nicht. Er stand da und sah einfach nur zu, wie ich mir langsam ein Tanktop überstreifte, das kaum meinen Hintern bedeckte.

»Haben sie dir etwas angetan?«, fragte er. Die Wut schwelte immer noch in ihm. Ich hörte es seiner Stimme an.

»Nur ein wenig zerkratzt, aber nichts, was ein Schmerzmittel nicht bereinigen könnte. Meine Mutter wählt immer die niedrigsten Arschlöcher zu ihrem Schutz aus.«

Er verschwand und kehrte mit einer Wasserflasche und ein paar Tabletten zurück. Ich schluckte sie, und als ich in den Spiegel blickte, stand er direkt hinter mir. Sein Oberkörper drückte sich in meinen Rücken, und seine Hände umklammerten fest die Ablage zu beiden Seiten. Seine dunkelgrünen Augen glühten und hielten die meinen im Spiegel gefangen, während er seinen erigierten Schwanz durch seine Jeans und gegen meine Öffnung schob.

Ich biss mir auf die Unterlippe und ließ das Kribbeln der Lust über meinen Nervenenden rasen.

Seine Finger fingen tief an meinen Schenkeln an, fuhren nach oben unter mein Shirt und streiften es mir über meinen bloßen Hintern hoch, bevor sie über meine Nässe streichelten.

Ich hörte seine Jeans zu Boden fallen und spürte seine Hand, die an seinem erigierten Schwanz ein paar Mal auf und ab fuhr.

Ich brauchte das.

Gerade als seine Spitze meine Öffnung durchbrach, ruckte ich mit einem kleinen Wimmern nach vorn.

Mein Herz hatte die Schlacht gewonnen.

Er ließ seine Hände fallen. Seine Augen wurden dunkler, und ich spürte seinen inneren Konflikt. Ein Ausdruck der Verwirrung glitt ihm rasch übers Gesicht und vertiefte die Falten um seine Augen.

»Wer bist du jetzt gerade?«

Sein Ausdruck wurde weicher, und er ließ die Hände über meine Wirbelsäule gleiten.

»Spielt das eine Rolle?«

»Für mich schon.« Ich blieb standhaft, und er schloss die Augen und holte tief Luft. »Ich möchte, dass du zurückkommst.« Ich wandte mich zu ihm um. »Kämpfe für uns, wenn nicht für dich selbst. Ich kann mit der Distanz und der Unsicherheit nicht mehr umgehen.« Ich wusste, dass ihn die nächste Bemerkung schmerzen würde. »Gus ist tot, aber du bist es nicht. Stoße mich bitte nicht weg und lass sie gewinnen.« Ich berührte ihn sanft an der Schläfe, um zu zeigen, dass ich die Dämonen meinte. »Du hast mich gefragt, ob ich dich heiraten würde, aber …« Seine Augen wurden groß, und ich sah, dass er mich endlich hörte.

»Aber was?«

»Aber möchtest du es überhaupt noch?«

Auf Triggers Gesicht zeigte sich Bestürzung, und seine Lippen wurden zu einer grimmigen Linie.

Was ist gerade geschehen?

Er wich zurück und ging, während ich dort stand und mich fragte, ob ich immer noch mit dem einzigen Mann verlobt war, den ich wahrhaftig liebte.

Ich ging im Bad umher, wusste nicht, was ich tun sollte. Unsere Beziehung war immer so ein Auf und Ab gewesen. Nur einmal zu wissen, wo wir standen, das wünschte ich mir.

Endlich ging ich hinaus in den Wohnraum und in die Küche, wo ich eine Flasche Tequila aus der Theke nahm, drei Limonen, ein Messer, etwas Salz und mein Handy. Ich bemerkte, dass die Tür zum zweiten Schlafzimmer geschlossen war, und vermutete, dass er einen Moment für sich brauchte.

Ich legte die Limonenschnitze in einer Reihe auf das Holzbrett neben der Flasche, machte ein Foto und hängte es an eine SMS an.

Tess: Auf die Freiheit.

Ich wartete und sah, dass sie mir bereits zurückschrieb.

Ven: Ich kann's nicht fassen! Was jetzt?

Ich musste einfach lächeln. Wir beide waren jahrelang unter der Fuchtel meine Mutter gewesen.

Tess: Jetzt muss ich dich einfach sehen. Kannst du einen Moment raus? Komm zu mir ins Wynn. Ich hinterlasse deinen Namen an der Rezeption, dann kannst du hochkommen.

Ven: Natürlich. Der Boss ist weg, also bin ich so frei wie ein Vogel. Bin in fünfzehn Minuten da.

Ich lachte über unseren kranken, verdrehten Humor und trank drei Tequila, damit das Unbehagen nicht so stark zu spüren war, das das leere Penthaus in mir erregte.

Die Rezeption versicherte mir, dass Ven direkt nach oben kommen konnte, und in nur zehn Minuten erschien sie an der Tür und hätte mich bei der Begrüßung fast umgeworfen.

»Komm.« Ich nahm sie bei der Hand und zog sie in den Wohnraum. »Wir haben so viel zu besprechen.«

»Ich hoffe wirklich, das Karma hat zugeschaut, als du es getan hast.« Ven kicherte und nahm einen weiteren Drink, nachdem sie meine Geschichte gehört hatte.

»Was denkst du, weshalb ich davongekommen bin?« Ich hob eine Braue und stieß meinen Becher gegen ihren. »Karma wusste, was wir durchgemacht hatten, und es wusste, was kommen musste.«

»Ich kann's nicht glauben, dass ihre Männer dir ins Hotel zurück gefolgt sind und versucht haben …«

Die Tür zum zweiten Schlafzimmer öffnete sich, und herein kam Trigger. Er blieb wie angewurzelt stehen, als er Venna auf dem Fußboden des Penthouses sitzen sah. Ich vermutete, dass er uns nicht gehört hatte. Ich bemerkte, wie fest er sein Handy hielt.

»Hi«, quietschte sie.

»Nett, dich wiederzusehen«, begrüßte er sie freundlich, was fast etwas zum Fürchten war.

Er kam herüber und beäugte die Papiere, die zwischen uns lagen. »Was macht ihr da?«

»Du hast mich vorhin gefragt, was passiert ist und warum ich hergekommen bin.« Ich zeigte aufs Sofa, und, wieder zu meiner Überraschung, er setzte sich.

Ven sah mich an, in der Hoffnung, ich würde ihr ein Zeichen geben, was sie tun sollte. Sie fragte sich eindeutig, ob sie gehen solle. Ich schüttelte den Kopf. Sie sollte bleiben. Sie war jetzt Teil davon.

»Also?« Er beugte sich vor und beäugte mein Outfit. Ich trug nach wie vor mein Tanktop und sonst nichts.

Ich griff nach meiner Handtasche und reichte ihm die winzige Flasche mit Belladonna, und wartete, bis sein Blick über das Etikett geglitten war.

»Tödliches Zeug. Woher hast du das?«

»Von einer Freundin.«

Seine Brauen gingen in die Höhe, und er wartete auf eine weitere Erklärung meinerseits.

»Ven hat mich gewarnt, dass meine Mutter ein paar Männer zum Club schicken wollte, um wegen Clark Antworten zu bekommen. Das konnte ich nicht erneut zulassen, also habe ich den Plan ausgeheckt, dir zu sagen, dass ich bei Brick bleiben würde, während ich in Wirklichkeit nach Vegas gefahren bin.« Er neigte den Kopf, um seinen Hals knacken zu lassen.

Trigger beäugte Venna, und sie sah mich an und schluckte heftig.

»Mit wem?«

Shit.

»Shantee.«

»Wem?«

»Sie war die Transsexuelle, bei deren Rettung in der Bar du neulich geholfen hast, als die Männer versuchten, uns etwas anzutun.«

»Stimmt. Ich bin ihr zum ersten Mal im Haus begegnet, nachdem du zurückgekehrt bist.« Er leckte sich die Lippen und rieb seine Hände aneinander. Das war eine schwere Erinnerung für uns beide.

»Was dann?«

»Ich lockte meine Mutter an einen Ort, an dem ich meinen Plan ausführen konnte.« Ich verschränkte die Beine unter mir und verlagerte mein Gewicht auf eine Hand. »Sie kam, ich sagte, was ich sagen wollte, gestand, Clark getötet zu haben und dass ich *davon* wusste.« Ich warf ihm die Besitzurkunden für das Haus und den Club zu. »Es stellte sich heraus, dass Clark seine Anteile am Haus vor einigen Jahren mir überschrieben hatte, um mir seine Liebe zu zeigen oder so einen Scheiß. Er hatte es mit einem Anwalt so ausgearbeitet, dass ich, sollte meine Mutter vor ihm sterben – und rechtlich gesehen, lebt er immer noch – oder falls sie mir die restlichen Rechte überschrieb, alleinige Eigentümerin des Hauses werde. Natürlich würde das normalerweise niemals geschehen, aber durch die Gabe eines geschmacklosen Gifts habe ich sie dazu gebracht, ihr Autogramm drunter zu setzen. Es war ziemlich befriedigend zuzusehen, wie sie ihre geliebte Karriere eigenhändig an die eine Person weggab, die sie verachtete. Ich wollte nicht darauf warten, dass die Papiere durch ihren Tod gültig werden. Mit der Unterschrift geht's schneller.«

Ich lächelte.

»Also arbeitest du jetzt dort?« Ich konnte fast den Schmerz in seiner Stimme heraushören.

»Sieh mal.« Ich ließ das Gespräch langsamer angehen, damit er mir bis zum Ende zuhören würde, statt zu voreiligen Schlüssen zu kommen.

»Normalweise könntest du mir nicht genug zahlen, um einen Fuß in das Haus zu setzen, aber was ich tun werde, ist, Venna als Managerin einzusetzen, und wir führen das Haus selbst.« Er kniff die Augen zusammen. »Dieser Ort wird mich ewig verfolgen, bringt jedoch kiloweise Geld ein. Die Devil's Reach haben nicht mehr den Vertrag mit den Serpents, also wird das eine großartige Einnahmequelle sein, die uns über Wasser hält, bis der Drogendeal durch ist.«

Venna zog einen Ordner hervor und zeigte Trigger den jährlichen Umsatz. »Das Haus hat in den letzten sechs Jahren beständig dreihundertsechzigtausend gebracht.« Sie ließ den Finger eine Tabelle entlanglaufen. »Und wie du siehst, wird es mehr.«

»Ich bin ganz Ohr.«

»Dirty Demons könnte die Schwestergesellschaft von Dirty Promises werden, aber«, ich hob die Hand, »ich möchte zwanzig Prozent des jährlichen Umsatzes des Hauses in einen Fonds für Lilly stecken.« Ich senkte die Stimme. »Meine Familie hat ihre Mutter umgebracht. Es ist das Mindeste, was ich tun kann.«

Als ich aufschaute, starrte er mich mit einem unlesbaren Ausdruck an.

»Was ist?«

»Jedes Mal, wenn ich glaube, dich durchschaut zu haben und dich zu kennen, werde ich eines Besseren belehrt.«

»Ist das etwas Schlimmes?«

»Nein … ganz und gar nicht.« Er schüttelte erstaunt den Kopf, und ich räusperte mich.

»Also gut, Leute.« Ven sammelte die Papiere vom Fußboden ein und stand auf. »Ich muss viel vorbereiten, also sollte ich gehen.« Sie umarmte mich. »Ich kann's nicht erwarten, den Mädels von den neuen Veränderungen zu berichten.«

Ich hob die Hand, um sie aufzuhalten, aber sie kam mir zuvor.

»Ich verspreche, kein Wort zu sagen, bis du mir grünes Licht gibst. Das Erste, was verschwinden wird, sind diese beschissenen Hausuniformen.«

»Einverstanden.«

Sie drehte sich um. »Tschüs, Trigger.«

Er nickte ihr knapp zu, während er mich anstarrte.

Er wartete ab, bis sich die Tür geschlossen hatte, bevor er das Wort ergriff. »Was ist passiert, nachdem du deine Mutter verlassen hast?«

»Das Taxi hat mich zum Hotel zurückgebracht, aber bevor ich auch nur den Aufzug erreicht hatte, traten ihre beiden Männer zu mir und drückten mir eine Waffe in die Seite. Es war ihnen egal, was ich meiner Mutter zugefügt hatte. Sie waren bloß angeheuerte Leibwächter ohne irgendwelche Loyalität. Sie waren lediglich froh darum, mich allein zu erwischen, damit sie ihren Anteil an mir haben konnten. Sie brachten mich gewaltsam auf mein Zimmer, rissen mir die Kleider herunter und …« Ich konnte nicht fortfahren. Es hatte keinen Zweck. »Ich habe mich heftig gewehrt, aber sie waren zu zweit. Wie dem auch sei, du bist hereingekommen, als sie gerade dabei waren …«

»Wir haben hier ein Problem, Tess.«

»Das da wäre?«

Er rieb sich den Bart und überlegte. »Du musst aufhören, mich anzulügen. Was, wenn ich nicht dort gewesen wäre, um sie aufzuhalten?«

»Ich wäre imstande gewesen, damit klarzukommen.« Das war eine Lüge.

Trigger funkelte mich an. »Sah absolut danach aus, dass du die Oberhand gehabt hast, nachdem sie dir die Hose runtergerissen hatten.« Er sprach nicht weiter und stieß einen schweren Seufzer aus. »Keine Lügen mehr.«

»Hättest du mich gehen lassen?«

»Nein.«

»Nun ja …«

»Ich hätte dich gehen lassen, aber nicht allein.«

Ich ließ den Kopf hängen und verbiss mir eine Bemerkung. Er hatte recht. Alles hätte sehr rasch den Bach runtergehen können.

»Okay, ich arbeite daran.« Ich pflückte einen Fussel von meinem Shirt. »Aber du musst auch an deinen eigenen Dämonen arbeiten.«

Er stand auf und zog mich hoch. Er sprach kein Wort, als er mich aufs Bett zog und sich neben mich legte. Wir beide starrten die Decke an. Die Lichter eines Feuerwerks tanzten an den Wänden entlang, und Frank Sinatra ertönte in der Ferne.

Ganz, ganz langsam verschränkten sich Triggers Finger mit den meinen. Sein Griff wurde fester. Ich hielt seine Hand ebenfalls fest, da ich selbst eine Rettungsleine benötigte.

»Hilf mir, meinen Weg zurückzufinden«, flüsterte er.

*

Allen

»Was meinst du damit, die Jungs sind nicht da?«, brüllte ich ins Telefon und warf mein Glas mit Gin quer durch den Raum, wo es in den Flammen des Kamins zerbrach. »Das ist Bockmist! Wo sollten sie sein?«

»Ich weiß es nicht, Vater. Viele Clubmitglieder sind anscheinend dieses Wochenende ausgeflogen, sogar Trigger.«

»Zay.« Ich rieb mir frustriert den Kopf. »Ich weiß nicht, wie lange ich dieses Spiel noch spielen kann.«

»Auf das Risiko hin, dass du explodierst – aber Joe steht nicht an der Tür. Er ist auch das ganze Wochenende nicht dort gewesen. Ich habe ein ungutes Gefühl.«

Ich riss mir meinen Kragen vom Hals und warf ihn in die Flammen. Er brauchte einen Moment, bis er Feuer fing, aber dann brannte er heftig und rasch.

»Ich kann keinen weiteren Rückschlag verkraften. Wir gehen diese Woche rein.«

»Bist du sicher?«

Ich schnappte mir die Ginflasche und legte auf.

Als ich gerade ins Schlafzimmer gehen wollte, hörte ich ein lautes Klopfen an der Tür.

»Was ist?«

»Mach die gottverdammte Tür auf.«

Du verarschst mich doch.

Ich öffnete die Tür, und dort stand die verdammte Frau, die meinen Samen neun Monate lang beherbergt und mich mit diesem dämonischen Nachkömmling überfallen hatte.

»Wie hast du mich gefunden, verflucht, Elizabeth?«

Sie holte aus und schlug mir geradewegs ins Gesicht. »Wie konntest du ihn umbringen?«, kreischte sie und wollte ein weiteres Mal zuschlagen, aber ich fing ihre Arme ab, riss sie herunter und stieß sie zu Boden.

»Er wäre sowieso an Brustkrebs gestorben. Ich habe den Vorgang lediglich beschleunigt.«

Sie leckte sich die Unterlippe und unterdrückte ihre Wut. Ihre Beine waren zittrig, aber sie brachte es fertig, wieder aufzustehen.

»Also.« Ich drückte den Daumen auf meine brennende Wange. »Wie zum Teufel hast du mich gefunden?«

»Wenn du wie Scheiße denkst, wirst du irgendwann selbst hineintreten.« Sie drückte sich an mir vorbei, fuhr herum und hielt mir einen Finger vors Gesicht. »Mein Bruder hat mir gesagt, was du unserem Sohn angetan hast, du kranker Hurensohn. Ich weiß, ich sollte lieber meinen Mund halten, aber Scheiße, Allen, was hast du jetzt vor, zum Teufel?«

Ich lachte und schenkte mir ein weiteres Glas ein. »Es gefällt mir, dass du glaubst, du könntest mich ausquetschen.«

»Leg dich nicht mit mir an, Allen. Genug ist genug.«

Ich nippte an meinem Drink, warf mich lässig in meinen Stuhl und schaltete den Fernseher an. »Du, äh, versperrst mir die Sicht.«

Sie drückte auf den Knopf und schaltete den Fernseher ab.

»Ein Anruf und unser Sohn würde dich erledigen.«

»Er hat's einmal probiert und ist gescheitert, schon vergessen?«

»Er ist dein Blut!« Ihre Hände gingen in die Höhe, und ihr Gesicht wurde rot. Sie war wirklich sexy, wenn sie wütend wurde.

»Nicht freiwillig.«

»Ich hätte dich umbringen sollen, als ich die Gelegenheit dazu gehabt hatte.«

Ich erhob mich aus meinem Stuhl und drückte sie rückwärts zur Tür.

»Und ich könnte dich umbringen, aber was hätte das für einen Sinn, wenn du bereits mit einem Fuß im Grab stehst?«

Ihr fiel die Kinnlade herab, und Tränen standen ihr in den Augen. »Was hat das zu bedeuten?«

»Es bedeutet, ich weiß es.«

»Du weißt was?« Sie versuchte, sich etwas gerader hinzustellen.

»Tick, tack, Elizabeth.«

Sie holte aus und schlug mir wieder ins Gesicht. Ich sah es kommen, aber ich liebte Frauen, die gerne grob wurden.

»Eine gute Nacht, Liebling.« Ich öffnete die Tür und sah zu, wie sie zum Wagen eilte.

Du kannst rennen, aber der Sensenmann ist nur einen Schritt hinter dir.

Kapitel 19

Trigger

Vorsichtig streckte ich meine Finger nach den ihren aus, aber die Laken waren kühl. Sie war nicht in meiner Reichweite. Ich blinzelte, um die Uhr klar in den Blick zu bekommen. Halb sechs.

Mein Körper sehnte sich nach ihrem. An Schlaf war in nächster Zeit nicht zu denken … Ich setzte mich auf und wartete.

Nichts.

Keine Dämonen kreischten in meinen Kopf oder nagten an meinen Knochen. Ich hatte tatsächlich vier Stunden lang fest geschlafen.

Ich schloss die Augen einen Moment lang, um die Ruhe zu genießen, und stellte fest, dass keine Kopfschmerzen in meinem Schädel pochten.

Und, *Shit,* selbst der Nebel war verschwunden.

Mein Handy neben mir piepte, und ich stöhnte, während ich die SMS las.

Rail: Deine Mutter ist zurück und möchte reden.

Trigger: Schick sie nach Hause.

Rail: Kann ich nicht, Boss.

Aus Gewohnheit rieb ich mir den Kopf.

Trigger: Warum nicht?

Rail: Sie macht mir Angst. Sie ist die weibliche Version von dir.

Trigger: Das war ein Befehl.

Rail: Ahh, sie beherrscht diesen Ausdruck von dir, und sie verursacht mir eine Gänsehaut. Sie gewinnt.

Fuck.

Es klopfte an die Tür. Ich ging hin und wurde mit zwei frischen Tassen Kaffee begrüßt. Ich gab dem Mann ein Trinkgeld und ging in den Wohnraum, den ich jedoch leer vorfand. Dann erregte das Geräusch von Wasser meine Aufmerksamkeit. Ich stellte die Kaffeetassen ab und ging hinüber. Die Glastüren glitten geräuschlos auf, und ich sah sie.

Ihre Wirbelsäule war vollkommen gerade, und ihr Haar hatte sie zu einem unordentlichen Knoten hochgesteckt. Mit den Händen stützte sie sich an der Poolwand ab. Die Lichter der Stadt schufen einen gewaltigen Hintergrund. Langsam drehte sie den Kopf, als ob sie mich spüren würde. Ich glitt ins Wasser und stellte mich hinter sie.

»Morgen.«

Sie legte ihren Kopf zurück auf meine Schulter. »Kein schlechter Anblick beim Erwachen.«

Ich küsste ihren Hals und zog leicht ihre Haut in meinen Mund.

»Wie recht du hast.« Ich spürte, wie ihr Körper auf meinen reagierte. »Warum trägst du einen Bikini, wenn das hier ein privater Pool ist?«

»Du sollst dafür arbeiten müssen«, neckte sie mich.

Ich küsste sie auf die Schulter, an ihrem Hals entlang und hinauf bis zu ihrem Kinn. Meine Hand spreizte sich über ihren Bauch, und ich spürte, wie er sich anspannte, als meine Finger in ihr Bikinihöschen tauchten.

»Trigger?«

»Mm«, war alles, was ich antwortete. Ich war hungrig nach ihrem Geschmack.

»Was hast du letzte Nacht im zweiten Schlafzimmer getan?«

»Priester.«

Sie verstummte. »Was?«

Ich hielt nicht inne. Mit der freien Hand umspannte ich ihre Hüfte, während ich mich an ihrem strammen, festen Hintern rieb.

»Du wolltest wissen, ob ich dich immer noch wollte«, antwortete ich, während ich weiterhin ihren Hals genoss.

»Du wolltest mich letzte Nacht heiraten?«

Ich hakte beide Daumen unter die Seiten ihrer Bikinihose und zerriss den Saum. Ich warf die Reste weg und befreite mich anschließend selbst.

Ich muss in ihr sein.

»Ja«, flüsterte ich, während ich langsam in sie hineinglitt, und dabei jeden Zentimeter ihres geschmeidigen Griffs um meine Mitte genoss.

Sie bog den Rücken durch und zog scharf die Luft ein.

»Hinterfrage nie mein Verlangen nach dir, Tess.« Ich schlang die Arme um ihre Mitte, während sie die letzten paar Zentimeter von mir in sich aufnahm. Ich beugte die Knie, und ich ließ meine Hüften kreisen, um sie an allen richtigen Stellen zu treffen.

Sie griff über ihren Kopf hinweg und umklammerte mein Haar mit der Hand. Ich zog die Knoten ihres Oberteils mit den Zähnen auf, und es fiel herab und gab ihre Brüste frei.

Verdammt, war sie schön.

Ich glitt hinein und hinaus, schmerzhaft langsam, damit ihre freche Seite zum Vorschein kam. Ich umkreiste ihren Nippel mit dem Daumen und knabberte knurrend an ihrem Hals.

»Trigger«, stöhnte sie, »du spielst ein schmutziges Spiel.«

»Sagt die sexy Frau, die angekleidet im Pool steht.«

Sie lachte. »Es war ein Bikini.«

»Ich habe ihn gehasst.«

»Eindeutig.« Sie schoss vor, als ich mit den Hüften zuckte. »Mehr.« Sie wollte sich entziehen, aber ich riss sie an mich. »Trigger!«

»Tess«, knurrte ich. »Umdrehen.«

Sie drehte sich, schlang sich um meine Taille und nahm meinen Kopf zwischen die Hände. Ihre Augen suchten die meinen, bevor sie mein Haar zurückzog. »Fick mich.« Sie betonte jedes Wort sorgfältig. Ein wildes Verlangen blitzte tief in ihren Augen auf, und ich wollte jeden einzelnen Tropfen davon kosten. Ich drückte heftig ihren Mund auf den meinen, und meine Hände umfassten ihren Hintern. Ihre glatte Haut fühlte sich wie Seide an meiner an. Es war wahnsinnig schwer, die Beherrschung nicht zu verlieren.

Sie lehnte sich zurück auf die Poolkante und hob die Beine, um sie mir über die Schulter zu legen. Ich verschwendete keine Zeit, packte ihre Hüften und rammte meinen Schwanz wieder in sie hinein. Zurück dorthin, wo er hingehörte.

»Ja!« Sie warf die Arme über den Kopf, hielt sich an der Stange fest und bog den Rücken zu dieser sexy Wölbung durch, die einem den Mund wässrig machte.

Das Wasser schwappte um uns her. Ihre Brüste hatten sich dem Rhythmus angepasst, und ich wurde härter, kurz bevor sie fester wurde und sich unter ihrem Orgasmus wand.

Nichts war sexyer, als wenn Tess sich ganz ihrem Orgasmus überließ. Ihre Wangen wurden rosig, ihre Brüste schwollen an, und ihre Schreie brachten mich an einen Ort des reinsten Segens. Bevor ich sie traf, hätte ich nie geglaubt, dass es einen solchen Ort für mich geben könnte.

So sehr ich wollte, dass sie weitermachte, so wenig konnte ich mich beherrschen. Ich tauchte innerlich ab und beteiligte mich an ihrem wilden Ritt.

Wenn ich die Zeit hätte anhalten und zusammen mit Tess in den Höhen meines Orgasmus hätte leben können, würde Nolan niemals fortgehen.

»Ich brauche eine Dusche.« Tess küsste mich auf die Wange und eilte ins Bad, und ich ging in den Wohnraum, mein Handy am Ohr, und wartete, dass er abhob.

»Wer war das?« Tess kam in Lederhose und High Heels heraus, als ich gerade den Anruf beendet hatte. Ich reichte ihr den noch warmen Kaffee. »Danke.«

»Cray. Er hat bestätigt, dass alles aufgeräumt ist.«

»Wie hast du das hinbekommen?«

»Geld.« Ich schickte rasch eine SMS los. »Und Männer, die wir entbehren können, wenn wir sie benötigen.«

»Das ist etwas krass, oder?«

Ich zuckte die Achseln. Es war Teil der Motorradclub-Welt. Die Männer kannten diesen ganzen Mist, bevor sie beitraten.

Tess zog ihr Handy aus ihrer Gesäßtasche; es zeigte einen eingehenden Videoanruf.

»Oh.« Sie warf einen Blick zu mir hinüber. »Den muss ich annehmen.«

Sie schlüpfte ins Schlafzimmer, und ich folgte ihr, wartete jedoch an der Tür, um zu sehen, wer es war.

Sie setzte sich aufs Bett und meldete sich. Dentons Gesicht tauchte auf dem Schirm auf.

»Hi, Tess!« Er winkte.

»Hey, Kumpel, wie geht's dir da oben?«

»Gut, es gibt viele Plätze zum Verstecken, obwohl das Gras juckt, aber ich habe gestern eine Ziege gesehen, und sie hat Fin bis runter zum Haus gejagt. Oh, mein Gott, Tess, das hättest du sehen sollen. Es war so verflucht komisch.« Er brach in lautes Gelächter aus, und Tess lachte mit. »Mike musste ihn hochheben, weil sie ihn besteigen wollte wie einen Baum.«

»Wie schade, dass ich das verpasst habe.« Sie lächelte, und ich spürte ihre Wärme sogar dort, wo ich stand. »Was machen die anderen alle?«

»Denen geht's gut.« Er senkte die Stimme. »Ich glaube, Fin hat sich in Olivia verknallt.«

»Sie ist drei, nicht wahr?«, fragte Tess amüsiert.

Er zuckte die Achseln. »Das Alter ist bloß eine Zahl, Baby.«

Ich kämpfte gegen ein Grinsen an.

»Marks Jungs beißen, verdammt.« Er warf einen Blick über die Schulter. »Oh, äh, ich meine, Marks Jungs beißen. Savannah sagt, ich soll aufpassen, was ich sage, insbesondere bei den Jungs.« Er verzog das

Gesicht. »Ich wünschte, Onkel Trig wäre hier, um ihnen sein unheimliches Gesicht zu zeigen.«

»Ist alles nur gespielt«, sagte sie neckisch. »Knuffe einfach jemanden in die Schulter, wenn ihr Dad ihnen den Rücken zugekehrt hat. Ein wenig Angst hat noch niemandem wehgetan.«

Ha!

»Das könnte ich vielleicht tun.«

»Aber sag Trigger nicht, dass ich das gesagt habe.«

»Zu spät.« Er zeigte auf mich in der Tür.

Tess lachte, als sie mich sah. »Ups.«

»Onkel Trig«, rief er, und ich trat näher, »wann können wir nach Hause?«

Ich spürte einen Stich von Traurigkeit tief in mir. Gus' Tod hatte uns alle getroffen, und die letzten paar Monate waren ziemlich hart gewesen.

»Noch nicht, aber bald.«

Denton sah enttäuscht aus, aber er zuckte die Achseln. »Wenigstens kann ich hier Paintball spielen. Weißt du, wer ebenso unheimlich ist wie du?«

»Wer?« Ich war neugierig auf seine Antwort.

»Cole, aber Savannah wäscht ihm den Kopf, wie du, Tess, und dann fühle ich mich besser, aber ich wünschte, ich wäre wieder im Club.«

»Siehst du?« Tess stieß mich gegen den Arm. »Mein Aufbegehren findet jeder unterhaltsam.«

»Oh! Ich muss los, Leute!« Das Handy wurde schwarz.

»Ich vermisse sie.« Tess stand auf und wollte das Zimmer verlassen.

»Ich vermisse ihre gelegentlichen Boxhiebe in die Eier nicht«, brummelte ich.

Tess lachte und folgte mir zur Tür hinaus. »Fin hat das nur getan, weil du ihm nicht genug Aufmerksamkeit geschenkt hast.«

»Da sind jede Menge andere, die das tun können.«

»Aber er möchte deine.«

»Mm.«

»Trigger.« Sie wandte sich im Aufzug mir zu. »Sie lieben dich und betrachten dich jetzt als ihren Vater. Gerade du weißt, wie schwer es ist, ohne einen Vater aufzuwachsen. Na ja, einen, der dich wirklich liebt. Also zeige etwas Mitgefühl.« Ich umfasste ihre Taille und zog sie zu mir. »Das meine ich ernst.«

»Ich weiß.« Ich küsste sie auf die Seite des Halses und wurde berauscht von ihrem Duft.

»Mach mich vor einer vierstündigen Motorradfahrt nicht geil.«

»Würde nicht im Traum dran denken.« Ich saugte ihre Haut ein und spürte, wie sie weich in den Knien wurde.

Sie streichelte meinen erigierten Schwanz, bevor sie auf die Knie fiel. Sie blickte mit leuchtend grünen Augen auf, zog den Reißverschluss meiner Hose herab und schluckte meinen Schwanz vollständig.

»Meine Güte«, zischte ich und lehnte mich an die Wand. Sie war wie ein gottverdammter Staubsauger. Immer und immer wieder nahm sie meinen Schwanz bis zur Wurzel, und ihre Zunge wölbte sich und führte mich dorthin, wo sie wollte. Tess war eine Droge, eine, von der ich auf ewig abhängig sein wollte.

Gerade als es sich so anfühlte, als könnte ich kommen, entzog sie sich mir mit einem fiesen Grinsen.

»Was?«

Sie kam hoch und wischte sich den Mund trocken. »Ich kann auch schmutzig spielen.«

Die Türen öffneten sich, und sie ging leicht hüpfend hinaus.

Wettbewerb eröffnet.

*

Tess

»Was ist los?« Brick trat mir in den Weg. »Du wirkst angesäuert oder so.«

»Bin ich nicht.«

»Hey.« Er fasste mich am Arm, um mich aufzuhalten. »Was ist los?«

»Das möchtest du nicht wissen.«

»Doch, möchte ich.

Oh, wirklich? Na gut.

»Ich bin sexuell frustriert.« Ich lächelte, als seine Hand wie ein totes Gewicht wegfiel.

»Oh, komm schon, Tess, nein.«

»Ja, ein Spielchen, das wir spielten, ist in der Nähe von Ventura etwas außer Kontrolle geraten. Ich habe mir auf dem Bike fast die Hose nass gemacht.«

Er zuckte bei meinen Worten zusammen, und ich versetzte ihm fröhlich einen Hieb auf den Arm.

»Du bist froh, dass du gefragt hast, oder?«

»Ich glaube, ich muss mich hinlegen.« Er fasste sich mit der Hand an die Stirn, als ob er krank wäre. »Ich fühle mich leicht erhitzt.«

»Du könntest weniger Zeit mit Rail verbringen.«

Er funkelte mich an und ging brummend davon.

Ich sah Elizabeth, die in der Ecke der Bar an einem Tee nuckelte. Ich stellte meine Tasche im Flur ab und ging zu ihr.

»Hi, Tess«, begrüßte sie mich freundlich. »Möchtest du dich zu mir setzen?«

»Natürlich.« Ich bemerkte, dass ihre Fingerknöchel um den Henkel der Tasse weiß waren. »Alles in Ordnung?«

Sie lächelte, aber das Lächeln erreichte ihre Augen nicht. »Eigentlich nicht. Meinst du, du könntest Trigger dazu bringen, mit mir zu reden?«

Wahrscheinlich nicht, aber die Sorge, die ihr ins Gesicht geschrieben stand, veranlasste mich zu sagen: »Ich kann's versuchen.« Ich ging zum Büro und klopfte an der offenen Tür. »Trig?«

»Hältst du es nicht mehr aus?« Er grinste.

»Ich habe ein Date mit Pace, also geht's mir gut.« Ich liebte es, dass er meine Spielzeuge hasste.

Er schoss mir einen warnenden Blick zu, das ja nicht zu tun, aber er wusste, dass ich nicht gehorchen würde, also konnte er seinen funkelnden Blick einsetzen, wann immer er wollte.

»Also, du weißt, dass du mich liebst, nicht wahr?«

Er ließ seinen Stift fallen und lehnte sich in seinen Stuhl zurück. Ich schloss die Tür hinter mir und beugte mich gerade genügend über seinen Schreibtisch, dass mein T-Shirt offenherzig herabhing. Wie aufs Stichwort gingen seine Augen in meinen Ausschnitt.

»Würdest du mir einen Gefallen tun?«

»Kommt drauf an.«

Ich ging um den Schreibtisch und rollte seinen Stuhl weit genug zurück, dass ich mich auf den Tisch setzen konnte. Sogleich strich er mit den Händen an meinen Schenkeln hoch und küsste mich auf den Hals.

»Ich bin ganz Ohr.«

Ich schob meine Finger durch sein Haar und zog leicht daran. Er stöhnte verführerisch auf. »Sprich mit deiner Mutter.«

Er wurde still.

»Bitte. Sie ist draußen.«

»Tess«, seufzte er und lehnte sich zurück.

»Sie hängt in letzter Zeit oft hier herum, und ich vermute, das ist so, weil sie reden möchte, aber nicht weiß, wie sie an dich herankommen kann.«

»Misch dich nicht ein.«

»Zu spät.« Ich hielt einen Finger hoch, um ihm den Ring zu zeigen. »Ich will nicht so tun, als ob ich verstehen würde, was du mit ihr durchgemacht hast, und wenn du sie wegschicken willst, werde ich kein weiteres Wort darüber verlieren, aber …« Ich beugte mich vor und streifte sanft mit meinen Lippen die seinen. »… sie ist aus einem bestimmten Grund zurückgekehrt. Höre sie zumindest an, bevor du ihr die Tür weist.«

Er knurrte tief in der Kehle und riss mich auf seinen Schoß. Er küsste mich grob, und seine Hände hielten mich an der Taille fest, während er mir seinen erigierten Schwanz gegen die Hüfte schob.

»Ich will dich, Tess.«

»Du kannst mich haben.«

Ich löste mich von seinem Schoß. »Nachdem du mit Elizabeth gesprochen hast.«

Ich zwinkerte ihm zu und eilte zur Tür hinaus, bevor er sich entschied, sie abzusperren.

Ich konnte nicht anders, als hinter der Theke mitzuhören. Mehrere Jungs schlenderten herein und wieder hinaus und hingen herum, aber ich könnte keinen Namen nennen.

Auf einmal trat Brick ins Sichtfeld, die Hände auf den Hüften und eine Braue gehoben.

»Bist du zurückgekommen, weil du mehr Details hören möchtest?« Ich grinste, er jedoch nicht. »Was ist los?«

»Was ist los?«, wiederholte er, und ich wusste, er war echt sauer. »Stell dir meine Überraschung vor, als Cray hereinkam und mir sagte, dass er sich um die Leiche gekümmert wurde, die in Mary's Tea House verblieben war.«

»Habe ich das etwa nicht erwähnt?«

»Tess Marin, ich schwöre bei Gott, ich werde dir die Augenlider ausreißen und sie an die Ratten verfüttern, wenn du mich anlügst.«

»Das ist ein bisschen sehr detailliert.«

»Tess!«

»Brick, es ist alles in Ordnung. Mir geht's gut. Ich hatte einen Plan, und alles hat verdammt einwandfrei funktioniert.«

Na ja, mehr oder weniger.

Er stützte die Hände auf die Theke, trat zurück und senkte den Kopf. »Mein Gott, Frau.«

»Hey.« Ich legte meine Hände auf seine. Er kämpfte mit sich und hielt die Augen fest zugedrückt. »Spuck's aus.«

Als er schließlich zu mir aufschaute, schien er so jung wie am Tag unserer ersten Begegnung.

»Du bist alles, was ich als Familie je hatte, die Einzige, auf die ich zählen kann, und ich habe das Gefühl, als ob du den meisten Scheiß von mir fernhältst.«

Das traf mich mitten in die Brust. Er hatte recht. Ich tat es.

»Willst du die Wahrheit hören?« Ich hüpfte auf die Theke und fuhr herum, sodass ich direkt vor ihm saß. »Du hast recht. Das tu ich, aber nicht aus den Gründen, die du glaubst. Es ging immer um dich und mich …«

»Und Clark«, fügte er bitter hinzu.

»Nein, es ging immer um dich und mich. Clark stand an der Seite.«

»Schön.«

»Du hast wie viele Nächte damit zugebracht, mich zu beschützen, wenn du stattdessen mit Mädchen hättest ausgehen können und so?« Er setzte zum Reden an, aber ich legte ihm die Hand auf den Mund. »Du hast viel für mich geopfert. Ich schätze, ich versuche, dasselbe für dich zu tun.«

Er schlug meine Hand weg. »Ich komme nicht mehr mit.«

»Hey!« Cooper sah aus, als wäre ihm übel. »Habt ihr meine Kutte gesehen?«

»Nein«, erwiderten wir beide, und er flog aus der Bar und den Flur hinunter.

»Sieh mal im Zimmer der Jungs nach!«, rief ich ihm nach.

Ich legte Brick meine Hände auf die Schultern. »Ich mag Minnie wirklich. Sie ist eine freche kleine Göre, erinnert mich in gewisser Weise an mich selbst.« Ich zwinkerte. »Ich belästige dich nicht mit all meinen Problemen, weil du dich auf sie konzentrieren solltest.«

»Du …«

»Du erkennst es vielleicht nicht, Matt, aber ich könnte einen Keil zwischen euch beide treiben. Es ist jetzt an dir, deine Energie auf den Schutz Minnies zu konzentrieren, weil ich, Scheiße, genügend diverse Versionen von Trigger habe, die mich beschützen.«

Er seufzte und rieb sich den Kopf. »Wann bist dueigentlich so klug geworden?«

»Das kommt in Wellen.«

*

Allen

Das Blut triefte von meinen Stiefeln auf die heißen Stufen der katholischen Kirche.

Ich hasste Texas leidenschaftlich. Es war immerzu heiß, und sie hatten die größten Arschlöcher an Cowboys, die die Menschheit kannte.

»Wo soll ich ihn hinbringen?« Zay schleifte den Leichnam des Priesters weiter, der die Kirche einmal geführt hatte.

»Stopf ihn in die Reifenschaukel.« Ich winkte ihn weg und trank einen Schluck meines warmen gesüßten Tees.

Ich knurrte, als ich eine Frau und ihren Sohn zu mir kommen sah.

»Guten Morgen.« Die Dame sah an mir vorbei. »Ich suche Vater Parie. Ist er hier?«

»Tut mir leid, heute Morgen nicht. Er hat mich gerufen, um für ihn einzuspringen, während er sich um einen platten Reifen kümmert.« Ich lachte innerlich über meine Worte.

»Vielleicht können wir morgen vorbeikommen.«

»Aber sicher.« Ich ließ mein Lächeln aufblitzen und sah ihnen beim Davongehen nach. Der kleine Junge blickte über die Schulter, und ich winkte ihm zu. Überrascht hob er die Augenbrauen. Ich war mir sicher, dass der Teufel durch mein Grinsen zu ihm gesprochen hatte.

Ein Alarm ging im Innern der Kirche los, und ich sprang mit meinem Fernglas auf.

»Zay«, rief ich und zeigte hin. »Wir haben einen Boten.«

Er zog an einem Seil, und eine riesige weiße Flagge fiel vom Dach, mit einem großen blauen Kreuz darauf. Mein Gott, es war wie ein Leuchtfeuer, das den Illegalen zuwinkte.

»Bitte«, bettelte ein Mann in schmutziger Kleidung, der auf uns zu rannte. Er fiel zu meinen Füßen nieder, die Hände in die Höhe gereckt. »Bitte, Vater.« Er rang nach Luft. »Sie müssen mich beschützen. Sie sind hinter mir her.«

»Wer?« Ich sah zum Horizont hinüber.

»Die Kojoten.« Er hatte einen schweren Akzent, sprach jedoch gut Englisch. »Wir dürfen nicht davonlaufen, aber sie haben meine Kinder, und ich kann sie nicht finden.«

Perfekt.

»Der Herr wird dir helfen.« Ich half ihm auf die Beine. »Besorgen wir dir etwas Wasser.«

»Danke sehr, vielen Dank«, schluchzte er.

Er aß, duschte und erhielt neue Schuhe, dank des toten Mannes, der im Hof hing. Wir setzten uns in die Kirche, während er betete, und mir wurde allmählich langweilig.

Nach etwa einer halben Stunde hatte ich genug, und ich lenkte seine Aufmerksamkeit auf mich.

»Hör mal, ich muss verstehen, was da draußen passiert ist, damit wir«, ich zeigte auf die Jesus-Statue, »dich beschützen können. Was hast du gesehen?«

»Fünf Männer haben uns über die Grenze gebracht. Wir mussten Kokainziegel auf dem Rücken tragen, und es gab kaum Platz für Wasser. Als wir losgingen, waren wir dreißig. Als wir ankamen, waren wir nur noch sieben.« Tränen rannen ihm übers Gesicht.

»Wo sind die Drogen jetzt?«

Er rieb sich die Augen trocken, wie wenn er frustriert wäre. »Wir haben die letzte Nacht im Wald verbracht, etwa zehn Kilometer von hier. Als sie uns sagten, wir sollten das Kokain fallen lassen, wussten wir, dass gleich etwas passieren würde. Da haben sie mir meine Mädchen weggenommen und mir gesagt, ich müsste nach Mexiko zurück und eine weitere Ladung herüberbringen, bevor sie sie freilassen würden. Sie verstehen diese Männer nicht. Es sind schlechte Männer. Sie halten ihr Wort nicht. Sie …«

»Ja, ja, ja.« Ich bedeutete ihm zu schweigen, und öffnete die Bibel, in der ich eine Karte stecken hatte. »Zeig mir, wo die Drogen sind.«

Er beäugte mich furchtsam, nahm jedoch langsam die Karte und studierte sie. »Hier.«

»Bist du sicher?«

»Ja.«

Ich schoss ihm ins Gesicht.

»Juchhuu!« Ich hielt die Karte für Zay hoch. »Zieh deine Sachen an. Es ist Zeit zu spielen.«

Zay jagte das Quad hoch und raste mit zwei Männern, die ich vor Kurzem rekrutiert hatte, in die Wüste hinaus.

Ich sah ihnen nach, bis die Staubspur verschwunden war, und kehrte dann ins Innere der Kirche zurück. Ich konnte ein Nickerchen wirklich vertragen.

Kapitel 20

Trigger

»Ich bin nicht stolz darauf, was ich getan habe, Nolan. Wenn ich von vorn anfangen könnte, täte ich es, aber jetzt bin ich hier. Ich erwarte nicht von dir, dass du mir verzeihst oder dass du mich anschließend überhaupt noch sehen möchtest. Ich wollte nur, dass du mich bis zum Schluss anhörst.«

Ich warf Tess einen Blick zu, die mit Brick zusammen an der Theke stand.

Dann sah ich zurück zu meiner Mutter. In letzter Zeit war viel Mist passiert, und meine Neugier darauf, wer meine Mutter wirklich war, hatte immer an meinen Eingeweiden genagt.

»Schön. Du hast zwei Minuten.«

»Zuerst«, sie reichte mir einen Klebezettel mit einer Adresse darauf. »Ich bin mir sicher, dass er weg ist, aber Allen ist letzte Nacht dort gewesen.«

»Brick«, rief ich. Er blickte auf und kam herüber, während ich ihm den Klebezettel hinhielt. »Allens letzter Aufenthaltsort.«

»Bin dran.« Er schnappte sich Rail bei der Kutte und zog ihn von irgendeiner Tussi weg.

»Wie hast *du* ihn gefunden?« Meine Männer konnten ihn anscheinend nicht aufspüren, aber sie schon? Was entging mir da?

Sie sah einen Moment lang weg und musterte den Club. »Na ja, das ist ein Teil davon, weshalb ich hier bin.«

Verärgert warf ich einen Blick auf mein Handy. Ich hatte nicht die Zeit für Spielchen.

»Die Wahrheit, Nolan, lautet, dass ich krank bin.« Sie wartete auf eine Reaktion, aber ich hatte keine, die ich unbedingt zeigen wollte. »Es hat sich herausgestellt, dass meine Nieren hinüber sind.« Sie lehnte sich mit einem Seufzer in ihren Stuhl zurück. »Geschieht mir recht, all diese Jahre, in denen ich meinen Körper wie einen Abfalleimer behandelt habe. Ich wollte nie strippen, aber ein falscher Abzweig kann dein Leben definieren. Ich weiß das jetzt, und ich möchte es wiedergutmachen. Ich habe viele Fehler gemacht, aber der größte war der, dich zurückzulassen.«

»Da würde ich dir nicht widersprechen.«

»Es tut mir leid.« Daran, wie ihr Körper nach vorn fiel, merkte ich, dass es ihr ernst war. »Ich war bei einem Arzt hier in der Stadt, und er ist einer der besten. Als ich das Sprechzimmer verließ, sah ich Zay. Ich weiß, dass er Allens angeheuerter Killer ist. Ich folgte ihm zu diesem Hotel, und dort habe ich Allen gefunden. Ich wusste, dass er immer noch hinter dir her ist. Ich wollte mit ihm reden.«

»Hast du herausgefunden, was er vorhat?«

Sie leckte sich die Lippen, als ob sie etwas erwidern wollte, tat es jedoch nicht. »Nein.« Sie hielt inne. »Aber meine Vermutung lautet, dass er immer dort sein wird, wo du auch bist. Er ist ein entsetzlicher Mann. Das weiß ich jetzt.«

»Entsetzlich wäre nicht das Wort, das ich benutzen würde.«

»Stimmt, aber ich bin jetzt hier und kann helfen.«

»Ich bin an deiner Hilfe nicht interessiert.«

»Das verstehe ich.« Sie hielt die Hand hoch und drängte mich nicht weiter.

»In Ordnung.« Ich nahm mir mein Handy und stand auf. Ich hatte drei Jahrzehnte gewartet, um meine Mutter kennenzulernen und zu verstehen, und jetzt war sie hier, und sie war krank, und alles, was ich wirklich wollte, war, meinen Vater zu töten. Wie bescheuert war das? Ich drehte mich um und ging zur Tür, aber Nolan tauchte plötzlich auf und brachte mich dazu, wie angewurzelt stehen zu bleiben.

Verfluchter Kopf.

Ich blickte über die Schulter zurück. »Hol deinen Scheiß aus deinem Motel und komm her. Du kannst hier bleiben. Um den Rest kümmern wir uns später.«

»Ich habe nicht darum gebeten, hier zu bleiben. Ich wollte dir bloß …«

»Ich weiß.«

Die Clubtür öffnete sich, und Mud hielt die Arme hoch. »Ich habe ein Paket dabei.« Er drehte sich um und zeigte auf Wes, meinen ehemaligen Zellengenossen, der die Augen bei dem plötzlichen Lichtwechsel zusammenkniff. »Ich habe ihn entdeckt, wie er Anhalter auf dem 210 Freeway gespielt hat. Hätte nie gedacht, deinen Namen als Ziel zu hören, wo jemand rausgeworfen werden möchte.«

»Danke.« Ich nickte und winkte Tess, sie solle uns zwei Bier bringen. »Setz dich.«

Er setzte sich und ließ seine Tasche vor seine Füße fallen. Ich bemerkte, dass Mud zu meiner Mutter hinübergegangen war.

»Wie geht's dir, Wes?«

»Ich bin verwirrt.« Er lachte mich an. »Und jetzt, da du nicht überrascht bist, mich zu sehen, glaube ich, meine Antwort auf die Frage zu haben, warum ich vorzeitig entlassen wurde.«

»Ich konnte ein bisschen Druck machen.« Ich fuhr mit der Hand an Tess' Bein hoch, als sie die Getränke auf den Tisch stellte. »Tess, das ist Tray.« Ich warf ihm einen Blick zu, und er wusste, was der Spitzname bedeutete. Seine Aktion mit dem Tablett in der Gefängnisbibliothek hatte mir wirklich imponiert. Er hatte einen Platz im Club verdient. »Er kommt aus dem Ortsverband Tennessee, wird jedoch uns beitreten.«

Sie streckte die Hand aus, und er schüttelte sie respektvoll.

»Schön, endlich ein Gesicht zum Namen zu haben, Tess. Du bist ziemlich berühmt, weißt du?«

»Bin ich das jetzt?« Sie grinste mich an, weil sie wusste, dass die meisten der Männer immer noch nicht glauben konnten, dass ich ihr einen Ring geschenkt hatte. Rail verbreitete diesen Mist wie ein Lauffeuer. »Na ja, ich lasse euch allein und komme später zu dir.« Sie warf mir ein sexy Lächeln zu und ging davon.

»Ich kann dir nicht genug dafür danken, was du getan hast. Ich stehe in deiner Schuld.«

»Nein«, verbesserte ich ihn. »Wir sind jetzt quitt.«

Wir leerten unser Bier, und ich brachte ihn auf den neuesten Stand dessen, was ich von ihm erwartete. Für den Augenblick würde er bei Rail bleiben, bis wir Gus' Zimmer gereinigt hatten. Ich hasste es, dass mein Hals nach wie vor zuckte, wenn ich an meinen Onkel dachte.

»Trigger!«, rief Morgan aus dem Hinterzimmer und stürmte mit seinem Handy am Ohr in die Bar. »Wir haben hier vielleicht ein Problem.«

Ich hörte Lärm an der Tür, dann flog sie auch schon auf. Einer meiner Türsteher zeigte erschüttert über seine Schulter.

»Trigger, da sind ein paar Männer, die zu dir wollen.«

Ich holte mein Handy heraus und überprüfte die Kameras.

»Lass sie rein.«

»Ganz bestimmt, Boss?« Er wartete einen Moment, bevor er wieder nach draußen eilte.

Herein kamen fünf Hispanier mit ihren Waffen an der Seite.

»Trigger.« Der Mann mit den ganzen protzigen Ringen zeigte auf mich. »Eigentlich wollte ich herkommen und dich umbringen, aber ich zögere. Angesichts unserer Vergangenheit dachte ich, dass es in Ordnung wäre, wenn wir zuerst miteinander plaudern.«

»Nachdem wir jahrelang zusammengearbeitet haben, bin ich erfreut darüber, dass du diese Vorgehensweise bevorzugt hast«, brummelte ich sarkastisch.

»Wer ist das?«, hörte ich Tess flüsternd Rail fragen.

»Das wäre das Kartell.«

»Heilige Scheiße.«

»Ja …« Er nickte. »Also, halte deine innere Tigerin bei diesen Jungs etwas zurück.«

»Wo können wir hier reden?« Er sah sich um und entdeckte Tess. »Sie wird uns Getränke servieren.«

Es war das eine und einzige Mal, dass ich mir wünschte, die verfluchte Peggy wäre zurück. Ihre falschen Titten wären mehr nach seinem Geschmack gewesen.

Ich nickte Tess zu, und einmal wenigstens widersprach sie nicht. Sie eilte einfach zur Bar zurück und machte sich daran, ihr Tablett mit Schnaps vollzuladen.

»Hier entlang.« Ich winkte ihn zum Versammlungsraum. Ich warf Morgan einen Blick zu, der sich eine zusätzliche Waffe hinten in den Hosenbund steckte, bevor er hineineilte und sich Brick und Rail anschloss. »Hey.« Ich ging zu Tess an die Theke. »Bleib nicht zu lange in ihrer Reichweite, sprich nicht mit ihnen und werde nicht frech. Bediene und verschwinde, so schnell du kannst.«

Sie nickte. »Warum sind sie hier?«

»Keine Ahnung.«

Ich wartete ab, bis sie den Raum betreten hatte, bevor ich die Türen schloss und mich an den Kopf des Tischs setzte.

Brunos Männer bildeten ein Hufeisen um ihn. Jeder von ihnen hatte mindestens vier Waffen dabei, und ihre Blicke suchten den Raum sorgfältig ab. Das waren keine Typen, mit denen man sich anlegte.

»Überspringen wir den Scheiß und kommen gleich zur Sache«, fing ich an. »Warum seid ihr hier?«

»Ich möchte meinen Koks zurück.«

Ich verzog verwirrt das Gesicht. »Alles, was ich von dir hatte, ist verkauft. Dein Anteil wurde von deinen eigenen Männern abgezeichnet. Ich habe nichts von dir übrig.«

»Ah, mein Freund, aber was ist mit den 1,1 Millionen, die du gestern Nacht meinen Kojoten abgenommen hast?«

Was? Ich versuchte, ruhig zu bleiben. Ich habe nie etwas vom Kartell gestohlen, nicht ein einziges Mal. So dumm bin ich nicht.

»Wir haben lange genug zusammengearbeitet, dass du wissen solltest, dass ich niemals das Produkt eines anderen Mannes anrühren würde. Ich glaube, diesen Respekt habe ich mir verdient.«

Er lehnte sich zurück und sah Tess unter den Rock, als sie sich vorbeugte, um einen Drink auf den Tisch zu stellen. Ich wusste, was er damit bezweckte, und ich gab mir alle Mühe, es nicht an mich ranzulassen. Sie stellte ein Glas Tequila vor ihn und trat dann neben Brick.

Zumindest hörte sie zu.

»Bilder lügen nicht, Mr. Vineyard.« Er winkte einem seiner Männer, und der ließ ein Foto vor mich fallen.

Ich nahm das Foto eines Mannes auf einem Quad hoch. Darauf lagen hinten hohe Stapel von Koksziegeln, und da war mein verdammter Sensenmann, der Reaper, der mich anstarrte. Was sollte das, verdammt? Ich hielt es mir näher ans Auge und studierte das Gesicht. Ich reichte es an Brick weiter, und sein Gesicht wurde hart.

Tess beugte sich vor und betrachtete das Foto, das Brick immer noch hielt, dann legte sie sich die Hand vor den Mund, als sie erkannte, wer es war.

»Das ist nicht mein Mann. Die Kutte gehört mir, aber dieser Mann ist Zay. Er arbeitet für meinen Vater.«

»Interessant, dass du die *Chica* deine Geschäfte erledigen lässt.« Er neigte den Kopf zu Tess.

Ich hasste es, dass er überhaupt nur die Aufmerksamkeit auf das richtete, was mein war. Es fühlte sich an, als ob die Serpents wieder im Raum wären.

»Sind wir hier, um über eine Tussi zu reden, oder über die Tatsache, dass mir eine Falle gestellt worden ist?«

Sein Gesicht fuhr zu meinem herum. »Warum nicht über beides?« Als ich mich nicht rührte, hob er seine Hände in die Luft. »Schön, erleuchte mich. Wer ist dieser Zay auf dem Foto?«

»Er ist ein Auftragskiller, den mein Vater angeheuert hat, damit er ihm hilft, mich umzubringen. Du hast bestimmt gehört, dass mein Vater mich nicht sonderlich liebt.«

Seine Augen verdunkelten sich, als er die Verbindung zog. »Ja. In letzter Zeit habe ich viel gehört, und ich habe mir Fragen hinsichtlich des Timings dieses unseligen Diebstahls gestellt. Dein Vater schuldet mir viel Geld. Ich war sehr großzügig mit ihm gewesen, habe ihm sogar Waffen geliehen. Ich bin sehr geduldig gewesen. Jetzt stiehlt er mir auch noch über eine Million in Drogen?«

»Sieht so aus.«

Ich hatte nicht gewusst, dass mein Vater dem Kartell Geld schuldete. Das drehte den Spieß um. Ich fragte mich, warum er ein solches Risiko eingehen würde.

»Interessant.« Er rieb sich das Kinn und lehnte sich in seinen Stuhl zurück. »Was tun wir jetzt?«, sagte er, mehr zu sich als zu sonst jemand im Raum.

In Gedanken wälzte ich sämtliche Möglichkeiten, und nach ein paar Augenblicken wusste ich, welches der beste Zug für mich und meinen Club sein könnte.

»Ich habe eine Idee, die, wie ich glaube, für uns beide funktionieren würde.«

»Ich bin ganz Ohr.«

*

Tess

»Heilige Scheiße, Tess.« Minnie erhob sich von ihrem Stuhl. »Ich habe noch nie im Leben ein krasseres Hochzeitskleid gesehen.«

»Ich würde dich sofort flachlegen«, stotterte Rail.

»Ha, als ob du jemals dazu Gelegenheit bekommen würdest«, schnaubte Minnie. »Warum in aller Welt Trigger ihn als Aufpasser mit uns geschickt hat, ist mir ein Rätsel.«

Ich verließ die winzige Umkleidekabine und stellte mich vor den Spiegel. Ich würde keinesfalls Weiß tragen, also war jegliches traditionelle Geschäft für Brautkleider aus dem Rennen. Nein, ich wollte etwas, das ich war, und das hier – ich drehte mich um und bewunderte meinen Hintern – war ich. Ein eng anliegendes schwarzes Lederkleid umhüllte meinen Körper. Es schlang sich um meinen Hals, war vorn tief ausgeschnitten, und eine sexy Spitze hielt die beiden Teile zusammen. Der Rückenausschnitt war mein Lieblingsteil. Er ging gefährlich tief hinab bis knapp über meinen Hintern.

»Ich kann's nicht erwarten, wie Trigger reagieren wird«, quietschte Minnie vor Freude.

»Das ist ihr Brautkleid?«, flüsterte eine Dame ihrer Freundin zu. »Was tragen ihre Brautjungfern? Pasties?« Sie lachten und verdrehten die Augen.

»Hey, Tess.« Rail beugte sich über die Lehne des Sitzes, damit er mich besser in Augenschein nehmen konnte. »Erinnerst du dich, dass du diesem Arschloch über zwölf Stiche zugefügt hast, weil er dich angebaggert hat? Das sollte in deinem Eheversprechen mit enthalten sein.« Er zwinkerte mir zu, während die fiesen Frauen sich ihre Taschen schnappten und aus dem Geschäft rannten.

»Keine schlechte Idee, Rail.« Ich lachte. »In Ordnung, das ist es. Ich bin fertig. Ich nehm's.«

»Was hast du sonst noch zu erledigen?« Minnie schlürfte eine Cola mit Rum in einem Plastikbecher.

»Nichts, wirklich. Ich brauchte bloß mein Kleid und meine Schuhe.« Ich tätschelte meine Tasche. »Der Rest wird sich ergeben. Es ist bloß eine Party im Hinterhof. Mehr wollen wir nicht.«

»Ich liebe es, dass du es schlicht liebst.« Sie grinste. »Weil es keinen Platz für eine weiße Hochzeit in der Motorradclub-Welt gibt.«

»Amen zu diesem Scheiß«, warf Rail ein und legte mir einen Arm um die Schultern. »Ich warte immer noch darauf, dass Trigger seine Meinung ändert, sodass ich einspringen und dich klauen kann.« Er grinste neckisch.

»Seit wann fühlst du so? Bevor oder nachdem du mich für den Maulwurf gehalten hast?«

»Nein, ich bekam meinen Steifen, *nachdem* du mir die Ohrfeige verpasst hast.«

»Danke für die bildliche Darstellung.«

Ich hätte wissen sollen, dass etwas im Busch war, als wir auf dem Rückweg waren.

Rail hatte den größten Teil unseres Heimwegs am Handy verbracht, wie ein Wahnsinniger gesimst, und den Leuten um uns her ganz und gar keine Aufmerksamkeit gewidmet.

»Möchtest du etwas spielen?« Ich nickte zu der Parade vor uns hin, die gerade losgehen sollte.

»Oh, mein Gott, du sorgst für so viel Spaß im Leben.« Sie lachte, und wir setzten unseren trägen Gang an unserer Straße vorbei fort und betraten das Meer aus halbnackten Männern. Wir versteckten uns hinter einem Festwagen, und ich holte mein Handy heraus und drückte auf »Aufnahme«.

Eine Tussi schob Rail ihre gigantischen Titten ins Gesicht und wartete, dass er hochschaute. Als er es tat, traten ihm die Augen aus den Höhlen, und er grinste eindeutig interessiert.

Der arme Rail hatte nicht den Hauch einer Chance zu verstehen, was geschah, bevor sie ihm die Hand um den Hals legte und ihm die Zunge in den Mund steckte.

»Heilige Scheiße.« Minnie bepinkelte sich fast vor Lachen. »Das ist echt zu heftig zum Hingucken. Ich kann einfach nicht wegsehen.«

Ich konnte kaum das Handy aufrecht halten, so heftig musste ich lachen. Er würde uns umbringen.

Die Tussi ließ ihn los, und er sah benommen auf, bis sie etwas sagte und er den Adamsapfel bemerkte.

»Warte mal.« Er wich zurück und sah sich um. »Was ist das, zum Teufel?« Er entdeckte er sofort, und ich war schockiert, als er tatsächlich lächelte und ihr etwas zumurmelte.

»Kommt her!«, rief er, und wir schossen zum Clubhaus.

»Lauf!« Minnie packte mich am Arm, und wir wanden uns durch den Verkehr, überquerten die Straße und flogen förmlich ins Clubhaus.

»Brick!«, rief ich, als er aus Triggers Büro kam. »Fang!« Ich warf ihm mein Handy zu, während Rails Körper mich zu Boden warf.

Ich wälzte mich herum und bemühte mich lachend, zu Atem zu kommen. Bei all der Schwere, die auf dem Club in den letzten paar Monaten gelastet hatte, war es ein erstaunliches Gefühl, sämtlichen Stress aus meinem Innern wegzulachen.

»Warte mal.« Auf Bricks Gesicht zeigte sich ein verwirrtes Lächeln. »Ist das nicht ein verdammter …«

»Mann? Ja.« Ich drückte Rail an der Schulter weg, als er versuchte, mir die Hand über den Mund zu legen. »Mit Zunge und allem.«

»Das erklärt so viel.« Er sah zu Rail, der schwitzte, jetzt jedoch einen letzten Versuch unternahm, Brick das Handy wegzunehmen.

»Verdammt, Brick.«

Zwei Boots blieben dicht neben meinem Kopf stehen, und Trigger starrte auf mich herab. »Amüsierst du dich?«

»Absolut.« Ich wahrte meine Fassung.

»Rail, mach dich fertig. Wir fahren in zwanzig Minuten.«

Rail sprang hoch, jedoch nicht, ohne mich zuvor anzufunkeln.

»Oh, warte mal.« Ich setzte mich auf. »Du hast da eine Kleinigkeit.« Ich zeigte auf meinen Mundwinkel und tat so, als hätte er Lippenstift auf seinem.

»Hoffentlich stolperst du und fällst in diesem Kleid.«

»Das glaube ich, dass du dir das wünschst.« Ich zwinkerte und nahm Triggers Hand, der mir half aufzustehen.

*

Allen

»Zwei, vier, sechs.« Ich zählte, während die drei Männer und Zay die Bündel auf die Ladefläche des Transporters verluden. Wir hatten einen Käufer, der gewillt war, alles abzunehmen, aber zu einem Discountpreis. Mir war das scheißegal. Mein Plan war sowieso, ihm eine Kugel durch den Kopf zu jagen und ihn bis aufs Hemd auszuziehen.

Ich musste bloß genügend Geld haben, dass ich meinen Männern, die ich angeheuert hatte, um Devil's Reach in die Luft zu jagen, grünes Licht geben konnte. Alles hatte seinen Preis.

Die Sonne brannte mir auf den Schultern. Ich wollte meine Jacke ausziehen, aber wir hatten heute bereits zweimal unerwartet Besuch gehabt. Die Leute sollten sich wirklich ein Hobby suchen. Mich vergnügte ihre Bewunderung nach wie vor und ich fragte mich, ob ich in einem anderen Leben nicht Prophet war.

Als das letzte Bündel verstaut und meine geliebten Wiesel sicher untergebracht waren, warf ich ihnen einen kleinen Leckerbissen zu und erfreute mich an ihrem Quietschen, während sie um das Bröckchen kämpften. Ich warf meine Tasche hinein und schlug die Türen zu.

Zay fuhr, die drei anderen Männer, die ich rekrutiert hatte, quetschten sich auf die Rückbank, und ich setzte mich vorn hin.

»Das wird unser Leben verändern, Jungs!« Ich schlug Zay auf die Schulter, und er fuhr die staubige Zufahrt hinab. Na ja, meines zumindest, aber das mussten sie nicht wissen.

Ich lehnte den Kopf an die Kopfstütze und schloss die Augen.

»Ich möchte nicht lügen, aber Sie sind die letzte Person, deren Besuch ich hier an einem Dienstagmorgen erwartet hätte.« Ich saß hinten in der

Bar. Ich war mit der Örtlichkeit zufrieden, aber ich hatte zwei Männer draußen stehen, und Zay war in Sichtweite, falls ich jemanden benötigte, der dazwischentreten musste. Man konnte nie vorsichtig genug sein.

»Anscheinend haben Sie und ich gleiche Interessen.« Sie kam gleich zur Sache und fummelte mit dem hellblauen Tuch herum, das ihr locker um den Hals hing.

»Ist das so?«

»Ja, wir sind beide hinter derselben Sache her …«

»Ich fürchte, dass Sie da ein wenig genauer werden müssen.«

Sie beugte sich vor und funkelte mich auf vertraute Weise an. »Sehen Sie, ich möchte hier nicht um den heißen Brei herumreden und irgendjemandes Zeit verschwenden, also komme ich zur Sache.«

»Ich bin ganz Ohr.«

»Ich will den USB-Stick und Sie ebenfalls. Ich habe noch ein paar unerledigte Angelegenheiten, um die man sich kümmern muss, und so, wie es aussieht, ist es bei Ihnen auch so. Ich weiß, dass Ihre Kopie zerstört wurde, und ich weiß, dass sie eine Kopie hat.«

»Und woher wissen Sie das?«

»Ich weiß viel mehr, als die meisten glauben.«

»Was ist also Ihrer Ansicht nach darauf?«

Sie schloss die Augen und lehnte sich in ihrem Stuhl zurück. »Sehen Sie, Allen, ich sehe vielleicht aus wie die Gattin eines Milliardärs, aber ich habe mein Geschäft von der Pike an aufgebaut, und ich habe mehr als ein paar Leute aus dem Weg geräumt, die mir dazwischengekommen sind. Wenn Sie mich ignorieren wollen, ist das in Ordnung. Oder wir können eine Abmachung treffen und das zurückbekommen, was rechtmäßig uns gehört.«

»Interessant, dass Sie das Wort ›uns‹ gebrauchen.«

»Wer hat ihm Ihrer Meinung nach die Idee zugeflüstert, Leute an höchster Stelle zu erpressen? Da wäre er sicher nicht von allein drauf gekommen.«

»Na gut, wie lautet also die Abmachung?«

Sie beugte sich vor, und in ihren Augen blitzte die Wut. »Jeden zu töten, der sich uns in den Weg stellt.«

»Was ist mit …«

»Jeden«, wiederholte sie.

Ich dachte einen Moment lang darüber nach und spürte, wie mich die Aufregung packte. Oh, wie sehr der Höhepunkt immer näherrückte!

»Möchten Sie sich also mit mir zusammentun und ihn zurückbekommen?«

»Ja.«

Ich erhob mich von meinem Stuhl und überlegte einen Moment. Es könnte eine Falle sein, oder sie könnte eine Agentin sein. Manchmal spielte das Leben russisches Roulette. Man musste einfach nur drin oder draußen sein.

»Wir haben eine Abmachung, Felicia.«

Sobald wir die unbefestigte Straße erreicht hatten, öffnete ich die Augen. Die Nachmittagssonne stand tief am Horizont, und die Aufregung über das, was kommen würde, brodelte in meinem Innern.

Zay klappte die Sonnenblende herab und sah mit zusammengekniffenen Augen voraus auf den Flugzeughangar in der Ferne. Ich schlug auf den Rücken des Sitzes, damit die Männer hinter uns aufwachten.

»Fertig, Jungs?« Ich fummelte an meinem Kragen herum, um sicherzustellen, dass er perfekt saß. Es gab nichts Besseres als diese Hochspannungsgeschäfte. Ich betrachtete gern ihren Gesichtsausdruck, während ich aus dem Lieferwagen stieg. Ich liebte diesen Moment des

Unbehagens und der Unsicherheit. Ich würde immer rasch handeln und alles zu meinen Gunsten drehen, indem ich zunächst das Kommando über die Situation übernahm. Sobald klargestellt war, wer das Sagen hatte, ergab sich typischerweise alles andere von selbst. Ich musste lächeln. Bald würde mein Sohn meinen Zorn zu spüren bekommen.

»Eins, zwei, drei.« Zay zählte die Männer, die er sehen konnte. »Fünf nach links und einer an die Spitze des Flügels.«

»Sie werden nicht allein kommen.« Ich seufzte. Ich wünschte wirklich, er würde sich entspannen. Das würde eine leichte Sache werden. Wir befanden uns mitten im Nirgendwo und hatten die Oberhand. Wir hatten die Drogen, die sie haben wollten, und ausreichend Munition, um eine kleine Gemeinschaft auszuradieren, ganz zu schweigen von den dreien auf dem Rücksitz, die wir durchaus entbehren konnten.

»Das gefällt mir nicht.«

Ich verdrehte die Augen und griff nach der Flasche Whiskey, die ich in meiner Tasche hatte. »Sobald das hier vorüber ist, können wir drei Frauen besorgen, die genauso aussehen wie diese Bitch, an der dir anscheinend so viel liegt.«

Er schoss mir einen Blick zu und sah dann zurück auf die Straße, und ich rieb mir die Hände, wobei die Macht in meinen Fingerspitzen prickelte. Als Zay den Lieferwagen geparkt hatte, war mir fast schwindelig.

Showtime!

Ich trat die Tür auf, zupfte mein Jackett zurecht und setzte ein teuflisches Grinsen auf.

»Meine Herren.« Ich hob die Hände zum Gruß. »Sollen wir zum Geschäft kommen?«

Alles im Hangar war von einer Staubschicht bedeckt, abgesehen von dem silberfarbenen Flugzeug vom Typ Eclipse 550.

Scheiße, war das schön. Das Flugzeug von knapp unter drei Millionen war jeden Penny wert. Sie hatten einen guten Geschmack.

Der Mann im Anzug mit Krawatte sah auf seine Uhr, bevor er aufstand und hinter einen Stahltisch trat. Ich vermutete, dass dies der Mann war, mit dem ich am Handy zu tun gehabt hatte.

»Mr. Bellium?« Ich streckte die Hand aus, aber er rührte sich nicht weiter und ergriff sie nicht. Ich ließ sie langsam fallen und stand still da. Es war ein Kampf der Alphas.

»Durchsuchen«, befahl er, und zwei Männer eilten herüber, hielten meinen Männern Gewehre vors Gesicht und wiesen sie an, die Arme zu heben, während sie ihnen die Waffen abnahmen. Einer trat vor mich und tippte mir auf die Arme, also tat ich desgleichen. Ich funkelte ihn an, wollte jedoch zeigen, dass ich kooperieren würde. Er nahm mir beide Waffen ab, ließ die Magazine herausfallen und warf den Rest auf den Tisch vor Bellium.

Sobald sie auf ihre Posten zurückgekehrt waren, grinste ich. »Jetzt sind Sie dran.« Ich nickte zu seiner Waffe hin, die aus seinem Hosenbund herausragte.

»Nein«, sagte er schlicht.

Ich zog meine Unterlippe ein und gab mir Mühe, nicht zuzuschlagen. Wenn ich wollte, dass der Handel nach meinem Gusto abliefe, müsste ich ihn im Glauben lassen, er habe die Oberhand.

»Können wir anfangen, oder müssen wir als Nächstes Blut sehen?« Ich triefte vor Sarkasmus.

Ein breites Grinsen jagte über seinen Mund, von einem Mundwinkel zum anderen.

»Interessante Wortwahl, Mr. Vineyard.«

Ich legte den Kopf schief. *Woher kannte er meinen richtigen Namen?*

»Wie ich sehe, haben Sie Ihre Hausaufgaben gemacht.«

»In der Tat.« Er öffnete die Knöpfe vorn an seinem Anzug, schälte sich aus dem Jackett und reichte es einem seiner Männer. Der Mann wartete einen Moment, äußerte schnaubend etwas, das ich nicht verstehen konnte, und hängte es dann über seine Stuhllehne.

Wenn einer meiner Männer vor einem Kunden so gezögert und mir so wenig Respekt erwiesen hätte, hätte ich ihm mit Sicherheit eine Kugel zwischen die Augen gejagt.

»Also schön, kommen wir zum Geschäft.« Ich schnippte mit den Fingern und hörte, wie sich die Türen des Lieferwagens öffneten. Bündel um Bündel wurde das Kokain zum Tisch getragen und in Reihen gestapelt.

Nachdem das letzte hingelegt worden war, trat ich zurück und wartete darauf, dass er eine Probe nahm.

Zu meiner Überraschung tat er es nicht. Er stand einfach da.

»Sind Sie einer der wenigen Männer, die dem Wort eines anderen trauen?« Ich versuchte zu erkennen, was ihm durch den Kopf ging.

»Ich habe niemals einem Mann vertraut, der den Herrn bei Tag darstellt und bei Nacht den Teufel.«

Ich lächelte trotz meiner Verwirrung darüber, wie gut er mich kannte. »Sind wir uns zuvor schon einmal begegnet?«

»Nein, aber ihm sind Sie begegnet.« Er nickte über meine Schulter hinweg. Es lief mir langsam kalt den Rücken hinunter. Ich drehte mich um und sah meinem Sohn in die Augen.

Verflucht!

Kapitel 21

Trigger

Ich stand hoch aufgerichtet da, zündete meinen Joint an und kniff die Augen zusammen, während der Rauch in meine Lungen zog und dann über meine Lippen trat. Ich hatte ein Leben lang darauf gewartet, das auf die richtige Art und Weise zu tun, und jetzt, fünf Meter von mir entfernt, stand der Mann, der mich zu dem Monster geschnitzt hatte, das ich heute war.

Seine Augen suchten meinen Blick, bevor er schluckte und seine Hände aneinanderrieb.

»Ich habe mich gefragt, wann ich dich wiedersehen würde, mein Sohn.« Er versuchte ein Lächeln, aber seine Verwirrung übermannte ihn.

Morgan trat ins Licht, das Gewehr über der Schulter. Tristen folgte, und Brick stellte sich an meine andere Seite.

Mein Vater sah sich um und dann wieder zu mir. »Anscheinend bin ich hier im Nachteil. Sollen wir nicht für gleiche Augenhöhe sorgen?« Er ging zum Tisch, aber Rail richtete eine Waffe auf seinen Kopf.

»Schon gut, schon gut.« Er hob die Hände.

Ich sah ihn einen weiteren Moment an, bevor ich zu dem »Käufer« hinübersah.

»Cray?«

»Jedes Bündel ist erfasst, Boss.«

Meinem Vater fiel die Kinnlade herab, als er begriff, dass der Käufer einer meiner Männer war.

»Du bist nicht der Einzige, der Leute in die Irre führen kann.« Ich trat vor und warf meine Waffe auf den Tisch. »Rail, geh sie holen«, befahl ich, und er ging an mir vorüber und hinaus zum Laderaum von Allens Lieferwagen.

»Gut, also, Jungs.« Sein Gesicht verzog sich zu einem Ausdruck, den ich nur allzu gut kannte. »Nehmen wir uns einen Moment Zeit und besprechen das Ganze.« Ich stellte mich direkt vor ihn, und er blähte die Brust, wie er es immer getan hatte, wenn er mich einschüchtern wollte. »Ich habe jetzt Geld. Denkt an die Möglichkeiten.«

Ich knallte ihm meine Faust ins Gesicht und holte ihn damit von den Füßen. Er fiel schwer zu Boden, kam jedoch schnell wieder hoch.

Mein Vater war ein schmutziger Kämpfer, aber er war ein Kämpfer. Er konnte ein paar heftige Schläge auf den Schädel vertragen, ehe er unten blieb.

»Du hast immer noch einen tödlichen rechten Haken.«

»Das war mein linker«, korrigierte ich ihn, vor Wut schäumend. »Hast du so Joe bestochen?«, knurrte ich.

»Es war nicht schwer, einen einfältigen Türsteher umzudrehen.« Er lächelte und wischte sich das Blut von der Lippe. »Vielleicht solltest du deine Männer besser behandeln, dann hättest du nicht so viele Löcher in deinem Club.«

»Diese Lektion muss mir bei meiner Erziehung entgangen sein.«

Er verdrehte die Augen, neigte jedoch den Kopf, als etwas seine Aufmerksamkeit erregte.

»Na, na, na.« Sein Tonfall veränderte sich. »Wenn das nicht Clarks wunderschöne Tessa ist.«

Das Blut in meinem Hals pochte und brachte die Käfige der Dämonen zum Beben, ein Alarmzeichen, dass mein Schalter immer noch jeden Augenblick umgelegt werden konnte.

Tess trat an meine Seite, und ich schoss Ryder einen Blick zu. Er sollte sie aus der Sichtlinie halten, und jetzt wollte er mich nicht einmal ansehen. *Zweiter Fehler.*

»Tess«, warnte ich.

»Ich wollte ihn bloß ein letztes Mal sehen.« Sie hielt den Blick auf meinen Vater gerichtet, während sie einen Schritt auf ihn zu tat. Ich fasste sie am Arm, um sie zurückzuhalten. Sie wandte sich zu mir um, und ich sah ihren Ausdruck. Sie hatte die Zähne fest zusammengebissen, und in ihren Augen brannte das Feuer. *Tigerin.* Ich entspannte meine Finger und ließ sie los.

Sie ging zum Tisch und strich mit den Fingerspitzen über die Rundungen einer Waffe. Ihre Schultern waren entspannt, und ihre Bewegungen fließend und langsam. Ich konnte die dunklen Gedanken fast hören, die ihr durch den Kopf rasten. Ich zeigte denselben Ausdruck jedes Mal dann, wenn jemand sterben musste.

Langsam hielt sie inne und schien eine Entscheidung getroffen zu haben. Sie nahm einen Schraubschlüssel, wirbelte ihn herum und knallte ihn Allen auf seine Kniescheibe. Er sprang zur Seite und schrie vor Schmerz, während er erfolglos versuchte, auf den Beinen zu bleiben. Er schleppte sich zum Tisch und hielt sich daran fest, um das Gleichgewicht zu wahren.

»Verdammte Scheiße!«, kreischte er, während ihm Schaum vom Mund flog.

Tess ließ den Schraubschlüssel auf ein Benzinfass fallen und stellte sich vor ihn. »Das war für Gus.« Mit diesen Worten kam sie zu mir und stellte sich hinter mich.

Ich sah zu Zay hinüber. Er war während der Geschehnisse ruhig geblieben und hatte Tess von seinem Posten neben der Tür aus beobachtet. Als er meinen Blick auffing, richtete er sich etwas gerader auf und hob den Kopf.

War das eine Herausforderung?

»Gefällt dir, was du siehst?«, fragte ich und ging hinüber. Morgan folgte ein wenig entfernt.

Ich leckte mir die Innenseite meines Munds, um die Wut etwas zu zügeln, die mich verzehrte. Dieses Stück Scheiße musste in seine Schranken gewiesen werden. Ich wusste, dass er Tess wollte.

»Es ist nicht das, was du glaubst.« Er straffte die Schultern, aber seine Worte passten nicht zu seiner Haltung.

»Das ist mir so was von egal.«

Ich nahm seinen Kopf zwischen meine Hände, und zu meiner Überraschung wehrte er sich nicht.

Aber gerade, als ich ihm das Genick brechen wollte, sagte er: »Das ist wie bei Kain und Abel.«

»Was?«

»Aufhören!«, sagte eine vertraute Stimme scharf, und einen Augenblick später zeigte sie sich.

Meine Finger gruben sich hart in Zays Kopf. Was ging hier vor, verdammt?

»Hübsch«, murmelte Allen. »Ich hatte nicht gewusst, dass wir eine Familienzusammenführung haben würden. Zay, du darfst die Sache gern übernehmen.«

»Was tust du hier?« Ich funkelte meine Mutter an. Sie wirkte nicht mehr ganz so schwach wie zuvor.

»Ich habe vor Jahren bei dir versagt, Nolan. Ich wollte es nicht noch einmal.« Sie blickte zu Allen hinüber, während ich versuchte, zwei und zwei zusammenzuzählen. »Du bist bloß ein Monster gewesen, Allen, und als ich gehört habe, was du vorhattest, habe ich mit dir dein eigenes Spiel gespielt.«

»Soll heißen?« Meine Verärgerung wuchs. Ich hasste schon immer Überraschungen, und gerade im Augenblick kamen sie mir dabei in Quere, meinen Vater umzubringen.

»Es heißt«, sie wandte sich mir zu. »Nolan, du hast gerade deinen Bruder kennengelernt.« Sie zeigte auf Zay, aber ich folgte ihrer Blickrichtung nicht. Stattdessen sah ich Tess den Kopf schütteln, als wäre sie ebenso hilflos wie ich.

»Halbbruder«, stellte Zay klar. »Du kannst jetzt loslassen.« Er schob meine Hände weg. »Ich bin Augen und Ohren unserer Mutter gewesen, habe sie mit Informationen versorgt, um Allen voraus zu bleiben.«

Mein Kopf fühlte sich an, als ob er davonwirbeln wollte. Ich wich zurück, und meine Mutter trat an meine Seite.

»Ich erkläre dir alles später, aber gerade im Moment musst du dich um etwas Dringenderes kümmern.«

Allen stieß ein Zischen aus und versuchte, ohne die Unterstützung durch den Tisch stehen zu bleiben, während ich mich wieder ihm zuwandte. Die Dämonen kreischten, und die Wut kehrte brüllend zurück.

»Du verräterischer Scheißkerl!«, zischte Allen Zay zu. »Ich hätte es besser wissen sollen. Ich hätte dich ins Gefängnis stecken und jemandes Bitch unter der Dusche werden lassen sollen.«

»Du meinst diesen falschen Beweis, den du hattest?« Zay zog sich die Jacke zurecht. »Als ob ich dumm genug gewesen wäre, mich von jemandem filmen zu lassen.«

Allen stürzte beim Versuch, einen Schritt auf Zay zuzutun.

Genug! Das war mein Kampf!

»Jahrelang habe ich mich vor dir gefürchtet«, sagte ich laut genug, dass alle es hören konnten. »Jahrelang habe ich gefürchtet, wie du zu sein. Bis zu dem Tag, an dem ich ein Messer am Griff hielt und dich am anderen Ende vorgefunden habe. Du hast meine Furcht zum Brennstoff gemacht, und ich habe ohne zu zögern zugestochen.« Ich runzelte leicht die Stirn und dachte an meine Enttäuschung, als sein erschlaffter Körper beim letzten Mal weggetragen worden war. »Ich war fast traurig, dass es so rasch ein Ende gefunden hatte. Ich hatte wirklich das Gefühl, meine Rache nicht bekommen zu haben.«

»Nun denn, hier bin ich.« Er hielt die Arme weit geöffnet und humpelte ein paar Schritte weit.

»Ja, hier bist du.« Ich wartete einen Moment, um den Augenblick zu genießen.

»Also, töte mich.«

Ich trat ihm die Beine unter dem Körper weg und hieb ihm meine Faust in den Bauch. Er schoss hoch gegen die Seite vom Lieferwagen und kämpfte darum, wieder zu Atem zu kommen. Seine Augen tränten, und seine Hände rasten um seine Körpermitte, um eine Möglichkeit zu finden, den Schmerz zu lindern.

Ich beugte mich auf Augenhöhe zu ihm hinab und flüsterte ihm zu, sodass nur er es hören konnte: »Der Unterschied zwischen damals und heute besteht darin, dass ich eine Gelegenheit erkannte und sie ergriff. Manchmal ist die beste Rache diejenige, die man nie kommen sieht.«

»Was?« Er keuchte, und zwei Stiefelpaare tauchten neben mir auf. Ich richtete mich auf und trat zurück, während drei weitere Männer vom Kartell meinen Platz einnahmen.

»Anscheinend haben wir hier ein Problem, Mr. Vineyard.« Bruno ließ das Foto von Zay, der die Kutte von Devil's Reach trug, in Allens Schoß fallen.

Ich fasste Tess am Arm und drehte sie herum, und die hungrigen Wiesel quietschten und warteten auf ihr nächstes Opfer. Wie mein Vater verfügten die Wiesel über keinerlei Loyalität.

Kurz bevor wir in die kühle Nachtluft traten, hörte ich das Geschrei und spürte, wie meine eigenen Dämonen über den Wüstenboden rasten und sich der Tötung anschlossen.

»Ich kann's nicht glauben, dass du ihn nicht selbst getötet hast«, schnaubte Tess, als ich ihr auf mein Bike half. »Du hättest ihn an Ort und Stelle vernichten können.«

»Vor einem Jahr hätte ich seinen erbärmlichen Körper in den Schlachtraum gezerrt, aber jetzt sind sie mir etwas schuldig.« Ich nickte zu den Männern vom Kartell hinüber, die draußen vor dem Hangar Wache standen. »Das ist wertvoller.«

»Aha.« Sie lächelte mich wissend an. »Erwachsen geworden.«

Sah so aus.

Sie küsste mich heftig. Ich startete mein Bike, wartete darauf, dass sie die Arme um mich schlang, und wir begaben uns auf die Heimfahrt.

Ich blickte nicht einmal zurück. Ich war endlich frei.

*

Es war lange her, dass der Club eine echte Party frei von Sorgen genießen konnte. Alle spürten eine gewisse Erleichterung, während endlos Flaschen mit Whiskey und Rum herumgereicht wurden. Ryder hatte drei weitere Prospects rekrutiert, die anscheinend gut zu uns passten. Es tat gut zu sehen, dass die Zahl der Clubmitglieder wieder anstieg.

»Glückwunsch, du alter Bastard.« Brick schlug Morgan auf die Schulter.

»Ich trage es mit Ehre.« Er nickte mir knapp zu. Es war schwer gewesen, Morgan zu überreden, den Posten als Sergeant at Arms zu übernehmen. Ich versicherte ihm, Gus hätte es nicht anders gewollt.

Rail stieß gegen Morgan, als er mit irgendeiner rothaarigen Tussi hinauswollte. Sie warf mir ein dreistes Grinsen zu, was mich zum Lachen brachte. Sie kam mir bekannt vor, dann fiel mir ein, dass es diese wilde kleine Nummer aus dem Strokes war.

»Hast du die Frauen hier gesehen?« Seine Worte waren verschliffen. »Wir sind in der Unterzahl.«

Ich nahm mir seine Flasche Whiskey und leerte den Rest. Ich durchsuchte die Menge und entdeckte sie bei meinem Pick-up.

Verdammt.

»Bist du sicher, dass Tess die nicht geschickt hat?« Brick lachte.

»Verflucht.« Rail boxte ihn auf den Arm. »Sie hat mich so durcheinander gebracht, dass ich von nun an immer erst die Kehle überprüfe. Die da hat bestimmt keinen Knubbel. Glaub mir, sie hat alles an den richtigen Stellen.«

»Ich weiß nicht, Rail«, beteiligte sich Morgan. »Man kann nie wissen.«

»Tussis mit Schwanz, du meine Güte. Bleib mir vom Leib.« Brick duckte sich unter der Faust weg, die auf seinen Kopf zuflog.

»Trigger?« Meine Mutter trat aus der Menge. »Können wir reden?«

Ich bemerkte, dass Zay hinten an der Tür stand. Ihm war offenbar äußerst unwohl. Ich nickte ihr zu mitzukommen. Wir gingen in mein Büro, und er folgte auf dem Fuß.

»Es tut mir leid, dass ich dir nichts davon gesagt habe, was ich vorhatte. Ich dachte, du würdest es nicht erlauben.«

»Nein.«

Sie seufzte. »Lass es mich einfach erklären, und dann kannst du uns auf die Straße werfen, sozusagen.«

Ich bedeutete ihr, sie solle fortfahren.

»Ich fasse mich kurz. Ich bekam Zay sechs Jahre, nachdem ich dich bekommen hatte. Damals war ich in einer besseren Position.« Sie rieb sich unbehaglich über den Hals. »Er ist kein Heiliger, Gott weiß das, aber als er eines Abends einen Anruf entgegennahm, um einen Auftrag auszuführen, hörte ich die Stimme am anderen Ende, und ich erstarrte zu Eis. Ich wusste, dass er es war, und ich sagte es Zay. Er traf sich mit ihm. Er wollte mit seiner Kleidung Eindruck schinden und einen Schlag gegen ein Mitglied des Kartells führen. Wir behielten ihn im Auge, folgten ihm und erfuhren bald, worin seine wirklichen Motive bestanden.«

»Gus hatte vor längerer Zeit herumgeschnüffelt«, ergriff Zay das Wort. »Und sie gesucht.« Er nickte zu meiner Mutter hin. »Es hatte sich rasch herumgesprochen, dass Allen von den Toten auferstanden war und eine Armee aufbauen wollte, um Devil's Reach zu erledigen. Also führte eines zum anderen, und wir führten mich in sein Leben ein.«

»Warum?« Ich fand das alles schwer zu glauben.

»Sagen wir, es war eine Gelegenheit.«

»Soll heißen?« Ich verschränkte die Arme.

»Es heißt«, meine Mutter trat näher, »dass ich eine letzte Chance hatte, dir Gerechtigkeit widerfahren zu lassen, Nolan. Zay war einverstanden, das zu tun. Alles, was er als Gegenleistung möchte, ist ein Platz an deinem Tisch.«

Ich strich mir kopfschüttelnd über den Bart.

»Wie nett von dir, ihn im Glauben zu lassen, ich könnte das jemals in Betracht ziehen.« Ich triefte vor Sarkasmus.

»Sieh mal.« Ihr Ton wurde schärfer. »Du kannst so wütend sein, wie du willst, aber ich bin auch eine Kämpfernatur, und mir bleibt nicht viel Zeit. Wenn es das ist, was euch beide zusammenbringt, bevor ich zwei Meter unter der Erde liege, dann soll es so sein, verdammt.«

Ich warf Zay einen Blick zu, der grinsend die Achseln zuckte. »Sie ist bei Weitem resoluter, als sie behauptet.«

Ich schob mich von meinem Schreibtisch weg und überlegte einen Moment. Ich hatte das nie kommen sehen, aber es wurde mir vor die Nase gesetzt, und ich musste es sortieren. Die Party wurde lauter und zog meine Aufmerksamkeit auf die Tatsache, dass der Teufel endlich verschwunden war, und ich hatte anscheinend nicht bloß eine Mutter, sondern auch einen Bruder gewonnen.

Ich sah ihn eindringlich an. Sein Ausdruck war unlesbar.

Fuck.

»Ich suche dir morgen ein Zimmer. Wir verhandeln den Rest von diesem Scheiß ein anderes Mal.« Ich stellte Rails Flasche auf den Tisch, bevor ich sie nach jemandem warf, und begab mich zur Tür. Ich musste unbedingt da raus, bevor ich meine Meinung noch änderte.

Ich ging durch die Hintertür und ließ den ganzen Scheiß drinnen zurück. Es war Zeit zu feiern. Verflucht, so viel hatte ich verdient.

Rail war bereits wieder auf der Jagd nach seiner kleinen Rothaarigen. Ich ging an ihnen vorbei zu Tess hinüber. Sie trug ein enges schwarzes Lederkleid, und als sie sich umdrehte, um jemanden vorbeizulassen, sah ich das Rückenteil, und mein Schwanz stand in Habachtstellung. Im Zickzack über ihren Rücken verlief eine dünne Biker-Kette, die den Stoff zusammenhielt.

Sie hatte nie sexyer ausgesehen.

Sie drehte sich auf ihrem Absatz um, als sie sah, wie Minnie über ihre Schulter zeigte. Ein großes Lächeln breitete sich über ihre Lippen aus und erhellte ihre Augen.

»Hi. Gefällt's dir?« Sie biss sich auf die Lippe, und mein erigierter Schwanz zuckte.

»Tray!«, rief ich über die Musik hinweg.

Binnen dreier Herzschläge stand er neben mir.

»Jetzt.«

Er pfiff, damit alle den Mund hielten, bevor er den Blick senkte und einen Moment überlegte.

»Nichts Traditionelles, Tray«, rief Morgan. »Wir halten es kurz und nett.«

Tray nickte und trat zu uns. »Ich hatte das Privileg, im Gefängnis zum Priester geweiht zu werden, und jetzt habe ich das Privileg, hier vor euch beiden zu stehen, um euch für immer zu vereinen.«

»Ich habe kurz gesagt«, scherzte Morgan.

Tray hielt eine Hand hoch, als ob er es verstanden hätte. »Nolan Vineyard, nimmst du Tess Marin als die deine für heute, morgen und auf ewig?«

»Ja.«

»Tess, derselbe Mist gilt für dich?«

»Ja.« Sie zwinkerte mir zu.

»Mit der Macht irgendeiner verstaubten Kirche im Gefängnis kann ich jetzt sagen … ihr seid verheiratet.«

Überall explodierten Jubelschreie, Flaschen wurden zerschlagen, und Schüsse knallten.

Ich umfasste Tess bei der Taille, knallte sie gegen mich und küsste sie mit jedem einzelnen Teil meiner selbst.

Die Party dauerte bis weit in die Nacht. Tess stellte meine Geduld auf eine harte Probe, weil sie bleiben wollte, und ich wollte sie lediglich nackt unter mir haben. Sie versicherte mir, dass sie mir gehöre und ich alles mit ihr tun könne, sobald sich die Party dem Ende neigte.

»Brick.« Ich gab ihm ein Zeichen, und wir gingen ein wenig abseits.

»Was brauchst du, Boss?«

Ich reichte ihm ein Blatt Papier mit einer darauf gekritzelten Adresse. »Ich weiß nicht viel, weil es mich nichts angeht, aber er lebt und arbeitet in Washington. Er hat jetzt einen anderen Nachnamen. Wilson.«

Brick musterte das Papier ein paar Augenblicke, bevor er mich mit einem vielsagenden Ausdruck ansah. Er hatte die Brauen zusammengezogen, und sein Mund zuckte, während er überlegte.

»Folge der Spur oder lass es bleiben. Ich konnte jedoch einfach nicht länger darauf sitzen bleiben.«

»Ja, danke.«

»Ja.« Ich schlug ihm auf die Schulter, bevor er sich durch die Menge wand und verschwand. Ich verstand dieses Gefühl nur allzu gut, und ich wusste nicht genau, ob es mir gefiel, dass ich derjenige war, der gerade meinen VP in einen ungewollten Scheiß verwickelt hatte, aber es war etwas, das er zu wissen verdiente. Brick hatte seinen Vater nie kennengelernt, aber er war ein guter Mann. Wenn er sich also entschloss, seinen Bruder zu suchen, würde ich ihn unterstützen.

Einer der Jungs prallte gegen mich. Er war bestürzt, als er sah, wer ich war. Ich stieß ihn gegen die Mauer, und er prallte davon ab und fiel in den Pool. Arschloch.

Mike: Glückwunsch, Mann. Hast's verdient.

Ich steckte mein Handy weg und entdeckte Tess und Minnie, die mit Morgan ein paar Gläser leerten. Ich wusste, sie hätte gern Savannah und Mike hier gehabt, aber es gab eine Grenze, die wir nicht überschritten. Wir mochten Bekannte sein – Freunde sogar, aber unsere Welten waren sehr verschieden.

Das Geplapper wurde zu viel für mich, also ging ich weg.

Ich setzte mich auf den Sitz meines Pick-ups, ließ die Tür offen, die Füße auf dem Boden und meine Arme auf den Knien ruhen. Es dauerte nicht lange, da ertönte hinter mir das kleine Schnurren. Sie war mittlerweile größer geworden und daher in die Kabine des Pick-ups umgezogen. Sie quetschte sich unter meinem Arm durch auf meinen Schoß.

»Zu laut für dich?« Ich rieb ihr das Ohr, und sie gähnte und machte es sich gemütlich. Ich war kein Tierfreund, aber dieses kleine Scheißerchen war mir ans Herz gewachsen.

»Hey! Was zum Teufel soll das?«, hörte ich Rail hinter dem Tor rufen. Ich setzte die Katze auf den Beifahrersitz und machte mich auf hinüber zu ihm.

Ich schwang das Tor auf und entdeckte Rail und Denton, die einem Stripe Back nach Strich und Faden in den Arsch traten. Ich zog

Denton zurück, der gerade mit dem Stiefel ausholte, um dem Mann das Gesicht einzutreten.

»Was zum …« Denton wollte zuschlagen, hielt jedoch inne, als er sah, dass ich es war. »Dieser Trottel wollte die Party crashen!«

»Entsorge ihn«, befahl ich Rail.

Denton wollte sich aus meinem Griff winden. »Komm schon, Onkel. Ich möchte noch ein letztes Mal zuschlagen.« Sein Gesicht war rot und verschwitzt, und in seinen Augen lag ein vertrauter Schimmer.

»Noch nicht.« Ich wartete ab, bis er sich beruhigt hatte, bevor ich seinen Arm losließ. Er bemühte sich, sein Hemd zu richten, und wischte sich die Stirn am Hemdsärmel ab. Denton war rauflustig, und ich bewunderte das. »Deine Zeit wird kommen.«

Wir sahen zu, wie Rail den Mann hinten in den Waffenwagen stopfte. Er würde später weggeworfen werden.

Langsam hob Denton den Kopf und sah mich an. Das dunkle Versprechen, das durch sein Gesicht raste und seine Augen erhellte, bewies, dass meine Meinung über ihn zutraf.

Er würde eines Tages meinen Sitz am Kopf des Tischs einnehmen, nachdem ich diesen Club zu etwas gemacht hatte, auf das er stolz sein konnte.

*

Tess

»Komm schon.« Ich sprang vom Bike und bedeutete ihm, mir zu folgen.

»Du hast mir eine Nacht mit dir unter mir versprochen«, brummelte er düster.

Ich nahm seine Hand und zog ihn, damit er mir folgte. »Trigger, du kannst so viele Nächte haben, wie du möchtest, aber in dieser einen Nacht ist das für mich wichtig, also halt den Mund und komm.«

»Liebend gern«, knurrte er und lachte.

Mit meiner Tasche über der Schulter drückte ich auf den Knopf, und der Aufzug fuhr nach oben. Als die Türen sich öffneten, begrüßten uns die kühle Nachtluft und ein Himmel voller Sterne.

Es war genau das, worauf ich gehofft hatte, und als ich mich umschaute, sah ich, dass Minnie großartige Arbeit geleistet hatte.

Ein paar Kerzen brannten auf dem steinernen Geländer, ein Bett war für uns in der gegenüberliegenden Ecke aufgestellt worden, und mein Lieblingsteil war genau dort, wo es sein musste.

»Die Nacht naht.« Er lächelte zum Bett hinüber.

Ich drehte mich um und streifte ihm das Hemd ab, dann zog ich sein Haar zurück und musterte sein Gesicht.

»Wirst du etwas für mich tun? Sprich kein Wort, bis ich meine Geschichte beendet habe.«

Er nickte.

»Also gut, dann. Als ich hergezogen bin, hat Brick mir eine Wohnung direkt hier drüben besorgt.« Ich zeigte in die Richtung, aber er sah nicht hin. Er hielt seinen eindringlichen Blick auf mich gerichtet. »Ich las mein Buch und hörte dieses Geräusch, immer und immer wieder. Ich ging zum Fenster und sah einen Mann. Er schien fast zu tanzen. Er boxte gegen einen Boxsack – er sah absolut perfekt dabei aus. Ich nahm meine Kamera und machte dieses Foto.«

Ich hielt es hoch, damit er es gut sehen konnte. »Ich habe dich meinen Boxer vom Dachboden genannt. Ich war bezaubert von dir, und als ich *Trigger* in der Bar begegnet bin, spürte ich fast einen Konflikt, wen ich mehr kennenlernen wollte. Erst als Minnie und ich in der Wüste waren und ich ihr diese Geschichte erzählte, sagte sie mir, dass du es warst.«

Er sah mich weiterhin intensiv an, während ich eilig weitererzählte. Ich wollte, dass er alles hörte. »Worauf ich mit dieser Geschichte hinauswill, ist, dass du verschiedene Seiten an dir hast, Trigger, die gute, die schlechte *und* den Schalter, und wo auch immer du in deinem Kopf bist, du sollst wissen, dass ich immer da bin, um dich zurückzubringen.«

Er lächelte, aber es war ein echtes Lächeln – eines, das ich sehr, sehr lange nicht mehr gesehen hatte, wenn überhaupt je.

»Ich liebe dich«, flüsterte ich durch das ungewollte Gefühl, das mich überflutete.

Er hielt die Augen auf mich gerichtet, während sich seine Brust hob und senkte. Ich fragte mich, ob ich etwas zu weit mit meiner Geschichte gegangen war, aber als ich zurücktreten wollte, packte er mich und schloss die Augen.

Seine Finger glitten langsam herab und fanden die meinen, und etwas Kaltes und Glattes glitt über meinen Ringfinger.

»Ich hasse traditionellen Scheiß, aber du verdienst einen.«

Ich schluckte den Kloß hinunter, der sich in meiner Kehle bildete. Ein schlichter schwarzer Ring, passend zu meinem Verlobungsring, glänzte in dem schwachen Licht.

»Du bist besser mit Worten als ich, aber ich habe jedes verdammte Wort gehört, das du gesagt hast.« Er drückte seine Lippen auf meine Stirn. »Ich hätte nie geglaubt, dass eine Frau mich aus meiner Hölle befreien könnte.« Sein Arm drückte sich auf den meinen, eine Anspielung auf das Tattoo.

»Okay.« Ich wischte den kitschigen Augenblick beiseite, der mir zu viel wurde. »Also …« Ich nahm eine Flasche Champagner, ließ den Korken knallen und sprang auf den Sims. »Los!«

Er kicherte, stellte sich vor die Tasche und boxte auf das Leder.

Mein Gott, war er sexy.

*

»Du bist verheiratet«, wiederholte Minnie zum dritten Mal, als wir das Geschäft verließen, und ich balancierte die braune Papiertüte in meinen Armen. »Ich meine, *Shit,* Trigger ist verheiratet.« Sie lachte. »Ich glaube, da werde ich etwas Zeit brauchen, mich dran zu gewöhnen. Was hätte ich nicht dafür gegeben, Peggys vom Lippenstift verschmierte Zähne zu sehen, während sie auf deiner Hochzeit schluchzt.«

»Ich habe ihr eine Einladungskarte geschickt«, gestand ich ihr.

»Du hattest Einladungskarten?« Sie verzog das Gesicht vor Widerwillen.

»Nein, nur für sie.«

»Oh, *Shit,* das ist großartig!« Sie boxte mich auf die Schulter, und ich stieß versehentlich jemanden an.

»Entschuldigung.« Ich fummelte mit meinen Tüten herum, damit nichts hinausfiel. Eine Hand tauchte auf und hielt mich am Arm, und ich wurde von einem freundlichen Lächeln begrüßt.

»Es war meine Schuld. Ich hab telefoniert.« Er nahm seine Hand von meinem Arm weg, da meine Tüten jetzt wieder gerade standen, und ich sah seine Uniform. »Nicht weitersagen, ja?« Er zwinkerte und klopfte auf seine Polizeimarke. Auf seinem Namensschildchen stand »O'Brian«.

»Werd ich nicht, Officer O'Brian, aber dort ist Ihr Freund.«

»Garrett!«, rief ein Polizist in der gleichfarbigen Uniform von der anderen Straßenseite herüber und winkte. »Wir müssen los.«

»Einen schönen Tag noch, meine Damen.« Er lächelte uns an, bevor er rasch und verkehrswidrig die Straße überquerte.

»Sag's Brick nicht, aber, *Shit,* ich liebe Männer in Uniform.«

Ich nickte anerkennend und sah ihm zu, wie er sich mit seinem Freund traf. »Mit diesem Gedanken bist du nicht allein, Minnie.«

»Was seht ihr euch an?« Fin unterbrach unseren Moment.

»Nichts«, erwiderten wir wie aus einem Mund.

»Wo ist Rail?« Ich sah mich um und fragte mich, wo zum Teufel er war.

»Ich habe gewartet, bis er eine rauchen wollte, dann bin ich weggerannt.« Er lachte. »Der alte Trottel kann nicht mithalten.«

Ich schob ihn vorwärts, und wir gingen zum Club. Ich hörte Triggers Bike hinten starten.

Ich ließ meine Sachen auf die Theke fallen, schickte Fin los, um Minnie zu helfen, und eilte dann nach draußen.

»Wo warst du?« Eine Hand fiel in seinen Schoß, und meine Augen wurden zu seinem erigierten Schwanz hingezogen. Sein Blick war hungrig.

»Einkaufen.«

»Wohin willst du?«

»Ich fahre ein bisschen rum, sehe mir ein paar neue Biker in der Stadt an.«

Ich spürte eine Woge der Aufregung. Nichts konnte das innere Feuer so entfachen wie die Aussicht auf Probleme.

Er grinste, als ob er meine Gedanken lesen könnte. »Komm mit.« Er warf mir Helm und Jacke zu.

Ich schleuderte meine Haare zurück und setzte den Helm auf. Er zog mich zu sich und strich mir mit der Hand an der Hüfte hinab.

»Verdammt, du siehst gut in Leder aus.« Er nickte mir zu, ich solle aufspringen, und zog dann den Motor hoch, um die Jungs darauf aufmerksam zu machen, dass wir wegfuhren.

Sie bestiegen ihre Bikes, und wir fuhren hinaus und fielen rasch in Formation. Ich liebte es, wie wir aussahen, jeder dem Rang nach an seiner Stelle.

Wir mochten gnadenlos sein, aber wir waren eine Familie, und der Respekt füreinander war groß im ganzen Club.

Sobald wir auf dem Pacific Coast Highway waren und die Sonne in unserem Rücken hatten, schaltete ich das Mikro ein.

»Was jetzt also?« Ich drehte und wand mich vor Aufregung und spannte meine Finger um seinen erigierten Schwanz.

»Jetzt lehnen wir uns zurück und genießen die Macht.«

Ah, ja, es hatte durchaus etwas für sich, im Besitz des Generalschlüssels zu den Leichen im Keller anderer zu sein; dazu kamen zwei Stripschuppen und ein Puff.

»Was werden wir mit der ganzen freien Zeit anfangen?«, neckte ich ihn.

Er griff nach hinten und drückte mir den Schenkel. »Ich kann nur an das Eine denken.«

Ich lachte, legte meine Beine an die seinen und lehnte mich so weit zurück wie möglich. Die heiße Sonne brannte auf meine Schultern, und ich spürte den Wind unter dem Helm heraufströmen.

Trigger sah in den Rückspiegel, bevor er sein Mikro noch einmal einschaltete. »Endlich sind wir frei, Baby.«

Ende

Trigger

Um keinen Preis, ich zerbreche es nicht.
Die Zeit verstreicht, und nirgends ein Licht.
Ich stehe still und laufe doch immerzu.
Allein in dir finde ich meine Ruh.

Du lässt die Dämonen schweigen, hältst sie zurück,
beschwichtigst das Chaos, beschwichtigst den Orkan,
beschwichtigst der Dämonen Schwarm.
Einst war es dunkel, jetzt aber nicht.
Du hältst den Schlüssel zu meinem Licht.

Ich möchte dich, du möchtest mich,
sieh, wie dieser Scheißdreck wich!
Wir müssen weiter, die Vergangenheit ruht,
entzünde das Feuer und der Flammen Glut.

Du lässt die Dämonen schweigen, hältst sie zurück,
beschwichtigst das Chaos, beschwichtigst den Orkan,
beschwichtigst der Dämonen Schwarm.
Einst war es dunkel, jetzt aber nicht.
Du hältst den Schlüssel zu meinem Licht.

Spring auf und halte dich fest an mir,
Wir fahr'n in die Nacht, lass die Sorgen hinter dir.
Dunkel werde ich immer sein,
Doch du bist auf ewig mein heller Schein.

Du lässt die Dämonen schweigen, hältst sie zurück,
beschwichtigst das Chaos, beschwichtigst den Orkan,
beschwichtigst der Dämonen Schwarm.
Einst war es dunkel, jetzt aber nicht.
Du hältst den Schlüssel zu meinem Licht.

Danksagung

Mein Dank gilt:

Meinem großartigen Ehemann Nathan und meinen Kindern Brooke und Parker für ihr Verständnis, dass ich manchmal einfach tagelang in den Ruhemodus gewechselt bin, bis die Szene zu Ende geschrieben war.

Meiner Mutter und meinem Stiefvater dafür, dass ich neunundzwanzig Nächte in ihrem Wohnzimmer verbringen und sämtliche Morde und verrückten Wendungen durchsprechen durfte, die in *Escape the Reaper* vorgekommen sind.

Meinen Schwestern Erin und Gillian für all ihre Überlegungen und Rückmeldungen!

Meiner geliebten Lesegruppe für endlose Unterstützung, endloses Gelächter und eine rundum fantastische Freundschaft.

Meiner persönlichen Assistentin Ketura Worthen, meinem *dritten Arm*. Ich weiß alles zu schätzen, was du tust, insbesondere, wie du so geduldig mit den 1001 Ideen umgehst, die mir im Lauf des Tages durch den Kopf gehen.

Jill und Steve Chamness für eure Hilfe bei den Gefängnisszenen. Ich kann's nicht erwarten, euch wieder auszufragen.

Meinen Betas und wundervollen Freunden Ariana, Jace und Ceej dafür, dass sie sich kurz vor knapp in meine Geschichte hineingedrängt haben.

Jaci Wheeler, Casie Johnson, Thayra Rothweiler, Ariana McWilliams und Alison Mello, dass ihr für mich da gewesen seid. Eure Liebe und Freundschaft bedeuten die Welt für mich.

Bookalicious Babes Blog, ich liebe deinen Blog, deine Unterstützung und deine Freundschaft. Tina Jaworski, besonderer Dank an dich für das Telefongespräch, das wir nach dem Unfall meines Sohnes geführt haben. Du kannst dir nicht vorstellen, was das für mich bedeutet hat. Ich schicke dir und deinem Blog alle Liebe.

Chari_the_book_princess alias Rad Babes Read Blog dafür, dass du meine Geschichten immer so unterstützt hast, dass du mir geholfen hast, sie herumzuerzählen, und dass du deine erstaunlichen Fotos teilst, die du auf Grundlage meiner Bücher geschaffen hast. Ich weiß, das ist enorm zeitaufwendig, daher sollst du wissen, dass das nicht unbemerkt bleibt.

Annie's Coffee Break Book Blog und Books With Kathy dafür, dass ihr meiner Schreibe unendliche Liebe habt zuteilwerden lassen.

Last, but not least, meinen Lesern, die der Geschichte von Trigger und Tess von Anfang an gefolgt sind und mich nicht im Stich gelassen haben, nachdem sie jeden meiner schrecklichen, aber ach so … geliebten Cliffhanger gelesen haben. Euer Drang nach weiterem Lesestoff nährt das Feuer, das mich am Schreiben hält!

Alles Liebe, Jx

Über die Autorin

J.L. Drake wurde in Nova Scotia, Kanada, geboren und wuchs dort auf. Später zog sie nach Südkalifornien, wo sie heute mit ihrem Mann und zwei Kindern lebt.

Wenn sie nicht schreibt, liebt sie es, Zeit mit ihrer Familie zu verbringen, zu reisen oder einfach nur eine Nacht zu Hause zu genießen. Eine Sache, die euch vielleicht in ihren Büchern auffällt, ist ihre Liebe zu den vier Jahreszeiten. Da sie an der Ostküste Kanadas aufgewachsen ist, liegt ihr der Wechsel der Jahreszeiten im Blut und wird in ihren Büchern oft erwähnt.

Als begeisterte Leserin von James Patterson hat sich J.L. Drake oft von seinen vielen Geschichten über Mysterien und Intrigen inspirieren lassen. Sie hofft, dass euch ihre Bücher ebenso viel Freude bereiten wie ihr das Schreiben.

Mehr zu J.L. Drake findet ihr hier:

Facebook:
https://www.facebook.com/JLDrakeauthor

Website:
http://www.authorjldrake.com

Auch als **E-Book** erhältlich

320 Seiten
9,99 € (D) | 10,30 € (A)
ISBN 978-3-95761-186-4

J.L. Drake

Hurt

Verwundetes Herz

Kugeln fliegen, ein lautloser Schrei und ein stechender Schmerz im Rücken: Major Mark Lopez, Soldat der Special Forces-Einheit Blackstone, wird bei einem Auftrag schwer verletzt. Um sein Leben zu retten, wird er in das North Dakota Krankenhaus eingeliefert und der Pflege der Krankenschwester Mia unterstellt. Mark findet bald heraus, dass die umwerfende Mia nicht nur in Sachen Medizin mehr weiß, als sie vorgibt. Mia Harper kennt den Blackstone-Code. Sie weiß Dinge über die Spezialeinheit, die niemand wissen darf. Und dennoch – oder gerade deswegen – findet Mark sie so anziehend wie keine Frau zuvor.

Als jemand aus Marks Vergangenheit um Hilfe bittet, kommen längst vergessen geglaubte Geheimnisse wieder an die Oberfläche. Welten kollidieren, Lügen werden aufgedeckt und Mark muss sich der Antwort auf die Frage stellen, die ihn schon sein ganzes Leben lang verfolgt: Was ist in der Nacht vor 25 Jahren wirklich passiert?

LAGO